U1021119

诗歌作为符号

审美认知研究

[美] 玛格丽特 · H. 弗里曼（Margaret H. Freeman）著
徐 畔 译

重庆大学出版社

The Poem as Icon: A Study in Aesthetic Cognition was originally published in English in 2020. This translation is published by arrangement with Oxford University Press. Chongqing University Press is solely responsible for this translation from the original work and Oxford University Press shall have no liability for any errors, omissions or inaccuracies or ambiguities in such translation or for any losses caused by reliance thereon.
版贸核渝字（2022）第243号

图书在版编目（CIP）数据

诗歌作为符号：审美认知研究 / [美] 玛格丽特·H. 弗里曼 (Margaret H. Freeman) 著；徐畔译.
重庆：重庆大学出版社，2025. 3. --（认知文化与文学研究译丛）. -- ISBN 978-7-5689-5077-0
Ⅰ. I052
中国国家版本馆CIP数据核字第2025AS5695号

诗歌作为符号：审美认知研究
SHIGE ZUOWEI FUHAO: SHENMEI RENZHI YANJIU

[美]玛格丽特·H. 弗里曼（Margaret H. Freeman） 著
徐 畔 译
策划编辑：孙英姿 张慧梓 许 璐
责任编辑：黄菊香 版式设计：许 璐
责任校对：刘志刚 责任印制：赵 晟

*

重庆大学出版社出版发行

社址：重庆市沙坪坝区大学城西路21号
邮编：401331
电话：（023）88617190 88617185（中小学）
传真：（023）88617186 88617166
网址：http://www.cqup.com.cn
邮箱：fxk@cqup.com.cn（营销中心）

全国新华书店经销
重庆长虹印务有限公司印刷

*

开本：720mm×1020mm 1/16 印张：22.75 字数：330千
2025年3月第1版 2025年3月第1次印刷
ISBN 978-7-5689-5077-0 定价：88.00元

本书如有印刷、装订等质量问题，本社负责调换
版权所有，请勿擅自翻印和用本书
制作各类出版物及配套用书，违者必究

认知文化与文学研究译丛
编 委 会

顾　问：申　丹（北京大学）
　　　　王　宁（上海交通大学）
　　　　Lisa Zunshine（美国肯塔基大学）
　　　　Peter Stockwell（英国诺丁汉大学）
总主编：熊木清（四川外国语大学）
编　委：（以姓名汉语拼音为序）
　　　　陈湘柳（桂林电子科技大学）
　　　　封宗信（清华大学）
　　　　冯　军（三峡大学）
　　　　何辉斌（浙江大学）
　　　　雷　茜（西安外国语大学）
　　　　梁晓晖（北京科技大学）
　　　　刘胡敏（广东外语外贸大学）
　　　　刘永志（成都理工大学）
　　　　刘玉红（广西师范大学）
　　　　柳　晓（国防科技大学）
　　　　马菊玲（宁夏大学）
　　　　戚　涛（安徽大学）
　　　　尚必武（上海交通大学）
　　　　唐伟胜（江西师范大学）
　　　　肖　谊（四川外国语大学）
　　　　徐　畔（哈尔滨师范大学）
　　　　杨金才（南京大学）
　　　　俞森林（西南交通大学）
　　　　赵秀凤（中国石油大学）
　　　　支　宇（四川大学）

总 序

20世纪末，美国社会学家维多利亚·E.邦内尔（Victoria E. Bonnell）和林恩·亨特（Lynn Hunt）在《超越文化转向：社会与文化研究的新方向》中写道，“自第二次世界大战以来，社会科学领域的新思潮层出不穷”，他们关注的是“语言转向”和“文化转向”。其实，何止是社会科学领域，人文科学乃至自然科学领域也出现了诸多被标志为“转向”的新思潮，如叙事转向（narrative turn）、情感转向（affective turn）、视觉转向（visual turn）、空间转向（spatial turn）、认知转向（cognitive turn）、非人类转向（nonhuman turn）、社会学转向（sociological turn）、伦理转向（ethical turn）、文化转向（cultural turn）、跨文化转向（transcultural turn）、后世俗转向（postsecular turn）、星际转向（planetary turn）、后现代转向（postmodern turn）、人类转向（human turn）、后人类转向（posthuman turn）、神经转向（neurological turn）、身体转向（corporeal turn）等等。其中，一些“转向”仅发生在某一特定学科，如近年的经验转向（empirical turn）出现于文体学领域，预防性转向（preventive turn）仅发生在犯罪学领域，论证转向（argumentative turn）仅发生在政治学领域等。也有一些“转向”发生在多个学科领域，如修辞转向（rhetorical turn）发生于新闻、国际关系等领域，语用学转向（pragmatic turn）发生于哲学、认知科学以及各种批评理论之中，审美转向（aesthetic turn）主要发生于哲学、管理学、政治学等领域。但是，有几种“转向”是普遍发生的，如叙事转向和情感转向，最具代表性的是认知转向。

认知转向源于20世纪50年代以来的两次认知革命。所谓“认知转向”，就是相关学科将自身的研究与认知科学结合起来，从认知科学中汲取灵感、方法和研究范式。这种影响遍及心理学、语言学、人类学、社会学、哲学、文化学、政治学、历史学等领域。马克 · 特纳（Mark Turner）对人文学科中的认知转向作了一个概括，他说：

> 人文学科中的认知转向是当代人类研究中更为普遍的认知转向的一个方面。由于它与认知神经科学相互作用，所以人文学科的学生对它并不熟悉，但实际上它的许多内容、许多核心问题以及许多方法，都来自诸如修辞学之类古老的人文学科传统之中。它的目的是整合新与旧，整合人文学科和科学，整合诗学和神经生物学，不是为了创造一个学术的混合体，而是为了发现一种实用的、可持续的、可理解并且在知性上是连贯的研究范式，用以解答关于艺术、语言和文学的认知工具的那些一再出现的基础性问题。（2002：9）

自20世纪70年代起，认知转向开始影响文学研究领域。艾伦 · 理查森（Alan Richardson）和弗朗西斯 · F. 斯迪恩（Francis F. Steen）的论文《文学与认知革命简介》（*Literature and the Cognitive Revolution: An Introduction*）从学理上论述了文学中认知转向的动因：文学研究和认知科学对语言、心理行为和语言艺术同样有兴趣，对类似的阅读现象、想象力的投入和文本模式都发展出了不同的研究方法。文学研究中的"认知转向"发展至今，已经初步形成了"认知诗学"和"认知文学研究"这种新的边缘学科或新的研究范式。

大约与之同时，社会学科也开始出现了"文化转向"。20世纪六七十年代，西方相继出现了各种运动，如争取公民权利的运动、反战运动、争取福利权的运动、女权运动等。社会学家维多利亚 · E. 邦内尔和史学家林恩 · 亨特指出：20世纪六七十年代各种运动的相继出现，使人们对社会科学的信心遭受了严峻考验。对社会生活的解释是否客观或者至少是否不带偏见，这个问题几乎在每一个领域都受到了质疑：社会科学被批评为不科学、不客观，甚至根本不是对社会生活的解释。这就导致社会科学的认识论基础、学科基础、政治学基础甚至伦理学基础，都存在很多争议。许多不同的力量汇集起来改变了社会科学家从事研究的阵地。于是，到了20世纪80年代初期，新的分析模式已经开始取代社会历史学，宣告语言转向或文化转向的到来（Bonnell & Hunt，1999：1-2）。

文化转向最初发生在社会科学领域，特别是社会学、历史学和政治学领域，随后蔓延到文学、经济学、宗教学等领域。所以，乔治·斯坦迈茨（George Steinmetz，1999：3）认为，当代文化研究在人文学科和社会科学中发挥了同样的作用。从学科分布的情况看，文化转向和认知转向一样，是一种跨学科、超学科的现象。因此，社会学家萨沙·萝丝尼尔（Sasha Roseneil）和史蒂芬·弗罗施（Stephen Frosh）认为，"文化转向"实际上应该是"复数"的，不仅是因为转向的不同形式，而且是因为"转向"在不同学科中意味着不同的东西。在一些学科（比如历史学）中，它可能意指研究中的自反实践；在另外一些学科（比如地理学）中，它可能是一种谈论物体或人类产品的方式；还有一些学科（比如批评社会学理论，尤其是在心理分析影响下）中的"文化转向"则反映了在相对性背景下对身份建构的关注（Roseneil & Frosh，2012：4）。

20世纪八九十年代以后，文化的认知研究逐渐盛行。宝拉·J.开普兰（Paula J. Caplan）等人（1997:10）编著的《人类认知中的性别差异》（*Gender Differences in Human Cognition*）言简意赅地指出，"人类的认知处于生物与文化的界面"，明确指出了"认知"既是生物性的，又是文化性的。它意味着对认知的研究不能排除社会、语境等文化因素。事实上，不少学者也都注意到了认知与文化的密切关系。例如，唐·利潘（Don LePan, 1989）的一本专著就名为《西方文化中的认知革命》（*The Cognitive Revolution in Western Culture*）。该书的基本观点是：人类的认知从其生物性角度看，并没有显著的不同，最终造成差异的是文化，特别是环境和教育。唐·利潘认为，如果让一个出生于非洲丛林中的婴儿自幼便在加拿大多伦多接受抚养和教育，那么他长大成人后必然会有西方人的思维习惯，反过来也是如此（LePan，1989：

21）。这一观点从生物-文化界面的角度间接地批驳了“西方优越论”，有着深远的意义。无怪乎作者把认知科学的崛起称为“西方文化中的认知革命”。

国外迅猛发展的认知文化和认知文学研究，引起了国内学界的高度重视和热切关注。这些年，国内学者发表了不少高水平的研究成果，也获批了不少省部级和国家级认知研究项目。但是，认知文化与文学研究在国外的兴起不过30多年，21世纪初才逐步形成热潮，因此，国内虽然多有介绍，却缺乏系统性的引进，迄今仅见外语教学与研究出版社出版了一套“认知诗学译丛”。由于相关外文原著都是跨学科研究成果，超出了国内传统的语言文学学科范畴，这就对许多感兴趣的读者构成了阅读障碍。所幸重庆大学出版社独具慧眼，决定翻译出版一套以“认知文化与文学研究”为主题的代表性著作。我受托主持了这套译丛的遴选和翻译工作。

本译丛以“认知文化与文学研究”为主题，着眼于语言文学学科范围内的认知研究前沿著作，依据前沿性和代表性两个标准遴选翻译对象，首批选出了13部相关著作。其中，有广义认知诗学的两部代表性著作，即彼得·斯托克维尔（Peter Stockwell）的《认知诗学导论（原版第2版）》[*Cognitive Poetics: An Introduction*（Second Edition），2020］和丽萨·詹塞恩（Lisa Zunshine）的《牛津认知文学研究指南》（*The Oxford Handbook of Cognitive Literary Studies*，2015）。这两部著作分别代表了文学认知研究的两种主要路径：一是以认知语言学和认知心理学为主要理论和方法论基础，斯托克维尔是其代表；二是以神经科学和脑科学以及认知文化和进化理论为基础，同时囊括众多学科，不拘一格，詹塞恩主编的《牛津认知文学研究指南》是标志性著作。文学研究的这两种认知范式既有学理、目标和方法等方面的差异，也有不少共同点。因此，本译丛将二者纳入其中。斯托克维尔的《认知诗学导论（原版第2版）》堪称“经典认知诗学”的代表作，是国际上一部影响力很大的认知诗学专著。而詹塞恩主编的《牛津认知文学研究指南》则是认知文学研究成果的集大成者，以30章的宏大篇幅集中展示了西方认知文学研究这一新兴领域具有代表性的研究成果，是迄今反映认知文学研究领域最为全面的一部文集。

斯托克维尔的《认知诗学导论》初版于2002年出版，全书共12章，入选本译丛的第2版则有14章。第一章为总论，介绍该书的基本观点和认知诗学的研究目的与对象，其后每章都围绕一个来自语言学尤其是认知语言学和认知文体学的重要概念进行讨论，其中有些概念最初来自心理学，比如“图形-背景”；也有从逻辑和哲学中输入文学和心理学的，如“可能世界”。作者认为:“认知诗学就是关于文学作品的阅读”，其研究的着眼点是文学阅读和普遍认知之间的基本关系。但是它的研究对象不单是文学的写作技巧，或仅仅是读者，而是两者相结合的“更自然的阅读过程”（Stockwell，2002：1）。它不仅要关注文学技巧，也要“概括出结构和原则”（Stockwell，2002：2），而且它并不否认传统文学研究的任务与目的（它不满意的主要是其手段），也赞成探讨“文学价值、地位和意义问题”，更关注“文本和环境、环境和功用、知识和信仰”等问题。其在方法论上坚决主张“摈弃那种印象式的阅读和不准确的直觉”，要努力做到“精确而系统地分析读者阅读文学文本时到底发生了什么”（Stockwell，2002：4），目的是“提供一种方式，讨论作者和读者对世界的理解和阐释如何在语篇组织中体现这些阐释。从这个意义上讲，认知诗学不仅仅是其重点的一个转向，而是对整个文学活动过程进行彻底的重新评价”（Stockwell，2002：5）。所以，从根本上说，“认知诗学是对文学的一种思考方式，而不仅仅是一种框架”（Stockwell，2002：6）。该书结构清晰，语言朴实，最初是作为教材编写的，晓畅易懂，所以该书问世后影响很大，也更易于中国读者接受。虽然该书声称要发展自己专门针对文学的理论体系和有用的术语以及方法论体系，但是其理论体系尚不甚周密，尽管对文学起源、本质、功用等文学的基本理论问题都有涉及，但缺乏系统、深入的论述，所以它与经典诗学在上述问题上有哪些差异、哪些重合，也尚未得到彰显，作为诗学应有的创作论、人物论、体裁论等也涉及较少。

《牛津认知文学研究指南》是一部大型文集，原著正文共632页，除“导言”外，其余30篇文章按主题分为5编。主编丽萨·詹塞恩是国际知名的认知文学研究权威。整体而言，该书具有新颖性、广博性和专业性三大特点。“认知文学研究”的提法已有十来年，相关研究更早，著述很多，但分布零散，既没有一个统一的名称，也没有就其理论、目的、研究对象、研究方法等达成共识，所以其面目长期模糊不清，国内学者自然对此如同雾里看花。直到这部《牛津认知文学研究指南》出现，“认知文学研究”才为国内学者所关注。《牛津认知文学研究指南》作为第一部冠名“认知文学研究”的大型文集，整合了众多相关研究成果和理论、方法论探索，使“认知文学研究”从个人提法上升为一种新的范式和研究视域，其意义不同寻常，认知文学研究遂逐渐成为热点。2015年，我在《当代外国文学》发表的《文学认知研究的新拓展:〈牛津认知文学研究指南〉评述》首次提出“认知诗学”和“认知文学研究”有广义与狭义之分，并主张以广义的“认知诗学”一词泛指所有的认知文学研究。

除了以上两部经典著作外，本译丛也充分考虑了选材方面的广泛性和代表性，尽可能较为集中、准确地反映认知文化和认知文学研究在多个方面的最新成果。如《劳特里奇翻译与认知手册》（*The Routledge Handbook of Translation and Cognition*，2020），也是一部大型文集，分为4个部分共30章，收集了来自18个国家的主要研究人员的原创性成果，囊括了该领域最新和最重要的理论框架与方法，探索与译者和工作场所相关的主题，包括机器翻译、创造力、人机工程学、认知努力、能力、培训和口译，另如多模态处理、神经认知优化、面向过程的教学法和观念转变等，也提出了认知和翻译研究的未来方向。

《文体与读者反应：心智、媒介、方法》（*Style and Reader Response: Minds, Media, Methods*，2021）是认知文体学领域的一部比较新的文集，共12章。该文集反映了文体学近年来的一些新发展，以读者接受理论为基础，就文体学的基本范式和方法作了梳理和探讨。编者指出：最近文体学的经验转向已经改变了这门学科，整合了读者反应研究，导致了理论化、分析和编撰“读者”及其“反应”的新方法。编者同时提出，实证研究在未来应该成为文体学研究的中心焦点。编者认为，文体学中“读者”的性质在过去10年中发生了变化。与以往基于分析者的内省回应或对“理想”读者的态度和经验的假设不同，实证研究已经开始出现，更多关注真实读者、玩家、听众和观众的回应。而且，文本类型及其受众的多样性意味着“读者”一词已不仅仅指那些阅读印刷文本的个人。“读者”由以往专注于“理想的”（实则是“精英”）开始指向了“真实的”（往往是“普通人”），这是对传统读者接受理论的一种超越。

《基于身体：叙事理论与具身认知》（*With Bodies*: *Narrative Theory and Embodied Cognition*, 2021）是著名叙事学家詹姆斯·费伦（James Phelan）等人主编的“叙事的理论与解释”丛书之一。全书由“导论”和9章正文组成，分别以时间和空间为轴，讨论故事世界的具身动力学和时间与情节的具身动力学。该书立足于第二代认知叙事理论，特别是以“4E认知”为标志的具身认知最新研究成果，讨论了具身叙事学的主要概念、方法和文学研究中的实际应用。其核心主张是，在与具体环境（嵌入认知）的交互作用中，人类身体的组成独特地塑造了心灵，这些环境来自知觉、情感和主体间模式（激活的认知）。两位作者之一的卡琳·库科宁（Karin Kukkonen）是挪威奥斯陆大学的博士生导师，她是近年来十分活跃的认知文学研究学者，著述颇丰。该书反映了认知叙事学的一种最新发展动态，是正在兴起的具身叙事学的第一部代表性著作，对文学研究、认知研究和人文学科研究均有重要的参考借鉴意义和前沿的资料价值。

《认知生态诗学：抒情诗新理论》（*Cognitive Ecopoetics*: *A New Theory of Lyric*, 2021）融合了当今3种文学理论：生态诗学、认知诗学和抒情诗学理论。除“导论”外，全书正文有4章。作者自陈“高举生态大旗”，重新审视抒情诗的认知属性和生态蕴含。她把抒情诗建立在感知的基础上，和生态诗学的基本主张一样，她认为诗歌必须反映生态过程。由此她得出结论：所有抒情诗都是“生态”诗，至少在某种程度上是这样。这种关于抒情诗与生态和自然关系的见解，不无启发。不过，她所主张的“消解主体”，则未必恰当。

《诗歌作为符号：审美认知研究》（*The Poem as Icon: A Study in Aesthetic Cognition*, 2020）一书的作者玛格丽特·H.弗里曼（Margaret H. Freeman）是美国的著名认知诗学学者、牛津大学出版社“认知与诗学”丛书的合编人。她认为诗歌的成功在于它能够成为现实中感觉“存在”的象征，进而解释了表征、暗喻、图式和影响等特征如何使一首诗成为一个像似符，并列举了不同诗人的详细例子。作者通过分析诗歌提供了洞察人类认知运作的方式；艺术的品位、美和乐趣只是审美能力的产物，而不是审美能力本身；审美能力应该被理解为人类感知的科学，因此构成了注意力、想象、记忆、辨别、专业知识和判断等认知过程。她利用认知语言学的基本理论，如概念隐喻、概念整合等对文学语篇［尤其是艾米莉·迪克森（Emily Dickson）的诗歌］进行了认知阐释，为传统诗学研究提供了新的视角。

《心有灵诗：当代诗学文体的认知》（*Poetry in the Mind: The Cognition of Contemporary Poetic Style*，2020）的作者乔安娜·盖文思（Joanna Gavins）是著名的认知诗学学者，她认为自己是一个“认知文学语言学家”（cognitive-literary-linguist），因此她着意于与前人对话，围绕着诗歌风格的一些关键维度，如对时间和空间、互文性、缺席、性能和隐喻等展开讨论。与之前对这个主题的大量研究有所不同，她的核心关注点是试图解释某些文学解读是如何以及为什么会出现的。她把诗歌视为一种共享的文化和艺术语言事件，诗歌话语是我们与世界的物理关系的一种特殊表达。因此，她在这本书中所关注的不仅仅是诗歌文本，而是在特定的语境中阅读诗歌文本，以及这种阅读对心灵产生的影响。

《情感心智：文化与认知的情感根源》（*The Emotional Mind: The Affective Roots of Culture and Cognition*，2019）是一部专著，共9章，讨论了人类的情

感系统在人类认知进化和文明发展进程中的作用。两位作者通过追踪情感在心灵进化中的主导作用，揭示了思想和文化对人类理性能力的贡献。从史前的洞穴艺术到汉克·威廉姆斯（Hank Williams）的歌曲，两位作者探索了情感思维的进化是如何刺激人类丰富多样的文化表达的。结合哲学、生物学、人类学、神经科学和心理学的新发现和数据，情感思维为理解是什么使人类如此独特提供了一个新的范式。

《美与崇高：文学与艺术的认知美学研究》（*Beauty and Sublimity: A Cognitive Aesthetics of Literature and the Arts*，2016）一书的作者帕特里克·科尔姆·霍根（Patrick Colm Hogan）是美国康涅狄格大学教授，在英美文学尤其是认知诗学、比较文学和文化研究方面享有盛誉，著述甚丰。这本著作延续了作者对认知、情感和文化的关注，以及艺术作品分析和实证研究相融合的方式，讨论了文学审美、审美普遍性、审美反应、美学论证与评价、崇高等一系列文艺美学问题，重点是描述和解释经验的美或“个人”美，也谈及有关美的政治问题。作者认为，成功的文学作品往往将丰富的细节整合到对复杂的、社会嵌入的情感和互动的高效描述中。在这方面，文学作品是研究情感，包括美感的特别合适的资源。

《文学如何与大脑互动：阅读和艺术的神经科学》（*How Literature Plays with the Brain: The Neuroscience of Reading and Art*，2013）也是一部专著，共5章，论及大脑和审美体验、文学阅读、审美和谐与不和谐、诠释学领域的神经科学、阅读的时间性和退化的大脑、社会的大脑和另一个自我的悖论。作者主要基于认知神经科学研究文学阅读时大脑的审美反应。这是第一本利用神经科学和现象学的资源分析审美体验的专著。作者指出，在神经科学的实验发现与其作为文学评论家和理论家所知道的阅读、解释和审美体验之间，有着大量意想不到的趋同。这些相似性是广泛而深刻的，其原因与审美体验中发挥作用的基本的大脑过程有关。作者的主要目的就是要详细地找出这些相似之处和趋同之处。

《故事与大脑：叙事的神经科学》（*Stories and the Brain: The Neuroscience of Narrative*，2020）解释了大脑如何与社会世界互动、为什么故事很重要，回答了大脑如何让我们讲故事和理解故事、故事如何影响我们思维的问题。作者分析了构建和交流故事的认知过程，探索了它们在心理功能和神经生物学中的作用。作者认为，故事按照时间顺序排列事件、模仿行为以及将我们的体验与他人的生活联系起来的方式，都与大脑的时间绑定加工过程、行动与感知之间的回路以及潜在于此的具身主体间性的镜像操作相关。本书揭示了关于大脑如何运作的神经科学发现，如何在没有中央控制的情况下集结神经元合成，从而阐明了对于叙事至关重要的认知过程。

《小说的诱惑：文学阐释的情感维度》（*The Seduction of Fiction: A Plea for Putting Emotions Back into Literary interpretation*，2016）的原著文种为法语，出版于2013年，2016年被译成英文出版。这部篇幅不长的专著共9章，内容却比较丰富，讨论了阅读的多种可能性、作为艺术的文学阐释、文学阐释中语境的重要性等，也讨论了作者的诱惑技巧和讲故事的艺术。后半部分的重心在文艺心理学方面，讨论了心理分析与小说的共生关系、小说是一种不诚信的作品、不可能的真理探求等话题，最后以“开辟新天地”为题，探讨了小说的心理文学进路。

以上我们大致介绍了这套译丛首批书目的基本内容，而更多信息则需要读者根据自己的兴趣和需要去阅读原书或译作。

中国的认知诗学研究是从2008年开始步入体制化轨道的，同年我们在广西南宁主办了首届全国认知诗学学术研讨会。2013年，我们在重庆成立了全国性认知诗学学会并主办了首届认知诗学国际学术研讨会。会议邀请了彼得·斯托克维尔教授和夫人乔安娜·盖文思教授以及马克·特纳、杰拉德·斯蒂恩（Gerard Steen）、埃琳娜·塞米诺（Elena Semino）等教授。此后他们和丽萨·詹塞恩教授等多次应邀出席我们的认知诗学国际学术研讨会。2020年，我主持的“认知诗学研究与理论版图重构”入选国家社科重大项目；

2021年，我们在中国比较文学学会的支持下成立认知诗学分会。从这时起，我们决定组织出版“认知文化与文学研究译丛”。当开始酝酿、组织这套译丛时，我们就得到了彼得·斯托克维尔教授和丽萨·詹塞恩教授等人的热情支持，他们为本译丛的书目遴选提供了推荐意见和宝贵资料。此外，本译丛自组织之初便得到了中国比较文学学会认知诗学分会副理事长封宗信、杨金才、尚必武、支宇、赵秀凤、马菊玲，常务理事何辉斌、雷茜、梁晓晖、柳晓、刘胡敏、戚涛、唐伟胜、徐畔、陈湘柳，以及认知诗学分会秘书长肖谊等教授的支持。他们的支持对本译丛乃至对中国认知诗学的发展，都是至关重要的。际此，我们对上述国内外专家致以诚挚的感谢。

本译丛得以顺利出版，要深深感谢重庆大学出版社对学术研究尤其是对认知科学研究的长期支持，以及对本译丛翻译出版的扶助；感谢编辑们的具体指导和严谨编校。他们高远的学术眼光、勤勉的敬业精神和踏实的工作作风保证了本译丛的顺利出版。同时，我们也感谢本译丛诸多主译的辛勤工作与通力合作。而本译丛在翻译方面的诸多不如意乃至舛误之处，概由译者负责，敬请读者批评指正。

总主编　熊木清

前 言

这本书是多年阅读与研究的成果，旨在探究诗歌创作的本质和意义。本书萃集了近年来笔者通过学术会议与讲座报告及已刊论文等渠道渐次展开的若干思考脉络。我从我读过的无数作家的作品中受益匪浅，在本书中我只引用了其中一些作者的作品，我感谢过去启发与鼓励我工作的许多朋友和同事，他们建设性的批评和进一步阅读的建议把我带入了语言学、符号学、哲学、现象学、艺术理论、认知科学、认知诗学和美学这些新的和不断拓展的领域。说出所有激励过我的人名就足以写成一本书了。

我在向更广泛受众阐述个人理论时面临的挑战，不可避免地导致了方法上的不均衡——它既要满足学术体系的严谨性要求，又需保证学科术语的可理解性，这种平衡始终处于危险的边缘。因此，我附加了一个术语表，以帮助读者了解我是如何使用这些术语来展开论证的。在本书的写作过程中，有几位朋友和同事给予我帮助。艾米·库克（Amy Cook）、古德伦·格拉伯（Gudrun M. Grabher）、金伯利·格罗根（Kimberly Grogan）、埃米洛·格罗瑟（Emmylou Grosser）、康妮·柯克（Connie Kirk）、卡琳·库克宁（Karin Kukkonen）、格雷格·马丁利（Greg Mattingly）、玛格丽特·麦克布莱德（Margaret McBride）、杰夫·摩根（Jeff Morgan）和伊丽莎白·夏夫利（Elizabeth Shively）就个别章节给了我有用的建议。桑迪·丹尼斯（Sandy Denis）和林恩·佩里（Lynn Perry）坚定地通读了每一章的草稿，告诉我哪些地方我的写作过于密集或有问题。莱斯利·克拉克（Leslie Clark）通读了整篇手稿，并指出了我可以改进思想表达方式和框架方面的地方。若有表述未尽明晰之处，并非他们未尽其责所致。在此向各位致以谢忱。

笔者深知，此番对复杂理论的阐述实为高度简明化且弱化历时性的处理。此举旨在避免哲学史辩论干扰核心论述力度——若能由此对古老命题及其解决范式提供新见（或至少是重审视角），则本书之初衷可达。

致谢

《长笛》。作者：布伦丹·加尔文，摘自《空气的共犯》(2015)。路易斯安那州立大学出版社。经许可后转载。版权所有。

霍勒·费尔骨笛。照片来自希尔德·詹森。版权归图宾根大学所有。经许可后转载。版权所有。

诗歌《就像猫》。作者：威廉·卡洛斯·威廉姆斯，选自《诗集：第一卷》，1909—1939，版权©1930归新方向出版公司所有。经新方向出版公司和卡尔卡内特出版社有限公司许可后转载。

警句6:15。《第六册》选自《马提亚尔警句：精选》，由加里·威尔斯翻译，翻译版权©2008，归加里·威尔斯所有。经维京图书（企鹅出版集团的独立出版品牌，企鹅兰登书屋的子品牌）许可使用。版权所有。

韦应物，《赋得暮雨送李胄》，威特·宾纳译。经威特·宾纳诗歌基金会许可后转载。

节选自华莱士·史蒂文斯的《必要的天使：关于现实和想象的评论》，版权©1942，1944，1947，1948，1949，1951，归华莱士·史蒂文斯所有。经阿尔弗雷德A.克诺夫，企鹅兰登书屋有限责任公司的一个分部，克诺夫-道布尔戴集团旗下出版公司和费伯出版社的许可使用。版权所有。

《纯粹的存在》和《一个重要的诗人》出自华莱士·史蒂文斯的《遗作集》，版权©1957归埃尔西·史蒂文斯和霍利·史蒂文斯所有。经阿尔弗雷德A.克诺夫，企鹅兰登书屋有限责任公司的一个分部，克诺夫-道布尔戴集团旗下出版公司和费伯出版社的许可使用。版权所有。

《松树林里的矮脚鸡》和《岩石》出自华莱士·史蒂文斯的《华莱士·史蒂文斯诗集》，版权©1954归华莱士·史蒂文斯所有，1982年由霍利·史蒂文斯更新版权。经阿尔弗雷德A.克诺夫，企鹅兰登书屋有限责任公司的一个分部，克诺夫–道布尔戴集团旗下出版公司和费伯出版社的许可使用。版权所有。

《隐喻》出自《西尔维娅·普拉斯诗集》，由特德·休斯编辑。版权©1960，1965，1971，1981归西尔维娅·普拉斯遗产管理公司所有。编辑材料的版权©1981归特德·休斯所有。经哈珀·柯林斯出版社和费伯出版社许可后转载。

W.S.默温，《砌石匠》选自《迁徙：新诗与诗选》。版权©1967，2005，归W.S.默温所有。经铜峡谷出版社许可公司许可转载。W.S.默温的《砌石匠》，版权©1967，归W.S.默温所有，经威利代理有限责任公司许可使用。

奈杰尔·麦克劳格林的《符号的科学》。来自不和谐出版社（布里斯托尔：布鲁克罗姆出版社）。版权©归奈杰尔·麦克劳格林所有。经作者许可使用。

蜀道难图示。赵家龙（2011）的《唐诗翻译中的传递形式分析》。荣誉论文，中国石油大学，北京。经作者许可使用。

李白的《蜀道难》，被弗雷德里克·特纳和Y.D.译为“危险的蜀道”，第11–34行。公共领域。

注：我已经请求允许使用弗雷德里克·特纳和Y.D.翻译的李白诗歌《蜀道难》的节选，这首诗出现在特纳的博客网站上。我没有收到任何回复，因此我认为它属于公共领域。

衷心感谢下面已发表文章中的转载部分：

《隐喻在诗学象似性中的作用》。版权©2011。出自《超越认知隐喻理论：文学隐喻观》，莫妮卡·弗卢德尼克编。经劳特利奇公司许可，通过版权许可中心以其他出版产品的格式转载。

《心智：诗学象似性创作中的感觉、形式和意义》。版权©2009。出自《认知诗学：目标、成果和挑战》，吉尔特·布朗和杰伦·万代尔编。经沃尔特·德·格鲁伊特许可，通过版权许可中心以其他出版产品的格式转载。

《走向诗学象似性理论：表象的本体论》。版权©2017。出自安吉拉·泽尔克等主编的《像似性维度》。版权©2017。经约翰·本杰明出版社许可后转载。

《诗歌艺术中的认知复杂性：马修·阿诺德的〈最后的话〉》，版权©2014。出自《认知符号学》第7卷，第1期，第87-93页。

本卷中所讨论的关于公有领域诗歌的早期论述出现在以下出版物中：

《〈白桦树〉：短暂的停留，爆炸的力量：艾米莉·狄金森和罗伯特·弗罗斯特诗学的认知语言学方法》，《英语语言学杂志》（2002），30.1：73-90。

《〈黑色的统治〉：焦虑的影响：诗歌作为一种心智理论》，《认知、交流、话语》（2013）。

《人类体验美学：诗歌表达中的心智活动、隐喻和符号》，《当代诗学：国际文学与传播理论与分析杂志》（2011），32.4：731-733。摘录经波特研究所和杜克大学出版社许可出版。

《〈神圣的形象〉：隐喻的多种模式：诗歌艺术的视角》，《当代诗学：国际文学与传播理论与分析杂志》（2017），38.1：61-92。经波特研究所和杜克大学出版社许可出版。

目　录

Contents

第1章　诗学认知[①]

在这项研究中，我的策略是通过构建对促成诗歌成为符号（像似符）可能性的主要元素的分析，来提出一种诗学象似性[②]理论。本章通过讨论人类感官认知的本质及其与现实存在的关系，并介绍一种审美认知理论，将诗学认知作为其跨学科领域中的一个子范畴，来奠定基础。我从一个中心问题开始，即诗歌如何实现对现实的本质存在的感受体验，这是几个世纪以来诗人和作家为他们的艺术所宣称的。为了建立一种审美认知与诗学象似性的"新世界观"，我对来自不同学科的术语及其不断变化的含义进行了重新定义。

本研究试图从认知的角度解决长期存在的诗歌功能问题。笔者的目的是展示诗歌作为审美能力的一种表达，是如何潜在地使我们能够从认知上接触和体验现实的"存在"、所有存在的和不存在的、可见的和不可见的。正如遥远的可见世界和不可见世界是通过科学知识被体验到的，它们也可以通过艺术感被体验到。科学家和诗人不是在追求不同的现实，他们是从不同的角度来追求它们的。人类的认知因此具有不同的方面和功能，无论是科学的、诗意的、语言的、感觉的等等。这一切的基础是审美能力，它不是根据审美能力的产物——趣味、美感和艺术乐趣来定义的，而是作为记忆、想象、注意、辨别、专业知识和判断的认知过程来定义的。正如科学家们先构建现实模型，

---

① 作者于本页注：《诗歌作为符号》，玛格丽特·H. 弗里曼，牛津大学出版社（2020年）。© 牛津大学出版社。DOI: 10.1093/oso/9780190080419.001.0001

② 译者注：本文出现的3个重要术语：icon 像似符、符号；poetic iconicity 诗学象似性；iconicity 像似性。

然后测试它们的有效性以获得知识一样，因此我认为，像似性是诗人使听众/读者对诗歌作出情感反应的手段，是作为存在的经验现实的符号。

书面语言的最大难题是我们如何能够将页面上的物理印记翻译成可理解的语言，使我们能够思考、感受、想象和体验自然世界及社会世界的元素。对于文学艺术来说，历代和跨文化的作家们都认为用非常相似的术语来描述其动力和起源就足够了，直到 20 世纪认知科学的兴起，作家们才开始从创作者和经历这些创作的人的角度来更深入地探索文学艺术是什么，以及它们是如何成为文学艺术的认知维度的。此时，他们才发现这样的探索是重要的，甚至是必要的。例如，阿奇博尔德·麦克利什（Archibald MacLeish，1960）研究了 3 世纪中国诗人陆机（Lu Chi）和 19 世纪英国诗人塞缪尔·泰勒·柯勒律治（Samuel Taylor Coleridge）的评论，提出了这些有趣的基本问题：

> 例如，有没有可能通过任何方式，将世界的所有复杂性都带入心智中？无边无际的空间，究竟是如何被一平方英尺的纸包裹起来的呢？可能我们不仅有陆机的断言，还有但丁（Dante）的喜剧可以证明，然而——怎么可能呢？又怎能从心里的方寸空间倾泻而出？兰波（Rimbaud）做到了，但他是如何做到的？

作为对柯勒律治（1951 [1817]）在《文学传记》（*Biographia Literaria*）中关于诗歌本质的著名陈述的回应，想象的力量“在不和谐特性的平衡或调和中显露出来：[……] 一种超乎寻常的情绪状态，具有超乎寻常的秩序”①，麦克利什问道：

> 但如果调和存在于诗中，那么被调和的事物也一定存在于诗中——“超乎寻常的情绪状态”和“超乎寻常的秩序”。正是这种暗示，诱使诗的追求者走向谨慎的崩溃边缘。如果诗中有秩序和情感

① 译者注：chosen from Samuel Taylor Coleridge’s *Biographia Literaria*: The ideal poem is a balance or reconciliation of opposite or discordant qualities: of sameness with difference; of the general with the concrete; the idea with the image; the individual with the representative...a more than usual state of emotion with more than usual order.

等待调和，它们在诗中的什么地方，它们又是如何到那里的？

当预见到认知革命的到来时，麦克利什对诗人的局限性作了一个有趣的让步：“这些是黑暗和困难的问题，涉及任何诗歌艺术的实践者都无法探索的推测：它们需要新的哲学检查——革命性的美学理论——由新科学大师们进行的科学实验”。虽说这话可能有点天真，但毕竟各个时代、各个文化传统的诗人都对诗学效果的成因进行了深刻的观察，亚里士多德（Aristotle）、陆机[①]之后的文学评论家和哲学家也纷纷参与了这个问题的讨论——的确，已经发生了一种转变，促使人们以西方科学方法为基础，对仍被普遍认为是艺术奥秘的事物进行更严格的研究。这不可避免地引起了紧张局势，不是在艺术家和科学家之间，而是在科学家和艺术评论家之间，反映在由科学与美学造成的差别上。

自然科学关注物理现实的本质，而美学关注认知科学。尽管认知研究人员挑战了笛卡儿（Descarte）将自我和世界作为两种不同实体的模型，即思维实在[②]（心智）在空间中没有外延，而物质实在（实物）既有质量又有外延，我们仍然将自己困在带有这种划分的基本假设的理论公式当中。正如维特根斯坦（Wittgenstein）多年前指出的那样，语言既限制了我们对世界的感知，也促进了我们对世界的感知。我们现在谈论的是“具身心智”，因此仍然将心智保持为一种物质、一个客体。[③]“Mind”（心智）是一种名词化表述，它将“minding”[④]（心智活动）这一动态过程具体化（reify），从而将其转化为一种

① 译者注：陆机（261—303 年），字士衡，吴郡吴县（今江苏省苏州市）人。西晋著名文学家、书法家。

② 译者注：res cogitans，笛卡儿区分了两种实在，即物质实在（res extensa）和思维实在（res cogitans）。心智、意识、认知等思维实在在数量化的物理世界中没有位置，其功能完全是自主的。物质占有空间，可以无限分割；思维则不占空间，不可分割。

③ 原文注释：肖恩 · 梅（Shaun May 2015）对身心互动的概念进行了类似的观察：当然，我们可以从生理学和神经学的角度来询问我们做某事需要什么，而不是在我们做某事的时候询问“思想和身体是如何相互作用的”。至少在这些观点的若干表述中，“大脑约束心智”“具身心智”和“延展心智”的假设犯了同样的逻辑错误——认为心智位于任何地方的说法是合乎逻辑的。

④ 译者注：“minding”译为“心智活动”，指代动态的心智运作过程（如感知、决策、情感调节）。

可被置入或抽离于其他事物的实体。

在开始解决麦克利什的“黑暗和困难”的问题时，我们需要揭露和质疑建立在我们探究之上的假设。

一种取消主义[①]、唯物主义的世界观认为，只有既有质量又有外延（物质实在）的物体才存在。神经科学近期许多工作都以这一观点为基础，即用神经生物学的术语来解释人类的意识和主体性，使它们变成大脑的器官。当我认为“没有像心智这样的事物”时，我不赞同大脑负责我们所有活动的观点。正如托马斯·福克斯（Thomas Fuchs 2018）所说，“大脑成为心智的器官[②]——但心智不在大脑中，因为心智是总体表现、格式塔[③]及作为有生命的存在与我们的环境、作为人类与我们的同类之间的所有关系的有序模式”。因此，大脑是人的一个器官，而心智不是人的器官。心智活动是笔者用来描述人类的认知（感觉 - 肌动 - 情感 - 概念）过程的术语。尽管我们拥有马克·特纳（Mark Turner 1996）所说的“内省性思维意识”，但延续他的论述，这是“一种松散的幻想。意识 [……] 厚颜无耻地自诩为全面且无所不能的，而事实上真正的运作往往发生在别处，以过于迅速、过于聪明且过于有效的方式进行着……”特纳写道，这项工作产生的意义“不是局限在概念空间的精神客体，而是在多个空间上的投射、绑定、连接、混合和整合的复杂操作”。我将说明这些操作主要是前意识的。

塞缪尔爵士学堂（Sir Samuel Hall）哲学教授多萝西·埃米特（Dorothy Emmet）在向曼彻斯特大学（University of Manchester）哲学专业的毕业生致

① 译者注：eliminativist 消除主义者（又译为取消主义、取消唯物主义），一般认为，很多常识心理学的概念，诸如欲望、信念、心灵，由于没有对应的神经基础连接，因此都是虚幻的。

② 译者注：颅相学家们认为大脑是心灵的器官，而心灵则由一系列不同的官能构成，其中每一官能便对应了大脑某一特定的区域。这些区域被认为按一定比例构成了人的特性。同时，颅相学家们还相信，颅骨的形状是与大脑内这些区域的形状相关的，因此通过测量人的头颅便能够判断每个人具有不同的人格。

③ 译者注：通俗地说，格式塔就是知觉的最终结果，是我们在心不在焉与没有引入反思的现象学状态时的知觉。人们的视觉系统会自动对视觉输入构建结构，并且在神经系统层面上感知形状、图形和物体，而不是只看到互不相连的边线和区域。

辞时曾对我们说："不管你们是什么人，我希望你们不会作为天真的现实主义者离开这所大学。"我当时很好奇为什么埃米特会强调这一点，在专心沉浸在哲学的 4 年之后，我发现，这一点对我们来说似乎是显而易见的。我从未忘记她的话，我终于明白了她临别赠言中的智慧。她实际上是在用奥卡姆剃刀定律（Occam's Razor）切入哲学事业的核心。① 我们被教导说，所有的发明，所有的发现，都必须从这样或那样的公理开始。正如阿兰 · 索卡尔（Alan Sokal 2000）所表达的，科学始于客观现实存在的公理："存在一个真实的世界；它的属性不仅仅是社会建构；事实和证据确实很重要。"具有讽刺意味的是，宗教也是从一个类似的公理化假设开始的：存在一个上帝。正如卡尔 · 萨根（Carl Sagan 2007）所说："我认为科学至少在某种程度上是有根据的崇拜。"

科学和宗教的世界以它们截然不同的方式开阔了我们的心智，让我们对抽象世界的想法超越了感官。原子时的发现，以其不变的、精确的振荡，取代了几个世纪以来我们用来记录时间的地球时或太阳时的概念。原子时是朝着抽象化方向的一种演进，它远离了与我们感官联系更加紧密的时间感知范式，而时间是由地球和太阳的昼夜运动记录的。宗教依赖另一种抽象，它相信非物质的精神世界。

哲学家和诗人的目的是不同的。哲学开始于科学和宗教止步的地方。通过质疑客观现实的基本公理，哲学通过逻辑开启了另一个世界的可能性。诗歌与哲学的不同之处在于诗歌的真理来自经验而非逻辑的知识，因此，正如华莱士 · 史蒂文斯（Wallace Stevens 1951）指出的，"他们正在追求一个整体的两个不同部分"。我相信，那个"整体"是"存在"的潜在本质。通过认知

① 原文注释：从历史上看，哲学传统被分为两种相互冲突的观点，根据我所遵循的认知理论，这两种观点都不合理：朴素实在论，认为可感受的特质（我们对颜色、品位等的主观体验），用福克斯（2018）的话来说，是"物质世界的客观特征"；唯心主义认为我们的感知都是完全主观的，"从中我们只能得出关于我们自以为生活在其中的现实的有问题的结论"。与两者相反，福克斯为他所谓的"中介直接性"的现实辩解："构成我感知基础的中介和转换的多重过程也可以成为共有现实的基础。它们不仅为我创造了惊鸿一瞥的瞬间，而且为我们呈现了对象本身。因此，我们可以将'朴素实在论'的概念替换为植根于共享生活世界的唯心主义。"

分析，人们可能会开始回答麦克利什关于诗歌是如何发挥作用的问题。但是，我会进一步追问：将整个世界带入心智，将空间封闭在纸上，从心底倾泻而下，那么诗歌的意义何在？因此，我在这项研究中的目标是表明诗歌如何使我们能够以象征的方式进入并从美学上参与潜在的自然中人类经验的所有领域。①

1. 像似性和实在之在

我注意到文学和认知研究中几个反复出现的因素，从而得出了诗学象似性理论。如果考虑到历代诗人和作家的评论，一个共同的元素就浮出了水面，尽管他们的写作视角和体裁截然不同。他们谈论“客体的本来面目”（Eliot 1964:82-83），就诗歌而言，它是作为一种“现实的想象”（Yeats 1918:13）。安东尼·赫克特（Anthony Hecht 1995）谈及诗歌作为捕捉“现实的丰富复杂性——客观世界复杂的丰富性”。这些作家认为，诗歌艺术有能力让人体验具体的、前范畴世界的感觉，就像心智活动将其概念化之前一样。约瑟夫·康拉德（Joseph Conrad）在《“水仙号”上的黑水手》（*The Nigger of the* “*Narcissus*”）的序言中简洁地表达了这种诗歌艺术的概念：

> 一部即便以再低微的姿态也渴望达到艺术境界的作品，其每一行都应蕴含其合理性依据。而艺术本身或许可以被定义为一种一心一意的努力，旨在对可见的宇宙给予最高形式的公正，通过揭示其各个方面潜在的多样且统一的真理。这是一种努力，旨在从其形态、色彩、光线、阴影、物质的各个方面以及生活的种种事实中，找出其中每一个所具有的根本的、持久的和本质的东西——它们那唯一能启迪人心且令人信服的特质——它们存在的真正本质。[……] 因此，所有艺术首先都诉诸感官，当艺术以文字形式表达自身时，若

① 原文注释：虽然我关注的是诗歌，但总体上说，美学象似性的可能性适用于各种艺术。

其崇高愿望是触及情感共鸣的源泉，也必须通过感官来发出召唤。[……] 我正努力完成的任务，是凭借文字的力量，让你听到、让你感受到——首先是让你看见。仅此而已，再无其他，这便是一切。（Conrad 1947：705-708；my italics）

康拉德的任务是什克洛夫斯基（Shklovsky 1965）所说的制造“使石头成为石头”。正如亚里士多德（1995）在他的《诗学》(*Poetics*）第 9 章中首次提出的那样，议论性语言从现实的特性中抽象出来以捕捉它们的共同点，而美学语言则相反：它捕捉到了经验现实的特殊个性的本质，即现实的“存在”。“存在”这一术语，就其最广泛的意义而言，是指存在的或被认为存在的东西，或物质的或非物质的；狭义地说，“存在”是现实的“本质”。在诗学象似性中，存在被理解为有机系统的“生命”和使石头成为石头的“本质”。在这个意义上，人类认知活动的特定创造可能会成为现实本质的像似符。

埃尔兹别塔·塔巴考斯卡（Elżbieta Tabakowska 1999）对像似性[①]关系提出了以下观点：

传统上，人们普遍认为像似性关系是单向的过程：从表达到概念。然而，如果我们赞同，辨别一种给定相似性的能力起因于语言使用者对特定文化和语言的了解，那么我们可以合理地认为这个过程可能被反过来：通过（语言学）惯例，语言使用者可能会（通过辨别有关的相同点）将特定表达与特定概念联系起来，因此得出对现实的某种看法或解释。

塔巴考斯卡在这里提出的建议——像似性与我们感知现实的方式有关——反映了我在用诗学象似性来定义我所指的内容时所采取的方向。就像一件物质手工制品可能是超越自身的某物的象征，是人类制度的特定元素，

① 译者注：这里出现的 iconicity，是像似性（Peirce）的意思，poetic iconicity 是诗学象似性。iconic 有象征性的、标志性的、图符的、偶像的、图标的、形象的、具有代表性等意思；iconically 有形象地、图像化地等意思。

如文化或社会，也可能成为超越它们自身的某些事物的象征。因此，阳光法案和市政厅会议是民主原则的象征；马丁 · 路德 · 金（Martin Luther King）在 1963 年“我有一个梦想”（I Have a Dream）的演讲和巴拉克 · 奥巴马（Barack Obama）在 2015 年关于黑人女性困境的演讲都是种族、经济和社会正义平衡尺度的象征。

我想到了几个世纪以来作家们所做的类似陈述，即艺术抓住了不可言喻的、看不见的、无法表达的东西。然而艺术是具体的、个体的、表达的、情绪的、描述的、情感的、主观的。艺术如何能在表达具体事物的同时又表达抽象的事物呢？阿奇博尔德 · 麦克利什（1960）认为诗人的工作如下：

> 诗人的劳动就是与世界的无意义和沉默作斗争，直到诗人能够强迫世界有意义，直到他能使沉默成为真理，使非存在成为存在。这是一种劳动，它承担着“认识”世界的任务，不是通过解释、论证或证明，而是直接地，“就像一个人知道嘴里的苹果一样”。（9；my italics）

麦克利什（1952）的诗歌《诗艺》（“Ars Poetica”）表达了同样的原则：

Ars Poetica	诗艺[①]
A poem should be palpable and mute	一首诗应当摸得着，却不会说
As a globed fruit	好像圆圆的水果，
[...]	[……]
A poem should not mean	诗不应隐有所指，
But be.	应当直接就是。

通过使一首诗成为现实，诗人制定了它被创造的表现形式：存在本质的原始体验构成了现实结构的基础。莫里斯 · 梅洛 - 庞蒂（Maurice Merleau-Ponty 1962 [1945]，1968）指出，这种现实对我们来说通常是“不可见的”，不是缺席或空白，而是隐藏在可见的事物中，但始终存在于当下。我们在这个世界上固有的感觉，我们在当下的体验，被梅洛 - 庞蒂（1968）描述为：“自

① 译者注：中文翻译来自赵毅衡 . 美国现代诗选：上 [M]. 北京：外国文学出版社，1985:332.

我对自我的在场，不亚于存在，是先于任何哲学的，但它只有在那些它受到威胁的极限处境中才能被认识，比如在对死亡的焦虑中或者在对他人对我的注视的焦虑中”[①]。我们在情绪激动的时刻，即使只是暂时的，也会自我意识到我们的存在是“在场”的原始存在的一部分。这种意识在艺术中创造了像似性的可能性：创造性的人类表达与经验现实的在场的关系。在准备探讨这种关系时，以下部分将简要讨论认知自我的本质、科学和美学的作用，以及为认知美学中涉及的跨学科领域建立合适的术语的必要性。

2. 走向审美认知理论

随着关于人类大脑工作机制认知的神经科学的迅速发展，以及关于心智的心理学的类似发展，认知科学家不再认为艺术是科学所不能企及的。[②]然而，在应用适用于自然科学的方法论时，问题就显露出来了。例如，考虑一下凡 · 高（Van Gogh）对朋友埃米尔 · 伯纳德（Émile Bernard）关于自己的画作《圣保罗医院的花园》（*The Garden of Saint-Paul Hospital*）的说明：“你会明白，这种赭红色、带灰的暗绿色、黑色线条勾勒的轮廓组合，会引起一些焦虑的感觉，我的一些不幸的同伴们经常忍受这种焦虑”（转引自 Kimmelman 2015:24）。他的绘画观察——灰色会让赭红色显得悲伤，这些与“勾勒出轮廓的黑色线条”相结合，会产生焦虑感，伯纳德将会理解这种情感——直接体验绘画的核心意义。然而，凡 · 高的绘画观察并没有告诉我们，如此的绘画特征如何能唤起凡 · 高的同伴们所经历的“一些”感受。大概，这个说法可以被实证检验，但是问题依然存在。一个定量的结果能在多大程度上告诉我们人类大脑是如何在情感上感受到这种视觉影响的呢？我们是否需要一个统计上充足的数字

① 译者注：原文“The presence of oneself to oneself, being no less than existence, is anterior to any philosophy, and knows itself only in those extreme situations in which it is under threat: for example, in the dread of death or of another’s gaze upon me”译文部分参考莫里斯 · 梅洛 – 庞蒂 . 梅洛 – 庞蒂文集 . 第 2 卷 . 知觉现象学 [M]. 杨大春，张尧均，关群德，译 . 北京：商务印书馆，2021:553.

② 原文注释：阿布拉莫（Abramo）等（2017）对认知文学人类学和解释学作出了出色的学术调查研究。

来向我们证实这些情感确实被表达出来了呢？超过 90%？为什么不是 50% 呢？或者实际上，如果只有一个观察者记录了这样的反应，为什么那个关于凡 · 高的有效证明就不重要了呢？

你可以设想一下，实证研究员借助功能性磁共振成像技术来确定这幅画是否触发了与感官知觉和情绪关联的大脑某些区域的反应，但这个方法又能给我们带来什么启示呢？[①] 神经科学家们已经发现，大脑中的某些突触通路是根据接触环境的体验来发展其用途的，因此，每个人的大脑都略有不同。[②] 一位同行画家，一位艺术史学家，一位美术馆 / 博物馆的常客，或者一个没有艺术经验的人，对凡 · 高的画可能会有非常不同的反应，这并不奇怪，更不用说人们的注意力会受到情绪波动或早餐食物变化的影响了。

然而，在对凡 · 高的这一评论进行考量时，又一个问题浮出了水面。科学方法论的一个重要组成部分是可重复性：如果精确地重复，就能从一个特定的研究中得到相同结果的重要性。假设没有添加剂，海拔也没有变化，水将总是在相同的温度下沸腾。关键在于精确地重复。艺术是独一无二的。就像诗歌中的语言效果一样，同时使用灰色和赭红色会让人产生一种悲伤的感觉之间并没有完全的对应关系。正如凡 · 高提醒我们的那样，它必定在某种程度上存在于画作的特定组合之中：符号学符号（semiotic signs[③]）——在此情形下为视觉上的——能够被证实与其描绘对象之间形成了标志性的相似表象。麦克利什对诗歌也表达了同样的观点。在一首诗歌中，引起情感反应的不是声音本身，而是

---

① 原文注释：这样的调查并非没有价值。2017 年春天，歌剧歌手蕾妮 · 弗莱明（Renee Fleming）参加了一项功能性磁共振成像实验。研究人员发现，她的大脑会呈现出不同的活动，这取决于她是说话、唱歌或仅仅是想象唱歌（Jangraw 2017）。当弗莱明想象唱歌时，她的大脑中包括情感、运动和视觉的更多区域变得活跃起来，这是一个有趣的发现，因为想象唤起了感官认知。

② 原文注释：福克斯（2018）引用了神经学研究中的实证研究，提供了大脑神经可塑性使生活经历导致的皮层重组成为可能的证据。

③ 译者注：凡 · 高画作中的符号学符号（如旋涡状笔触与鲜明色彩），构建了一种情感张力的视觉语言体系。所以此句的意思是：正如凡 · 高所揭示的，这种关联必然存在于绘画特征的组合之中：即（此处为视觉性）符号学符号——本文试图论证，此类符号可被证实与其描绘对象之间形成了标志性的相似表象。

声音与诗歌意象、句法模式、隐喻和主题。挑战在于确定这些组合如何唤起情感反应。被用于创作诗歌或绘画的感官认知的感觉 - 肌动 - 情感过程对于他们的读者来说不一定是可复制的。[①] 尤其是就一幅绘画作品而言，任何实证检验都必须被进行，正如一些实验所做的那样，观察员必须实地观察这幅绘画作品，而不是网上或艺术书籍中的一种表现物。因为是纹理、笔触等的质感，甚至是绘画作品的展示方式，促成了观察者的情感反应（Robinson 2005）。

当说到诗歌时，问题就复杂了。一首诗歌对感觉 - 肌动 - 情感（知觉）的反映不仅存在于诗歌的意象上，还存在于诗歌的韵律上：模式和重复的元语言特征，话语的屈折变化，它们只是部分地以书面形式表现出来，如词汇选择、顺序和标点符号。在不考虑韵律学的情况下解读一首诗，可能会错失它的感觉情感，因此导致误读或错判诗人的意图，不是从交际意图的意义上理解，而是从强度或内涵的意义上理解。

有一个问题仍然存在：一种科学的方法对尚未被专家记录在案的艺术有什么要解释的吗？几个世纪以来，艺术家和艺术学生就艺术的许多表现形式的本质发表了深刻的评论。这些评论显示出了复杂和深奥的知识。然而，对于这种观察证据的明确说明，或对艺术如何达到这种效果的分析，往往是缺失的。丹 · 恰森（Dan Chiasson 2010）在詹姆斯 · 斯凯勒（James Schuyler）《其他的花：未收录诗集》（*Other Flowers*: *Uncollected Poems*）的一篇述评中作出了引人注目和显著的评论，他认为："斯凯勒准确找到了记忆与悔恨的安息

① 原文注释：罗曼 · 雅各布逊（Roman Jakobson 1960）引用了安东 · 马蒂（Anton Marty 1908）对"情感的"胜过"情绪的"一词的偏好："所谓的专注于说话者情感的或'表达的'功能，旨在直接表达说话者对他所谈论内容的态度。它倾向于产生某种情感的印象，无论是真实的还是虚假的；因此，马蒂发起并倡导的'情感的'一词，[……] 已被证明比'情绪的'更可取。[……] 感叹词中的情感功能在某种程度上影响着我们所有的话语，包括语音、语法和词汇层面"。

角。”[①②] 由于没有给出任何例子，人们需要阅读斯凯勒的诗歌，以对恰森的所指进行有根据的探寻，尽管那样，斯凯勒实现这种“精确的安息角”的方式可能并非显而易见的。[③] 角（angle）这个术语意味着视觉角度，保持某种静止。正如角的复数用法可能暗示的那样，记忆和悔恨的角被理解成不相关的效果，还是被理解成相互关联的轴呢？恰森的措辞是引人注目和令人难忘的；它让人想起了艾米莉·狄金森的诗行，“悔恨——是觉醒的——记忆——”（H57，F781/J744/M383），“经历是条弯路”（H175，F899/J910/M425），“用来代表安息”（A191，A831，A66，F895/J1068 and 1775/M534），但狄金森对这些术语的使用与斯凯勒是相同还是不同的，这一点也不明显。[④]

文学批评中的这种解释性省略——解释性例证、解释性证据、解释性评价——正是审美认知研究所寻求补救的途径。在其描述方式中，应用于诗歌的审美认知无异于文学诠释学，或“细读”。不同于文学诠释学，审美认知关注为诗歌效果提供解释方法，为诗歌评价提供理论依据。为了做到这一点，审美认知超越了文本本身，不仅像传记、历史、社会或心理分析那样，为艺术的内容提供相关的语境证据，而且还延伸到人类心智活动本身的动态运行

① 译者注：angle of repose 有静止角、安息角、休止角、货物自然倾角等意思。安息角是建筑学上的词汇，指一堆散料保持自然稳定状态的最大角度。一旦这个角度形成后，再往上堆加散料，就会自然滑下，并保持这个角度。同理，人们只有找到了安息角，才能让婚姻保持稳定。每个稳定的婚姻都是因为找到了安息角，每个不稳定的婚姻都是因为还没有找到安息角。

② 原文注释：恰森可能是从华莱士·斯特格纳（Wallace Stegner）的小说标题《安息角》（*Angle of Repose*）（也有译为《安眠的天使》）得出的评论。他对这部遗作集里的许多诗歌作出了评论。他表达了对一卷书的兴趣，“这卷书明确了斯凯勒对这些诗起初的排斥所隐含的好坏之分：告诉我们是什么让斯凯勒的好诗与坏诗不同。猜猜为什么这 163 首诗没有入选。并且有些比其他的更好吗？”在评价这些诗中的善、恶和冷漠时，人们应该做的不仅仅是“猜测”。审美认知正是这样做的一种尝试。

③ 原文注释：安息角（angle of repose）一词最早被记录在劳登（Loudon）的著作中（*Encyclopaedia of Cottage, Farm, and Villa Architecture*，1833）下来：“斜坡以大约 32 度角倾斜，或称为砖石安息角”（《牛津英语词典》）。它指的是依靠所用的建筑材料，可以达到永久稳定的角度。

④ 原文注释：艾米莉·狄金森没有出版她的大部分诗歌，也没有给她的诗歌命名。狄金森的诗歌文本来自手稿的在线图像，并通过档案识别号进行识别，H 代表霍顿图书馆（Houghton Library）或 A 代表阿默斯特学院档案馆（Amherst College Archives），后面是诗歌编号：F 代表 R.W. 富兰克林（R. W. Franklin 1998），J 代表托马斯 H. 约翰逊（Thomas H. Johnson 1955），M 代表克里斯泰恩·米勒（Cristanne Miller）版本。

机制，因为它包含了人类经验概念化形成中由感觉－肌动－情感印象所引起的感情。从这个角度来说，文化、生活经历、历史资料等，都是创造性的人类表达的更大领域中的必要子集，与经验现实相关。

神经认知（neurological cognition，简称 neurocognition）① 这一领域为更深入地探究诗歌效果的证据提供了可能性。一个春日，一名在马萨诸塞州谢尔本瀑布花桥上工作的志愿者对我说，当她驾车前往大桥时从收音机里听到的曲子仍然在她脑海里回荡。其他志愿者也参与进来：他们说歌曲有多大的侵入性（毕竟，他们是园艺师）。志愿者问道，为什么大脑倾向于墨守成规？神经认知仍处于科学发展的早期阶段。例如，有研究表明，在听音乐时，音乐家的左脑更活跃，与之截然相反的是普通人的右脑更活跃。但是，为了测试音乐体验和专业知识能让我们进一步了解大脑功能而设计的实验会有什么结果呢？在演奏中，当通过手动操作乐器而非听录音来感受音乐时，大脑的反应会有所不同吗？在创作和聆听古典、摇滚、重金属或新浪潮音乐时，大脑的功能是否有所不同？记忆在对音乐的反应中起到了什么作用呢？技术至今还不够先进，不足以充分回答这些问题；至于大脑中可能发生的事情，功能磁共振成像扫描只能提供最粗糙的迹象。然而，随着科学家开发出进一步研究大脑运作的工具，这些问题也许有一天会得到解答。②

前面的讨论提出了一个重要的观点。没有仪器来探测和检验假设，科学就无法发展。想想伽利略的望远镜、电子显微镜、欧洲核子研究中心的加速器。在这个意义上，詹巴蒂斯塔·维柯（Giambattista Vico 1948 [1744]）在 18 世纪的告诫中说，可以从某种不同的角度来看待，我们无法知道我们自己没有创造的事物的原因。维柯用他的人类文化的“新科学”和笛卡儿科学作比较

① 原文注释：从神经学的角度探索艺术通常使用的术语是神经美学。关于神经美学的争议源于研究者的反应，这些研究者声称（或至少暗示）只有大脑活动本身才能解释艺术活动，仿佛自我只是大脑过程的一个功能（正如认知神经科学的许多研究假设的那样）。人们不必非要接受这个假设去承认神经认知在我们理解艺术的反应方式中发挥着作用（见原文注释 15，前福克斯 2018 条）。

② 原文注释：关于诗歌神经认知反应的最新研究可能会在雅各布逊的书（2017）中找到。

（M.Freeman 2011）。这两门科学在制造人工制品方面是相似的，无论是物质的还是非物质的。它们的区别在于制造这类制品的目的。科学仪器被设计用来探索关于自然世界的知识，文化仪器是被用来模拟人类与自然世界的关系以及对自然世界的反应。在造型艺术中，仪器是物质的：雕塑和建筑中的木材、黏土、混凝土、钢材；视觉艺术中的油画颜料、水彩、画布、羊皮纸；音乐艺术中的黄铜和其他金属、木材、象牙、兽皮。在其他艺术中，仪器与人体的关系更为密切：舞蹈中的肌肉运动、歌唱和口头诗歌中的声带运动。文学处于人工制品和人体之间的界面上：墨水、铅笔、纸张，以及后来的计算机、照相机、电影都为语言服务，这些都是在人类认知发展过程中出现的。[①] 艺术中的媒介选择，就像科学中的媒介选择一样，既促进了实践，也限制了实践。

审美认知的另一个潜在有用的领域是评价。它仅仅是一个感官品味的问题，就像那句老生常谈的短语所说的那样，品味无可争辩吗（de gustibus non est disputandum？）或者鲍姆加滕（Baumgarten 2007［1750］）的“品味”应该被理解为鉴赏力？[②] 是什么或者谁决定一部小说是否优秀，甚至伟大？《麦田里的守望者》（*The Catcher in the Rye*）是像一些人说的伟大，还是像另一些人说的幼稚？为什么有些读者认为《愤怒的葡萄》（*The Grapes of Wrath*）是史上最好的书之一，而文学评论家则倾向于将其归入“好但不伟大”的范畴？[③] 自从伊曼努尔·康德（Immanuel Kant 1911［1790］）在美学的定义中加入了判断，在艺术的讨论中，评价的问题一直是备受质疑的，尽管艺术鉴赏家是普遍精通于分辨平庸与优秀的，尽管并非绝对正确。显然，品味问题和

① 原文注释：N. 凯瑟琳·海耶斯（N.Katherine Hayles 2017，2018）探索了“认知集合”（cognitive assemblages）：协调机器和人类认知活动的分配系统。

② 原文注释：史克鲁顿和芒罗（Scruton and Munro 2018）指出鲍姆加滕（Baungarten）所理解的品味不是感官能力本身，而是一般意义上的辨别和评价。关于美学的广泛调查，请参阅他们在《大英百科全书》（*Encyclopedia Britannica*）上的文章。

③ 原文注释：我关于塞林格（Salinger）和斯坦贝克（Steinbeck）的小说例子援引自约翰·F. 达西（John F. Dacey 2010），他写道，“自我在 20 世纪 60 年代中期第一次读到它以来，它一直是我最喜欢的书”，而塞林格的书就是个“冒牌者”，其中“标题和书的其余部分一样毫无意义”。

更大的问题之间是有区别的，品味问题确实是私人的（personal）和个人独特的（individually idiosyncratic），更大的问题是什么使艺术成为艺术，以及如何就什么是好——甚至是伟大的——艺术达成某种共识。我认为，“品味”和“美感”绝不是回答这些问题的（唯一）相关标准。品味、美感和愉悦是由审美能力产生的，而不是审美能力的组成部分。

存在一些共识——即使不是普遍的，专家之间更是这样——人们可以探究为什么一些艺术品具有普遍有效性，而另一些则没有。专家“知道”的是什么，使他们能够对艺术质量作出判断？如果偶尔判断错误，那么所有的评价因此都是可疑的吗？这些都不是新问题。它们已经被困惑和争论了几个世纪。事实上，时间一直是品质争论的一个决定因素：莎士比亚（Shakespeare）是伟大的，因为他仍然在跨越时代、跨越语言和文化与我们对话。但这并不能让我们更深入地了解是什么让莎士比亚的作品经久不衰。我们仍然面临着一个难题，为什么莎士比亚的作品比同时代的克里斯托弗·马洛（Christopher Marlowe）或其他人的作品更受重视。在更好地理解审美认知的这些因素时，缺少的是我们所使用的术语和构成我们思维（thinking）基础的假设的更清晰的阐述。①

3. 构建多学科术语体系

当人们考虑使用“认知的（cognitive）”这一术语来描述某些当代学科时，重新定义术语的需求就变得清晰起来。广义上，“认知的”一词可应用于所有人类心智活动，因此“所有的研究都是认知的”这种表述是多余的。当心智科学从自然科学中分离后，认知科学把它（cognitive）用作形容词是可以理解的。认知语言学是针对乔姆斯基语言学（Chomskyan linguistics）的早期表述发展起来的，乔姆斯基语言学认为大脑中有一个专门用于语言的独立

① 译者注：原文是 Missing in better understanding these factors of aesthetic cognition is a clearer exposition of the terminology we use and the assumptions that underlie our thinking.

的句法模块，而认知语言学家认为语言功能是分散的。然而，两者都声称带有认知的标签。通过调换形容词 - 名词词组的位置[①]，各种认知学科可以更准确地被理解为看待同一认知能力的不同模式，无论它们是语言学的、心理学的、社会学的、神经学的、科学的、美学的等等。出于这个原因，认知诗学（cognitive poetics）的使用是同样有问题的，因此笔者现在采用诗学认知（poetic cognition）作为一种更准确的描述。

作为审美认知的一个分支，诗学认知在构建诗歌效果的本质及将诗歌效果与人类认知过程联系起来方面具有提供一种理论和方法的潜质。然而，诗学认知像所有在其应用领域中尝试跨学科亟须的努力一样，"各类学科彼此借鉴，互相引用"（Callies et al. 2011:3），这种研究仍然处于非常早期的阶段。西蒙 · 佩尼[②]（Simon Penny 2017:427-433）指出跨学科本质上是不稳定的。它随着新的世界观的出现而产生，并朝着形成新学科的方向发展。跨学科的特点是暂时采用的术语来自不同学科发展出来的概念。这些术语不可避免地失去了其原始表述的严谨性，因为它包含了来自不同于最初使用它的环境的现象。在这个阶段，（术语）意义本身变得不稳定，这种情况印证了佩尼（2014:n.p.）在一门学科发展史上的第一个阶段：

（1）尚未形成的词汇和模糊迹象的阶段。

（2）在这个阶段，来自不同领域的思想相互交流，新的关系和差异被建立起来，在此基础上，一种反映新世界观的新词汇被谨慎且精辟地建立起来。

（3）这个阶段，为了构建复杂而精密的学术话语，群体成员需要有效地使用这个新词汇。在这个阶段，这些术语的认识论历史是共同的知识，这些术语可以作为简略的表达方式使用。

（4）这些术语逐渐变得具体化，不再代表过去的研究和争论。

① 译者注：如 cognitive poetics 变成 poetic cognition。
② 译者注：西蒙 · 佩尼，加利福尼亚大学艺术与信息学教授、作家。

例如，这些术语被写进教科书，并传授给新一代学生。他们将把这些术语当作公理化的基本现实。因此，在阶段（2）和（3）中如此严谨发展的术语变得像充满假想意义的魔法咒语。

（5）此阶段术语范例失败的问题，往往看起来只需要技术或方法上的调整，但随着问题的发展，最终变成了原则性问题。此时，术语范例的解释力形成问题，内部和外部的质疑开始了。

返回（1）并重复。

考虑到不同阶段的痕迹特征可能同时出现，佩尼的阶段说法没有如此严格地被定义为在实际实践中发展的一门学科。尽管如此，佩尼的几个阶段仍有助于提供一个学科发展周期的粗略轮廓。

诗学认知作为一门新兴学科，已经发展到第（2）阶段，但其术语依旧不稳定。这种不稳定性源于几个方面，反映了佩尼学科发展周期中的不同阶段。有时，这种不稳定性源于对另一学科中具有特殊意义术语的借用。同构就是一个恰当的例证。该术语最初在自然科学中被理解为具有相同结构的不同有机体，在文学批评中被用于将内容与形式联系起来，从而导致一种误导性的假设，即形式和意义在某种程度上是可分离的两个部分，就像两个不同的有机体一样。在认知语言学里，乔治 · 莱考夫和马克 · 约翰逊（George Lakoff and Mark Johnson 1980，1999）一直致力于保持形式和意义的原始区别，这种区别对于诗学象似性变得非常重要。

另一种不同类型的问题来自构成跨学科术语基础的假设。人类通过语法名词化将事件、活动或过程具体化（制造物体）的倾向，导致概念分类，模糊了感觉 - 肌动 - 情感体验的前意识过程。楚尔（Tsur 2008）认为诗歌的一个重要功能是通过延迟分类来进入这些潜意识过程。只有当我们能够穿透心智或隐喻等概念的物化，将其视为心智活动和隐喻的主动过程时，我们才能感知它们特定的认知功能。

佩尼阶段（2）中的术语不稳定性也可能是因为采用了原始学科中已

经达到阶段（4）的术语。文学批评中的许多术语，如源自古希腊语的美学（aesthetics）或模仿（mimesis），被当作公理化的假定事实，“充满了假定的意义”。当一个单词被翻译时，它倾向于改变意义。例如，在托马斯·肯皮斯（Thomas à Kempis）15 世纪的论著《模仿基督》（*Imitatio Christi*）中，“模仿”（imitation）的拉丁语含义是通过做基督所做的事情来遵循他的戒律。根据《牛津英语词典》，这个词首次被记载在 16 世纪的英语中，其动词形式“模仿”（imitate）仍然带有通过行动遵循的主动概念。然而，其英语名词化形式的物化却采用了更为现代的观念，即通过模仿行为或态度而非行动来复制，甚至产生了仿冒的概念，从而引发了佩尼第（4）阶段所特有的范式问题，因为这种用法在第（4）阶段未经审视就已被采用。

“认知”（cognitive）一词是反映第（5）阶段范式性失败的一个典型案例。也就是说，从广义上讲，这个术语指的是心理过程。在过去，这些心理过程局限于概念推理，排除了肌动功能、感觉印象和情感动机的前意识过程。然而，随着神经科学中大脑研究的发展，认知心理学家的研究不断指出，感官认知——感觉－肌动－情感官能——在人类“心智活动”的工作中起着不可或缺的作用（M. Freeman 2009）。福克斯（2018）指出：“感知、注意力、行动、规划以及运动执行至关重要地取决于意向性，即诸如唤醒、警觉、驱力以及基本的动机和情感状态等重要功能，这些功能主要与脑干和间脑中的中枢相联系，并且为意识的所有高级功能提供能量。”因此，意动功能产生于生物体的活力，成为感觉－肌动－情感官能的基础。这种对认知本质理解的发展，引导和制约了“认知的”这一术语在诗学认知中的运用。

“美学”一词也存在类似的问题。这个词源于希腊语“感觉”（αἴσθησις），意思是知觉、理解、洞察力，在现代时期它被限制于研究艺术中的品味、美感和快感。然而，审美能力是认知的一个基本方面，它涉及用于判断包括自然科学和人文科学在内的一切人类活动的记忆力、想象力、注意力、辨别力、专业知识以及判断力。使用带有这种预设理论负荷（pre-assumed baggage）[①]的词汇所带来的问题表明，需要有新的术语来取代它们，以避免产生误解。然而，这样的提议似乎不太可能实现，甚至可以说是不可能的。

这些术语流动性和具体化的例子只是使用的术语中的一部分，通常没有定义，在诗学认知的实践中，导致对其他误导性主张缺乏共同理解。因此，笔者附上术语表，在诗学象似性的语境中定义这类术语。每一章都围绕诗学象似性理论中作为功能元素的特定术语展开，并将这些特定术语应用于各种诗歌例子，然而，我们意识到这些术语的整体意义总是大于部分意义的总和。正如麦克利什指出的，对于诗学象似性的挑战是诗歌通过何种方式能够“将世界的所有复杂性带入心智中”。

4. 章节概览

发展诗学象似性理论包括探究赋予“像似符”[②]这一术语的各种含义。因此，从第 2 章开始，笔者对不同来源的诗学像似符进行了功能性定义：查尔斯·桑德斯·皮尔斯（Charles Sanders Peirces 1932）的符号学理论最初直接在经验层面上认同像似符；认知语言学从语言层面展示了像似性的效果；宗教学则把像似符与圣像和宗教经历联系在一起；大众用法则是依赖于情感反应来认同像似符。然后，笔者通过功能上重新定义形式 / 图表与内容 / 意象的关系，以及言语活动与名义客观性的关系，重新审视了某些具有西方意义的预设，为笔者关于“像似性是诗人使听众 / 读者对作为感受现实的一种表

① 译者注：“pre-assumed baggage”在这里指的是词汇本身携带的预先假定或隐含的意义，学术上更倾向于使用“预设理论负荷”或“先验理论负载”这样的术语。因此本句的意思是：使用承载此类先验理论负荷的术语所引发的认知困境表明，有必要通过新型术语体系的构建来实现替代性阐释，以避免概念误读。然而，此类理论重构的尝试即便不具现实可能性，其可行性在认识论层面亦存在根本性争议。

② 译者注：皮尔斯认为：“一个符号代替另一个事物，因为符号与事物相似”（Peirce 1931—1958：3.362）。任何感知都有作用于感官的形状，因此任何感知都可以找出与另一物的像似之处，也就是说任何感知都是个潜在的像似符号（Gombrich 1968：12）。从具体到抽象，像似性幅度可以很宽。icon 有符号、图标、图符、像似符号、象似符号、图像等意思，在本节翻译为“像似符”。

象的诗歌作出情感反应的一种手段”的论点奠定基础。第 2 章的结束，笔者以亚历山大 · 蒲柏（Alexander Pope）和华莱士 · 史蒂文斯诗歌中声音意义上的像似性，约翰 · 济慈（John Keats）诗歌中语法意义上的像似性为例，讨论了文学批评中像似性被理解的方式，并且笔者还探讨了莱考夫和特纳（Lakoff and Turner 1989）对诗歌中像似映射的描述。

梅洛 - 庞蒂（Merleau-Ponty 1962 [1945], 1968）对不可见的现实存在的前范畴经验的现象学研究，以及美国哲学家苏珊 · 朗格（Susanne Langer 1953）的艺术表象理论构成了第 3 章的主题。表象为像似性提供了本体论基础，像似性将其与经验世界联系起来，或者，如亨利 · 詹姆斯（Henry James）所说的“感知生活”。术语“表象”的选择是经过深思熟虑的。我的目的是避免陷入关于模仿意义的长期争论中，为了简单地提出一种表象理论，这种理论在功能上描述了诗歌的方式，就像所有的艺术一样，让我们洞察自我和世界的现象性存在。在此过程中，我接受了东方的语言观念作为表现形式。通过这种洞察力，我们能够体验到一首诗如何像似性地展现出我们自觉意识之下的存在的本质。笔者将说明 W. S. 默温（W. S. Merwin）、华莱士 · 史蒂文斯和布伦丹 · 加尔文（Brendan Galvin）的诗歌如何创造出如此符号的表象。

对于一件手工制品——任何人类制造的产品——要成为一个像似符（或者符号），它必须源于创造一种独立的、超越自身事物的表象，无论是物质的还是非物质的。因此，隐喻是像似性创造的基础。在第 4 章中，我认为隐喻既是过程，也是产物，以理解其在诗学象似性中的作用。首先，笔者通过讨论两种截然不同的观点来为隐喻化的认知导向观点奠定基础，这两种观点认为，当一个人从字面上理解隐喻或将其视为现实模型时会发生什么。通过采用具身主体性的认知观点，笔者建议对作为世界一部分的自我采取一种更加相互联系和整合的方法。随后，笔者介绍了隐喻加工的概念，即语言、概念和感觉 - 肌动 - 情感层面的层次结构，并将笔者对诗歌中隐喻功能的看法与受皮尔斯影响的方法进行了比较。最后，通过对威廉 · 布莱克（William Blake）、

艾米莉 · 狄金森和西尔维娅 · 普拉斯（Sylvia Plath）诗歌的分析，笔者建立了整合模型来解释隐喻如何在诗学像似符的创造中发挥作用。

对一首诗歌来说要成为现实存在的像似符，不仅仅是语言和概念因素在起作用。潜在的概念隐喻是构成隐喻映射基础的具身图式。笔者在第 5 章论述了图式的结构方面，正如马克 · 约翰逊（Mark Johnson 1987）所确认的结构那样。以唐代诗人李白的一首诗为例，说明感官印象是如何被图式所支配的。埃尔兹别塔 · 沃伊茨克 – 利兹（Elzbieta Wojcik-Leese 2010）对伊丽莎白 · 毕肖普（Elizabeth Bishop）诗歌的分析证明了基于隐喻图式的作用。通过在两位诗人艾米莉 · 狄金森和罗伯特 · 弗罗斯特（Robert Frost）的文集中探索这种图式所起的结构作用，笔者确认了他们诗学之间的差异。

接下来，我将在第 6 章讨论发音情动的问题，感官认知的潜意识感觉 – 肌动 – 情感过程与概念思维（conceptual thinking）一起构成诗歌文本的主观重要性。这种探索不仅涉及体验诗歌文本所产生的情感知觉，还涉及心理学和神经科学对情感与感觉的存在和功能的研究。该情感和感觉存在于创造人类关于外部与社会文化世界的思维中。感官认知中感觉 – 肌动 – 情感元素的联觉整合在诗歌的音韵和结构韵律中表现得最为清晰，这在威廉 · 卡洛斯 · 威廉姆斯（William Carlos Williams）的一首诗和唐代诗人韦应物（Wei Ying-wu）的一首诗的英译本中得到了证明。正如托马斯 · 哈代（Thomas Hardy）的一首诗所揭示的那样，这些文体特征奠定了全诗的情感基调，这种基调确立了诗人的意图并引导着读者对一首诗的体验。本章最后对华莱士 · 史蒂文斯的一首诗的情动的发音（韵律）分析做了总结。

在第 7 章，笔者转向自己的观点，即当诗歌成为现实存在的像似符时，诗歌获得了感知生活的表象。我讨论了罗伯特 · 弗罗斯特、华莱士 · 史蒂文斯、珀西 · 比希 · 雪莱（Percy Bysshe Shelley）、贺拉斯 · 史密斯（Horace Smith）和赖纳 · 马利亚 · 里尔克（Rainer Maria Rilke）诗歌中的例子，从而将所有元素结合在一起，展示了像似性是如何成为诗人和读者诗歌创造力的驱动力。

在第 8 章，通过探讨以美学这一术语在历史话语和当代话语中使用为基础的假设，笔者将诗学象似性置于美学活动的大语境中。通过比较马提亚尔（Martial）警句的两个译本，笔者展示了一种可以从美学上阅读诗歌的方法。诗歌评价是通过阅读托马斯 · 哈代和马修 · 阿诺德（Matthew Arnold）的两首诗来阐述的。对阿诺德另一首关于美学本质的诗歌的分析，表明了诗歌作为感知现实的符号是如何被诗人创造的。在最后，笔者总结陈词，即艺术是对美学的一般理解的终极阐释，这种理解将感受性、辨别力和价值引入更全面的自我与世界的关系理论中，而这是人类所有认知过程的基础。

在后记中，笔者回归到前言的主题。人类心智活动如何可能包含世界上看不见的距离？这个问题被放在一个永无止境探索的环境中，在科学和艺术中探索存在的奥秘。和我之前的朗格一样，笔者相信这样的探索性研究可能有助于建立一个更普遍的艺术和科学的美学理论，从而理解人类认知的复杂本质。

第 2 章　像似符[①]

我对诗学象似性的探索是从符号学、宗教、语言学和大众话语这几个方面开始的，考虑像似符的本质及它是怎样被理解的。这四个方面构成了审美象似性理论，这一理论在功能上依赖于它们的共同特征。然后，我通过重新审视经由物化而存在的认知经济性（cognitive economy[②]）以及形式与内容的二分法，来探讨“意义”问题中的两个棘手问题，以便将它们置于艺术象似性的语境之中。我以对诗歌文学批评方法中像似性运用方式的总体概述及一些实例作为结尾。本章最后简要总结了构成诗歌象似性的主要特征。

---

① 作者于本页注:《诗歌作为符号》，玛格丽特 · H. 弗里曼，牛津大学出版社（2020 年）。© 牛津大学出版社。DOI: 10.1093/oso/9780190080419.001.0001

② 译者注: cognitive economy，指认知系统为应对信息过载发展出的节能策略，即认知系统在处理信息时的高效性,即以最少的资源消耗完成信息处理任务。常见的翻译有“认知经济性”或“认知经济原则”，也可以译为认知省力原则或心智省力原则。

像似符[①]这个词来自希腊语 εἰκών，意思是意象或相似符。它的用法包括图形表示、命名和描述。普鲁塔克（Plutarch）在《掌故清谈录》（*Moralia*）中 *eikon* 的概念与现代解释尤其相关，在现代解释中像似符代表非物质，太阳作为肉体 / 视觉 / 光，与太阳、知识和艺术之神阿波罗的灵魂 / 心智 / 真理相关（Plutarch 1908）：

> 虽然眼睛拥有视觉的力量，但没有光就不能使用它；同样，灵魂的预言能力，就像眼睛一样，也需要其自身某种本质来帮助它抓住目标，增强其力量。因此，大多数古人都认为阿波罗与太阳是一样的，而那些理解并赞赏这一美丽而巧妙类比的人，猜想肉体之于灵魂、视觉之于心智、光明之于真理——就和太阳之于阿波罗的本质也是一样的。他的后代，他的孩子，永远由"他"（Him that is）孕育而生，永远反映了万物的上帝；因为它能点燃、促进和激发感官视觉的力量，就像他能激发灵魂的预言能力一样。（XLII：125；my italics）

眼睛与光、太阳与阿波罗的关系不仅是一种类比，而且是一种必然的联系，眼睛和太阳的具身化"反映了万物的上帝"。反过来，这些又为体现"其自身某种本质"的非物质灵魂的需要提供了一个恰当的类比，以发挥其"预言能力"。普鲁塔克评论的观点表明，非物质知识在包含其自身品质的事物中没有其具身化，就不可能出现。因此，一种事物就成为另一种事物的

---

① 译者注：皮尔斯是美国著名逻辑学家、符号学家。他把人类语言符号根据符号和符号所指代的事物之间的联系分为三类：类象符号（icon）、指示符号（index）和抽象符号（symbol）（也有学者译为像似符、指示符和规约符）。这就是著名的符号三分法。其中，icon 是指类象符号，指代事物时只注重事物本身所拥有的特征，而事物本身的客观形式并不重要；任何一个类象符号可以指代任何一个事物，不管是抽象的还是具体的事物，只要它们两者之间存在像（象）似性（Anderson, 1995）。比如肖像是模特的类象符号、地图是地貌的类象符号、建筑图是建筑物的类象符号等等。它们之间的照应关系纯粹取决于两者之间的某种相像，通过两者之间的类比，可以清楚地揭示事物的特征。"类象符号通过写实或模仿来表征其对象，它们在形状或色彩上与指称对象的某些特征相同。换句话说，类象符号是表现指称对象本身的某种特征。"皮尔斯认为："一个符号代替另一个事物，因为符号与事物像似"。（Peirce 1931—1958：3.362）任何感知都有作用于感官的形状，因此任何感知都可以找出与另一物的像似之处，也就是说任何感知都是个潜在的像似符号（Gombrich 1968：12）。从具体到抽象，像似性幅度可以很宽。icon 有符号、图标、图符、像似符号、象似符号、图像等意思，在本节翻译为"像似符"。

像似符。

基督教时代赋予像似符（ikon）的用法特别重要的意义，用以象征非物质的物质表征。这种意义不仅代表一个相似符（likeness），还体现了“活生生的意象”“具身化”或“显现”的意义（Kittel and Friedrich 1964: 76)。符号学、语言学和大众话语进一步完善了像似符的概念。这种解释反映了西方哲学中关于心智与现实之间关系的某些预设。因此，为了理解诗学象似性的本质，我首先提出了我对诗歌中像似符的定义，然后阐述了影响这种关系的两种实践：将行动过程转化为物体的物质性及将形式与内容分离。最后几节介绍了艺术中的像似性概念，并举例说明它在文学批评中是如何被应用的。

1. 什么是像似符？

像似符（icon）一词在符号学、宗教、语言学和大众话语中的使用有所不同。但是，这些使用具有某些共同特征。从本体论而言，它们都将人类认知的产物，无论是语言、艺术、人工制品还是制度，与经验世界的某些方面（物质的或非物质的）联系起来。它们都采用对某人有意义的条件。无论某件事物是不是像似性的，它们都考虑到评价的可能性。为了理解与这四种方法的其他方面相反的诗学象似性所采取的特定形式，以下部分将详细探讨像似符的这些不同概念。

1.1 符号学像似符

根据查尔斯 · 桑德斯 · 皮尔斯（1932）的定义，符号是有意义的，并且存在于再现（representation）[①] 的三个层面：像似性、指示性和规约

① 译者注：“representation” 一词出现在赵星植翻译的《皮尔斯：论符号》（*C.S.Peirce: on Signs*）中，第 285 页，译为“再现”。皮尔斯最早论述符号本质时所使用的术语，一部分中国学者将这个词译为“表征”。再现是符号化的过程，即赋予感知以意义。皮尔斯将再现与能够真正理解符号的意识联系起来。汉语文献中关于这个概念的讨论，有时候与“表现”(expression) 混淆。

性。[①] 这些再现的模式标志着符号的标量运动是从具体到抽象的 [②]。也就是说，像似符反映潜意识的具体经验，指示符在概念层面运作，规约符代表以惯例化或抽象方式存在的符号。在一个实际的符号中，这三种形式都有参与并相互影响。根据皮尔斯式的理解，我母亲的肖像所传达的视觉图像是像似性的。因为它指向我母亲这个真实人物，所以它是指示性的，存在于皮尔斯再现的第二个层面中。又由于画作画风的流派和风格，肖像本身具有规约性。[③] 在讨论像似符时，皮尔斯（1932:276）谈到了它的潜力和结构：

> 仅凭其品质，可能性本身就是一个像似符；它的对象只能是第一性。但是一个符号可能是像似性的，也就是说，可以主要通过它的相似性来代表它的对象，不管它的存在方式是什么。如果一个名词性实词被需要，那么一个像似性的再现体就可以被称为一个“亚像似符”（hypoicon）[④]。任何物质图像，比如一幅画，在其再现方式上大多是规约性的；但就其本身而言，没有说明或标签，它就可能被称为“亚像似符”。

皮尔斯的定义侧重于像似符做了什么，而不是它是什么：动作，而不是对象，他的假设证明了这一点：“如果一个名词性实词被需要 [也就是说，一个名词]。”纯像似符仅作为可能性存在的想法对于将诗学象似性理解为审美

① 译者注：原文是 iconic, indexical, and symbolic. 我们这节将这三个术语翻译成“像似性、指示性和规约性”。有的中国学者把皮尔斯的 symbolic 译为“象征的”或“抽象的”。symbol 这个词在西语中意义繁杂，在皮尔斯自己的讨论中也相当混乱。symbol 翻译成“规约符号”，是与对象之间没有理据性连接的符号，也就是索绪尔（Saussure）所说的“任意 / 武断”符号。symbolic“规约性”也就是社会文化的约定俗成。

② 原文注释：哈里 · 维沃（Harri Veivo 2001）阐明了这一点，即像似符、指示符和规约符并不表示符号的类型，而是交互的意义模式，即“一个单一的符号总是具有像似性的、指示性的、规约性的特征”。

③ 原文注释：感谢克里斯蒂娜 · 琳德伯格（Christina Ljungberg）对皮尔斯式的规约性的解释（私人书信）。

④ 译者注：“hypoicon”一词出现在赵星植《皮尔斯：论符号》第 53 页译为“亚像似符”。赵毅衡《符号学原理与推演》第 396 页翻译的是“亚相似符号”。

活动的过程而非产物来说是重要的。皮尔斯（1932:277）对“亚像似符”的描述却令人费解：

> “亚像似符”可以根据他们参与其中的第一性[①]模式大致划分。那些具有简单品质或最初性（Firstnesses）的事物是意象；那些通过它们自己各部分的类似关系来表示某物的二元关系或者各部分的关系就是图表；那些通过表现其他事物的相似性来再现一个表象的典型特征的，是“隐喻”。[②]

皮尔斯显然是在再现的重复中努力去表达他对隐喻的理解。[③]但请注意他提到的“其他事物”。对于诗歌来说，“其他事物”不仅是基于现有相似性的跨域映射，它还是一种层创结构，超出了表面所表现的东西。正是这种“其他事物”使一首诗成为经验现实的像似符。虽然详细探讨皮尔斯的符号学理论超出了我的论述或我的知识范围，但我对隐喻在诗学象似性中的作用的理解和皮尔斯关于隐喻令人费解的陈述中其他解释是不同的。

一位匿名评论者通过引用牛津英语词典中的“hypo”一词来阐述皮尔斯的“亚像似符”，该词的意思是“在较低的关系中，在较低的程度上，轻微，稍微，有点”：

> 皮尔斯在这种情况下使用前缀的意思是像似符不是“纯粹的”，而是“在较小程度上”是像似的。因此，亚像似符与“纯像似符”

---

① 译者注：皮尔斯认为符号学必有三个阶段的普遍规律：符号的“第一性”（firstness）即“显现性”，是“首先的，短暂的”，如汽笛的尖叫；当它成为要求接收者解释感知，就获得了“第二性”（secondness），成为坚实的，外在的，能够表达意义的符号；然后出现的是“第三性”（thirdness），“我们就会对于我们所看到的事物形成一个判断，那个判断断言知觉的对象具有某些一般的特征”。

② 译者注：represent 再现，representation 再现，representative character 再现品格，参见赵星植《皮尔斯：论符号》中术语的翻译。英文原文如下：those which represent the representative character of a representation by representing a parallelism in something else, are metaphors.

③ 原文注释：哈利（1988）在评论理解皮尔斯大量著作的艰巨任务时写道：“我的目标不是对皮尔斯的隐喻概念给出最终结论（无论如何，这将是一个相当非皮尔斯式的尝试），而是从皮尔斯符号学的新视角呈现我自己对隐喻的重新发现”。同样地，我在这里也不打算抢占皮尔斯学派的先机，而是要承认我对皮尔斯符号学的感激，它使我注意到隐喻、图像和图表在皮尔斯对“亚像似符”定义中的作用。

> 的概念相对立。当一个亚像似符包含某种指示性成分时（只要它可能有一个真正的“参照物”，描绘真实存在的事物），它就不是一个“纯像似符”。一个亚像似符也可能是一个包含规约性成分的像似符。例如，某种风格的绘画体现了这种风格的规约。基于规约（“习惯”）的符号是皮尔斯定义中的规约符。尽管它们具有指示的或规约的成分，但“亚像似符”不是指示符或规约符，因为它们的像似元素占主导地位［……］隐喻、图表和意象肯定是亚像似符，亚像似符肯定是像似符（而不是指示符或规约符）。它们不是“纯像似符”。人们也可以将隐喻［m］称为“混合”像似符。

同样，迈克尔·卡博特·海利（Michael Cabot Haley 1988）指出：

> 皮尔斯解释说，纯像似符（纯粹的相似性）只能是一种可能性，而不是现实；但是一个真实的符号“可能是像似性的，也就是说，可能主要通过其相似性来再现其对象，无论其存在方式如何”（*CP* 2.276）。一个主要通过与它的相似性来再现其对象的像似性符号（iconic sign），皮尔斯将其命名为“亚像似符”。因此，我们可以认为该术语是指像似符本身的任何真实的具身化。

在评论皮尔斯亚像似符的段落时，哈利指出：“我认为这句话不应该被视为一个全球性的定义，甚至不应该被视为是一个完整的皮尔斯式的隐喻定义。相反，我们应该记住，皮尔斯在这里是为了对亚像似符进行分类，而不是为了定义隐喻”。正如哈利的阐述所表明的那样，意象、图表和隐喻不是第一性的例子，而是存在于相似性、指示符和规约符三个层面上的各种第一性模式的“参与者”。我是这样理解它们的。它们是像似性的，但在我的诗歌理论中，它们本身不是像似符。一首诗就像所有艺术一样，可以成为像似符的事实表明了皮尔斯的“纯像似符”的潜力，而不是实际性。

像似性在结构上是复杂的（Emmorey 2014）。我对带有像似性特质的元素和有目的地被用于创造一首作为符号（像似符）的诗歌（或任何艺术形式）

的像似性元素进行了区分。这种区别取决于隐喻在诗歌中出现的方式，而不是规约性的用法。我理解希腊词“hypo”的意思是“在下面”或“在下方”。所以，对我来说，以艺术形式出现的亚像似符并不是像似符本身，尽管它们是像似性的。像原子一样，诗学像似符（poetic icon，诗歌符号）的底层结构是复杂的，而不是简单的。一个诗学像似符（诗歌符号）是通过亚像似模式——隐喻、意象、图表的整合或“合成”而产生的。为了说明我的观点，我引用了出现在语言学、宗教和大众话语及符号学中的像似符一词的用法。

1.2 宗教像似符[①]

宗教上，在东正教的习俗中，icon（圣像）习惯上用 1 个“k”（代替 c）拼写（ikon），icon 是基督、圣母玛利亚或圣徒的图片、浅浮雕或其他再现，信徒可以通过圣像寻求神圣的安慰。一个宗教圣像因此将物质手工制品与非物质连接起来，反映了基督教思想的发展与普鲁塔克的想法最为密切相关，将太阳与阿波罗等同为“万物的上帝”，在感官知觉和抽象概念之间有一种共同性质的情感联系。这种联系不是一种再现，而是指上帝在创造万物的时候所呈现的同一性。海德格尔（Heidegger 1971）提到了一座希腊神庙，指出这种联系是转换性的认同：

> 神庙在其阒然无声的矗立中赋予物以外貌，赋予人类以关于他们自身的展望。只要这个作品是作品，只要神还没有从这个作品那里逃离，那么这种视界就总是敞开的。神的雕像的情形亦然，这种雕像往往被奉献给竞赛中的胜利者。它并非人们为了更容易认识神的形象而制作的肖像；它是一部作品，这部作品使神本身现身在场，因而它就是神本身。相同的情形也适合于语言作品。在悲剧中并不是表演和展示什么，而是进行新神反抗旧神的斗争。由于语言的作品产生于民众的言语，不是谈论这种斗争，而是转换民众的言语，

① 译者注：religious icon，本章我们译为宗教像似符或宗教圣象、宗教图符。

从而使每个本质性的词语都参与这种斗争。（43；my italics）[①]

来自希腊的专业肖像画家西奥多鲁斯·帕帕多普洛斯（Theodorus Papadopoulos）将圣像描述为“与神会面”的一种方式：“圣像的目的是将我们带入精神体验的领域，超越物质世界”（转引自 Burgess 2017:C7）。

从这个角度来看，人们也许可以对天主教徒和新教徒之间关于变体论（transubstantiation）概念数百年的争论有一种不同的理解：圣餐中的面包和酒是否真的成为基督的身体和血液，还是只是基督的身体和血液的象征性再现。两者都不是真的。更准确地说，面包和酒在它们的物质性上其实并没有变成血和肉，它们也不是象征，而是像似符。当神父重复基督在《最后的晚餐》（Last Supper）中的话时说“这是我的身体，为你献上；这是我为你流的血”，语言祈祷将面包和酒转变为上帝在场的像似符，通过这些像似符，领受圣餐的人就可以分担基督的苦难，并在上帝的爱中团结起来。圣餐饼的这种神圣化就是为什么牧师们必须小心的原因，以免它被偷去用于黑魔法仪式。像似符（圣像）的宗教用法对诗学象似性理论的贡献因此是通过物质的人工制品直接接触并且在情感上认同非物质和精神存在的能力，实际上没有把它们与存在同一性视为相同。

1.3 语言像似符

语言学中的象似性关注语言特征的程度，无论是语音、句法还是语义，都反映或对应于韵律、图表或图像等元语言学元素。像似性再现（像似性表征）出现在语言的所有维度：声音（音韵）、结构（句法）和意义（语义）。尽管索绪尔（Saussure）假定语言符号的规约性（象征性）和任意性，但目前的研究揭示了语言表达中的许多像似性实例。[②] 正如皮尔斯指出，规约符由像

① 原文注释：海德格尔关于雕塑“让上帝在场，因此上帝就是他自己”的评论反映了詹巴蒂斯塔·维柯（Giambattista Vico 1948［1744］）在《新科学》（*Scienza Nuovo*）中的观点，即对于“第一个人”，朱庇特（Jove）是雷电（M. Freeman 2011）。

② 原文注释：由像似性研究项目（www.iconicity.ch）赞助并由约翰·本杰明（John Benjamins）出版的语言和文学系列丛书中的像似性研究，在同系列研究中是最值得注意的。

似符和指示符组成。如果所有符号在皮尔斯的第一层面都是像似性的，那么语言本身就必须显示出像似性的元素。这些像似性的语言例子本质上是隐喻性的，因为它们在感知相似性的基础上连接不同的认知域。平贺雅子（Masako K. Hiraga 2005）以计算机符号为例，其中计算机屏幕本身成为"桌面"，其"文件夹""垃圾桶"等图标表明用户进行了有意义的连接，以使它们能够更轻松地在计算机界面中运行。

语言中像似性再现的经典例子是某些声音能够反映世界上声音的方式，如象声词，或者声音集群与特定含义相关联，如"冷笑（sneer）""鼻息（snout）""喷鼻息（snort）""喷嚏（sneeze）"等词，所有这些都是负面的且与鼻子的特征相关联。大卫 · S. 米勒（David S. Miall 2001）接受了声音传达意义问题所带来的挑战，提供了经验证据，尽管"音素似乎不具有可以转化为文学意义的固定性质"，但音素关系的模式可以在文学文本中找到。米勒（2006）写道："我认为，虽然语音符号学的研究具有启发性，但像似性意义的证据尚无定论。我将提出一个替代框架，我称之为音位像似性，其中显示音位分布系统地体现了意义的对比。"

在对弥尔顿（Milton）的《失乐园》（*Paradise Lost*）和柯勒律治的《霜夜》（*Frost at Midnight*）的实证研究中，米勒（2006）发现了可靠的音位对比。在弥尔顿的《失乐园》中，他发现地狱（Hell）一词的特征是窄前元音和硬辅音的比例比伊甸园（Eden）一词更大，伊甸园一词的特征是更多的开放后元音和更软的辅音。在弥尔顿的《失乐园》中，他发现地狱一词具有的特点是窄前元音和硬辅音的比例大于伊甸园一词，伊甸园一词具有后元音更开放和辅音更柔和的特点。然而，在柯勒律治的诗中，父亲在城市学校的消极经历以更多的后元音、不发音的摩擦音和送气音为特征，与他对孩子在自然环境中积极未来的反思形成鲜明对比，而自然环境以更多的滑音、流音和鼻音为特征。因此，米勒认为音素音出现的语境决定了它们如何表明读者反应的质量：

因此，前元音可以在一种语境中暗示地狱的密闭空间，但在另一种语境中则暗示名字的阴性特质；爆破音倾向于表现单词的渺小，但在柯勒律治的《霜夜》中，它也突出表现了他的负面经历。文本中音素数组（阵列）所产生的特定品质取决于文本所提供的对比。总之，这就是为什么这样的效果可以被描述为像似性的而不是规约性的，表示一种相对而不是固定的意义。（188；my italics）

在句法上，话语的长度可以反映说话者和听话者之间的相对距离，就像在正式演讲中的长句子与私人谈话中的短句子之间的对比（Brown and Levinson 1978），或者单词的顺序可以对应事件的顺序，正如恺撒（Caesar）经常引用的一句话，我来，我见，我征服（拉丁语：veni, vidi, vici）：我来了，我看到了，我征服了。恺撒的话不仅按照时间顺序反映了他的军事远征的各个阶段，还揭示了一定的声音模式。它们是双音节的，开头的辅音是押头韵的，与最后元音的半谐韵平行，从[ai]/[i:]到[schwa]的元音过渡和从浊鼻音[n]到浊音[d]到摩擦音[ch]的辅音运动，伴随着声音的内部连续，从而在音位上模拟恺撒的军事行动（Ungerer 1999）。

像似性再现（表征）不仅包括声音和结构的语言特征，还包括感觉的语言特征。在语义上，意象术语可以唤起像似性再现。例如，“白宫”代表美国政府的行政部门，可以通过意象术语来唤起情感。怀特和萨卡里（White and Sarkari 2016）在《澳大利亚每日邮报》（*Daily Mail Australia*）上发表了一张照片，并附上标签：“澳大利亚模特乔丹·巴雷特（Jordan Barrett）在与杰西·萨梅拉（Jesse Somera）彻夜狂欢后看起来疲惫不堪，萎靡地靠在墙上。”“萎靡地”一词既指身体的感官位置，也指巴雷特的负面情绪，我们也能辨别出来。这种语言象似性会影响我们感知和应对物理事件的方式。

1.4 流行文化像似符

在流行用法中，像似符还有另一个含义，将其与宗教习俗、皮尔斯的符号理论或语言像似性区分开来。根据更流行的说法，规约性（象征性）的心理学概念，我母亲的肖像是由我妹妹委托绘制的，象征着她对母亲的爱。肖像的成功程度取决于它的像似性元素。当我的侄女第一次看到它时，她惊呼道："那不是外祖母！"她并不是说这是别人的肖像；她的意思是这幅画并没有充分反映出她眼中的外祖母。她的回答表明，要成为标志性的形象，一张图像需要在观众中引发适当的反应，捕捉到图像本身之外的东西。有些东西可以是物质的，体现在我母亲的外表上，也可以是非物质的，体现在她的精神品质上，或者两者兼而有之。彼得 · 施耶达（Peter Schjeldahl 2017）在描述威廉 · 埃格尔斯顿（William Eggleston）的图片时表达了这种像似性的概念，他将威廉 · 埃格尔斯顿的照片描述为"无可比拟的强烈且像似：由一辆搁浅的三轮车的色调和纹理，或灌木丛中褪色的广告牌的色调和纹理所引发的顿悟"。施耶达对顿悟这一术语的使用，以及正是他认识的形式，"色调和纹理"，触发了某种可见之外事物的显现，恰当地描述了像似符的这种含义。

在比尔 · 布莱森（Bill Bryson 2010）的《英国符号》（*Icons of England*）一书中，不同的作家描述了对他们来说特别有意义的特定的英国文物、场景、事件等等。从这个意义上说，任何事物都可以成为像似符，但只有当它具有重要的意义并作为其他事物的特征时，它才会成为一个特定的人或一群人的像似符。如果我住在马萨诸塞州，用自制的草莓酱和德文郡浓缩奶油准备烤饼，并邀请邻居来喝茶，我没有创造出英国的像似符。对我来说，在一个阳光明媚的夏日里，在德文郡村庄的乡村花园里，当一杯德文茶被端到户外的桌子上时，它就成为标志性的某种英格兰的体验。在这个例子中，时间和地点对于创建一个像似符来说和茶一样重要。当一个物体成为一个地方的像似符时，它的位移就变得异常。比如在马萨诸塞州看到英格兰的文物（artifacts），如罗市中心的红色电话亭或波士顿的红色双层巴士，这就让我很吃惊。

在通俗用法中，标志性的（iconic）这一术语现在被过度使用和滥用，以至于它已经失去了意义，一种陈词滥调的表达代替了人们真正的意思，无论那个意思是指一些原型的、对他们来说重要的或在某种程度上重要的，还是仅仅是可识别的。为了使某物真正成为大众意义上的标志性事物，它必须随着时间的推移而存在，经历重复，超越个体为了一个团体或国家承载意义时被接受。通过这种方式，埃菲尔铁塔成为巴黎的标志，黄色方格出租车成为纽约的标志，自由女神像成为美国的标志。正如佛罗里达州迈阿密市新建发夹形[①]塔楼“天升”项目的开发商杰夫·伯科维茨（Jeff Berkowitz）所言：“即便随意列举若干全球性建筑符号，观者也能瞬间完成城市意象的符码匹配。”伯科维茨甚至预言他的塔楼将成为标志性建筑：“迈阿密即将成为世界级城市，其目标之一就是建造一座标志性的建筑。”[②]伯科维茨的评论强调了像似性是建筑创造力的一个激励因素，这对于理解诗学象似性的本质是很重要的一个方面。地方本身可以成为其他事物的标志。“大苹果”这个词本身指的是音乐家对杰出表演的行话，而当纽约市成为“大苹果”时，它抓住了人们对城市的看法，将纽约视为伟大城市生活的终极典范。因此，一个像似符的大众含义是带有情感意义的概念。

2. 意义生成的滑移拓扑

然而，意义并不是自动存在于符号中的某种事物，无论是物质的还是语言的。我们从出现在我们面前的符号中建构意义。传统语法区分一个词的外延——它的“字面”或字典意义——和内涵——一个词所携带的关联和含义。对于认知学者来说，这种区别不再成立。意义是百科全书式的，也就是说，任何语言的表达只有在其所处的情境、文化及说话者和听者的意图中才有意义。认知学者认为，意义并不存在于语言中，而是由说话者 / 作者在社会和文化网络的语境中通过语言符号构建的，并由听者 / 读者重建。

语言是规约性（象征性）的，但这并不意味着它是完全任意的。例如，英语颜色单词红色是任意的，因为它在不同的语言中呈现不同的形式，被用

① “hairpin-shaped”直译为“发夹形”，该形态学特征源自空气动力学的涡旋耗散原理（参见库哈斯《癫狂的纽约》）。

② 原文注释：引自 2015 年 2 月 13 日，彭博新闻社（Bloomberg News）《格林菲尔德纪事报》（*Greenfield Recorder*）第八版中托卢塞·奥洛伦尼帕（Toluse Olorunnipa）的报道。

于不同的色调和色彩，但它的含义网和意义网却并非如此。[①]它的印欧词根"reudh-，rudh-"既表示颜色又表示梵语中血液的术语，它的生理、感官和情感影响的隐喻联系产生了（1）—（8）短语中所反映的潜在意义网络：

（1）红脸农夫（户外生活的肤色）

（2）因尴尬而脸红（因情绪反应而脸红）

（3）被当场抓获（被发现做错事，可能造成羞耻）

（4）红色星球（以战神玛尔斯命名的物理外形）

（5）红色英勇徽章（与血有关的军事用语）

（6）红军（与革命的红旗有关，代表鲜血）

（7）爱就像一朵红红的玫瑰（心是感情的所在，与血液有关）

（8）红灯区（暗示卖淫，带有性暗示）

这种隐喻性转换对我们将世界概念化和将物质人工制品创建为像似符的方式产生了重大影响。当我们把自己所做的潜在假设视为理所当然时，意义就变成了滑坡。对于初学计算机的用户来说，用"文档"这个词来表示信封的用法可能会令人困惑。因为起初的 MAC（苹果计算机）回收站也可以用来弹出光盘，可是一些 MAC 初学者却不愿意让其弹出光盘，认为这样是在删除光盘。因此，MAC 工程师在将光盘移动到回收站图标时将其转换为弹出按钮。这种潜在的假设可能导致理解错误，对我们概念化世界的方式产生误导性后果。为了理解像似性与意义的关系，我们需要检查和完善两个一般假设：通过名词化实现物化的实践及形式与内容的关系。

2.1 物化的认知经济性

"物化"（reification）这一术语源于拉丁语"res"（意为"事物"或"对象"）与 facere（意为"制作""使成为"）。在语言学层面，物化表现为通过语法名

① 原文注释：根据模糊分类的认知心理语言学理论（Rosch 1973；Lakoff 1987），这样的语义网表明词汇使用的多义性源于概念关联，这种概念关联是根据维特根斯坦（1953:§65–71）的家族相似性理论，随着时间的推移而发展起来的。例如，参见亚当 · 格拉兹（Adam Głaz 2002）关于地球（EARTH）概念的专著。

词化手段将动作或事件转化为实体范畴，即将动词性表达转换为名词性结构。当我们这样做时，我们正在运用心理学家所说的认知经济性："认知过程倾向于对精力和资源进行最小化处理"（Colman 2008：144）。例如，要进行一场关于坐火车去探亲的清晰对话，而不使用"火车旅行"这样的名词短语，是不可能的，即使它实际上描述的是一系列的活动（决定旅行的方式，去车站，买票，上火车，等等）。这种名词化现象将复杂的过程降低到人类可理解的范围内。几个动态的活动瓦解成一个概念性的想法，是人类认知进化的一个重要发展，使诸如范畴化、泛化和拟人化等过程成为可能。然而，这样做既有好处，也要付出代价。通过将动作转化为对象，它使我们能够将诸如跳跃之类的一般概念转变为可以识别、分类和描述的跳跃的具体示例。通过将行为转变为客体，它使我们能够将飞跃（leaping）这样的一般概念转变为一个可以被识别、分类和描述的一个飞跃（a leap）的具体例子。但它使我们陷入物化的错误，假设它的存在是实质性的，而不是过程性的。当考虑认知的问题时，这个错误是最为明显的。当我们用心智这个词来描述认知加工（cognitive processing）的活动时，我们就开始把心智看作一个物体，一个可以从身体中分离出来的现有实体。这是笛卡儿的错误（Damasio 1994）。[①] 在将世界上的两个基本要素区分为思维实在（res cogitans）和物质实在（res extensa）时，笛卡尔将两者都定义为"实体"（res substantiva），从而将认知加工转变为一个物体，一个"事物"。[②] 因此，我使用"minding"（心智活动）而不是"mind"（心智）这个词来体现认知加工过程中发生的活动。[③]

理解像似符本质的一个重要因素来自与过程和产物相关的语法功能的发展。

---

① 原文注释：目前还不清楚笛卡儿本人是否犯了这个错误。参见第 4 章中关于从字面上理解隐喻的讨论。

② 译者注：res cogitans，笛卡儿区分了两种实在，即物质实在和思维实在。附原文 In distinguishing two basic elements in the world as res cogitans and res extensa, Descartes made both "res substantiva", thus turning cognitive processing into an object, a "thing."

③ 原文注释：关于心理表征物化被理解为认知科学中的"标准观点"的一个全面论述，可以在扎赫农的著作（Zahnoun 2018）中找到。

所以，比如说，在英语中，我们不得不“刻画”/一个“肖像”，“构思”/一个“概念”，“思考”/一种“想法”。对于某些概念，动词和名词之间没有形态上的区别，比如：“飞跃/一次飞跃”；“怀疑/一丝怀疑”；“思考/一种思考”。几种结果从动词和名词之间的区别中显现出来。莉安·斯特罗贝尔（Liane Ströbel 2011）指出，在几种语言中，使用名词的强烈倾向会导致空动词结构，空动词结构就是使名词（曾经是动词）成为谓语。斯特罗贝尔写道，这种趋势的存在是为了

> 给接受者或听众创造一个富有表现力的心理意象（意象图式，借助基于感觉运动的空动词）。通过这样做，我们强调了说话者（X）和话语（Y）之间的关系或强烈联系（X=Y：我感到怀疑，我心存怀疑，怀疑是我的一部分）。[……]罗曼语族测试揭示了，空动词的使用将话语与语篇世界联系得更加紧密，因此“我怀疑”应该比“我有怀疑”有一个更广泛的理解和解读，后者将重点放在此时此地（我现在有些怀疑/关于一个特定的情况）。(Personal correspondence)①

在斯特罗贝尔的解释中值得注意的是，名词谓词“我有怀疑”产生了概念隐喻，使我们能够根据具体体现来构思抽象（Lakoff and Johnson 1980, 1999）：“有怀疑”（客体占有）；“记住”（客体占有/内含）。当这种情况发生时，作为名词形式的动作或运动的成分就被模糊了。

2.2 形式与内容的二分法

尽管形式与内容是可以分离的，但两者都离不开另一方。在西方文学传统中，这种分离产生了“修辞格”的概念，即文学文本，特别是诗歌，通过

① 译者注：附原文 This tendency Ströbel writes, exists in order to create an expressive mental image (image schema, with the help of asensomotoric based empty verb) for the recipient/hearer. By doing so,we underline the relation or strong link between the speaker (X) and theutterance (Y)(X=Y: I am experiencing doubts, doubts are in my possession, doubts are a part of me).[...][T]ests in Romance Languages have revealed that the use of empty verbs connects the utterance closerto the discourse world, therefore “I doubt” should have a more generalreading or interpretation than “I have doubts,” which puts the focus onthe here and now (I have doubts now/concerning a particular situation). (Personal correspondence)

特殊形式的装饰和修饰来与传统语言区分。使这一观点复杂化的是，人们普遍认为“意义”等同于“内容”（Bolinger 1977）。这种形式－内容的观点所缺失的是，意识到意义部分地产生于内容的形式和形式的内容。换句话说，规约符是不可分割的。正如朗格（1953）所指出的：“它们只以整体形式出现；正如贝壳的凸面和凹面可以被认为是其形状的特征，但是贝壳不能由‘凹面’和‘凸面’合成地组成。没有贝壳，也就没有凸、凹这两种因素了。”韦勒克和沃伦（Wellek and Warren 1956）试图通过引入“材料和结构”这两个术语来解决形式－内容方程所引起的问题：

> 这种（材料和结构的）差别绝不是对内容和形式这对旧的组合简单地重命名。它正好跨越了旧的分界线。“材料”既包括了原先被认为是内容的部分，也包括了原先被认为是形式的一些部分。“结构”这一根据审美目的而组织起来的概念，包括内容和形式。因此，艺术作品被认为是一个完整的符号体系或符号结构，为某种特定的审美目的服务。

将形式与意义联系起来的术语——如像似性研究项目第一卷的题目《形式模仿意义》（*Form Miming Meaning*）（Nänny and Fischer 1999）——可以暗示形式与意义是可分的，形式能够以某种方式在“事后”被应用于先前存在的意义上。楚尔（2008）指出，像似性研究人员“需要形式－内容二分法，因为这使他们能够谈论‘像似性’，即指出文本的一个维度在某些方面与另一个维度相似”。这一假设反映在肖恩·普赖尔（Sean Pryor 2007）的表述中：“像似性具有独立于形式的意义。”我认为像似性研究不“需要”形式－内容二分法。[①]

随后，认知语言学家通过引入一种不同的方式来感知我们所感知的事物

① 原文注释：正如一位评论家指出的那样，文献中关于像似性的许多研究具有启发意义和价值［例如，可以参阅奥尔加·费舍尔（Olga Fischer）、温弗里德·诺特（Winfried Nöth）及马克斯·纳尼（Max Nänny）在1999和2001年发表的文章，以及其他许多文章］。然而，形式－内容二分法掩盖了在人类认知加工过程中起作用的综合因素。

和我们如何概念化之间的关系，提出了形式与内容、图表和意象分离所产生的问题。继伦纳德 · 泰尔米（Leonard Talmy 2000）之后，我建议将这些更具体地理解为感思（cept）[①] 和结构（struct）。在指出作为感觉的知觉和作为认知的概念之间存在的边界分离问题时，泰尔米写道：

因此，建立一个理论框架似乎是可取的，该框架没有离散的范畴和明确位置的边界，且该框架承认包含感知和概念的传统观念的认知域。[……] 为此，这里我们采用感思这一概念，以涵盖所有有意识或无意识的，通过知觉和概念的结合来理解的认知现象。虽然最好限于当前处理的现象，但感思可能包括感官模拟、心理意象，以及当前经历的思想和效果的处理。（139；my italics）

通过融合感知和概念这两个概念，泰尔米打破了传统的身体和心理认知过程的范畴分离。在这种情况下，他开发了一系列从具体到抽象的标量参数，这些参数跨越了这个范畴的边界。虽然泰尔米没有提到本体感觉，但他提到的“有意识和无意识的”现象也包括认知的潜意识感觉 - 肌动 - 情感过程。[②] 通过打破感觉和认知之间的壁垒，泰尔米拓宽了人类认知的范围，超越了人类推理的简单理性和逻辑性。关于内容 - 形式二分法，泰尔米指出，参数从实体的“实体构成”延伸至其“图式轮廓”：

虽然内容端处理实体的“散装”形式，但结构端减少或“归结”并将这种形式规范为其抽象或理想化的轮廓。一种形式可以是由部分组成的单一实体，也可以是包含较小实体的复杂实体。无论哪种

---

① 译者注：泰尔米结合虚构运动提出了 ception 这一概念术语。ception 是 conception（概念、思想）和 perception（感知、感觉）的概括，我们译为“感思”，取“感知”和“思考”合并之意。泰尔米认为 perception 和 conception 构成一个连续体，连续体的一端是 perception，即感知层面（看见、听见、闻到、触摸等等），另一端是 conception，即抽象的思维层面，包括概念和思考。ception（感思）表示整个连续体，与此连续体相对应的是另外两个概念 factive（事实的）和 fictive（虚构的）。这为语言表达中虚构运动现象提出了一种统一的解释。

② 原文注释：达马西奥（Damasio 2010）采用了外部感受这一术语：通过嗅觉、味觉、触觉、振动、听觉和视觉感知外部。

方式，当整体考虑这种形式时，内容端可以提供形式特征的全面总结或格式塔。另一方面，结构端可以揭示整体框架、模式或连接网络，将形式的组成部分绑定在一起，并允许它们整合成一个整体。（142-143；my italics）

泰尔米对术语“约束（bind）”的使用既具有启发性又具有重要意义。约束理论（Binding）[①] 是一个理论概念，它有两个方面：连接和约束。约束理论的一个例子在“饿怒症”现象中可以被找到。发生在意识水平以下的消化系统的生理（运动）过程引发了饥饿的感官体验，反过来又引发了不适、剥夺和不愉快的情感体验，从而导致愤怒。詹妮弗·麦科马克和克里斯汀·林德奎斯特（Jennifer MacCormack and Kristin Lindquist 2019）表明，当处于消极环境中时，这些潜意识信号会产生有意识的愤怒感。感思和结构是潜意识的约束过程，通过创建人类认知的各个组成部分的统一整合，构成了概念隐喻映射过程的基础。

换句话说，形式和内容 / 材料和结构 / 意象和图表是同一事实的对立术语。正如乔治·亨利·刘易斯（George Henry Lewes 1879）所指出的，试图在它们之间寻找一种联系将导致因果效应的错觉，然而它们只是“看待同一事件的两种模式”。用感思和结构代替意象和图表的意义在于，它们本质上不仅是概念的，还指作为诗学象似性的推动力、认知加工潜意识的感觉 - 肌动 - 情感

① 译者注：支配和约束理论 Theory of Government and Binding，1979 年 4 月乔姆斯基在意大利比萨的一次学术会议上提出了“支配”（government）和“约束”（binding）的理论（简称 G Theory，“支约论”）。两年后，他将这个理论整理成书，书名为《支配和约束讲演集》（*Lectures on Governrnent and Binding*, 1981，Foris Publications）。这个理论是从 EST（Extended Standard Theory，扩展的标准理论）发展而来的。几年里，他和他的一些同行对此作了多次修改。1982 年，他又根据他于 1981 年 6 月在挪威举行的一次学术会议上的演讲写成《支配和约束理论的某些概念和结果》（*Some Concepts and Consequences of the Theory of Government and Binding*，1982，MIT）出版。这两本书，尤其是前一本，是乔姆斯基关于语言理论的新的发展。令人钦佩的是，虽然经过 20 世纪 70 年代的大辩论，乔姆斯基遭到了来自内部和外部的挑战，但他仍然坚强地按照自己的宗旨继续在探索语言本质的道路上前进。“支约论”把我们的注意力又引向了一个新的方向——empty category，简称 EG。乔姆斯基认为通过它可以进一步认识语言机制活动的过程。这一新的理论尽管还不成熟，乔姆斯基本人和其他一些对此有兴趣的人仍在继续完善它，但它在探索语言本质的进程中给人以新的启示，对此需要给予应有的关注。

维度。

值得注意的是，在解决认知经济性和形式 - 内容二分法所提出的问题时，我们经常不知不觉地陷入这些公式背后的理论假设和预设之中。当我们陷入如此困境时，我们没有充分意识到有必要摒弃依赖于相互冲突范式的早期公式。在像似性研究中，我们需要警惕诸如身心分裂（mind-body split）、物化及形式 - 内容二分法等先入为主的观念。

3. 艺术中的像似性

艺术中的像似性研究通常采用两种观点之一：图解法（iconography）和拟象法（iconology）[①]。图解法是指研究艺术媒介要素与通过它们表达的意象或观念之间的非任意关系。因此，在一首福音赞美诗中，音符的上升音阶唤起了“我们正在攀登雅各的梯子”这句话的重复，模拟了攀登者的上升运动。诗歌既能模拟听觉关系，又能模拟视觉关系，如丁尼生（Tennyson 1847）的诗行“古老的榆树上鸽子在咕咕呻吟，/ 无数的蜜蜂嗡嗡不停”中的听觉，或赫伯特（Herbert 1921［1633］: 104）“东方之翼”中的视觉，该诗的两个诗节中的诗行排列形成了翅膀的形状。拟象法[②]是指研究图解特征的意义，以理解其背后的社会态度原则。例如，米切尔（Mitchell 2008）在臭名昭著的阿布格莱布蒙面人照片中探究了基督受难的图像表现元素，这些元素将照片“转变为一个基督教国家在解放中东的运动中所取得的成就的不可磨灭的标志”。

图解法和拟象法是两种方法，通过这两种方法，艺术形式可以成为存在的感知现实的像似符。通过借鉴符号学、宗教、语言学和大众话语中对像似性的理解方式，我提出了一种诗歌象似性理论，它依赖于将艺术理解为一种审美活动，这种审美活动使艺术家和观众都参与开发所有创造性创作中固

① 译者注：“iconography and iconology”有学者翻译为“图像研究和图像学”或“图解法和拟象法”。本翻译参考熊木清教授的“图解法和拟象法”。

② 译者注：iconographic，译为图解的，图示法的象征，图像学的，图像的。

有的潜力。在这种诗意的感知中，正如诗人路易丝·格丽克（Louise Glück 1994）所描述的那样，“积极的感觉急于取代被动的未经检验的观念，使建立在这一基础上的一切都感到不安，充满了可能性的空气变得令人迷惑，仿佛头脑中突然打开了一个全新的领域。”（94；my italics）格丽克的评论表明，艺术鼓励和激发心智活动的灵活性，创造了人类认知的新途径，为创造力开辟了不断扩大的可能性。

4. 文学批评中的像似性

历代的诗人对语言在声音、意义和结构上的象征性方面特别敏感。所有这些要素都必须参与诗歌作为像似符（诗歌作为符号）的创作。亚历山大·蒲柏（Alexander Pope 1711）《论批评》（*An Essay on Criticism*）中的一个段落经常被引用来说明听觉或意象的象征性效果如何出现在诗歌中，文字是如何表达词语在做什么的，以此来说明“声音一定是对意义的回响”[①]是如何实现的（Alderson 2001：17；Meier 1999：149）[②]。尽管声音的发音在诗歌作为感知现实像似符的创作中至关重要，但单凭声音本身是做不到的，实际上可能会阻碍诗歌的创作。我曾听过一位演说家朗诵一首诗。她慷慨激昂的发音如此强烈，以至于声音掩盖了意义，诗歌就消失了。在蒲柏的这段诗中，声音与意义联系在一起的象征性效果出现在语言层面。整首诗，正如它的标题所示，不是关于诗歌本身的性质，而是关于如何区分一个好评论家和一个坏评论家的分析。尽管评论家们倾向于从一两行文字中给出象征性效果的例子，但整篇文章都对像似符的本质提出了一个至关重要的观点，因此值得全文引用。

这段话是运用了象征性元素来批评那些只重视声音的人的讽刺杰作。第

① 译者注：原文为“sound must seem an eccho [sic] to the sense”，其中“echo”拼写为“eccho”（原文如此），通过单词字母的有意重复来增强声音回响的效果。

② 原文注释：蒲柏引用的这句话源于他在本·琼森（Ben Jonson）的诗歌《欧斐墨》（*Eupheme*）的抄录本中所标注的几行：“当声音从那里分开，/ 仍然留下了意义上的回声”（Mannheimer 2008：152）。琼森的诗行出现在描写心智本质的一节中，该节通过演讲的语言让对心智的描述体现得淋漓尽致。琼森将单词 echo（回声）中的字母 c 加倍，这是一种声音重复的图解符号。

336—365 行以抑扬格五音步诗行的韵律规律性展开，其中重音只落在且始终落在诗行的偶数位置，只有在第 338 行“身处明堂的缪斯”和第 342 行“只为那圣歌太动听”中，节奏变化才被打破，这两行诗指的都是真正的诗歌作为揭示真理的可能性，这种韵律对比在这些诗行中延续，就像评论家对软弱的诗人为了自己的目的而使用声音的陈规作出的批评一样：

An Essay on Criticism（excerpt）	论批评（节选）[1]
But most by numbers judge a poet's song:	人们喜好以韵律评判诗作，
And smooth or rough, with them, is right or wrong:	以平顺或粗糙区分对错。
In the bright muse, though thousand charms conspire,	身处明堂的缪斯，纵然受万千拥戴， 可傻子们只挑她谐美的音色钟爱。
Her voice is all these tuneful fools admire;	人们频登帕纳塞斯山，只为怡耳悦意，
Who haunt Parnassus but to please their ear,	并非修身养性，就像人们常去教会洗礼，
Not mend their minds; as some to church repair,	只为那圣歌太动听，而不是读教义。
Not for the doctrine, but the music there.	往往只需要长短一致的音节配合，
These equal syllables alone require,	尽管持续的开元音已疲惫了耳膜。
Though oft the ear the open vowels tire;	即便添加虚词，稍微助长气势，
While expletives their feeble aid do join;	不出彩的十个字，终只集结成一行无趣的诗。
And ten low words oft creep in one dull line:	他们不断敲击的乐钟，毫无音色起伏之美妙，
While they ring round the same unvaried chimes,	韵脚也总是未先唱已能预料。
With sure returns of still expected rhymes;	只要出现“凉爽的西风”，
Where'er you find “the cooling western breeze,”	下一行就是“低吟在树丛中”：
In the next line, it “whispers through the trees”:	如果“晶莹的流水”，接的是“涓涓而流细语潺潺”，
If crystal streams “with pleasing murmurs creep”:	一定预示着（且绝对会让）读者“睡意酣”。
The reader's threaten'd (not in vain) with “sleep.”	随之而来最末处唯一的对仗，
Then, at the last and only couplet fraught	被索然寡味填满，人们称之为思想。
With some unmeaning thing they call a thought,	
A needless Alexandrine ends the song,	累赘的亚历山大式句子[2]，结束了整诗，
That, like a wounded snake, drags its slow length along.	像一条受伤的蛇，拖拽长长的身子。

① 译者注：译文来自：亚历山大·蒲柏．论批评［M］．张艾，方慧夏，译．译言·古登堡计划．下同。

② 译者注：Alexandrine 译为亚历山诗行或亚历山大式句子。每行十二个音节的诗句，源于 12 世纪的《亚历山大故事诗》。

第 344 行和第 346 行是最常被引用的完美例子，即诗行实现了这些词语所要表达的意思。第 344 行中的抑扬格韵律是完全规则的，重读元音落在该行的偶数位置。这些位置的元音在元音结束前一个位置之后开始，因此在每个位置上嘴巴都必须保持张开：

尽管持续的开元音已疲惫了耳膜

Though óft the eár the ópen vówels tíre

1 2 3 4 5 6 7 8 9 10

如果你读出这一行诗，你将会感到费了很大的力气不得不保持嘴巴张开的状态从单词间划过，而在这行最后一个位置"tire"上出现了英语中开口最大的双元音，明显地加强了这种力量。

在第 346 行中，它的 10 个单音节单词落在 10 个位置中的每一个上，其中 8 个带有重音，只有两个非重音单词如预期的那样落在该行的奇数位置上。这些词在简洁性和音调变化方面都很"低"，造成了一种"沉闷"单调的表达：

不出彩的十个字，终只集结成一行无趣的诗

And tén lów wórds óft créep in óne dúll líne

1 2 3 4 5 6 7 8 9 10

在这两行诗中，就像在这一节的所有诗句中一样，除了声音和诗行的格律位置，没有意义上的交叉联系，没有涉及任何概念上的思想，除了"随之而来最末处唯一的对仗 / 被索然寡味填满，人们称之为思想"（第 353—354 行）。

相比之下，第 357—372 行展示了一位优秀的诗人可以如何形象地运用语言的声音，将声音与语言本身之外的意义联系起来：

An Essay on Criticism（excerpt）	论批评（节选）
Leave such to tune their own dull rhymes, and know What's roundly smooth, or languishingly slow; And praise the easy vigour of a line,	那拼凑押韵的无聊游戏，别去着眼， 只需知道什么是通顺流畅，什么是温情弛缓。 去赞美活力纯粹的那一行，

续表

An Essay on Criticism（excerpt）	论批评（节选）
Where Denham's strength, and Waller's sweetness join.	德纳姆[1]的力量，佐以沃勒[2]的柔肠。
True ease in writing comes from art, not chance,	写作要见真功夫，来自技艺而非机遇，
As those move easiest who have learn'd to dance.	只有学舞之人，才能轻盈步移。
'Tis not enough no harshness gives offence,	仅摆脱粗糙远未足矣，
The sound must seem an eccho to the sense:	音起声声须回响意义。
Soft is the strain when Zephyr gently blows,	当和风轻拂，音调也柔和抒情，
And the smooth stream in smoother numbers flows;	当川流不息，韵律更平稳畅行。
But when loud billows lash the sounding shore,	但当惊涛骇浪拍击海岸，发出呼啸，
The hoarse, rough verse should like the torrent roar.	嘶哑粗糙的诗篇便如狂流咆哮。
When Ajax strives some rock's vast weight to throw;	当埃阿斯[3]投掷巨石奋力抗击，
The line too labours, and the words move slow.	诗句也铆足了劲，文字缓慢铿锵有力。
Not so, when swift Camilla scours the plain,	当敏捷的卡米拉[4]疾飞过平原，一切又改变，
Flies o'er the unbending corn and skims along the main.	她越过一大片谷物，掠过海洋。

蒲柏的训诫"音起声声须回响意义"之后的每一行都将声音与意义等同起来，就像风、川流、惊涛骇浪、埃阿斯和卡米拉的活动都在文字的运作方式中得到了体现。

仅仅一个例子就足以说明两个段落之间的区别。两个段落都以亚历山大诗行结尾，一行 12 个位置，在英语诗歌中用来改变长诗的抑扬格五音步的规律性，就像在斯宾塞诗节和蒲柏自己的长诗中一样。对没有意义的声音不假思索地偏爱而导致的令人厌倦的沉闷，在第 356 行"累赘的亚历山大式句子"中达到了高潮。蛇的运动与缓慢移动的诗行[5]联系在一起，反之则不然。声音模式放缓了"snake，drags"中［k-d-r］同现的这一诗行的表达，并且在停顿处设置了两个强烈的重音，然后是"slow length"（长长的身子），因此强调了累赘的亚历山大诗行。第 372 行的亚历山大诗行在语速上与前者恰恰相

① 译者注：德纳姆（Denham），1615—1668，英国诗人。
② 译者注：沃勒（Waller），1606—1687，英国抒情诗人。
③ 译者注：埃阿斯（Ajax），特洛伊战争中的希腊英雄，忒拉蒙之子。
④ 译者注：卡米拉 (Camilla)，古罗马神话中的女战士。
⑤ 译者注：That, like a wounded snake, drags its slow length along. 像一条受伤的蛇，拖拽长长的身子。

反，是元音变化和“o'er”与“the un”中的两个音节压缩到一个位置上造成的。这里指的是卡米拉的神话故事，她是国王梅塔斯的小女儿，国王从他的敌人手中逃脱后，将她绑在自己的长矛上，并在他游过阿玛塞努斯河时将她扔了过去，因此解释了为什么卡米拉“掠过海洋”。但为什么谷物是“不弯曲的”？当狂风吹过田野的时候，一捆捆的谷物会摇摆不定。卡米拉的飞行是如此迅速而轻盈，以至于她比风更快、更轻。在该诗行，用它的声音模式，隐喻地将卡米拉的移动与风的运动进行了比较。第 356 行的象征性效果只是为了强化自身，而第 372 行中的象征性效果则是将声音与经验世界中对神话表现的意义联系起来。

华莱士·史蒂文斯（1961：75–76）的诗《松树林里的矮脚鸡》（*Bantams in Pine-Woods*）利用音效来形象性地再现了小鸡对成年鸡拿破仑式的虚张声势：

Bantams in Pine-Woods	松树林里的矮脚鸡
Chieftain Iffucan of Azcan in caftan Of tan with henna hackles, halt! Damned universal cock, as if the sun Was blackamoor to bear your blazing tail. Fat! Fat! Fat! Fat! I am the personal. Your world is you. I am my world. You ten-foot poet among inchlings. Fat! Begone! An inchling bristles in these pines, Bristles, and points their Appalachian tangs, And fears not portly Azcan nor his hoos.	阿兹坎酋长伊夫坎身着长袍 棕肤染着指甲花，颈毛如羽，停下！ 该死的普世公鸡，仿佛太阳 是黑人来背负你那燃烧的尾巴。 胖！胖！胖！胖！我是独立的个体。 你的世界是你。我的世界是我。 你这十尺高的诗人，在这些矮子中间。真胖！ 滚开！矮子在这松林里也昂首挺胸。 鬃毛竖起，尖刺着阿巴拉契亚的锋芒， 也不惧阿兹坎那魁梧身躯和吼叫。

大声朗读这首诗使我们意识到它的辅音和元音的音质。在英语中，辅音的发音是成对出现的，如 [p/b]、[t/d]、[s/z]。每对辅音的唯一语音差异是发音时喉咙瓣膜是打开的（清音）还是关闭的（浊音）。不振动的、不发声的声音给人一种尖锐、紧张的感觉，而振动的、发声的声音给人一种连续、放松的感觉。将史蒂文斯的诗句与先前引用的丁尼生的诗句进行比较：“远古榆树上鸽子在咕咕呻吟 / 无数的蜜蜂嗡嗡不停。”因其鼻音化的浊辅音和前圆唇元音，丁尼生的诗行的声音是圆润的、完整的、流畅的。史蒂文斯的诗行的声音是

断续的、紧张的、刺耳的，因其清辅音是轻声的，元音是开口的、紧的 [æ]。然而值得注意的是，在这两个例子中，不仅仅是声音承载了史蒂文斯的诗歌中的攻击性和丁尼生的诗歌中的平和感，还是声音与所呈现出来的意象的结合。仅举一个例子：bantam 一词中开口的紧元音 [æ]，在“Fat！ Fat！ Fat！”中重复并且在 5 个诗节中的每节都有重复，当“小不点”的鸡炸开自己的羽毛来挑衅身材更高大的“十尺诗人”时，嘴巴张开到最宽处，而丁尼生的诗行中的短、前、圆唇元音被包含在辅音 [m]/[n] 和擦音 [z] 的鼻音化重复中，用拟声词模仿鸽子和蜜蜂的哀鸣。

在 20 世纪，专攻语言学的文学评论家开始探索特定诗歌中句法的象征性元素（Fowler 1966；D. Freeman 1970）。这首诗的开头是这样的：在他写的关于济慈的颂歌《秋颂》（*To Autumn*）的文章中，弗里曼（1978）明确地指出它的句法策略“在很大程度上”是像似性的（17n.21）。这首诗是这样开头的：

To Autumn	秋颂[①]
Season of mists and mellow fruitfulness, Close bosom-friend of the maturing sun; Conspiring with him how to load and bless With fruit the vines that round the thatch-eaves run; To bend with apples the moss'd cottage-trees, And fill all fruit with ripeness to the core; To swell the gourd, and plump the hazel shells With a sweet kernel; to set the budding more, And still more, later flowers for the bees, Until they think warm days will never cease, For Summer has o'er-brimm'd their clammy cells.	雾霭的季节，果实圆熟的时令， 你跟催熟万类的太阳是密友； 同他合谋着怎样使藤蔓有幸 挂住累累果实绕茅檐攀走； 让苹果压弯农家苔绿的果树， 教每只水果都打心子里熟透； 教葫芦变大；榛子的外壳胀鼓鼓 包着甜果仁；使迟到的花儿这时候开放， 不断地开放，把蜜蜂牵住， 让蜜蜂以为暖和的光景要长驻； 看夏季已从黏稠的蜂巢里溢出。

通过详细的句法分析，弗里曼展示了并列动词、介词和名词短语（VP PP NP）（如“to load and bless / with fruit the vines”使藤蔓有幸挂住累累果

① 译者注：译文引自约翰・济慈．济慈诗选 [M]. 屠岸，译．哈尔滨：北方文艺出版社，2019:23. 另附查良铮译文：雾气洋溢、果实圆熟的秋，/ 你和成熟的太阳成为友伴；/ 你们密谋用累累的珠球，/ 缀满茅屋檐下的葡萄藤蔓；/ 使屋前的老树背负着苹果，/ 让熟味透进果实的心中，/ 使葫芦胀大，鼓起了榛子壳 / 好塞进甜核；/ 又为了蜜蜂 / 一次一次开放过迟的花朵，/ 使它们以为日子将永远暖和，/ 因为夏季早填满它们的粘巢。

实）的表层结构如何将作为主语的实际施动者——果实缀满葡萄藤，苹果压弯果树，熟味透进果实，甜核胀大葫芦，鼓起了榛子壳——变成作宾语的工具，因此这样一个自然过程就有了一个原因：秋天的季节与太阳“合谋”让水果挂满，让苹果去祝福，等等。弗里曼总结道：“在这首诗的语法中，太阳可以被看作秋天的元工具，是诗中所有自然力量的终极施动者。”然后，他展示了这首诗其余的句法和语义如何“强化了秋作为想象力化身的自主性和力量。秋天控制并推动果实的结果过程：短暂的自然状态在‘秋天作为想象力’的作用下变成了艺术中的永久过程”。这让人想起本章开头引用的普鲁塔克的意象，太阳成为阿波罗的具身化，正如视觉的力量需要光。就像无形的力量需要具身的物质性，所以具身物质性成为该力量的像似符。弗里曼指出：

> 《秋颂》表面上是关于秋天的诗，实际上是一首关于诗意想象的诗；此外，对于济慈来说，诗意的想象是位于诗歌句法中的诗人和读者之间的一种相互作用的力量；最后，在阅读诗歌的理想化过程中——内化其句法模式——我们将重新合成创造诗歌的想象行为。（3；my italics）

莱考夫和特纳（Lakoff and Turner 1989）通过对威廉·卡洛斯·威廉姆斯的诗歌《致孤独的门徒》（“*To a Solitary Disciple*”）的详细分析，进一步探索了诗歌中的像似性概念。他们将讨论总结如下：

> 我们这里有一个基于结构的意象映射，在这种情况下，结构在某种程度上是被隐喻强加的。当句子的结构和句子所传达的意象的意义结构之间存在这样的映射时，这种映射被称为“像似性的（象征性的）”。一般来说，这就是语言中的像似性：一种隐喻性的意象映射，其中意义的结构是根据表达该意义的语言形式的结构来理解的。这样的映射是可能的，因为意象图式的存在，例如描述有限空间（有内部和外部）、路径、沿着这些路径的运动、力量、部分和整体、中心和外围等的图式。当我们谈到“语言的形式”时，我们根据这

些意象图式来理解这种形式。

综上所述，像似性是一个过程，通过这个过程，人类认知的产物，如语言、艺术、人工制品或制度，可能成为物质或非物质的像似符，使读者能够对该产物之外的事物构建访问和有效的联系。从符号学的角度看，它认为像似符是一个复杂的结构，由隐喻、意象（cept）和图表（struct）组成。从宗教的角度看，它是关于人如何从物质中获得非物质和精神的。从语言学的角度看，它把声音、结构和意义的关系视为可能的非任意性关系。从大众话语的角度看，它采用了情感意义的概念。就艺术而言，创造一件物质性的人工制品，或者像舞蹈那样将动作融入身体，都是使富有想象力的创造力过程得以展现的一种方式，从而使物质与非物质之间产生回应性情感互动成为一种像似符。

后续的每一章均着眼于诗歌中像似性运作的某一特征。随着这些章节详细阐述了那些过程，美学评价的问题就变成了该艺术品是否达到了成为超越其自身之物的像似符的地位。如此一来，鉴于在对艺术品进行个体体验和解读时存在的各种可能性，艺术品最接近于皮尔斯所提出的仅存在于潜在状态的“纯像似符”这一概念。

第3章　表象[①]

我通过探讨“表象”（semblance[②]）这一概念开启了对参与诗歌象似性（poetic iconicity）的各类特征的研究：表象作为像似性（iconicity）的本体论支撑，将其与经验世界相联系，或者如亨利·詹姆斯所言，“可感知的生活”。选用“表象”这个术语是经过深思熟虑的。我的意图是避免卷入关于“模仿”含义的漫长辩论，而是简单地提出一种表象理论，从功能上描述诗歌，如同所有艺术一样，是如何通过揭示潜藏于我们意识感知之下的存在本质，从而将我们的内在自我与现象世界相联结的。正如我在对布伦丹·加尔文、威廉·斯坦利·默温和华莱士·史蒂文斯诗歌的讨论中所指出的，诗歌创造表象的方式多样且多变。

对所有艺术的研究都包含对诗歌认知至关重要的两个因素：感觉的作用和模仿的作用，或者，我更喜欢称其为表象。正如苏珊·朗格（Susan Lange 1953）广泛论证的那样：艺术创作是“通过象征人类情感的形式”感知生活的表象。诗学象似性是诗歌在语言中创造感知生活表象的手段：感觉、情感和

---

① 作者于本页注：《诗歌作为符号》，玛格丽特·H. 弗里曼，牛津大学出版社（2020 年）。© 牛津大学出版社。DOI: 10.1093/oso/9780190080419.001.0001

② 译者注：2021 年周剑铭和柳渝的文章《中国传统逻辑与现代语言符号学——中西文化互补研究案例》中指出：人们很难理解索绪尔将符号作为一个空洞概念的名称而使“所指”等同于概念，这与人们的习惯用法很难符合，皮尔斯提出的 Iconicity（semblance or likeness，语言学像似性）就是指符号与其指向的对象之间所存在的直接对应关系，这是语言的主要功能。semblance 有“表象，假象；外观，外貌；（情况或性质的）相似之处，类似；幽灵，幻影”的意思；semblance 译为“表象”，参考苏珊·朗格．情感与形式 [M]. 刘大基，傅志强，周发祥，译．北京：中国社会科学出版社，1986：60.

意象，使诗人和读者都能够非常真实地遇见和体验它们。通过这种方式，诗学象似性弥合了心智与世界之间的“鸿沟”：它使一首诗成为存在本质的像似符。

当诗人说起他们正在表达的现实真相时，用本 · 赫克特（Ben Hecht）的话来说，提到实现“现实的丰富复杂性——客观世界未经简化的丰富性”时，他们是什么意思？没有任何解释、论证或证明足以让我们在感受世界时去“了解”世界。“现实”的概念本身就很复杂，很难用语言来表达。它指的是存在吗？是生存吗？是生命吗？是真相吗？我发现当遇见未定义和不确定现象等时，自己会交替使用这些术语。这些词是抽象的、名词化的，其未经检验的含义要么变得毫无意义，就像在“像似符”这个词的一些流行用法中一样；要么在人们努力使这些术语与其应用相协调时具有其他含义。例如，形而上学（“在物理学领域”）这一术语被应用于亚里士多德关于存在的原因和存在的原则的论文中（Cohen 2016）。作为对16世纪形而上学诗人的否定式批判的回应，罗伯特 · 西里曼 · 希利尔（Robert Silliman Hillyer 1941）认为形而上学极具不同的含义，这使其最初的名称变得毫无意义：

> 形而上学这个词，看似意义很多，其实根本没有实际意义。[……] 从字面上看，它与宇宙的概念和人类在其中的位置有关。粗略地说，它具有以下含义：困难的、晦涩的、空灵的、复杂的、傲慢的、巧妙的、奇妙的、不协调的。[……] 如果我们必须选择一个基于隐喻使用的术语，那么 Ingenious（巧妙的）或 Fantastic（奇妙的）是一个比 Metaphysical（形而上学）更好的词。

然而，当这个词用在形而上学派诗人身上时得到了以下批评家的辩解，他们认为，正如赫伯特 · J. C. 格里尔森（Herbert J. C. Grierson 1921）所说的那样，诗人们“受到宇宙哲学概念和存在于伟大戏剧中标志着人类精神角色的启发”。希利尔和格里尔森对形而上学运用的对比并不取决于该术语的静态定义，而取决于该术语是如何支撑他们的批判观点的。因此，我对表象的讨论将其置于一个功能而非哲学意义的范围内。

1. 超越模仿

模仿、复制、再现、描写、意象、相似性[①]。所有这些都被用来解释艺术中模仿的修辞特征，这取决于批评家的理论立场（Abrams 1965:640-641）。这些词语都没有捕捉到艺术活动的本质。它们都暗示着艺术家呈现的是一种静态的现实观，这种观点无法反映他们的内在动机和工作方式，他们试图捕捉一个独立于他们自身而存在的现实，却反映了他们自己的情感。当一位艺术家朋友在我们北边草地上画白桦树时，她不仅是在复制、模仿或者再现这棵外在可见的树，而且是在画中注入了她自己对白桦树的认知和感受。

对模仿的研究可以追溯到亚里士多德，几个世纪以来，各种各样的理论被发展出来以解释艺术和生活之间的关系。斯特恩伯格（Sternberg 2012）的出版物[②]是迄今为止从文学动机的虚构一致性角度对模仿进行的最广泛的论述。“模仿的文化研究”的意义在应用中是不断变化的，但都是在有意识的概念层面上研究模仿。我关注的是我们如何将概念理解为诗人试图捕捉前概念的存在，从超越解释意义转向情感体验的一种手段。朗格（1953）的艺术理论广泛探讨了审美模仿的问题：

一切事物均兼具表象与因果重要性这两个方面。即便像事实或可能性这类非感性的事物，在一人眼中是如此这般的呈现，在另一人眼中则是别样的呈现。此即为其“表象”，借此它可能与其他事物“相似”，并且——当表象被用于误导对其因果属性的判断时——就被说成是“掩饰”了其本质。当我们知晓某个“物体”完全由其表象构成时，除去其表象之外毫无内聚性与统一性——比如彩虹或影子——我们就称其为纯粹的虚拟对象，或幻觉。在这种字面意义上，一幅画即为一种幻觉；我们看到一张脸、一朵花、一片海或陆地的景色等等，并且清楚如果我们伸手去触碰它，我们会摸到一块涂满颜

① 译者注：原文是 Imitation, copy, representation, depiction, image, resemblance.

② 译者注：“出版物”指的是梅尔·斯特恩伯格（Meir Sternberg）于 2012 年出版的《模仿与动机：虚构一致性的两面》（*Mimesis and Motivation*: *The Two Faces of Fictional Coherence*）。

料的表面。[①]

认识到艺术形式的虚幻本质，朗格挑战了艺术仅仅代表、复制或模仿经验世界元素的观念。因此，在这里，我更关注的是作为表象的模仿、艺术与生活的关系，特别是就我的目的而言，诗歌与生活的关系。

随着机器能够复印原件技术的出现，模仿的当代定义越来越模糊了模仿的积极作用：跟着做。换句话说，当诗人试图“模仿”自然时，他们被理解为通过描述来表现自然。失去的是对诗人参与感官知觉和内在情感的认可，这些感官知觉和内在情感激励诗人去演绎人类和自然世界的进程。这与简单地再现他们的所见所闻是不同的。一种常见的误解是，物体、图像和想法之间的相似性是先天存在的。相反，正如华莱士·史蒂文斯（1951）所指出的，无论是在自然中还是在隐喻中，是人类概念化的心智创造了表象（他的“相似”）：

> 似乎有一种活动使一件事物与另一件事物相似。［……］眼睛不会产生相似性，它看见。但是心智产生的相似之处就像画家再现的一样。［……］既然曾经预言过这样的活动，就不难把它归结为对相似性的一种渴望。（76; my italics）

史蒂文斯对模仿和相似（性）［imitation and (re) semblance］进行了谨慎的区分：“模仿可以被描述为同一性缺失（不成功的同一性）。它是人造的。它不像真正的隐喻那样是偶然的。［……］隐喻中的相似性是想象的活动，而隐喻中的想象就是生活”。这就是为什么“semblance”（表象，像似）

① 译者注：苏珊·朗格．情感与形式 [M]. 刘大基，傅志强，周发祥，译．北京：中国社会科学出版社，1986：60. 朗格这段话的译文：每一事物都有一个方面的外表，以及一个方面的因果价值。即使像一件事或一种可能性这类非感官觉察之物，也似乎是对这个人这样、对那个人那样的。这就是事物的“表象”，人们借此说此物与彼物“相似”，也借此说事物与其本质“不同”。而在后一种说法里，人们就用表象作出了关于因果关系的错误判断。如果我们了解到一个“物体”完全由表象组成，即除表象之外它无法聚合，无法统一，如彩虹、影子，我们就说它是一个纯粹虚幻的对象，或者一种幻象。在这种精确的意义上，一幅画就是一种幻象。我们在上面看到了一张脸、一朵花、一片海景或一处陆地风光等，也知道伸手触摸就会碰到涂抹颜色的画面。

这个词比“resemblance”（相似性）更好。表象（semblance）表示“模拟”（simulation），而不是同一性（similarity）。例如，一个“模仿”（imitates）鸟叫的鸟类学家是通过运用他的声带来发出人类语言领域之外的声音的。另外，拟声词是使用语音和重复的人类语言声音，如“布谷鸟——布谷布谷”或“公鸡——喔喔喔”来模拟鸟类的叫声。通过模拟自然事件，当诗人和艺术家试图捕捉他们通过感官感知到的事物背后的动态力量时，他们打开了一个永远变化的现实世界。在布伦丹·加尔文（2011）的诗作《长笛》（*Flute*）中，通过表象进行艺术创作以及借由文化实现其传播是其主题所在，诗中他对艺术家与外部世界创造象似性拟态（iconic semblance）的方式展开了探索。

2008 年，德国杜宾根（Tübingen）的古生物学家在德国斯瓦比亚（Swabia）的一个石器时代的洞穴——霍勒·费尔（Hohle Fels）洞中，发现了由秃鹫骨制成的长笛碎片（图 3.1）。

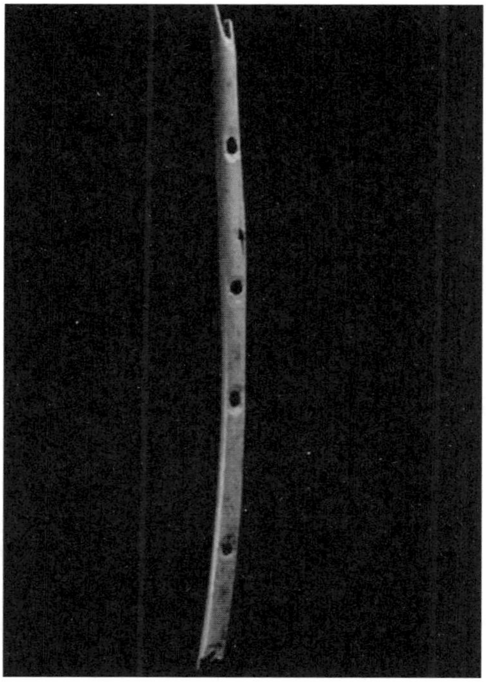

图 3.1　霍勒·费尔斯骨笛（Hohle Fels flute）

摄影者：希尔德·詹森

次年，《国家地理》（*National Geographic*）报道了这一发现：

> 这件约 4 万年前的艺术品，与猛犸象牙长笛的碎片一起被发现，也进一步证明音乐可能使第一批欧洲现代人相对于尼安德特人具有战略优势。[……] 骨笛有五个指孔和一个“V”形吹口，几乎完整的鸟骨长笛——由秃鹫的中空翅骨制成——只有 0.3 英寸（8 毫米）宽，最初大约有 13 英寸（约 34 厘米）长。（Owens 2009）

宇文所安（Stephen Owen）的评论表明，当以前孤立的认知智能与早期现代人类结合时，艺术创作就兴起了。霍勒·费尔骨迪距今约 3.6 万年至 4 万年，属于“旧石器时代中期 / 晚期过渡”时期。史蒂芬·密斯（Steven Mithen 1996:15-163）提供了证据，证明在 6 万年到 3 万年前的这段时间里，人类的心智发生了转变。根据考古发现，与自然环境、社会交往和技术能力相关的早期人类的认知能力都是彼此独立地发挥作用的。在旧石器时代中期 / 晚期的过渡时期，“认知爆炸”发生了，导致这些独立的功能结合在一起，并在物理扩张的大脑中创造了“认知流动性”。密斯认为，这种结合产生了创造艺术的能力。

2011 年，《大西洋月刊》（*Atlantic Monthly*）发表了布伦丹·加尔文一首名为《长笛》的诗歌。当诗意的自我通过语言再现制笛者利用其工具制造能力，用秃鹫的翅骨制作长笛时对自然环境的回应，这三种智能——自然智能、社会智能和技术智能——便融合在了一起。

Flute	《长笛》
Tapper and tinkerer, whenever back in the trees a bird seemed to be singing, See see me, it drew you out of the rhythms of your work. Time and again you considered how a gourd rattle could sound like a fistful of pebbles against stone, or the first patter of wind-tossed rain, and the clopping	敲敲打打的你，每当 树林里有鸟儿似乎在 唱着“看我，看我”， 这歌声总会把你从 工作的节奏中拉出来。一次又一次 你琢磨着葫芦摇铃 如何能发出像一把鹅卵石 击打石头的声音， 或是风卷雨落

续表

Flute	《长笛》
of two rocks together like	的第一滴声，还有两块石头相击
aurochs hooves. Depending on	发出的声响，就像
the hand, a skin stretched	野牛的蹄声。全凭一双巧手，
on a hoop might be subtle enough	绷在圆环上的皮膜
for heartbeats, or the first fisted	可以轻柔到能模仿心跳，
rumble of a storm. But with nothing	或是暴风雨初起时的低沉轰鸣。
more than their beaks, the birds	但仅凭它们的喙，
made their whoops and carrocks	鸟儿们发出欢呼和鸣叫，
to announce a triumph or ask	宣告胜利或甜蜜地发问。
sweet questions. So when you came	所以当你在田野上发现
across the bones of a griffon vulture	一只兀鹫的骨头，
on a field, and began to study	开始研究
its wreckage for useful parts,	它的残骸以寻找可用的部分，
I can see you snapping off a likely	我能想象你折下一段合适的
section of wing bone and rubbing it	翅膀骨，
with a chamois rag too far gone to wear,	用一块破旧得不能再穿的
thinking it over as that bird	麂皮擦着它，一边想着
among the leaves seemed to be	那树林里的鸟儿似乎在
taunting See me see me, see see me,	嘲弄着“看我，看我，看我”，
and instead of sharpening the bone	你没有去磨尖骨头，而是用
you split it along both sides	燧石尖端沿着两边把它劈开，
with a flint point, then fit your fingers	然后用手指
to where you'd drill the holes before	比划着要在哪儿钻孔，
you made it one bone again	再把它重新拼成一根骨头，
and tried your breath down its length,	试着用气吹过它的长度，
Thweep fee seep me in every variation	发出各种各样的声音
but the bird's, though already	但鸟儿们，尽管已经
children by the fire were pointing	孩子们在炉火旁指指点点
and running to you up the field.	跑着穿过田野向你奔来。

当下一代对他的演奏作出回应时，长笛制造者试图模仿鸟鸣声的努力便成为一种富有艺术表现力的社会互动。《国家地理》的报告传达了笛子起源的知识。加尔文的诗表达了制作笛子的经历。笛子制作者通过模拟鸟儿悦耳歌声的努力营造出一种表象，使这首诗本身成为通过表象展现创造力的符号。

诗意的自我正在与石器时代长笛的创造者对话。这首诗的开头是一个“敲击者和修补匠”，他被鸟叫声分散了注意力。他认为物质客体——葫芦、石头、动物皮——可以用来发出类似大自然发出的声音。他考虑到鸟类用它们骨制的喙发出他所听到的声音，所以他转向一只秃头鹫的翼骨，想看看能否重现这种鸟的声音。长笛制造者模仿的声音，“θwip-fi-sip-mi 的声音”，呈现于“每一种变化之中 / 但非鸟鸣之声”。然而，这些声音在下一代心中产生了情感反应，那些“火堆旁的孩子们”，已经“指指点点 / 跑去”旷野，朝着吹笛人声音的源头而去[①]。

这个简单的解释暗示了复杂的深意。加尔文的诗不仅仅是关于猜测霍勒 · 费尔长笛制造者的思想和行为的。这首诗是来自几个认知域复杂投射整合的结果：艺术和自然，诗人和长笛制造者，科学发现的新闻报道和通过艺术表现将其诗意转化为文化传播。随着笛子的产生，诗也随之产生。

通过页面上诗歌的物质性，以其没有诗节中断的长而窄的形式，诗人唤起了长笛瘦而纤细的意象。就像长笛制造者被认为是将翼骨一分为二一样，所以这首诗也在其中点分开，在长笛制造者的沉思和他的制作之间，从认知到行动的转变，在诗的正中心：“甜蜜的问题。所以当你来的时候”（第 19 行）。过了这个分界线，第一部分的鸟鸣——“看看我”和“呐喊声和欢呼声”——以及“看我，看看我，看看我”，连同骨笛的声音，“鸣叫声渗入我”在第二部分转变为霍勒 · 费尔斯骨笛图片所观察到的 4 个洞。因为长笛制造者用它们来模拟鸟的声音，不是作为身份缺失，而是作为表象。

诗歌的韵律结构和语音模式标志着诗人、鸟和长笛制造者之间的关系。值得注意的是，诗人无法再现鸟儿的声音；鸟儿似乎只是在唱“看看我”。短语“似乎 / 正在唱歌”（第 2—3）行将诗人与制造者联系在一起，就像诗人把语音 [s]、[i:] 和 [m] 的语音和鸟儿联系起来，因为鸟儿的歌声使工具制

---

① 译者注：附原文 The sounds the flute-maker simulates, “Thweep fee seep me,” occur “in every variation / but the bird’s.” Yet these sounds create affective response in the next generation, the “children by the fire,” who are already “pointing / and running” up the field to the source of the flute-maker’s sounds.

造者从他的工作中“脱离了节奏”。这种工作节奏从一开始就主要与清辅音有关，正如工具制造者被形容为“敲击者和修补匠”。考虑一下，例如，重复出现的“fist-”“first”“flint”“fit”“fing-”或“rattle”“patter”“snapp-”“clopp”。诗人在第 3 行和第 28 行中模拟了鸟悦耳的叫声与工具制造者的思想与行动有关的声音模式形成了鲜明的对比。工具制造者能做鸟做的事情的想法似乎是徒劳的。然而，通过诗歌的结构节奏和声音重复，鸟和制造者在笛子的制作过程中产生了联系，在第 2—3 行和第 27 行通过“似乎是”的“表象”联系起来。[s] / [i:] 音只出现在提到自然“树”“叶子”和鸟的声音中，有一个重要的例外，诗人“看到 [s]”笛子制造者开始制作笛子（第 23 行）。然而，[i:] 音也与 [b] 音一起出现，既出现在有关存在的系动词“be”的使用中，也出现在将人类和鸟联系在一起的两个单词中：“心跳”（“heartbeats”第 14 行）和“喙”（“beaks”第 16 行）。因此，“似乎 / 是”（“seems/be”）发音的相似性将诗人和歌曲与“鸟”和“骨头”（“bird” and “bone”）联系起来。正如这首诗在正中心停顿一样，它的结构和韵律也是如此。第一部分包含四个句子，最后的部分只有一个句子。然而，每一行都是连续的，创造出动态的节奏和声音，呈现出一种对抗停滞的运动力量。这种有节奏的运动创造了一种旋律的时间性，因为这首诗从诗人模拟鸟儿的叫声“看看我”到长笛制造者的“鸣叫声渗入我”。

加尔文的诗歌并没有主张艺术与自然之间的同一性，而是将艺术展现为一种模拟的表象。当我们朗读这首诗时，无论是默读还是大声朗读，我们都用我们的能力来分裂自我，与被称呼为“你”的长笛制造者产生共鸣，同时我们模仿了在第 23 行中与长笛制造者一起出现的诗人的声音，“我可以看到你”，将我们吸引到审美活动中，使我们每次阅读都能重新创作这首诗。通过其语言的物质性，借由象似性拟态的显现使长笛和诗歌成为一种审美创造力的像似符，承载了“将世界的所有复杂性带入心智中”（MacLeish 1960：9）。

2. 显现

语言直接展现、揭示我们感官所感知的外部世界这一观念，并不能体现关于独立于心智的实在（Mind-Independent Reality[①]）是否存在的长期争论。西方思想倾向于认为，因为我们被禁锢在人类大脑和思想的范围内，所以我们概念化的语言阻止我们了解现实的“真实”本质。亚洲人的看法则不同。“在大多数中国人的思想中，”宇文所安（1992）写道，“文学思想是‘显现’：一切内在的东西——人的本性或告知世界的原则——都具有一种天生的向外和显现的倾向”：

> 在《文心雕龙》（*Wen-hsin tiao-lung*）独特的自然哲学中，自然过程中表现内在差异的冲动已经暗示了心智产生的必然性；只有当有一个主体去认识和了解它时，显现才是完整的。心智是显现发生的原因。反过来，心智也暗示了语言作为一种对心智本身来说独特而恰当的显现形式的必要性。语言是使人知晓的认识过程的实现，而这种实现将是人类的“文 *”。[②]

用宇文所安（1985）的话来说，尽管西方传统的诗人不能“逃离他们的祖先”，然而他们仍然对“文”有一种直观的理解，语言作为审美模式，揭示了文字与我们自然经验的内在的、自然的关系。诗人们知道认知科学家现在才开始认识到的东西。

我没有采纳宇文所安在比较中西语言思想时提出的“非此即彼”的观点，而是认为不是语言本身阻碍或促成了我们对自然的体验，而是语言的使用方式。术语“力的阻碍”（blocking）和“使能”（enabling）是指伦纳德 · 塔尔米（Leonard Talmy）的力动态理论（theory of force dynamics），作为因果关系的解释。根据塔尔米（2000:10）所说，力动态描述了当一个物体或实体的能

---

① 译者注：Mind-Independent Reality，认知界面之外的实存域。在分析哲学中，常用的翻译可能是“心外实在”“离识实在”“不依赖于思维的实在”“独立于心智的实在”。

② 原文注释：宇文所安将“文”（“wen”）定义为“模式”（“pattern”）、“文学”（“literature”）、“书面文字”（“the written word”）。

量或力阻止或允许另一个物体或实体的能量或力时所发生的情况。例如，大坝通过阻断正常水流使水库中的水积聚；陡峭的山坡加速了山间小溪的流动。同样地，通过命名或使感官感受和事件具体化，抽象思维的发展允许概念推理迅速加速，但代价是阻碍或隐藏其起源。

概念物化有助于阻碍潜在的、前意识的心智活动体验。通过名词化将认知活动具体化后，我们倾向于假设心智作为一个实体存在，然后隐喻性地将其视为一个容器：我们可以将事物带入脑海，我们可以将事物保留在脑海中，等等。事实上，不这样说话很难。把“心智”假设成一个实体来谈论，比描述这个词所指的实际认知事件更有效、更经济。正如维柯所说，正是这种从感官和情感表达的经验中概念化和抽象化的能力，导致了人类思想的发展。但在将心灵实体化时，我们便是在阻碍或掩盖那些潜在的力量。

相反，正如楚尔（1992：360-361；2008：577，585）所指出的，文学语言旨在通过延迟范畴化来抑制认知经济性[①]。延迟的概念分类使我们能够更接近并因此使直接的、前概念经验的现象学世界显现。换句话说，文学语言的审美模式（文）允许人们接触心智前范畴活动，如维柯所描述的将感官和激情归因于外部世界，从而使经验世界的“到来”变得明显。心智活动这个术语抓住了我们认知能力的这一方面，我们的认知能力包括感觉－肌动－情感和理性，一种意识到我们周围环境的正念，关注和关心我们体验和概念化世界的方式。[②]

通过像似性的运作，诗歌语言成功使这个世界的“到来”变得明显，并唤起了对它的一种情感反应。在这样做的过程中，它在我们自己和世界之间创造了表象，这样我们就不是世界的观察者，而是世界的一部分，并被视为

① 译者注：在文学认知研究领域，也可根据中文的表述译为：“与日常语言不同，如楚尔（Tsur, 1992: 360–361; 2008: 577, 585）的实证研究表明，文学语言通过延缓范畴化进程，实质性地解构了认知经济性运作机制。” Literary language, to the contrary, as Tsur (1992: 360-361; 2008: 577, 585) has shown, serves to slow down cognitive economy by delaying categorization.

② 译者注：mindfulness 译为正念，心理学术语，正念意味着有意识地觉察、深入地观察。

与世界等同。这种表象的概念出现在默温（1967）的诗歌《砌石匠》（*The Dry Stone Mason*）中，该诗着重探讨了人类认知的内在运作与外部经验世界之间的关系，从而在石匠与其所从事的石料之间建立起一种认同感[①]。

默温的诗关注当干石墙建筑艺术让位于更现代的砂浆使用方法时所发生的变化：

The Dry Stone Mason	《砌石匠》
The mason is dead the gentle drunk Master of dry walls What he made of his years crosses the slopes without wavering Upright but nameless Ignorant in the new winter Rubbed by running sheep But the age of mortar has come to him Bottles are waiting like fallen shrines Under different trees in the rain And stones drip where his hands left them Leaning slightly inwards His thirst is past As he had no wife The neighbors found where he kept his suit A man with no family they sat with him When he was carried through them they stood by their own dead And they have buried him among the graves of the stones	石匠已逝，那温和的醉汉 砌墙的行家 他一生的杰作在山坡上屹立不倒 正直却默默无闻 在新冬里懵懂无知 被羊群的蹄子蹭来蹭去 然而砂浆时代已经来到他身边 瓶子像倒下的神龛般静候着 在雨中的不同树下 他双手曾触碰过的地方，石块滴水 微微向内倾斜 他的干渴已止 因为他没有妻子 邻居们找到了他存放西装的地方 一个没有家人的男人，他们陪着他 当他被抬着从他们面前经过时，他们守在自己的亲人墓旁 他们把他埋在了石墓群中

标点符号的缺失，潜在的句法混乱的模糊性，以及时态用法的独特性，在对诗歌生与死的主题进行明显直白的叙述时，产生了一种焦虑的效果。第一次读这首诗的读者经常磕磕绊绊地读完前两行，因为他们对“醉汉”（drunk）一词应该作为名词还是作为“温柔”（gentle）一词的附加式形容词来理解感

① 原文注释：我要感谢亚伦·费舍尔（Aaron Fischer），他是 20 世纪 70 年代纽约州立大学老韦斯特伯里分校的学生和诗人，是他让我注意到默温的诗。

到困惑，这两个词将石匠形容为“砌干墙的能手”。第一节中时态的突然变化加剧了这种困惑，从一般现在时态的“死了”，到接下来过去时态的“砌好”与“越过”的现在时态的混乱使用，以现在完成时态的“已经来到”结束。最糟糕的是，“他用自己的岁月砌好的墙”后面的三行描述是指代模糊的。诗行是指石匠的生命还是指他（砌）的石墙？“正直而无名”可以指两者；“无惧又一个新的冬天”只能隐喻地用于墙壁，因为认识受到人类特征（[+human][①]）的约束；而“被奔跑的羊群摩擦”[+material] 指的是墙壁，如果应用到石匠身上，会产生不恰当的滑稽形象。[②] 这种指称歧义将其本身归结为“他用自己的岁月砌好的墙”适用于石匠和他的墙这一认识，创造了一种两者间同一性的表象，两者都是正直的，毫不动摇。

随着诗歌的进行，这种表象变得愈发清晰，读者再次遇到时态使用的独特性。这三个诗节覆盖了他的生命、死亡和埋葬。诗歌的最后两行在时态上是含混的，现在完成时态的“埋葬”，跟在一般过去时态结构的“被抬”“站在”之后，读者必须积极参与诗歌创作，以认识到石匠对他毕生工作的认同的力量。

这首诗是由开头和最后几行的句子构成的：“石匠死了 / 他们已经把他埋葬。”（“The mason is dead” / “And they have buried him.”）在第 1—2 行开头的文字后面是追溯石匠过去的生活事件。在他变成一个“温柔的醉汉”之前，他最初是一位“砌干墙的能手”。在第 3 行中，顺序再次颠倒，以描述他的高超技艺：“他用自己的岁月砌好的墙越过山坡上毫不动摇”——这是诗中最长的一行，描述了他毕生的工作及其结果，如图 3.2 所示。

---

① 原文注释：在语言学中，+/- 符号表示事物具有的特定特征的存在或不存在。

② 译者注：原文如下：“Upright but nameless” can refer to both; “Ignorant in the new winter” can only metaphorically be applied to the alls, since knowing is constrained by a [+human]3 feature; whereas “Rubbed by running sheep” [+material] refes to the walls, raising an inappropriate comical image if applied to the mason.

图 3.2　多尼哥郡的干石墙

医疗伙伴关系，知识共享许可

第一节的最后一行分析了石匠和石墙之间的相似性。“砂浆时代”中砂浆和死亡的双关语既标志着砂浆的发明使干石墙建筑成为一种垂死的艺术，又标志着石匠毕生工作的死亡。石匠死后，他生活经历的结果被留在了中心诗节的后面。酒瓶已经取代了石头，两者都被描述为对方：酒瓶“像坍塌的神殿”，石头“滴落”在“雨”中，比喻地与石匠艺术的“干”对立起来。模棱两可的跨行连续再一次助长了这一节最后两行的双重解读。掌握干石墙施工包括放置石头，以便石头的重量向内推来支撑结构（图 3.2）。但是，也可以说石匠是“微微向内倾斜”，不再挺直和毫不动摇，因为他失去毕生职业而使自己陷入醉意之中。

最后一节揭示了石匠和他的石头之间的关系。石匠没有其他的亲戚，所以他被埋葬在石头中间，因为石头也失去了它们在生活中的作用。[①] 石头是他的“家人”，而邻居们则站“在自己死去的人身边”。随着石匠和石头之间身份的创建，诗歌的重点，不是干石建筑的外在表现，而是这个人与他的生活工作之间的紧密关系，将责任感与一件艺术作品联系起来，因此诗歌本身成

① 原文注释：比较一下“石头坟墓”（stone graves）和“石头堆的坟墓”（graves of the stones）之间的区别。

为一种感知现实的表象，使超越物质到达石匠与他的石头成为一体的现象从体验的深处显现出来。

图 3.3 奥古斯都广场（Forum of Augustus）[①]
奥古斯都广场，罗马，意大利。图片由肖恩史 · 迪威通过网络相册提供

3. 存在的不可见性

尽管梅洛 – 庞蒂在 1961 年的英年早逝中断了他肉体本体论的发展（1962［1945］，1968），但他的遗存足以让我们了解他对我们的现象学世界理解的方向。根据我对他的思想的理解，世界是真实的，不是因为它独立于心智而存在，而是因为我们的具身存在是世界的一部分。在《知觉现象学》（*Phenomenology of Perception*）中，他写道："作为身体，被束缚在一个特定的世界里，正如我们所看到的；我们的身体主要不是在空间中，而是空间的一部分。"[②]（1962

① 译者注：该图片为译者加，以说明诗歌中出现的"酒瓶"和"神殿"。罗马人，特别是在早期（发明砂浆之前），将干石墙从不规则的墙壁发展到更规则、有序和精确的干石墙，用于建造墙壁、寺庙、水库、梯田和寺庙平台，其中的例子包括奥古斯都广场等。有些干石墙非常精确，它们与后来使用砂浆的建筑几乎没有区别。

② 译者注：原文为"To be body, is to be tied to a certain world, as we have seen; our body is not primarily in space: it is of it."

[1945]: 148 ）我们的身体是动作、感觉、思想和情感的综合统一体，因此它们应该被比较，“与其说是物理客体，不如说是艺术作品”。他说，一首诗如若不能呈现在纸上，那便是不存在的。

> 它的含义不是任意的，也不是驻扎在思想的苍穹中的：它被锁在某些易逝的书页上的文字里。[……] 一部小说、一首诗、一幅画、一段音乐都是个体，也就是说，它们的表达与被表达的事物是无法区分的，它们的意义只有通过直接接触才能获得，并在不改变其时间和空间状况的情况下被传播出去。正是在这个意义上，我们的身体堪比一件艺术品。它是生活意义的纽带。

梅洛 - 庞蒂谈到了在概念意识出现之前，我们的肉体与外部世界相互作用的前意识体验。他将这种前意识状态描述为“不可见的”的前范畴或原初经验，即存在于可见世界中的不可见的、隐藏的世界。如果你曾经体验过时间停滞的感觉，你的所有能力都集中在当下，你被暂停在当下，那么在最短暂的时刻，你已经进入了无形的领域，保罗 · 艾吕亚（Paul Eluard）称之为“另一个世界”（l’autre monde）、“另一个”世界、一个隐藏的现实（转引自 Burnside 2005: 60 ）。体验它就是完全活在当下，去把握现象的真实。很多年前，在洛杉矶的老托潘加 / 马里布的大火[①]中，我就遇到过这种情况。当我看到在邻近山脊上方喷出高达两百英尺的火焰，感受到火焰的炽热，以及当我看到风裹挟着火星向我扑面而来时，我经历了将我们从濒临死亡的意识分隔开来的那道细线。的确，我们随时都可能死去。我暂停在那种意识中，仅仅意识到它是一个我通常不会经历的现实。这不是一种人们可以持续很长时间的状态。它会让人发疯。然而，它又是一种让你能够透过面纱看到“另一个世界”的状态。梅洛 - 庞蒂（ 1962: 1945 ）将这种反应描述为对世界的

① 译者注：1993 年 11 月一场罕见的山林大火从马里布的老托潘加路附近开始燃起，并借风势瞬间席卷了洛杉矶，震惊了全美国，并使众多明星的豪宅毁于一旦，12 小时内绵延了 5 英里，直到 3 天后才最终得以控制。

预期和意义；这种反应是“意识到自己是绝对透明的，是自己在可见世界中存在的始作俑者”。这就是完全活在当下，把握现象的真实。这种体验的波斯语词是“未知”（ghayb）：看不见的世界（未知世界），灵魂从中获得滋养，一种所有艺术都试图展现的体验。①

“自我存在”（Aseity）是梅洛－庞蒂用来描述这种独立的、非衍生存在的术语。“自我”（I-seity）是我用来表示像似地体验无意识现实中的自我认同状态的术语。这也许就是安东尼奥·达马西奥（Antonio Damasio 1999）所说的“核心意识”。尽管达马西奥将自我分为原我、核心意识和延展意识②的理论受到了一些批评（Munévar 2014），但核心意识存在于有机体物理结构的无意识状态和有意识的“元认知”自传式自我之间的中间层级，因为它通过与内部或外部刺激的相互作用感知影响原我的情感变化。

当评论家和诗人谈及诗歌是在表达不可表达的内容时，他们指的事实是艺术提供自我接近这个自我存在现实的途径。约翰·伯恩赛（John Burnside 2005）③将其描述为：

> “另一个世界”（*autremonde*）——存在的非事实真相，迷失的世界，可引申为“迷失的自我”，在社会设计的期望范围之外看到和想象并完全活着——不是通过某种理性的过程（或者不是像这个术语通常被理解的那样），而是通过一种彻底的启发，一种对物体、天气，

① 原文注释：在对佛教本质现实的直接体验如何描述方面，我的观点与齐藤百合子（Yuriko Saito 2017）不同：“现象的原始即时性可以用我们的整个身体和心智感受到，但‘难以用言语描述’。它只能被描述为‘诸如此类’‘就是这样子’，或者‘这里的当下’。”（17；my italics）我建议艺术通过各种媒介来表达这种原始即时性。

② 译者注：protoself, core consciousness, and extended consciousness，译为原我、核心意识和延展意识。

③ 译者注：约翰·伯恩塞，苏格兰重要的当代作家，著有诗集、小说集和回忆录。他的第一本诗集《圈》（*The Hoop*, 1988）获苏格兰艺术委员会图书奖（Scottish Arts Council Book Award）;《盛宴节日》（*Feast Days*, 1992）获杰弗里·费伯纪念奖（Geoffrey Faber Memorial Prize）;《避难所之舞》（*The Asylum Dance*, 2000）获惠特布莱德奖诗歌奖（Whitbread Poetry Award）。2012 年，他凭诗集《黑猫骨》（*Black Cat Bone*）获艾略特诗歌奖（T. S. Eliot Prize）以及前进诗歌奖的年度诗集奖（Forward Poetry Prize）。他的最新作品包括 2017 年发表的小说《阿什兰与藤蔓》（*Ashland & Vine*，由 Jonathan Cape 出版）及诗集《静态养蛇》（*Still Life with Feeding Snake*）。

以及我们居住的宇宙中的其他生命的连续统一体的重新协调。

这种前范畴无形的原初经验是诗人试图通过像似性来概括的。在像似性研究项目（Iconicity Project）的几卷书中，研究人员谈到了像似符在将意识与世界统一方面的自我参照（自我指涉）本质。在文学研究中，它经常被表达为通过疏远而存在，使熟悉的变得陌生，或重新看待世界。在宗教术语中，它是物质世界进入精神领域的超越。让我更简单地说明像似符的自我参照本质。一种索引指向。一种符号代表。一种像似符构成。一朵玫瑰——它的名字，或者它的图片，作为一个索引，指向它所代表的花。玫瑰也是爱情的象征。当玫瑰花成为感知经验表象的时候，当自我和自我存在的现实合二为一的时候，它是标志性的。艾米莉·狄金森的一首早期诗歌（A82-1/ 2, F25/J19/M34）将玫瑰的自我带入了存在，因为大自然的力量共同促成了它的创造：

No.19	《玫瑰的荆棘》[①]
A sepal – petal – and a thorn Opon a common summer's morn– A flask of Dew – a Bee or two – A Breeze – a'caper in the trees – And I'm a Rose!	一个萼片——一叶花瓣—和一根荆棘 在一个普通的夏日晨曦— 一瓶露水——一只或两只蜜蜂— 一缕轻风——一株马槟榔长在树林里— 而我，则是一朵玫瑰！

诗学象似性与其他形式的像似性至少在两个方面有所不同。它创造了形式的感觉，突破或超越了概念语言的抽象倾向，以便在其原初或“另一个世界”经验中创造一种当下的即时性。华莱士·史蒂文斯在他的散文和诗歌中捕捉到了我们经验世界中有形和无形之间的这种表象（可见和不可见）。

4. 现实符号化视域中的诗性显像本体论

在他关于想象和现实的文章中，史蒂文斯（1951）描述了诗歌如何成为现实结构的一部分，一个既可见又不可见的现实。他引用了 C. E. M. 乔德

① 译者注：译文来自网络。

（C. E. M. Joad 1936）的观察，即智力通过将现实的“振动、运动、变化”转化为“在空间中扩展的固体、静态物体的集合”，“向我们展示了一种错误的观点”。智力的这种物化倾向掩盖了现实结构的真正本质，“事物本来面目”从来都不是静态的，而总是变化的（Stevens 1951:25；参见 Langer 1967:20-21）。在诗人感性情感的激励下，想象力使我们看到事物的本来面目，而不是由智力构建的事物。史蒂文斯将诗歌描述为实现生活经验的潜意识“振动、运动、变化”。这就是梅洛－庞蒂的原初经验或前范畴经验，它隐藏在“可见的”和“不可见的”之中。

史蒂文斯（1967:398）在他的诗《纯粹的存在》（*Of Mere Being*）中举例说明了想象和现实之间的关系。标题揭示了它的主题：“纯粹”不过是单纯的存在，而不是智力的建构。问题就变成了诗歌，它是通过语言来构建的，是理智化、概念化的自我的产物，如何突破自身的障碍，进入原初和前范畴。这是楚尔（2003）在他对神秘主义和浪漫主义诗歌的讨论中以及在他（1998）关于诗歌是“对语言的有组织的暴力”的声明中提出的同样的问题。换句话说，所有诗意的真理都与梅洛－庞蒂的“可见中的不可见”有关；正如史蒂文斯（1951）所评论的：“重要的是要相信可见的等同于不可见的”。诗歌的策略——它的格律和节奏、它的语音模式和重复、它的意象和隐喻、它的微观结构和宏观结构——共同创造了一种感觉经验的像似性，感知生活的幻象。在接下来的简要分析中，我将讨论在创造“纯粹的存在”幻象时，史蒂文斯（1967:398）的诗歌揭示一些符号表象的方式。

海伦·文德勒（Helen Vendler 1984）将《纯粹的存在》描述为“一首符号的诗”；哈罗德·布鲁姆（Harold Bloom 1977）将其描述为“一首死亡诗”；威廉·比维斯（William Bevis 1974）将其描述为赋予“其感知与价值和情感”；埃莉诺·库克（Eleanor Cook 1988）将其作为一个非原型隐喻（anagogic metaphor）的例子。每一种描述都以自己的方式，提到了使诗歌成为一种感知生活表象的特征。

Of Mere Being	《纯粹的存在》[1]
The palm at the end of the mind	心灵尽头的棕榈
Beyond the last thought, rises	超越最后的思想，升起
In the bronze décor, [2]	在青铜的背景中，
A gold-feathered bird	金羽毛的鸟
Sings in the palm, without human meaning,	在树上歌唱，没有人的意义，
Without human feeling, a foreign song.	没有人的感情，一首异国之歌。
You know then that it is not the reason	你知道不是理智
That makes us happy or unhappy.	使我们幸福与否。
The bird sings. Its feathers shine.	鸟在歌唱。羽毛闪闪发光。
	棕榈站在宇宙的边缘。
The palm stands on the edge of space.	风在枝叶间缓缓移动。
The wind moves slowly in the branches.	鸟儿垂下火焰的羽毛。
The bird's fire-fangled feathers dangle down.	

这首诗通过一种抽象策略像似地呈现了“纯粹的存在”的原初的、前范畴的不可见性，这种抽象策略有助于使其语言的韵律形式有唯一实现的可能性，通过延迟或不完全或彻底实现构成这首诗的各种形式。结果是一个结构的抽象变成了一种虚幻的形式（ghost form），仅仅徘徊在诗歌的意象和语言的实际概念化之外。这种缺席的存在（the presence of absence）感觉反映在诗歌的韵律结构、介词的特殊使用、间接隐藏其潜在指称的意象以及将三者联系在一起的声音模式中。

4.1 韵律结构

这首诗似乎是用自由体诗写成的。诗行下面没有清晰可辨的格律。在对一种潜在格律形式的渴望和它在诗行格律中的实际表现之间存在着一场斗争。每行的音节数从低的 5 个到高的 10 个（没有更多，这很重要）；它的重音模

[1] 译者注：引自华莱士 · 史蒂文斯 . 我可以触摸的事物：史蒂文斯诗文录 [M]. 马永波，译 . 北京：商务印书馆，2018:93.

[2] 原文注释：这首诗出现在《遗作集》（*Opus Posthumous*）中（第 117 页），用“距离”（distance）代替“装饰品”（décor）。霍利 · 史蒂文斯的版本，《华莱士 · 史蒂文斯：理智尽头的棕榈树》（*Wallace Stevens: The Palm at the End of the Mind*），有“装饰”（decor）一词（第 398 页）。

式从抑扬格到扬抑格再到抑抑扬格不等；它的诗行中的三行押韵诗句[①]没有和《西风颂》（*Ode to the West Wind*）中但丁提出的后由雪莱改编的三行诗节押韵格式相似；没有明显的押韵格式。然而，这首诗读起来不像典型的自由体诗形式：它似乎是一个抽象的格律模式，像一个无形的幽灵徘徊在诗歌中语言重音模式的声学实现的后面、上面或下面。[②]这种格律的幽灵，最终在诗歌的最后一行体现为一个完美的抑扬格五音步诗行："鸟儿垂下火焰的羽毛。"（"The bird's fire-fangled feathers dangle down."）这首诗的其余部分已经不可阻挡地向这一刻移动，因为它的第 11 行开始接近但还没有完全形成五音步结构。在最后一行抑扬格五音步之前，唯一有 10 个位置的诗行出现在诗的中心：

5. 在树上歌唱，没有人的意义，

6. 没有人的感情（觉），一首异国之歌。

7. 你知道不是理智[③]

第 5 行以抑抑扬格开始，但是在停顿[④]之后恢复为扬抑格；第 6 行正好相反，以扬抑格的风格开始，但是以"一首异国之歌"（"a foreign song"）中抑扬格的停顿结束。这个结尾提供了一种解脱的感觉，它在诗歌前半部分结尾的位置和第 1 句结束的句号加强了这种感觉。这首诗中途抑扬格结尾的本质预示了这首诗最后的抑扬格五音步诗行。第 7 行开始了诗的后半部分，是唯一一个接近散文语调的诗句。事实上，这些十音节的诗行本身并没有形成一

① 译者注：原文是 its stanzaic tercets fail to approximate the terza rima form introduced by Dante and a dapted by Shelley in "Ode to the West Wind"; there is no obvious rhyme scheme. 其中 tercets 三行押韵诗句，三行体，三行联句，同韵三行诗节；stanzaic tercets，诗节的三行押韵诗句；terza rima 是意大利诗歌的三行诗节押韵法。

② 原文注释：对于艾略特 [1975（1971）] 来说，好的自由体诗需要"持续的暗示和对抑扬格五音步的巧妙规避"，这样"即使在'最自由'的诗中，一些简单韵律的幽灵也应该潜伏在阿拉斯挂毯之后"，另见安妮 · 芬奇（Annie Finch 1993）。

③ 译者注：原文是 5 Sings in the palm, without human meaning, 6 Without human feeling, a foreign song. 7 You know then that it is not the reason

④ 译者注：caesura 来自拉丁语，caesura 一词的词源有印欧语系的词根，意思是"切割"。诗歌中的停顿被称为 caesura，是由正常的语言节奏而不是韵律决定的。停顿是音乐或诗歌创作中出现的停顿。

个三音节诗节，而是以一个诗节停顿结束，表明了存在和不存在，暗示了一种存在于诗歌的显性实现之中的是不可见的形式。[①]

4.2 介词用法

另一种方式，就是史蒂文斯（1996）设法“尽可能地接近[朴素的现实]，因为对于一个诗人来说它是可能的”的另一种方式是通过他对介词的特殊使用。库克（1988）指出：“史蒂文斯玩弄介词的行为轻微打乱了指称性语言的逻辑，使地点语言发生了轻微的错位。”史蒂文斯的诗歌标题没有说“论”存在，表明了这首诗不是对存在这一主题的思考，而是“关于”存在，这首诗是存在的一部分，是世界的一部分。它的主题是“构成”存在的将会是什么。第一节中的介词使用了不同的位置概念：“尽头”“心灵”“超越最后的思想”“在青铜的背景中”，穿过“超越”，从“在”到“中”的移动，另外，通过“超越”思想，从可见的“在”移动到不可见的“背景”中[②]。布鲁姆（1977）评论道：“‘超越’（‘beyond’）是贯穿史蒂文斯诗歌的一个特别令人印象深刻的词。他的目标始终是演奏‘超越我们自己的曲调，又是我们自身’，并以某种方式教导我们‘明亮地承受超越我们自己的那一点’”。描述棕榈树的介词经历了微妙的改变，从“尽头”（第 1 行）到“边缘”（第 10 行）。棕榈树“在”心灵的尽头，却“在”宇宙的边缘。心灵并不等同于宇宙；相反，心灵的边界是宇宙的边界。因此，棕榈树连接着内部和外部；当它在心灵的尽头升起时，它就站在宇宙的边缘。棕榈树的同时运动和静止反映了连续变形的现实，永无止境的演化构成了生命、有机体。

4.3 潜隐意象

“棕榈”中定冠词的自明指称（homophoric，自指）用法将其存在确立

---

① 译者注：原文 The fact that these ten-syllable lines do not form a tercet stanza in itself but run over a stanza break indicates both what is and is not there, suggesting a form that is in-visible within the visible actualization of the poem's form.

② 译者注：原文 The prepositions in the first stanza play with different notions of place: “at the end,” “of the mind,” “beyond the last thought,” and “in the bronze décor,” a movement from “at” to “in” through “beyond,” another move from the visible at to the in-visible décor by going beyond thought.

为超越思想的必要组成部分。它总是在那里，无论我们什么时候到达心灵的尽头，也就是宇宙的边缘。这种鸟则不以同样的方式被认同；相反，它在棕榈树上唱着被认为是异国的歌，因为歌声“没有人的意义/没有人的感情（觉）”。这种对“金羽毛的鸟”的识别将我们的注意力吸引到鸟的种类上，不是叶芝的作品《驶向拜占庭》（“Sailing to Byzantium”）中的鸟（尽管这里有典故），而是浴火重生的太阳之鸟——凤凰。① 尽管没有提到凤凰的名字，但它的缺席是在场的，徘徊在“棕榈”这个词中，库克（1988）指出，在希腊语中“凤凰”是 φοίνιξ ②。同样，未被提及的赋予生命的太阳以青铜、黄金、光芒和火的形式存在。

有一个词没有被明确提及作为人类范畴：情感。也就是说，我们有“思想”“意义”“感觉”（外在的五官感觉）③ 和“知道”。然而，情感在紧随对理性的否定后表现为快乐/不快乐的对比效价中。在中国神话里，凤凰是幸福之鸟，这并非巧合。鸟儿的歌声，没有人的意义或感情，是一种对超出我们概念范围的世界的表达，它对我们通过语言的理解来说是“异国的”，因此它可以引发情感，将我们与原初经验的物理世界联系起来，那是“超越最后的思想”。

4.4 声音模式

在单音节词“palm”“bird”“mind”中语音模式的滑动通过诗歌产生共鸣，形成它们共同构成的纯粹存在的感觉。这三种声音结合在一起，形成了一个变化的声音模式的万花筒。“palm”的 [p] 是一个清音的双唇音，因此它与在“palm”末尾和“mind”开头的、浊音的、鼻音化的双唇音 [m] 相距甚远。“bird”的 [b] 作为浊音的双唇音，落在 [p] 和 [m] 之间，和“mind”共用两个单词末

① 原文注释：史蒂文斯笔下的鸟与凤凰的联系也在索恩伯格（Thornburg 2012）的作品中进行了讨论。凤凰神话非常古老，出现在不同的文化中，有着略微不同的联系。在希腊，它指的是阿拉伯神话中的鸟，每 500 年飞到埃及获得重生。显然，最古老的是中国神话，可能可以追溯到公元前 8000 年。

② 译者注：“φοίνιξ”一词为古希腊语，15 世纪转变为现代读法。

③ 译者注：“感觉”即视觉、听觉、嗅觉、味觉、触觉。”

尾浊音的齿音 [d]。产生的语音模式将心灵置于中间，将棕榈树与鸟连接起来（图 3.4）。

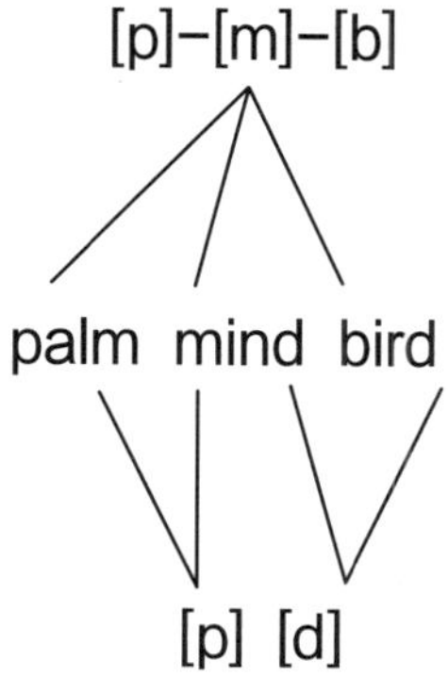

图 3.4　连音

“mind”这个词也通过它的开头，浊音的、鼻音化的双唇音，与标题词“mere”和诗中以同样方式开头的其他三个词联系起来：“meaning”“moves”和“makes”。这三个词都是与心智活动有关的言语过程。唯一的另一个音素 [m] 出现在单词“human”中间。[m] 在词尾，“palm”中清音的双唇音 [p] 只出现在“happy”和“unhappy”这两个词中，这两个词都与文德勒（1984）指出的效价的情绪[①]有关，效价的情绪建立了“感官欲望对抗理性心智的主张”。正如威廉 · 贝维斯（William Bevis 1974）指出的，贯穿整首诗的元音的语音模式和调整形成了价值和情绪的感觉。这些模式化的交替将棕榈树的后元音 [a] 与“beyond”“bronze”“foreign”“song”中的 [a] 联系起来，并且在“not the reason”中引入了“not”，一种理智的否定策略，这就引出了没有被提及的事物的存在（Langer 1953）：

如果没有对立的排斥，严格地说，就没有否定。在非语言艺术中，

① 译者注：emotional valence 是心理学术语，译为情绪效价、情感效价。在“情绪效价”的含义中，效价是情绪的一个维度，有正性和负性之分，可以说正性效价，负性效价。原文是 valenced emotion，译为效价的情绪。

> 这是显而易见的；遗漏可能是值得注意的，但绝不是负面的。在文学作品中，“no”“not”“never”等词经常大量地出现；但他们否认的事物因此就这样产生了。在诗歌中，没有否定，只有对比。①

对存在决心的渴望在整首诗中创造了滑动，在结尾的抑扬格五音步中被体现出来。这首诗的三个主要物理意象——“棕榈”“鸟儿”和“羽毛”——每一个都出现了三次，与这首诗的三行诗结构平行。“棕榈”“鸟儿”“羽毛”在四个诗节中的重复模式如下：

stanza 1 palm	诗节 1 棕榈
stanza 2 feather—bird—palm	诗节 2 羽毛——鸟——棕榈
stanza 3 bird—feather	诗节 3 鸟——羽毛
stanza 4 palm—bird—feather	诗节 4 棕榈——鸟——羽毛

这首诗创造了一个放大的焦点，从第一诗节的棕榈树开始，到第二诗节中金羽毛的鸟，再到第三诗节中闪闪发光的羽毛。鸟儿，对于这首诗极其重要，在“棕榈”和“羽毛”中间。在第一诗节单独提到棕榈树之后，第二诗节则提到了“羽毛——鸟儿——棕榈”模式。然后，第三诗节提供了第一诗节缺失的元素。这一补充行为，从第二诗节以相反顺序开始，到最后一诗节的“棕榈——鸟儿——羽毛”完全实现，在最后一行的抑扬格五音步中论及凤凰即将被火焰吞噬。

“火焰的”（fire-fangled）一词是一个独特的新造词。在当代英语中，“新流行的”（fangled）一词只出现在复合词“新奇怪异的”（newfangled）中，但史蒂文斯可能一直在思考莎士比亚（1905）《辛白林》（*Cymbeline*）中的台词：“愿你不要像我们爱好虚华的世人一般，把一件富丽的外服遮掩

① 原文注释：一位评论家让我参考保罗·沃斯（Paul Werth 1999）和劳拉·希尔达戈·唐宁（Laura hildalgo-downing 2000）关于话语中否定调节的著作。劳拉·希尔达戈·唐宁在沃斯关于子世界概念域中虚无现象的研究基础上写道：“严格地说，在实际的或真实的本体论意义上，由否定词引发的概念域不能说‘存在’，然而，可以说它们在使用语言的说话者、听者和读者的头脑中具有某种心智构念的地位。”

内衣的敝陋。”[①]（第五幕，第四场 134—135）这个场景是剧中的一个特殊插曲，但提出了一个“感官无法解开”的“另一个世界”的观点（第五幕，第四场 149）：一个看不见的世界，超越感官，超越所有理性，但却是真实的。“火焰般的羽毛”构成了覆盖原初现实的可见世界的外衣。

这首诗变成了对凤凰的赞歌，从它在灰烬中涅槃的那一刻开始，定格在它再次被火吞噬的那一瞬间。因此，第一节和最后一节作为中间两节的框架，概括了凤凰生命的时刻，没有人的意义和情感，没有理智，借助我们的情感感官，鸟儿的歌声将我们与作为演化的纯粹存在的原初经验连接起来。

要成为现实的像似符，这首诗必须捕捉到一种感觉，必须抓住我们的存在是这个可见与不可见的世界一部分的感觉。史蒂文斯（1951）谈到具有诗歌表象（poetic semblance）特征的要素：

> 在他的“心智领域中的形式”（“Forms in the Realm of the Mind”）一章中，福西永[②]谈到一种物质或技术命运的天性，与之相对应的是心智的天性；也就是说，“某种形式的秩序对应着某种心智的秩序”。以上这些事物暗示着一种变化的元素。因此，“先于经验”，一种通过先见之明来辨别其本质的天性。作为这方面的一个例子，他指出皮拉内西（Piranesi）的《监狱》（*Prisons*）的第一版就像骨架。但是，“20 年后，皮拉内西再次回到这些蚀刻作品中，重新拾起它们的时候，他在上面注入了一个又一个的阴影，直到有人可能会说，他不是从铜板中挖掘出这种惊人的黑暗，而是从某个地下世界的天然岩石中挖掘出来的。”（48–49; my italics）

① 译者注：朱生豪译，原文系“Be not, as is our fangled world, a garment / Nobler than that it covers”（V.iv.134-135）。参考：莎士比亚．莎士比亚全集：纪念版：全 11 册 [M]. 朱生豪，等译．北京：人民文学出版社，2014. 本译文在第Ⅶ册，第 105 页。

② 译者注：福西永（Focillon，1881—1943），法国 20 世纪最伟大的美术史家，先后任里昂大学、索邦神学院、耶鲁大学教授、华盛顿敦巴顿橡树园研究员和资深学者。他一生著述宏富，既显示出精深的专业知识，又随时跨越专业界限，将读者引向无限丰富的知识领域。

作品：《想象的监狱》（*Imaginary Prisons*），乔瓦尼·巴蒂斯塔·皮拉内西[①]

史蒂文斯的诗在将经验概念化之前，模拟了原初的存在。这个可见中不可见的隐秘世界，以凤凰的形象，在它高飞和坠落中、在它的死亡和复活的永久循环中不断且永远地狂喜蜕变。这首诗歌因此直接对话表象的概念，作为一种象征性的手段接近梅洛－庞蒂的“可见中的不可见”（in-visible in the visible[②]）。

表象可能以多种不同的方式出现，正如我在讨论加尔文、默温和史蒂文斯的诗歌时指出的那样。加尔文着重于艺术家如何借助对经验世界的模拟来塑造表象；默温侧重于我们成为表象的参与者并对其加以认同的方式；史蒂文斯侧重于将不可见之物引入诗歌存在的生成进程。在接下来的章节中，我将论述隐喻在构建表象本体论（显象本体论）时所发挥的作用。

① 译者注：《想象的监狱》蚀刻版画的图片及相关信息为译者添加。

② 译者注：Stevens's poem simulates the primordial existence before conceptualizing experience, the subterranean world of the unseen within the seen, in the form of the phoenix, continuously and forever ecstatically metamorphosing in its rising and falling, in its perpetual cycle of death and resurrection. 其中 in-visible in the visible 也可译为“显中之隐”“有形中的无形”；phoenix rising 译为凤凰涅槃，凤凰浴火重生；phoenix falling 译为凤凰坠落。

第4章　隐喻[①]

正如我们在前一章中所看到的，对于一件人工制品——任何人类制造的产品——要成为一个像似符（符号），它必须源于创造一个超越它自身的事物表象，无论是物质的还是非物质的。因此，隐喻是像似性创造的基础。在本章中，为了理解其在诗学象似性中的作用，我将隐喻视为过程和产品。首先，我通过讨论两种截然不同的观点来为认知导向的隐喻观奠定基础，即当一个人从字面上理解隐喻或将隐喻视为现实模型时会发生什么。隐喻意义具有百科全书式的特征：它源自经验、概念化、语境和文化等的累积关联。通过采用具身心智的认知观点，我提议在我们自身和我们所经历的世界之间采取一种更为相互关联的方法。然后，我将本人关于隐喻功能在诗歌中的观点与两种受皮尔斯影响的方法进行了比较，并且在语言、概念和感觉－情感层面引入隐喻加工的概念。最后，我将在整合模型的基础上解释隐喻在创造诗学像似符时是如何发挥作用的。

可怜的卡苏朋（Casaubon）先生曾设想，他穷年累月、勤奋苦读的单身生活已经为他积累了享受的复利（compound interest），以为自己对感情的大笔支取定会得到兑现；因为我们所有人，无论严肃还是轻率，都会让自己的思想陷入隐喻之中，并且会因这些隐喻而做出致命的举动。

乔治·艾略特（George Eliot）《米德尔马契》（*Middlemarch*）

---

① 作者于本页注：《诗歌作为符号》，玛格丽特·H. 弗里曼，牛津大学出版社（2020年）。© 牛津大学出版社。DOI: 10.1093/oso/9780190080419.001.0001

隐喻是危险的。当隐喻被认为仅仅是一种在两个不同的认知域之间创造一种明显但虚假的关系的修辞形式时，它的危险就被掩盖了。安全在于假设它的无力："这只是一个比喻而已。"[①] 这种安全感是危险的，因为它会给人一种虚假的安全感（Noah Webster 1844）。艾略特笔下的卡苏朋先生从字面上理解感情可以用利息来储存的这个想法确实是致命的。隐喻的行为具有象征性的力量，这种力量改变了我们看待事物的传统方式，并由此改变或调整了我们的心智和行为。例如，用"她否定了他的理论"或"他破坏了她的计划"这样的表述，从战争的角度看待争论就是将分歧转化为侵略（Lakoff and Johnson 1980）：

> 我们谈论争论的传统方式预设了一个我们几乎从未意识到的隐喻。这个隐喻不仅存在于我们所用的言语中，也存在于我们的争论这一概念中。隐喻不仅存在于我们使用的词语中——它还存在于我们关于争论的非常概念中。争论的语言并非诗意的、新奇的，或修辞的；它就是字面上的。我们之所以以这种方式谈论争论，是因为我们以这种方式构思它们——我们根据我们构思的方式采取行动。

当我们开始从字面上理解隐喻时，我们就"被隐喻利用"来限制我们的世界感知（Turbayne 1970）[②]。从字面上理解隐喻的结果是，2010 年，美国最高法院在"公民联合会诉联邦选举委员会"（Citizens United v. Federal Election Commission）一案中裁定，企业是人，金钱是言论，美国的世界发生了变化。这一决定不仅影响了政治舞台，还影响了法律在许多其他方面的执行方式，混淆了公私界限。隐喻的行为通过影响我们思考、想象、观察和形成新发现的方式，创造并不断改变着我们生活的世界（Barsalou 2016；Fauconnier and

---

① 原文注释：艾米莉·狄金森在一封信中创造了一个隐喻，她写道："那就是我们国家所谓的隐喻。不要害怕，先生，它不会咬人的。"然后她把这个隐喻延伸到她的狗卡洛身上，将其称为会咬人的"最高贵的艺术作品"。（L34, Johnson 1965: 92）

② 原文注释：特贝恩、莱考夫和约翰逊的开创性出版物已经在各个学科中产生了越来越大的影响，比如在精神分析学中，隐喻的字面化会影响接受精神分析的人和精神分析师（Carveth 1984）。

Turner 2002；Kahneman 2011；Lakoff and Nuñez 2000）。这就是它的力量，也是它的危险之源。

因为隐喻不断地塑造我们的经验，所以我们有必要考虑它是否只是作为一种长期危险的来源在使我们成为错误认知受害者这方面起作用。所有的隐喻对我们都是有害的吗？对我们有益的隐喻会是什么情况呢？在我们考虑隐喻在诗学像似性中的作用之前，我们需要区分在传统和艺术表现中隐喻作为实际或可能的世界形成。

1. 隐喻建模论

因为科学知识是建立在将隐喻作为现实模型的创造和测试的基础上的，科林 · 默里 · 特贝恩（Colin Murray Turbayne 1970）指出，科学家必须警惕在对现实世界的理解中将隐喻模型误认为是现实。为了证明牛顿的万有引力理论只在特定的情况下有效，爱因斯坦不得不在他的相对论中重建一个不同的方程来解释时空连续体。科学探索不断挑战流行的隐喻范式以获得新的知识。几个世纪以来，笛卡儿的身心[①]分裂模型一直以来在客观上被认为是真实的[②]。从字面上理解这个模型有两个重要的结果：它将心智和身体创造为两个分开的、独立的实体；而且它通过将它们解释为与它们所嵌入的语境分离的方式来脱离语境。在罗伯特 · D. 斯托洛（Robert · D. Stolorow 2012）的著作中：

> 笛卡儿的构想可以被描述为心智和世界的一种去语境化。心智与它所居住的世界是隔绝的，就像世界被清除掉所有人类的意义一样。在这种构想中，心智被描述为一个在其他客体中占有一席之地的客观实体，一种“思维实在”（“thinking thing”），正因为它是一

---

① 译者注：思维实在（res cogitans）和物质实在（res extensa）。The mind, according to Descartes, was a “thinking thing” (Latin: res cogitans), and an immaterial substance. This “thing” was the essence of himself, that which doubts, believes, hopes, and thinks. The body, “the thing that exists” (res extensa), regulates normal bodily functions (such as heart and liver).

② 原文注释：在笛卡儿的著作中有证据表明，他可能没有从字面上理解他的“心智作为实在”模型（Skirry 2005）。

种实在：从本体论上是去语境化的，从根本上与它的世界分离。

从字面上理解“心智是实在”（MIND IS A THING）这一概念隐喻，会导致假设身心分裂。[①] 在否定这一概念时，认知研究者认为心智体现在一个相互关联的世界中。[②] 这就变成了一个问题，即哪种隐喻模式最好地阐明了我们经验的现实世界的本质，而不是从字面上理解其含义和内涵。

2. 诗性隐喻的本真化[③]

然而，塞缪尔·R. 莱文（Samuel R. Levin 1977）认为，诗性隐喻呈现了一种偏离现实的观点，但仍然“具有意义，因而表达了真值条件[④]”。因此，我们应该从字面上理解诗性隐喻，将我们关于现实世界的观念调整为一个可能（但尚未实现）的世界。莱文采用了第一代认知主义方法，其中将认知形式化为基于规则的结构，而忽视了人类与现实世界的互动。正如唐纳德·C. 弗里曼（Donald C. Freeman 1991）在其对莱文（1988）的评论中所指出的：

> 区分“离经叛道”与“非离经叛道”序列以及文学隐喻与其他类型隐喻的准则是基于学术文学经验而非日常身体经验的，是由必要和充分条件决定的、具有基础性的。这种方法的必然结果［……］

---

① 原文注释：概念隐喻和图式用“小号大写字母”（SMALL CAPITALS）呈现，以区别它们在语言表达中的表现。

② 原文注释：J. 凯文·欧里根（J. Kevin O'Regan 2011）在一项关于大脑与环境相互作用的研究中提供了经验证据，证明感官感受不是大脑中的表征，而是积极参与和操纵我们从外部世界接收到的感官信息。参见马克·罗兰兹（Mark Rowlands 2010）的“混合”心智理论。

③ 译者注：“Poetic Metaphor as Literal”，如果直译可以是“作为字面的诗性隐喻”。通常隐喻（metaphor）和字面意义（literal）是对立的，本节探讨诗性隐喻如何被当作字面意义来理解，或者隐喻在诗歌中如何获得一种字面性，从而具有本体论的地位，所以可以翻译成“隐喻的字面本体论”，也可以翻译成“诗性隐喻的直陈化”“作为本真言说的诗性隐喻”或“隐喻的字面本体论”。诗性隐喻的字面化”或者“诗学隐喻之字面性。

④ 译者注：诗性隐喻虽呈现对实在界的异质认知，仍承载意义并构造真理条件（真值条件）。truth condition，语义学术语，译为真值条件，那些可使一个语句为真的条件就是该语句的真值条件。一个句子在某个世界里与事实相吻合，那么它就为真。所以与相关事实吻合就是具体句子取真的条件，称作“真值条件”。句子的意义（meaning of sentence）：理解句子的意义就在于获取它的真值条件。S is true iff p. S 代表某个句子，p 代表句子的真值条件，iff（if and only if）是充分必要条件。例如：“snow is white” is true iff snow is white.

是一种封闭和密封的隐喻理论。

从逻辑上讲，莱文的可能世界论证是一种归谬法，导致我们得出这样的结论：诗歌和小说中的隐喻与现实世界毫无关系，因此是逃避现实的，它的存在只是为了给我们带来快乐。诗人和作家肯定会惊讶地发现，他们的创作努力与我们这个经验丰富的世界毫无关系。在莱文看来，文学像所有艺术一样，因为与现实生活无关而被贬低，这并不奇怪。①

想想莱文（1988）在“地球绕着太阳旋转”这句话中的词汇误用“‘旋转’这个词不适合用来描述地球的实际行为，因为地球所做的事情并没有被恰当地描述为旋转——无论是绕着太阳还是其他任何地方”。相反，旋转是对地球运动的一种完美的隐喻压缩，因为它用一个词概括了人们在其他情况下不得不说的“地球的实际行为”：当地球围绕太阳运动时，它围绕其轴旋转 360°，就像芭蕾舞演员在舞台上表演脚尖旋转时旋转 360° 一样。这个隐喻通过将地球复杂的自转缩小到人类的尺度，帮助我们理解地球与太阳的关系。区分隐喻的好坏，不在于人类的属性是否可以应用于非人类的事物，而在于作为模型的隐喻是否准确地传达了关于非人类世界本质的一些真理。

卡尔 · 沙芬纳（Carl Safina 2015）从经验证据中认为狼与人类有许多共同的认知能力，但它们错误地成了恐惧的对象：

> 我们要谈的是文学和文化中的狼。我们要研究的已经不是一种生物了，而是人类对文明缺乏安全感的恐惧的一种投射。[……] 在人类的观念中，狼成了一种隐喻，象征野性和未开化的暴徒，或是不受习俗约束、与众不同的异族。[……] 人们让狼扮演恶棍，随后混淆了演员和他们所扮演的角色。②

通过“深入人类心智”，狼作为反派的隐喻被从字面上理解了，所以用特

① 原文注释：这种做法的危险性体现在教育财政政策上，尽管口头上支持艺术的重要性，却将创造性项目削减为边缘项目。

② 译者注：翻译参考卡尔 · 沙芬纳 . 无言地呼唤：动物的感知、思考和表达 [M]. 戚译引，译 . 北京：清华大学出版社，2019：187-188.

贝恩的话来说，这个模型被误认为是现实的。将狼视为恶棍是我们为了操纵、利用和破坏我们共享的环境而将自己与自然世界分离的一个例子。

3. 文学艺术中的隐喻

约翰 · 拉斯金（John Ruskin 1856）以“情感误置”（the pathetic fallacy）一词来区分文学作品中隐喻的好坏：

> 现在我们习惯于把这种误置看作诗意描述的一种显著特征，以及我们允许它作为一种显著的诗意的心态，因为它充满激情。但是，我相信，如果我们深入研究这个问题，我们就会发现，最伟大的诗人往往不会承认这种虚假——只有二流的诗人才会以此为乐。
>
> 因此，当但丁描述从阿刻戎河岸上飘落的灵魂“如同枯叶从树枝上飘落”时，他尽可能完美地描绘出它们的轻盈、软弱、被动和绝望的痛苦，然而，他一刻也没有失去自己清晰的感知，即这些是灵魂，那些是叶子；他没有混淆两者。但是当柯勒律治谈到下面这两行诗时，

The one red leaf, the last of its clan, That dances as often as dance it can,	连树梢最后一片红叶 也不曾动弹，也不曾摇曳，[①]

> 他对树叶有一种病态的，也就是说，一种迄今为止错误的想法：他幻想着树叶里有生命和意志，而实际上并不存在；混淆了它的无力与选择、它的消逝与欢乐、摇动它的风与音乐。然而，依然有一些美丽，即使在病态的段落中。

拉斯金关于好的隐喻的观点建立在以下两种使用的区别上：（1）利用自然世界中的元素和事件来阐明关于我们自身的事物；（2）将人类的情感和感官方面归因于自然世界的谬论。在柯勒律治的文章中，拉斯金将“生命”

---

① 译者注：《克丽斯德蓓》诗节的翻译参考华兹华斯，柯勒律治．华兹华斯、柯勒律治诗选 [M]．杨德豫，译．北京：人民文学出版社，2001:325.

归于叶子的舞蹈，将“意志”归于“能”的选择。在这种情况下，正是他将“欢乐”的情感归因于垂死的树叶，同时认识到是风，而不是它自己的目的，使树叶摇曳。[①] 生命既属于树叶，也属于所有的有机自然。在某种程度上，拉斯金认为人与自然界是分离的，是对自然界的观察，而美学只涉及美和快乐。相反，我认为“好的”隐喻是那些象征性地突破了我们概念感知的表层，直达我们作为社会、文化和自然世界参与者的潜在感觉 - 肌动 - 情感本质的隐喻。

4. 诗性隐喻的符号表意过程 [②]

海利（1988）的研究《诗性隐喻的符号表意过程》（*The Semeiosis of Poetic Metaphor*），我借用来作为这一小节的标题，这是皮尔斯对与诗学隐喻相关的像似符描述的一个辉煌而博学的发展。像大多数皮尔斯学者一样，海利接受了皮尔斯对亚像似符分类中的概念，即意象、图表和隐喻都是具身图标的例子。然而，他提供了一个广泛的分析用以论证“一个完整和正确的皮尔斯式的隐喻作为符号的定义不会局限于或受限于这段话”。这导致他创造了“元图标”（metaicon）这个术语，指的是“那种特定于隐喻本身或最高形式的隐喻的‘像似符’特征”。因此，元图标变成了“一个基于某种像似性的符号，这种象似

---

① 原文注释：拉斯金引用的这段话来自《克丽斯德蓓》（*Christabel*）第二部分的第六节，第 49—50 页（E. Coleridge 1912）。叶子其实并没有在摇曳，而是仍然附着在树枝上，没有风把它摇松：
没有足够的风来旋转。
一片红叶，它家族的最后一片红叶，
尽可能多地跳舞，
挂得很轻，挂得很高，
在仰望天空的最高树枝上

② 译者注：标题“The Semeiosis of Poetic Metaphor”，符号学中常用“符号过程”来指代 semeiosis，根据皮尔斯的符号学三分法（符号、对象、解释项），semeiosis 涉及符号的动态解释过程，因此可以理解为“诗性隐喻的符号过程”“诗歌隐喻的符号活动”“诗歌隐喻的符号表意过程”或“诗性隐喻的符号化过程、“诗学隐喻的符号生成活动”和“诗性隐喻的符号表意过程”。

性包括意象和图表，同时又超出了它们的临界值”[①]。对我来说，正是这种“类型的像似性”定义了诗学象似性。

在关于莎士比亚十四行诗的第 73 首的讨论中，海利（1988）解释了他对元图标的理解：

> “生命－四季”元图标不仅是一种命名老年无形资产的机制，而且是一种“交互关系”（reciprocal relation），它鼓励我们思考时间的周期性，即我们借此以一种全新的方式来看待人类生命周期和季节，从而“发现将人类和宇宙联系在一起的秩序”（86；my italics）。

在海利看来，当“[隐喻的两个部分之间的]总体图形一致性几乎是对称和可逆的”时，就会出现元图标。他的洞察力对于认识到诗歌隐喻在创造心智与世界之间的象征性交互中的特殊作用具有重要意义。在威廉·布莱克（1971[1789]）的诗歌《神圣的形象》（*The Divine Image*）（图 4.1）中可以看到一个这种交互的例子。

第四十四章　布莱克，《天真之歌》

图 4.1　威廉·布莱克，《神圣的形象》

① 原文注释：虽然海利没有提到罗曼·雅各布逊（Roman Jakobson）关于文学像似符（尽管他确实评论了他的“隐喻和转喻两极”理论），也没有提到莱考夫和约翰逊的概念隐喻理论，但在许多层面上，他的研究与他们的研究是一致的。海利对诗学元图标的处理与雅各布逊（1987）关于诗学功能具有像似性表现特征的主张不谋而合。

The Divine Image	《神圣的形象》
To Mercy Pity Peace and Love All pray in their distress: And to these virtues of delight Return their thankfulness. For Mercy Pity Peace and Love, Is God our father dear: And Mercy Pity Peace and Love, Is Man his child and care.	仁慈、怜悯、和平和爱 所有人都在痛苦中祈祷： 以及这些快乐的美德 回报他们的感谢。 仁慈、怜悯、和平和爱 是上帝，我们亲爱的父亲： 仁慈、怜悯、和平和爱， 是人类，上帝的孩子和关怀。
For Mercy has a human heart Pity a human face: And Love, the human form divine, And Peace, the human dress.	仁慈有一颗人的心 怜悯有一张人的脸： 爱有一副神圣的人形， 和平有一身人的衣衫。
Then every man of every clime That prays in his distress, Prays to the human form divine Love Mercy Pity Peace.	然后每个地方的每个人 在他的危难中祈祷， 都向那神圣的人形祈求 爱、仁慈、怜悯、和平。
And all must love the human form, In heathen, turk or jew, Where Mercy, Love & Pity dwell There God is dwelling too.	人人都得爱这个人的形象， 不管它是异教徒，回教徒，犹太人， 哪儿有仁慈、爱和怜悯 哪儿就有上帝和神。

布莱克诗歌中的问题是在隐喻中确定来源和目标："为了仁慈、怜悯、和平，和爱 / 是上帝，我们亲爱的父亲。"（Forceville 1995）[①] 由于隐喻的常见译法是"上帝是爱"，而不是"爱是上帝"，福斯维尔指出，布莱克很可能颠倒了传统的词序，将来源放在目标之前，以突出上帝的美德。读取——源 - 目标或目标 - 源——似乎都是可能的。然而，"上帝是爱"的含义与"爱是上帝"的含义并不相同。前者表明爱是上帝的属性，而后者表明上帝是爱的属性。这首诗的象征性交互源于一种复杂的概念整合，其中目标域和源域不是上帝

① 原文注释：关于隐喻双向性的争议，请参阅《今日诗学》（*Poetics Today*）特刊中古德布拉特和纪克松 Goodblatt and Glicksohn 2017）、勃鲁恩（Bruhn 2018）对纪克松（2018）和斯特拉克（Strack 2019）的回应。

/ 人作为一个域，美德作为另一个域，而是上帝和人作为两个域，通过美德，合而为一。

布莱克的蚀刻版画提供了一个可以理解这首诗的元语言语境。珍 · H. 哈格斯特龙（Jean H. Hagstrom 1964: 82）将“仁慈”“怜悯”“和平”和“爱”确定为“上帝之声的四个女儿”，借鉴了世界上所体现的逻各斯（“圣言”）的思想。[①] 上帝的话语，体现在四种美德中，反映在恳求它们代祷的人的祈祷声中。在布莱克的蚀刻版画中，通过文字和图像的“精心设计”，语言和意象象征性地结合在一起，体现了神性的人与人的神性的四种美德。

值得注意的是，布莱克的第三节既是这首诗的中心，连接着前两节和后两节，也是蚀刻版画中一段的结尾，其下方有一棵活着的植物，作为阶梯，让基督作为人类走下台阶，将人类从痛苦中拯救出来，而人类则通过他们的共同属性以神的身份走上台阶。在语言上看起来是可逆的隐喻——美德是上帝 / 人：上帝 / 人是美德——在概念上更多地表达在“神圣的人形”的隐喻中：

For Mercy has a human heart Pity a human face: And Love, the human form divine, And Peace, the human dress.	仁慈有一颗人的心 怜悯有一张人的脸： 爱有一副神圣的人形， 和平有一身人的衣衫。[②]

通过中心节的调解，前两节的陈述作为调解的结果在后两节中重复。当神圣的美德以人类的形式展现出来时，整首诗就成了一种像似符（象征），通过这种像似符（象征），神和人合而为一。

海利创造“元图标”这一术语的需要源于将意象、图表和隐喻本身理解

① 译者注：LOGOS 译为“逻各斯”或“罗格思”，是古希腊哲学、西方哲学及基督教神学的重要概念。在古希腊文一般用语中有话语的意思；在哲学中表示支配世界万物的规律性或原理；在基督教神学是耶稣基督的代名词，因为他是天主的圣言，也是万物的规律的源头，新教使用的《新约圣经》一般译为“道”，而天主教则旧译为物尔朋，现译为“圣言”，《圣经》恢复本翻译为“话”。

② 译者注：短诗的翻译参考威廉 · 布莱克 . 天真与经验之歌 [M]. 杨苡，译 . 南京：译林出版社，2002:119.

为像似符。这一观点与传统符号表征中对像似性的解释是一致的。因为我对诗学像似性的解读不仅仅是从符号学的角度来看，我认为，诗学像似符是通过三个皮尔斯组成部分[①]的整合来创造“其他东西”的，从而使诗歌成为现实的像似符。然而，海利认为诗学隐喻是在两个域之间创造交互，而我认为它们的结合触发了一种层创结构，从而使诗歌作为一个整体成为现实的像似符。福克尼尔和特纳（2002）的概念整合理论最清楚地解释了这种层创结构。

5. 隐喻化的认知加工过程[②]

历史上，关于隐喻作为产品的性质、作用和功能的争论集中在支持和反对诸如比较、相似性、同一性、并置或类包含等方面［见霍利奥克和斯塔门科维奇（Holyoak and Stamenkovic）2018 年的综述］。这些争论都认为隐喻是一个可以被定义、描述和分类的实体。然而，它的词源指向另一种理解方式，源于希腊术语的 μετα-φερειν[③]，“带着超越或跨越”。如果人们认识到隐喻是跨域映射元素的活动，那么它可以创建许多不同类型的隐喻。

在认知语言学中，一个域是由一个连贯的知识结构组成的概念实体（Evans 2007）。域是空间上和临时结构的理想化认知模型（Lakoff 1987:281-285; Talmy 2000:42-47）。人类所能设想的域有很多：大到宇宙，小到原子元

---

① 译者注：three Peircean components 译为“三个皮尔斯组成部分”。它是指由查尔斯 · 桑德斯 · 皮尔斯发展出的哲学框架，对符号学、传播理论等领域有着重要的影响。皮尔斯的哲学框架有三个相互关联的组成部分：一性（firstness）：它是最基本和不可化约的体验要素，不来自任何其他东西。第一性特征包括颜色、味道和质地等，与任何特定的对象或意义无关。二性（secondness）：指的是两个事物之间的关系，其中一个事物在影响另一个事物。这是主体和客体之间的二元关系，其中主体以某种方式对客体作出反应。第二性特征包括力量、阻力和反应等，涉及一种因果关系。三性（thirdness）：这个组成部分指的是中介的概念，其中一个符号或象征物代表着其他东西。第三性特征包括概括性、意义和解释等，涉及识别符号和对象之间的模式和关系。三个皮尔斯组成部分相互关联、相互依存，对于理解如何通过沟通和表现来创造与传达意义至关重要。

② 译者注：“Metaphoring as Cognitive Processing”，Metaphoring” 在这是指隐喻的使用或生成过程，而“Cognitive Processing”则是认知处理或认知加工过程。直译为“将隐喻视为认知加工过程”“隐喻化作为认知加工过程”“隐喻化：一种认知加工过程”。

③ 译者注：μετα-φερειν，希腊术语。μετα，从一个地方到另一个地方—搬运；φερειν，搬运。

素。域在概念上源自存在于潜意识、前范畴层面的具身经验——既有感官上的，也有情感上的主观经验。在拉斯金关于但丁的例子中，这两个域是自然和人类生活。从树上掉下来的叶子的生命终结等同于人类生命的终结。这个等式已经成为我们经验中的原型母题。域之间的隐喻映射不仅是一种修辞格，而且是我们理解认知过程的一个组成部分。

莱考夫和约翰逊（1980）的概念隐喻理论以及福克尼尔和特纳（2002）的概念整合理论（"合成"）将隐喻定义为一个动态的过程，它构建了我们感知和解释世界经验的方式。根据概念隐喻理论，我们通过具身意象和定向图式来理解抽象的概念，因此我们以路径和平衡来感知爱和正义等概念，将爱理解为一段旅程，将正义理解为天平。[①] 在概念整合理论中，我们通过融合或整合来自不同域的共享拓扑来创建新的层创结构，无论这些域是抽象的还是具体的。这些概念方法说明了隐喻在图像表征 [②]（iconic representations）中所起的作用，但它们并不是整个故事的全部。问题仍然是，是什么能力限制了使混合能够发生的选择性过程。[③]

6. 认知隐喻化的层级体系 [④]

感觉 - 肌动 - 情感加工的前意识、前范畴、潜意识因素，概念化，以及它们通过语言表达的言语化构成了对自我的具身认知。就像达马西奥对三重

① 原文注释：并不是所有的隐喻都具有概念隐喻理论所认定的从具体到抽象的方向性。耶沙亚胡·申（Yeshayahu Shen 1995）将显著性确定为隐喻语义结构中方向性的一个额外组成部分。

② 译者注：图像表征（iconic representation）和符号象征（symbolic representation）。

③ 原文注释：勃鲁恩（2018b）展示了整合中涉及的概念选择是如何由迪肯（2012）的意向过程的表述构成和约束的。

④ 译者注：在认知语言学中，Lakoff 和 Johnson 的隐喻理论常讨论层级化的概念映射，使用"层级结构"或"等级体系"。标题"The Hierarchy of Cognitive Metaphoring"中"Cognitive Metaphoring"应译为"认知隐喻化"。"Hierarchy"在学术语境中常被译为"层级体系"或"等级结构"，但考虑与"隐喻化"搭配的流畅性，"认知隐喻化的层级体系"更强调动态过程的层次，而"认知隐喻的等级结构"则可能更侧重于静态分类。

自我的区分一样[①]，认知语言学家将隐喻定义为一个由三个层次组成的过程。佐尔坦 · 科韦塞斯（Zoltán Kövecses 2002）将其描述为“与给定语言和文化如何反映隐喻模式相对应的超个体层次，与语言个体使用者所使用的隐喻认知系统相对应的个体层次，以及与各种隐喻体现的普遍方面相对应的亚个体层次”。在本节中，我还试图解释隐喻加工是如何发生的，以整合语言表达的潜意识、概念和言语化。

从表面上看，隐喻映射产生了语言表达，例如我们在生活中遇到的“障碍”，或者莎士比亚在《理查三世》（*Richard III*）的开场独白，当理查说“现在是我们隐忍难堪的严冬 / 被约克的太阳变成了光荣体面的夏日了”[②]（my italics）。这些语言隐喻源于潜在的概念隐喻，这种映射使我们能够通过具体的具身经验来感知抽象的概念（Lakoff and Johnson 1980）。在隐喻的最深层次上，感觉 - 肌动 - 情感隐喻将我们的潜意识、前范畴、感觉互动与我们经验的外部世界联系在一起。根据定义，这些感官隐喻位于我们有意识的心智层次之下。在这个层次上，像似性是诗歌（“创作”）的动力，把认知隐喻看作一棵活着的树（图 4.2）[③]。

语言隐喻存在于表面，就像一棵树的叶子从它的树枝上长出来一样。概念隐喻构成了支撑和滋养树叶的树干和树枝。感觉 - 肌动 - 情感（知觉）隐喻构成了位于表面之下的根，没有根，树就无法生长。叶子依赖于树干和树枝，两者都依赖于树的根。

---

① 原文注释：许多文学作品都存在于有意识和无意识的自我之上。参见沙弗尔和诺特霍夫（Schaefer and Northoff 2017），了解关于自我的神经基础的有用的简短调查。

② 译者注：此处翻译是笔者根据梁实秋先生的译文：“现在这约克的太阳把我们的隐忍难堪的严冬变成了光荣体面的夏日了”进行的改编；字面翻译为：“现在是我们不满的冬天 / 被约克的阳光创造了灿烂的夏天”“Now is the winter of our discontent / Made glorious summer by this sun of York.”

③ 原文注释：宇文所安（1992）对中国“文”概念的类似描述为我的表述提供了独立的证据，“在文学中常见的有机树隐喻中，‘文’是叶子的可见外在模式，仔细观察，它揭示了树干和树枝的隐藏形状：‘文’是某种物质 [chih*] 或‘自然法则’ [li*]（例如，生长或“树状”）的有机外在表现”。

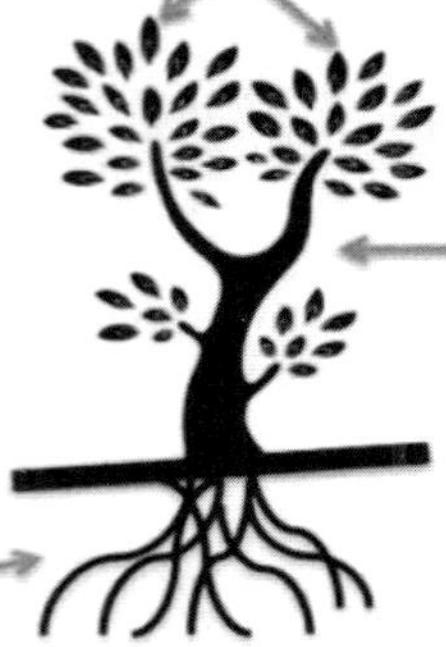

图 4.2　认知隐喻树形图

在意识的表面之下，感官体验与物质世界和社会世界元素的联系无法用语言来表达。然而，它们激发了概念隐喻的产生，就像树根滋养地面上的树一样。在认知树的表面之下，存在着感觉、肌动和情感体验的前概念、潜意识的根源，这些经验滋养着我们的概念意识。正如活着的树通过树根汲取营养而生存一样，我们所有的认知活动都依赖于感官认知的生命或生命力。就像树木的根受到它们嵌入地球的物质成分的质量滋养一样，感官体验也是从我们环境的自然、文化和社会世界中汲取的。因此，从感官认知中产生的审美想象和判断的品质，使物质和精神价值得以繁荣，从而产生作为世界一部分的自我的和谐平衡。尽管隐喻的三个层次都存在于诗歌形式中，但感官隐喻的根结构构成了诗歌创作的动力。

7. 诗性隐喻的本体论①

正如我们在第 3 章中所看到的，诗歌被定义为一种视觉，一种幻觉，一种模仿，一种现实的表象。诗歌可以在我们的脑海中创造出世界现实的意象，

① 译者注：在英文中，"poetic" 可以指与诗歌相关的（诗学的）或具有诗意的（诗性的）。标题 "The Ontology of Poetic Metaphor" 中 "Poetic Metaphor" 在文学领域通常译为 "诗学隐喻"；如果强调隐喻的美学特质和创造性，如在哲学和认知科学领域常译为 "诗性隐喻"。故此译为："诗性隐喻的本体论建构" 或 "诗性隐喻的本体论"。

这使它在符号学意义上具有像似性。维姆萨特（Wimsatt 1954）将其描述为“一种语言符号，它在‘某种程度上’与它所表示的对象具有相同或相似的属性”。从哲学上讲，“意象”一词指的是概念心智中所有五种感官的印象。从最广泛的意义上来说，在我们对外部世界的潜意识感官感知和我们将这些感官感知转化为自觉意识之间存在着一种映射（这种映射发生在我们对外部世界的潜意识的感官感知和我们将这些感官感知转化为自觉意识之间）。[①] 我们通过五种感官（视觉、听觉、触觉、味觉、嗅觉）的身体互动来体验我们周围的世界。这些感觉是前意识的。比如，考虑一下坐在椅子上的身体感觉，如果你在读这篇文章时坐在椅子上的话。那种身体上的感觉不是在我让你意识到的时候才出现的；它一直都在那里。但是通过将它带入意识，你已经在你的思想中记录了这种感觉。（你可以尝试所有五种感官。）语言是我们经验的概念化。欧里根（O'Regan 2011）指出，“人类的语言和思想不仅仅是原始的符号操纵[②]：被操纵的概念受到物理世界和人类与之互动的特定方式的限制”（75；my italics）。

通过将物质转化为现象，心智活动也限制了我们接近周围世界的方式。在概念化经验的过程中，语言开始了从经验中抽象的过程。在这种抽象的层面上，我们永远不可能对“真实”世界有直接的认识；我们只能知道我们对它的体验。正如玛利乌斯 · 冯 · 森丹（Marius von Senden 1960 [1932]）解释的那样：“当我说‘我看到一扇窗户’时，这些话是对我实际看到的错误描述。因为‘窗户’不是一个视觉术语，而是一个概念术语。我看到的不是‘窗户’，而是某种有色的东西，因为我知道它的特定性质具有‘窗户’的意思。”如果不能区分对象及其符号，我们可以通过不区分它们而将两者混为一谈。与日常语言不同的是，在罗曼 · 雅各布逊（1987）的描述中，诗学功能发生于“当这个词被感觉为一个词，而不仅仅是被命名的对象表征或情感的爆发时，当

① 原文注释：更具体地说，潜意识层面的加工涉及转喻绑定（Strack 2019:31-49）。
② 译者注：symbol manipulation 也可译为符号处理。

词及其组成、含义、外部和内部形式获得了自己的分量和价值，而不是漠不关心地指代现实时”[①]。文字在诗学话语中感受到的“分量和价值”，源于暂停符号和对象之间的自动识别。

隐喻使我们能够将其领域的元素分开，同时我们从它们投射到一个新的混合空间的过程中获得新的意义。正如前面拉斯金的评论所指出的，但丁并没有混淆从阿刻戎河岸上掉落的灵魂和从树枝上掉落的树叶，而是从它们身上汲取了死亡的共同元素来强调灵魂，“极度的轻盈、软弱、被动和绝望的痛苦”。在这样做的过程中，但丁通过像似符调用感觉 – 肌动 – 情感元素，把他的诗行作为一种像似符进行创造。对雅各布逊来说，正是“技巧”——艺术的结构元素——使一首诗成为一个像似符（符号）。诗歌符号的这种自主性使其最接近皮尔斯的像似符，这是能够独立存在的最简单的符号单位，这也是为什么维姆萨特（1954）将诗歌称为“语言符号（语象）”。

因此，诗学隐喻不仅仅是一种使意象更加生动的特征，也不仅仅存在于概念层面。它是一个结构化的过程，它融合或整合了认知隐喻树每个层面的感思和结构，以将诗歌当作感知生活的像似符进行创作，就像艾米莉 · 狄金森的诗一样：[②]

1756	《1756》[③]
'Twas here my summer paused What ripeness after then To +other scene or other soul My sentence had begun. To Winter to remove With To winter to abide	我的夏天就此驻足 然后，对别的场景， 或别的灵魂，什么成熟 开始了我的判刑。 向冬天迁移 与冬天同房

① 原文注释：雅各布逊所说的“漠不关心”是指“缺乏差异化”。

② 原文注释：当仅存一份转录本（抄本）（ATr41；F1771 / J1756）时，尝试认知分析的难度就更大了。这首诗的原稿已经遗失，由迈克尔 · 托德（Millicent Todd）抄录，并由梅布尔 · 卢米斯 · 托德（Mabel Loomis Todd）审查和校正，用“With”替换为“to”。这份文字记录了狄金森在一个单词或短语上画十字的做法，然后在下面给出可能的替代（变体）。

③ 译者注：短诗的翻译参考艾米莉 · 狄金森 . 狄金森全集（全四卷）[M]. 蒲隆，译 . 上海：上海译文出版社，2014. 第 1756 首。

续表

1756	《1756》
Go manacle your icicle Against your Tropic Bride + any	铸住你的冰锥 别碰你那热带新娘。

构成这首诗的概念性隐喻是“季节变化是一种法律判刑”[①]。它受自然规律和人类法则的支配。源空间的域是在宣判被告入狱时人类法庭的域。目标空间的域是支配夏季进入冬季的自然规律。

在第一节中，当“判决已经开始”，被告的活动（“夏天”）在审判时（“这里”）停止（“暂停”）。中间的几行加强了对比：被告被判处冬天的监禁，而夏天的成熟将被“别的 / 任何的场景或别的灵魂”所享受。第二节是正在被宣告的判决。它玩弄了法律判决的语言：“你将被关进监狱，并一直待在那里……”（第 5—6 行）和规定的条件：“我命令你被锁起来 / 单独监禁”（第 7—8 行）。这种结构突出了诗节之间的配对，因此呈现的夏天的图像——“成熟”和“热带新娘”——与将束缚被告的冬天的冰锥形成对比。

目标空间的域涉及诗歌的声音作为人类和自然的双重识别，这与第一人称代词“我的”一起出现：夏天既属于人类也属于自然。“我的判刑”既是对作为被告的人类的判决，也是对作为法官的自然的判决。这种双重识别解释了第 3 行中“场景”（自然）和“灵魂”（人类）之间原本令人费解的联系。它解释了从第一节“我的”到最后一节“你的”的莫名其妙的转变，同时它在人类和自然事件之间建立了一种参与性的联系。如果是人类，第 2—3 行代表了北半球居民对在冬天的想法和南半球居民对在夏天的想法，而作为“被告”，他们的“判决”是为了“与冬天同房”。如果是自然，第 2—3 行代表南半球，在地球绕太阳公转的过程中，当地球围绕太阳运行时，南半球将承担被北半球抛弃的夏天的成熟。如果是人类，这首诗的最后两行是对冬天的指

① 原文注释：在认知语言学中习惯将概念隐喻（与隐喻的语言表达相反）置于小号大写字母中。

示，让被判死刑的囚犯保持在冰冷的控制中，以对抗夏天的炎热。如果是自然，它们是指令，将冬季的寒冷强加在北半球以对抗热带夏季的南方“新娘”。[①]作为判决的法官和作为被判决的囚犯，这种季节变化的双重性包含了一种感性的情感，这种情感支撑着激发这首诗的冬天来临的想法。

8. 隐喻在诗学像似性中的作用

平贺正子（Masako Hiraga 1998，2005）在将整合理论应用于像似性和隐喻作用的开创性研究中，探讨了在诗歌文本中意象和图表如何与隐喻发生像似性的相互关联。通过假设类属空间和混合空间，福克尼尔和特纳（2002）展示了类属空间的意象图式结构如何支配两个输入空间中的相似（同构和拓扑）结构到另一个“整合”空间的投射，在该“混合”空间中出现新的结构——在两个输入空间中都没有出现的拓扑信息。从什么空间投射出来的东西决定了可能发生的不同类型的整合：

> 在复杂的网络类型学中，有4种类型在复杂性的连续体中脱颖而出：“简单型”“镜像型”“单域型”“双域型”。[②]在整合复杂性的连续体的高端，双域型网络整合不同的（通常是冲突的）组织框架输入，以在整合空间中产生创造性的层创框架结构（emergent frame structure）。双域整合是我们在科学、艺术和文学发现和发明中的典型发现。事实上，双域型的创造力可能是我们人类最显著的特征。

---

① 原文注释：海伦・文德勒（2010）从人类性学的角度解读了狄金森的诗。狄金森很可能记住了《理查三世》第1幕第1场开头的独白：“现在是我们隐忍难堪的严冬 / 被约克的太阳变成了光荣体面的夏日了。” 理查对比了其兄长爱德华国王能够尽情享受性成熟的能力，而他由于缺陷受到谴责——“欺人的造物者又骗去了我的仪容”——因此他决心成为一个恶棍。理查冬季的不满情绪反对爱德华作为夏季约克的“太阳 / 儿子”，这一观点暗示了狄金森的反对。丽贝卡・帕特森（Rebecca Patterson 1979）形容这首诗“相当奇特”，她写道，“在两行疯狂的结尾中，诗人威胁要以‘热带新娘’的身份出现，融化心爱的热的冰锥乳房”。帕特森把“反对”解读为身体上的接近，而我认为他是反对的。

② 译者注：simplex networks, mirror networks, single-scope networks, and double-scope networks 也可译为单向网络、反射网络、单畴网络、双畴网络。

值得注意的是，特纳（2014）警告说，不要假设整合发生在意识、概念层面："基本上所有的整合对意识来说都是不可见的。"整合理论不仅提供了一种从旧信息中产生新信息的方法，解释了一般意义上的创造性，还提供了一种新的方式来定义隐喻在创造诗学像似符中的作用，通过将海利的皮尔斯式的元图标概念表述为等同于双域整合的层创结构和皮尔斯的"其他东西"。

平贺正子（2005）将隐喻描述为赋予形式像似性的意义，赋予意义像似性的形式（将隐喻描述为赋予形式以象征意义，赋予意义以象征形式）。她将像似性定义为形式和意义之间的映射，将隐喻定义为意义的两个概念空间之间的映射。这种区别使她将像似性与隐喻区分开来，在隐喻中发现像似性时刻，在像似性中发现隐喻性时刻。平贺正子认为"语法隐喻"是连接皮尔斯意象和图表的桥梁："这些隐喻或多或少涉及语法惯例（例如音韵学、形态学、构词和词序）中形式和意义的关系。"[①] 和海利一样，平贺正子的符号学理论关注隐喻在诗歌中的作用。我的重点是把这首诗作为一种心理格式塔。这首诗作为一个整体产生了一个复杂的整合：在双域的过程中，多个整合，无论是平行的还是连续的，在"运行"整合时，都会在彼此的输入空间中创建"最优交叉"（M. Freeman 2005）。

我认为，在艺术形式中，当意象（cept 感思）和图标（struct 结构）之间的结构和关系映射都是隐喻的时候，整合的层创意义就变成了像似性的。[②] 克尼尔和特纳（2002）指出，概念整合在本质上不一定是隐喻的，尽管它们都共享相同的映射方案，"无论最终意义是直接的字面意义、诗意的隐喻意义、科学的类比意义、超现实的暗示意义还是晦涩难懂的意义"。许多整合涉及从一个域到另一个域的简单的属性转移，如"保罗是莎莉的父亲"这句话中的角色分配或身份转移；如詹姆斯·麦考利（James McCawley）的著名声明，

---

① 原文注释：莱恩·勃兰特（Line Brandt 2013）在"发音"的主题下确定了诗歌中的 7 种像似性：语音、句法、换行符、述行语、韵律、修辞和图形。

② 原文注释：参见第 2 章中泰尔米关于用"感思（cept）"和"结构（struct）"替换"意象"和"图表"的分析。

"我梦见我是碧姬 · 芭铎（Brigitte Bardot），我吻了我。"相反，在隐喻整合中，正如西娜 · 库尔森和提尼 · 马特洛克（Seana Coulson and Teenie Matlock 2001）所指出的，"隐喻的理解需要'转换'，而不是纯粹将属性从一个域转移到另一个域"（306；my italics）。他们引用了电影《泰坦尼克号》（*Titanic*）的标题："泰坦尼克号：永不沉没"（"Titanic: Unsinkable After All"）。尽管实际的船确实沉没了，但这部获得奥斯卡奖的电影成功了，因此没有沉没。在这里，"沉没"（sink）一词的含义已经从"溺水"的物理行为转变为失败的概念性想法，从而产生了"失败是沉没"/"成功是不沉没"的概念隐喻。当这种隐喻转换发生在类属空间的同构结构中时，福克尼尔和特纳的"诗意的隐喻"实例就出现了。例如，在莎士比亚的"现在是我们隐忍难堪的严冬"中，来自自然季节和人类情感两个输入空间的元素的整合，通过类属空间中的共享结构发生，这种结构是隐喻的，而不是完全相同的。也就是说，"冬天"在结构上是由严寒和死亡的消极物理属性组成的，而隐忍难堪在结构上是由剥夺和不愉快的消极情感属性组成的。当这种隐喻关系存在于类属空间中时，就可能出现像似性（图 4.3）。

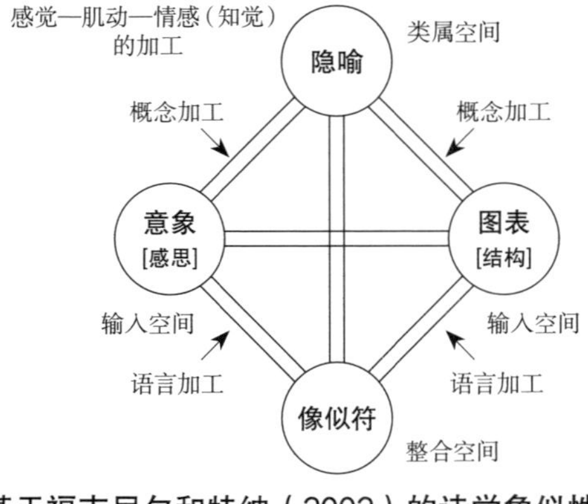

图 4.3　基于福克尼尔和特纳（2002）的诗学象似性整合模型

诗学象似性的整合图表可以看作一棵倒置的认知隐喻树。在类属空间的层面上，感官隐喻是潜意识的。它的隐喻表达在语言上并没有出现在诗歌中，而是激发了输入空间域之间的概念隐喻映射。从这些映射到混合空间的投影，通过海利（1988）标志着诗学像似符的“交互的、目的论的一致”的出现，创造了真正的诗歌。

像似符整合图表是一个抽象模型。也就是说，诗学隐喻中输入空间的元素都共享感思和结构的整合。然而，在双域型网络整合的情况下，输入空间的组织框架的操作方式不同。例如，在狄金森的夏 - 冬诗中，正是源空间的法律结构使整合的运行能够从法官和被告的角度来看待量刑。同样，正是冬季和夏季的源域结构使莎士比亚的目标理查的隐忍难堪和太阳 / 约克之子的双关语成为可能。这一点在勃兰特和勃兰特（2005）对福克尼尔和特纳模型的符号学解释中变得很清晰，福克尼尔和特纳的模型构建了“心理空间架构”，包括“基于话语意义基础的图解元素”。在我的修改中,他们的“虚拟空间”是皮尔斯的“纯像似符”的层创结构，“纯像似符”层创结构产生了实际的诗歌（图 4.4）。

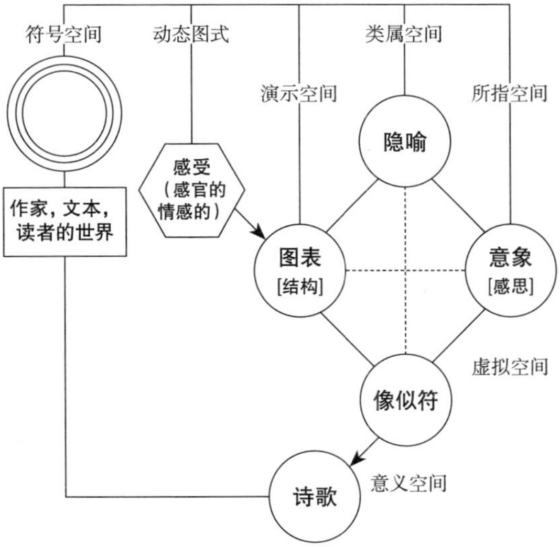

图 4.4　基于勃兰特（2004）的符号学诗学象似性模型

通过多重映射的网络，心理空间中元素的概念整合在某些情况下可以产生一个具有“层创结构”的整合空间，这种结构不存在于其他空间中，而是出现在整合中。在诗学象似性中，这种层创就是诗歌本身。因为低于意识水平的潜在感官层面无法直接表达，所以关于诗歌中隐喻作用的讨论必然集中在概念和语言层面。尽管是感觉－肌动－情感层面激发了诗人，诗人的创造性认知过程是从认知隐喻树的根部通过树干向上工作到树叶，而读者的认知过程是从语言树叶通过概念树干向下工作到感觉－肌动－情感根部。

类属空间的激励隐喻是“隐藏的”，这使一首诗能作为皮尔斯“纯像似符”的一种可能的潜力而存在。类属空间的隐喻是已经发生在概念意识水平以下转喻绑定整合过程的结果。由于诗人受到这种潜意识过程的激励，用语言来表达诗歌的意象和结构，因此其读者也通过自己的整合过程直觉地意识到诗歌所呈现的可能性。[①] 通过这种方式，一首诗就像盎格鲁－撒克逊谜语诗一样，可以被看作隐喻地表达了感官体验的真实世界，而不是用语言来表达（Greenfield and Calder 1986：269；Frye1976：141）。在西尔维娅·普拉斯（1981）的诗歌《隐喻》（*Metaphors*）中，她的怀孕意象表达了一个关于整合理论所捕捉到的比喻的真相：新事物的创造，通过隐喻过程产生新的意义。在普拉斯的诗中，既没有提到与人类怀孕这一物理事件相关的感觉，也没有提到新事物的诞生。

Metaphors	《隐喻》[②]
I'm a riddle in nine syllables, An elephant, a ponderous house, A melon strolling on two tendrils, O red fruit, ivory, fine timbers! This loaf's big with its yeasty rising. Money's new-minted in this fat purse. I'm a means, a stage, a cow in calf. I've eaten a bag of green apples, Boarded the train there's no getting off.	我是一个九音节的谜语， 一头大象，一座笨重的房子， 一个靠两条藤漫步的西瓜。 噢，红色的果实，象牙，精美的木料！ 这面包发酵隆起，变大。 鼓鼓的钱夹里铸出新币。 我是一种手段，一个舞台，一头多产的母牛。 我吃了一袋青苹果， 上了一列不能下去的火车。

邀请读者解开谜语，是激发诗歌中隐喻映射的最初需要。隐喻的三个层次——感觉－情感、概念和语言——映射到认知隐喻树上（图 4.5）。

① 原文注释：隐喻的产生和理解所涉及的认知过程是相同还是不同尚未得到解决（Bruhn 2018a；Glicksohn 2018）。

② 译者注：诗歌翻译参考徐畔，李翼．现代社会语境下女性的分裂：普拉斯《隐喻》中的困境 [J]. 学习与探索，2012(1):142-144.

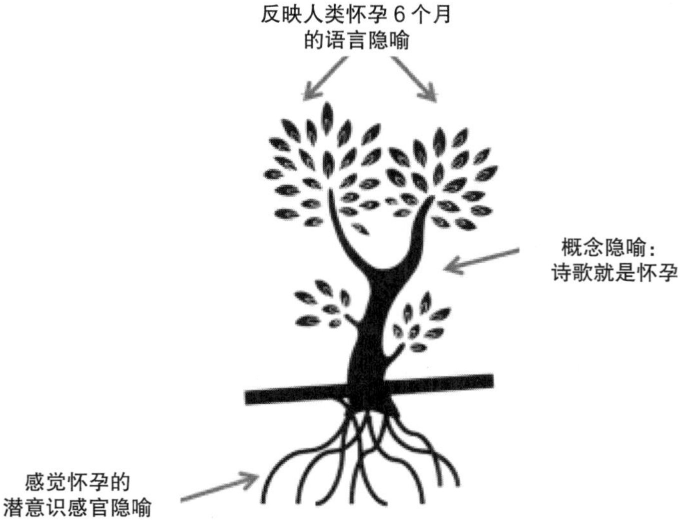

图 4.5　普拉斯“隐喻”的认知隐喻树形图

作为读者，我们从语言学层面向下研究到感觉 - 肌动 - 情感层面。我们把前三个隐喻“一头大象，一座笨重的房子，/ 一个靠两条藤漫步的西瓜”，解释为与怀孕有关的意象：额外的重量导致步态笨拙，胃的容器变得巨大而沉重，孕妇巨大的肚子在腿上，相比之下，腿看起来像植物茎一样。创造隐喻“[我是] 一头大象”的整合将“笨重”的大象的意象投射到创造隐喻“[我是] 一座笨重的房子”的整合中，并将移动的大象的意象投射到创造隐喻“[我是] 一个靠两条藤漫步的西瓜”的整合中。在普拉斯的诗中，映射说话者身份的 9 个隐喻——谜语、大象、房子、西瓜、面包、钱夹、手段、舞台、母牛——本身就是各种整合空间的结果，但也作为“运行”整个整合过程中进行阐述的输入空间，包括标题的 9 个字母，9 行，每行有 9 个音节，构成了这首诗本身，所有这些都代表了 9 个月的妊娠期。为了理解这首诗最后两行所表达的思想，“我吃了一袋青苹果，/ 上了一列不能下去的火车”，我们采用尤班克斯（Eubanks 1999）的“授权故事”（Licensing Stories）：“我们所有意识形态上曲折的叙事，短的和长的，个人的和文化的，组织了我们对世界如何运转和世界应该如何运转的感觉”。我们自己对吃未成熟水果的不适体验，使我们能够分享吃了一整“袋”水果的说话者的负面感受，以及不可避免的感觉——这是一件一旦开始就无法挽回的事情——通过一辆没有出口的移动火车的意象来传达。①

在概念隐喻的层面上，诗歌的创作过程将语义成分和结构成分像似性地结合在一起，使诗歌本身成为一个像似符，通过这个像似符，我们可以理解诗歌创作的现实。在符号学上，结构和感思的子成分都包含在概念隐喻“诗歌活动是怀孕”的两个域中，因此，作为诗歌创作和分娩观念基础的潜意识感官元素融合在整合中，这个整合就是诗歌（图 4.6）。

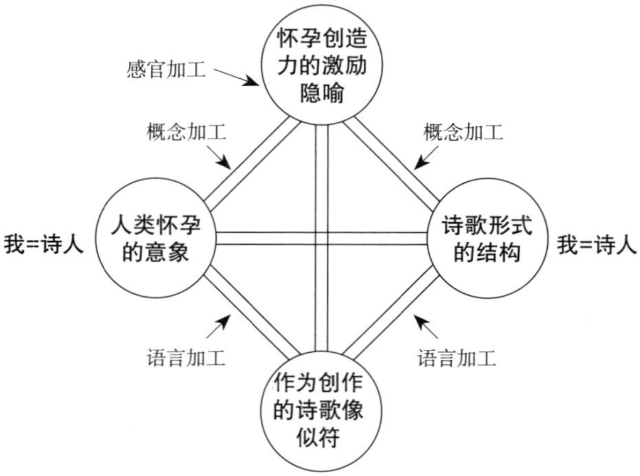

图 4.6 普拉斯“隐喻”的整合模型

在普拉斯的《隐喻》中，在一个层面上，谜语的一个答案是“一个怀孕的女人”，另一个答案是“隐喻”，在另一个层面上，是“诗歌”本身。普拉斯的诗是隐喻成为诗歌创作层创的类属结构的像似符，体现在分娩的隐喻中。

当人们将隐喻作为产品关注时，问题就浮出了水面，即隐喻是应该被视

① 原文注释：在第 9 行中提到“the”（不是“a”）火车，后面跟着“there's get off”（下车），这让人联想到普拉斯脑子里有一列特定的火车。在整合中，这列火车成了一个不可逆转的怀孕的隐喻。考虑到最后两行的消极语气和他们对普拉斯关于大屠杀的感受的了解，感觉到了在牛车里被驱逐的犹太人的回声的读者这样做也许是合理的。对于这首诗本身来说，一旦开始，火车就成了它写作的必然性的隐喻。

为现实的可测试模型，还是应该在诗意地使用时从字面上理解。另一方面，关注作为过程的隐喻研究表明，隐喻在本质上是如何分层的，从潜意识感知到概念再到语言表达的认知水平。在艺术形式中，我并不关注诗歌中的隐喻用法，而是将隐喻视为整合理论的类属结构，使诗歌创作成为超越自身的像似符。在布莱克的诗中，这种层创结构是神与人的统一。在狄金森的诗歌中，它创造了诗歌声音作为人和自然的双重认同。在普拉斯的诗中，它成为诗歌创作本身的像似符（符号），体现在分娩的隐喻中。通过隐喻地将韵律特征的感官效果与诗歌文本的语法和意象元素更紧密地结合起来，诗人为我们创造了一个现实的像似符。随着我们更深入地进入认知隐喻树的感觉 - 肌动 - 情感层面，下一章将讨论支撑概念隐喻的感官图式的作用。

第 5 章　图式[①]

一首诗要成为现实的符号，不仅仅是语言和概念元素在起作用。正如我们在隐喻树层次结构中所看到的，感觉－肌动－情感元素是概念隐喻的基础。这些感官元素由具身图式表示，该图式揭示了认知过程的前概念、潜意识水平，并构成了隐喻映射的基础。在本章中，通过重温普拉斯的诗歌《隐喻》，我重点探讨了图式与诗学话语中认知隐喻的感官元素之间的联系。在列举了李白和伊丽莎白·毕肖普的诗歌中图式的诗学运用的例子后，我最后展示了图式如何定义弗罗斯特和狄金森的诗学。

图式是我们纯粹感知概念的基础。

——伊曼努尔·康德，《纯粹理性批判》（*Critique of Pure Reason*）

随着我们更深入探究认知隐喻树的根源（图 4.2），我们进入了我们的经验的潜意识、前意识部分。我们如何表达无法表达的问题是自相矛盾的；把我们的感官认知带入意识，就是把它们概念化为感觉（Damasio 1999）。不过，随着心理学家和神经科学家探索人脑的所有认知表现，我们可以发现更多关于人类认知的这些感官方面的信息（Damasio et al.2000；Forgas 2000；Frijda et al.2000；LeDoux 1998；O'Regan 2011）。最近认知科学领域的许多研究已经彻底改变了笛卡儿二分法（Cartesian dichotomy），泰伦斯·迪肯（Terrence Deacon 2012）将其描述为“现代科学诞生时，在现代科学诞生之初，

---

① 作者于本页注:《诗歌作为符号》，玛格丽特·H. 弗里曼，牛津大学出版社（2020 年）。© 牛津大学出版社。DOI: 10.1093/oso/9780190080419.001.0001

心灵与身体分离的创伤”。随后的研究进一步探索了具身化的含义，例如四种认知：具身认知、嵌入认知、生成认知和延展认知[①]（Newen et al. 2018）；或“行为”：动态行为、具身行为、延展行为、分布式行为和情景行为（Wheeler 2005）。[②] 两种理论都将心智视为一个正在被研究的对象和一个活跃的心智活动过程。[③] 我不参与关于这些理论地位的争论，而是专注于图式结构，这些图式结构激发了诗人的想象力，在语言和现实之间建立了一种像似性的联系。

1. 感知认知机制研究

在概念隐喻的基础上，图式构成我们潜意识中的具身体验以及我们作为物理世界一部分的概念化意识。马克·约翰逊（1987）将图式定义为“想象力在时间上的图式化活动的结构”，指出“有一种前概念活动，在这种活动中，想象力自由地掌握了一个物体或经验的一些意义和重要性，尽管没有概念性的方式来表达这种洞察力”。他通过图式主义探讨了康德的概念，即“范畴（作为纯概念）可以应用于感性直观（作为经验）”：

> 它们在具体、丰富的意象之上的一般性和抽象性的层面上运作。图式由少量的部分和关系组成，凭借这些部分和关系，它可以无限地构建许多感知、意象和事件。总之，意象图式“在心理组织的层面上”运作，“一方面是抽象的命题结构，另一方面是特定的具体意

---

① 译者注：原文 such as 4e cognition: embodied, embedded, enacted, and extended，翻译成：例如四种认知：具身认知、嵌入认知、生成认知。embodied cognition ; embedded cognition ; enacted cognition ; extended cognition “4E+S” 是一种关于认知的综合性理论模型，包含了具身认知（embodied cognition）、嵌入认知（embedded cognition）、生成认知（enacted cognition）、延展认知（extended cognition）以及情境认知（situated cognition）。

② 原文注释：关于这些理论的评论可以在罗兰兹（Rowlands 2010）和加勒特（Garratt 2016）的著作中找到。

③ 原文注释：肖恩·梅（2015）对心智与身体互动的概念进行了以下观察：当然，我们可以询问在生理上和神经上需要什么情况才能够做某件事情，但不能问我们在做事情时“心智和身体如何互动”。至少在这些观点的某些表述上，“大脑约束心智”“具身心智”和“延展心智”（“brainbound mind,” the “embodied mind” and the “extended mind”）的假设犯了同样的逻辑错误——认为谈论心智位于任何地方都是连贯的。

象”。(29；my italics)

约翰逊的图式概念源于概念隐喻理论的原理，在该理论中，传统的概念隐喻如“生命”是用具体术语如“旅程”来理解的抽象概念。从词源上看，“具体”(concrete) 一词来自拉丁语“生长在一起的”(concrescere) 的过去分词，concrescere 意为“一起生长，硬化”，因此是一种物质;“抽象”(abstract) 一词源自拉丁语“被抽走”(abstrahere) 的过去分词，abstrahere 意为“拉开，移走”，因此与物质无关。语言学家更喜欢把表示具体对象的术语说成泛化的标量。例如，“我的电脑椅”指的是一个特定的物理对象；“椅子”为一类坐的物品；而“家具”则更一般化，包括“椅子”在其类别中。在隐喻“生命是一次旅程 (LIFE IS A JOURNEY)”中，“旅程”这个词处于更广义的一端，因为它可以指许多不同类型的旅程。此外，旅行不像一个具体的物体那样是物质的，而是一种身体活动的概念化。那么，“生命”这个词有什么不同呢?我们当然会在它们的物理表现中体验生命、爱、美或正义。它们比像“旅程”这样的词更“抽象”,因为它们更多地指向我们内心的感觉 – 肌动 – 情感体验，因此指向我们潜意识的、前范畴的认知过程的根源。

在所有人类心智活动的基础上，图式构建了我们感官体验的潜在的、前意识的元素。感觉体验、肌动功能和情感力量的神经和身体过程交互地结合在一起，创造出无意识和有意识的自我的统一。约翰 · 杜威 (John Dewey 1981 [1896]) 认识到了视觉活动中的这种功能协调：

> 经过分析，我们发现我们不是从感官刺激开始，而是从感觉运动协调开始，即光学 – 眼 (optical–ocular)，在某种意义上，是身体、头部和眼部肌肉的运动决定了所体验的质量。换句话说，真正的开始是看的行为；它是看，而不是对光的感觉。(97 ；引自 Menary 2016)

在他对视觉的感觉运动元素的研究中，欧里根 (2011) 指出，“人类的语言和思想不仅仅是原始的符号操纵：被操纵的概念受到物理世界和人类与之互动的特殊方式的限制”。欧里根声称，这种互动是通过我们的感官知觉和外部世界之间的“动态”接触来实现的，因此视觉、听觉、触觉、味觉和嗅觉都受到我们的感觉运动体验与物理世界的支配和引导。

因此，图式以两种方式运作：共同构建我们的潜意识感官认知和概念意识，并将它们与物理世界联系起来。约翰逊（1987）在众多意象图式中确定了 16 种意象图式，这些意象图式“普遍存在，定义明确，充满内部结构，以约束我们的理解和推理”。图式操作可以被看作是将感思和结构作为一个统一整体的结合。

马克 · 尚帕涅（Marc Champagne 2018）在评论康德（1934 [1787]）关于“图式既是理智的又是感性的”的要求时，认为“理解的能力并不需要任何图式来使感性的释放变得可以理解”[①]。把康德的能力看作独立的，意味着需要一个“缺环”（missing link）或层次结构，作为两者之间的一个“阶梯”。尚帕涅则建议用海绵在水中的类比来代替，即“感性浸入理解中”。在海绵和水之间运作的模式是一种“渗透”，即两个元素共享能够在两者之间扩散的结构。然而，海绵和水仍然是独立的实体。正如我们在前一章中所看到的，一方面，映射通过各种类型的对应关系将跨域的元素连接起来，同时仍然使它们保持离散的、独立的实体。另一方面，感觉和概念是认知能力的共同反应和参与的方面，因此通过绑定整合为一个统一的整体，丹尼尔 · 斯特拉克（Daniel Strack 2019）认为，这是“将感性知觉的多模态细节融合为概念的关键过程”[②]。通过绑定现象最好地描述了，整合达马西奥的原我（protoself）、核心意识和

① 译者注：这句话是德国哲学家康德（Immanuel Kant）在他的《纯粹理性批判》中提出的观点，意思是：“理解的能力不需要任何基础概念来使感性认识的结果变得可理解。”换句话说，康德认为我们的感官经验（通过我们的感觉器官收集到的外部信息）会提供给我们很多直接的经验，我们的理解力就可以直接处理这些经验，不需要其他的概念来解释这些经验。康德认为这种直接的经验是纯粹的、先天的，这种经验被称为“形式直观经验”。

② 原文注释：斯特拉克的“转喻绑定与概念化”（“Metonymic Binding and Conceptualization”）一章为转喻与隐喻关系提供了急需的修订，并认为转喻绑定是隐喻映射的基础。福克斯（2018）在讨论互动关系的“映射”问题用法时，引入了术语“共振”来解释身体和大脑“不断地相互影响和调节，使大脑 – 身体系统作为一个整体保持稳态平衡”的方式。

延展意识的图式过程。泰尔米的关于感思的统一概念和结构的参数在人类认知的发展中被形式化地绑定了。

2. 主体 - 世界交互图式

作为两足生物，我们直立行走，双侧对称的肢体帮助我们保持力量的动态平衡。我们在进化上被赋予了两条腿和脚，两只胳膊和手，两只眼睛，两个耳朵，大脑的两个半球。所有的操作都是为了创造一种统一的感觉，即体验的“原始感觉”。例如，我们的眼睛给我们立体视觉，我们的耳朵给我们立体声。内脏调节我们有节奏的脉搏频率，吸收我们呼吸的空气，消化我们吃的食物，保留我们身体需要的，并排出剩余的。辛哈和德洛佩斯（Sinha and de López 2000）将这种具身体验描述如下:“人体（和神经系统）与物理（和社会）世界的相互作用是意象图式（以及事件图式、力动态和运动图式）的普遍来源。”这种相互作用是双向的：我们都在操纵环境，也被我们的环境操纵（O’Regan 2011：75）。

意象图式代表了我们身体与环境互动的不同方式。有些是运动的结构，如“平衡”“容器”“路径”“循环”; 有些是指示我们身体方向的结构,如“远 - 近图式”和“中心 - 边缘图式”；有些是力的结构，如“强迫”“阻塞”“反作用力”“约束解除”。每一种图式都带有其对立面的潜力：平衡与不平衡、线性与循环、阻塞与约束解除。

3. 经验规约下的认知图式建构机制

在我们的日常活动中，我们没有意识到图式在多大程度上构建了我们与世界的概念接触、身体接触、感官接触和情感接触。这种认识体现在我与两个朋友和一只比利时马里努阿犬的徒步旅行中。徒步旅行会自动调用“路径”图式。它的意象图式结构是一条连接两个点的直线，沿途有连接点：

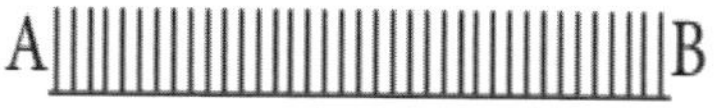

正如约翰逊（1987）所指出的，一条物理路径“本身并不具有方向性——连接 A 点和 B 点的路径不一定朝一个方向走。但是人类在穿越路径时是有目的的，所以他们倾向于将路径体验为方向性的”。“路径”图式是在概念隐喻“目的是物理目标”（PURPOSES ARE PHYSICAL GOALS）的两个部分之间建立关联的内部结构，因为它们具有相同的内部同构结构，即初始状态、最终期望状态以及从一个状态到另一个状态的运动。

虽然物理和传统的隐喻活动，以可预测的和理所当然的方式利用“路径”图式——我们前进道路上的障碍、探索的途径、采取的方向——但诗学隐喻做了一些不同的事情。挑战在于发现并解释这种差异可能是什么。首先，我们需要考虑图式在将物理感觉经验与概念性心智活动绑定中的作用。我们这次徒步旅行的意义在于，在最初没有意识到的情况下，我们各自的路径图式有着相同的目标，却有着不同的目的。

我们的共同目标是，从登山口（A 点）徒步到我们留下（“发现”）轿车的位置（B 点）。然而，因为我们每个人都有不同的目的，我们根据与目标和地点相关的不同结构路径图式来遵循我们的轨迹 / 路径 / 道路经验。波利（Polly）的目标是找到并沿着以前走过的小路，莱斯利（Leslie）的目标是遵循 GPS 坐标，我的目标是享受这种体验。与此同时，莱斯利训练有素的搜救犬博（Beau）凭借感官无误地找到了我们发现的那辆车。在某一点上，波利寻找一条旧踪迹的目的把她带到了与莱斯利的全球定位系统相反的方向。这让我想到了我们所有人是如何运作的：波利凭直觉，莱斯利凭科学，博凭感觉，我自己凭经验。我在莱斯利的科学指导和波利的记忆之间左右为难。当我们意识到我们的不同目的时，莱斯利调整了她的目的以适应波利的目的，波利的目的得益于莱斯利的全球定位系统（GPS）的大致方向，而博和我只是为了感官享受而去的。

我们的徒步旅行经历体现了以一种实际的、物理的方式运作的路径图式。但是，路径图式也是隐喻表达的基础，这些表达构成了我们对更一般化的经验的思考（Gibbs 2013）。基于约翰逊的观察，即图式构成并约束我们的经验、理解和推理，我提出图式在结构上将我们的前意识感觉过程与我们的意识概念化联系在一起。

4. 图式在想象与语言中的作用

实验证据支持语言在潜意识认知过程和环境体验之间建立的联系。尽管雷蒙德 · W. 吉布斯（Raymond W. Gibbs 2017）没有提到图式本身，但他的具身模拟实验的例子都涉及方向、运动和定向图式。例如，这些图式决定了人们在阅读诸如“木匠把钉子钉进墙里”（水平）和“木匠把钉子钉进地板里”（垂直）这样的句子后，对钉子图片的反应速度：“对反应速度的一种解释是，人们根据句子所暗示的内容，在适当的空间定向上自动投射出一个物体的心理图像”。方向、运动和定向图式也通过书面语言控制具身模拟。实验表明，如果有“女孩推了男孩”这样的提示，书写系统会限制说话者的反应方式。对于具有从左到右方向书写系统的语言，说话者对将女孩放在画面左边的图片反应更快；对于那些使用从右到左方向书写系统的人来说，说话者对将女孩放在画面右侧的图片反应更快。由于图式是隐喻建构的基础，因此，当吉布斯指出，语言隐喻“明显地是以具身行动和经验为基础的”，这并不奇怪。人们对这些提示做出反应的“心理图像”是潜在图式的结果，这些图式指向认知过程的潜意识感官特征。[①]

波利和莱斯利的操作方式的显著差异在于他们的映射策略：莱斯利依赖于她的全球定位系统坐标的物理尺寸，波利依靠她对过去徒步旅行的记忆。欧里根（2011）解释了这样的差异：

---

① 原文注释：伯根（Bergen 2012）对实证研究进行了全面调查，为我们的认知过程与感官体验的整合方式提供了证据。

想象和看见本质上是相同的，都具有主动探索和获取信息的基本属性。唯一的区别是，想象能在记忆中找到信息，而看见能在环境中找到信息。可以说,视觉是一种想象的形式,被现实世界所增强。与想象相比,看见的经验“在场”既源于环境比想象更加丰富的事实，也源于除了这种丰富性，视觉还具有身体性、不服从性和攫取性的事实。

看见的“在场”是由欧里根提出的我们与世界互动的四种方式决定的:“丰富性”——物理世界的现实;“身体性”——“身体运动和由此产生的感觉输入之间的密切联系”;“不服从”——“不受身体控制的感觉输入”;“攫取性”——“在突发外部事件发生时抓取认知过程的一种警报机制”。欧里根说，感官体验“强烈地拥有这些属性，而思想和自动神经功能则没有”：

我们不应该认为感觉是发生在我们身上的事情，而是我们所做的事情。这意味着感官感受的质量，我们所拥有的印象，是我们与环境互动方式的质量。作为一种质量，它是抽象的，因此不能以任何方式生成，更不用说通过大脑生成。[……] 原始的感觉是无法形容的，因为我们的身体与环境的互动是复杂的:“我们无法从认知上了解相互作用的每一个细节。”(181–182; my italics)

与我们对图式处理的物理和概念应用相比，诗人面临的挑战是发现我们可以操纵我们语言中的词语的方法,使想象恢复到欧里根的“看见的‘在场’”(“presence’of seeing”)：为世界感官丰富的“在场”创造一种亲密、直观的感觉。如果成功的话，一首诗的作用是使我们的想象力能够更直接地进入我们的感官体验并与之产生共情(M. Smith 2014)：

移情是一种想象；特别是，它是一种“个人”或“中心”的想象。这种想象采取的形式是想象感知或更普遍地体验事件，与“非个人”的或“非中心”的想象形成对比，在“非个人”的或“非中心”的想象中，我们想象某些事件已经发生或正在发生，但没有想象我们感知或体验它们。在集中想象一种情况时，我们在心理上模拟体验它。

当我们“思考”概念“旅程”时，我们实际上并没有“想象”一个特定的旅程。默里 · 史密斯（Murray Smith）的“中心想象”发生在诗人模拟感官知觉的时候。图式是这种核心经验想象模拟发生的过程。正如诗人模拟感官体验一样，读者也被邀请分享这种体验。当这样的模拟被成功分享时，这首诗就成了现实的像似符——皮尔斯所言的“某种他物”——文字之外的意境。

5. 图式作为诗歌中的内化感知结构

图式产生了两个隐喻域[①]之间的同构关系，这两个隐喻域激发了一首诗的所有元素，创造了一个感知现实的像似符。例如，考虑一下腹泻，这个术语用来描述身体排泄的生理状况。它的症状发生时，粪便失去了正常成分，并成为水样，往往造成迫切排出的需要。经历腹泻是令人不愉快的。当我说一个朋友有语言腹泻时，我是在身体腹泻的形式和那种不间断的谈话流之间建立了一种关系，这种谈话流似乎是不由自主的、紧迫的，由说话的速度和说话行为的音调压力所证明。这当然是一种隐喻，是由身体机能和言语行为混合产生的。经历腹泻对受害者来说是不愉快的，无论是在身体层面的经历还是在隐喻上的经历。使类比起作用的是同构理论。

在隐喻中，腹泻的人和经历他人言语的人之间的映射关系是不对等的。正如一些研究人员所指出的那样，完全同构将产生完整的同一性，这在现实世界和自然语言中都是不可能的（Holyoak and Thagard 1995：29–31；Rudrauf and Damasio 2005：238；Lehmann 2007：11）。尽管我们在喂鸟器上识别出某个物种为北美歌雀，但每只鸟都有自己的个体身份。现象式实在的体验比任何语言希望能够概括的都要复杂。这种生活的复杂性就是为什么福克尼尔和特纳（2002）的整合理论将复杂的想法降低到人类的尺度，这也是为什么朗格

① 译者注：这里的域是指隐喻的始源域（source domain）和目标域（target domain）。

（1967）如此重视更简单的艺术形式，因为在其感觉到的生活表象中，它使我们能够构建“一个足以适应生活现状的心智概念”。

通过绑定关联图式的同构理论使隐喻映射成为可能。那么，问题就变成了图式如何具体运作，以构造激发诗人的概念和语言隐喻的基本感觉层面。正如我们在前一章看到的，普拉斯的诗不仅仅是表达怀孕的感官体验。鉴于其标题“隐喻”的焦点，孕妇的概念成为写诗目标的来源，因此支配诗歌的结构隐喻是“写诗就是怀孕”（WRITING POETRY IS BEING PREGNAN）。这一概念隐喻背后的图式揭示了诗歌的感官和情感维度。诗歌中的感官印象主要通过语言的韵律节奏和声音来产生。用T.S. 艾略特（1964）的话来说，这种“听觉想象力”是“对音节和节奏的感觉，远远渗透到思想和感觉的意识层面之下，使每个词都充满活力”。

容器图式、质量图式、过程图式、平衡图式和迭代图式构成了怀孕和诗歌的两个域。普拉斯的诗歌是一种混合体，其组织框架来自怀孕空间。然而，怀孕和诗歌这两个输入空间之间还有一种附加的关系。[①]这种关系通过怀孕和诗歌共同的迭代图式，在九的诗意重复中将怀孕和诗歌同构地联系起来，标志着怀孕的九个月。迭代，即重复的、有节奏的声音的规律模式，以创造节奏的“平衡”，作为我们心跳的脉动规律的表象。

在普拉斯的诗中，重音位置和声音模式的变化产生了一种不平衡感，这种感觉来自大象、房子和甜瓜的意象，反映了孕妇的沉重、形状和不稳定的运动。这种不平衡体现在“哦，红色的果实，象牙，精美的木料！”一行中。在节奏上，在最初的强重音“Ó”开始后，该行通过强重音模式“红色的果实”（代表甜瓜）之后的“象牙”（代表大象）和精美的木料（代表房子）的强 /–弱 xx 模式达到平衡。连续和周期性的 [r]、[n]、[m] 伴随着擦音 [f] 和浊辅音 [d] 和 [b]，该诗行内声音结构的关联产生了一种声音平衡而不是不和谐的平

① 原文注释：福克尼尔和特纳（2002：92–93）讨论了空间之间的附加关系，如“外层空间”关系。

衡（Tsur 出版时间不详）。

诗中的“我”通过身份的重要关系映射到女性和诗人身上。大象、房子和甜瓜的意象通过容器图式和质量图式映射到女人的肚子与诗的形体上。这些图式能够从两个输入空间投射到一个整合空间中，在这个空间里，潜在的孩子成为潜在的诗歌。在整合空间中代表这种层创结构的“其他事物”是成为诗歌本身的“我”，它的谜底是隐喻作为过程在其创作中的作用。最后，过程图式支配着末尾两行的意象：怀孕的感官不适和写诗的劳动，表现为吃了太多的青苹果和在一列不可阻挡的火车运动中①，就像怀孕的物理过程和创作诗歌的意向性承诺。“强度”而不是“意图”的使用表明创造型作家的意思不是“有意的”，而是信号反射和潜意识的感官体验，如果成功的话，会唤起读者的情感反应。②

6. 李白《蜀道难》中的路径与垂直性图式研究

在中国，秦岭、米仓山和大巴山脉形成了一道巨大的东西向屏障，将渭河流域（关中）与四川平原分隔开来。古代从东向西穿越这些山脉而修筑的栈道，称为“蜀道”（David Jupp 2015）。“蜀道”是唐代李白的一首著名诗歌《蜀道难》的主题，字面意思是“蜀道很难”③。关于这首诗的书面形式如何出现，存在许多变体。在文言文中，汉字从上到下垂直书写，从右到左阅读。在图 5.1 中，中国诗歌的两种表现形式显示了路径图式和垂直性图式在诗歌中是如何相互作用的。

---

① 译者注：见第 4 章第 8 节中《隐喻》一诗。I've eaten a bag of green apples,Boarded the train there's no getting off.

② 原文注释：从这个意义上说，内涵性来自通过构建和约束更高层次的心理表征而结合在一起的感官过程（Deacon 2012；Bruhn 2018b）。

③ 原文注释：我很感谢赵家龙（音译，2011）在中国石油大学向我介绍了这首诗，并与我分享了他的荣誉论文。

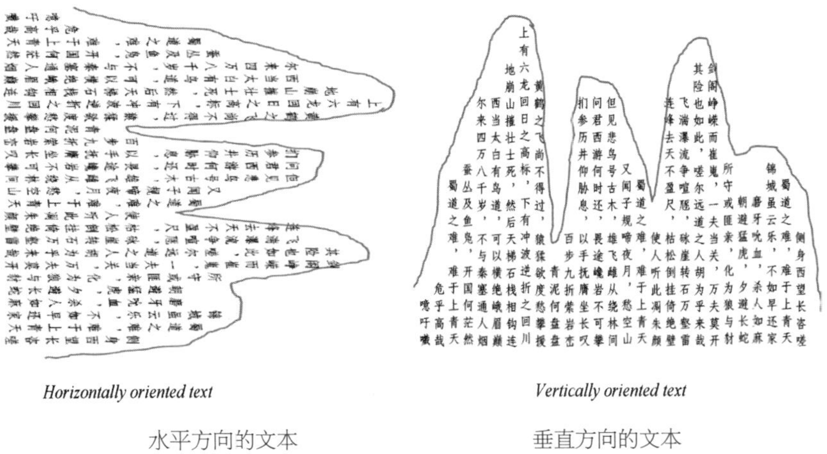

图 5.1　《蜀道难》图片

赵家龙作

正如赵家龙（2011）所解释的那样，通过偏离唐代诗歌的五言或七言诗句特征，李白创造出了细长的不规则诗句。在水平方向的文本中标记的诗行追踪了路径图式在诗歌中的不规则线性移动。在垂直方向的文本中，垂直性图式变得至关重要，诗歌的路线穿过高高的山峰。赵家龙写道，随着旋转，

> 看似不规则、无序的线条，现在变成了一幅峰高谷深的山图。这正是诗人想要描述的景色，有效地展示了通往蜀国之路的险峻和艰难。诗歌《蜀道难》的形状与诗歌的主题密切相关。

汉字“难”代表困难，拼音是“nɑn”，反映在诗的标题中，并在诗的开头、中间和结尾重复三次的短语中重复了两次。“‘难’的声母和韵母是同一个‘n’，根据赵家龙的说法，其发音需要气流从肺部爆发出来，鼻子和口腔［器官］产生共鸣”，在呼吸和声音中反映了穿越这条艰难而不可预测的道路的感官困难。图 5.1 中从左到右的垂直版本也是诗歌原始书面形式的变体，即从右到左，一种示意图方向，反映了旅行者从东到西穿越山脉的物理路线的实际方向。

赵家龙对李白诗歌的认知分析表明，在整首诗中，高低声调、节奏和韵律的不规则模式在运动中不断转换是如何强化人们对蜀道之行的感官体验的。尽管这首诗的英文译文无法捕捉到这些图式细节，但弗雷德里克·特

纳（Frederick Turner）和中国学者 Y.D. 的译本《蜀道危途》（*The Perilous Shu Road*）通过路径图式和垂直性图式成功捕捉到穿越蜀道的感官元素。① 与原作的 27 行相比，译诗的长度为 74 行，通过加强线性路径图式，弥补了视觉上的上 - 下垂直性图式的不足。“难”的重复被渲染为“艰险的”（perilous）、“可怕的”（dreadful）、“艰难的”（harder）。它在诗中的三次出现被翻译为“蜀道之难，/ 难于上青天。②”这种道路和天空的对比在整首诗中被垂直性图式和路径图式所强化，这些图式是对试图穿越蜀道的感觉描述的基础，正如下一节的简要分析所示（第 11—34 行）。

The Perilous Shu Road	《蜀道难》
The western face of Mount TaiBai	西当太白有鸟道，
is where the wild birds fly,	
Migrants that find their way across	可以横绝峨眉巅。
the summit of E Mei.	
It’s said the mountain broke and fell	地崩山摧壮士死，
in a great landslide	
and many brave men died	然后天梯石栈相钩连。
And afterward the stair of heaven was joined	
to the cliff causeway.	
Above, a peak so high	上有六龙回日之高标，
the six swift dragons of the sun must veer aside;	下有冲波逆折之回川。
Below, a rushing flood whose churning waves	
turn back in whirlpools on themselves.	
Even the yellow crane can not pass here,	
whose element’s the sky;	黄鹤之飞尚不得过，
The very apes wish they could cross,	
but fear to climb so high.	
So spiraled round is Qi Ni Pinnacle,	猿猱欲度愁攀援。
To climb a hundred steps takes nine	
whole circuits of the stone;	青泥何盘盘，
You touch Orion, Gemini,	百步九折萦岩峦。

① 原文注释：在我和赵家龙读过的李白诗歌的各种英译本中，我们都认为特纳和 Y.D.（出版时间不详）的版本最准确地体现了原作的图式和描述。整首诗可以在网上找到。

② 译者注：The road to Shu is the most dreadful way,/Harder to climb than is the deep blue sky. 蜀道之难 / 难于上青天。全诗见附录。

续表

The Perilous Shu Road	《蜀道难》
you look up, hold your breath —You stroke your overburdened chest —you heave a long deep sigh.	扪参历井仰胁息， 以手抚膺坐长叹。

山脉的巨大高度是通过上 / 下和上方 / 下方的图像来表达的，这是垂直性图式的特征。引用太白山的“面”，接着是峨眉的“顶峰”，然后是“如此高的一座山峰”，再到青泥峰尖顶的“螺旋”，强化了高度不断增加的感觉，最终以路径图式中努力描述的细节结束，即“绕石九遭”才能爬上 100 级台阶。“如此高”的山峰直插“深蓝色的天空”（云霄），即使是能够飞越较低山脉的那些以“天空为元素”的鸟儿也“无法越过”它们。上方 / 下方的意象同时调用了垂直性图式和路径图式，将攀登者危险地置于上方的山峰和下方的“奔腾的河水”的“峰峦崩坠”之间。第 31—34 行中的代词“你”将读者从感觉和情感上吸引到这个场景中，使读者与那些爬得如此高以至于触摸到星星的人联系起来，当“负担过重的胸部”的呼吸努力变得痛苦的时候，他们会抬头看得更高。这首诗的情节呈现了攀登山脉的事实，而不是实现穿越的目标，因此，强化了鸟类和动物尝试不可能的事情相关的负面因素。触摸星星同时仍然仰望的画面指向了仍然存在远方的事物（超越手可摘星辰的地方），“别的事物”是符像经验（标志性体验）的核心①。在语言、概念、身体、感觉和情感上，李白的诗和特纳与 Y.D. 的翻译都创造了一个像似符，用穿越物理蜀道令人敬畏的本质作为实现超越困难的隐喻。与我对我们徒步旅行的描述相反，李白的图式运用显示了以像似性为动机的诗歌和传统诗歌之间的差异。

7. 图式的诗学机制应用

若读者对诗歌语料库中图式运作机制缺乏敏感性，便可能忽视那些用以

① 译者注：原文 The image of touching the stars while still looking up points to what still lies beyond, the “something else” that is the core of the iconic experience.

建构深层感知图式的关键元素——这些图式最终形塑了诗人独特的概念宇宙（M. Freeman 1995）。沃伊茨克 - 利兹（2010）的研究从隐喻基底图式的理论视角出发，系统探究了伊丽莎白 · 毕晓普诗学体系的认知建构机制。

动态性是毕肖普诗歌的重要维度——无论是旅行纪事、漫步遐思还是航海远游，正如沃伊茨克 - 利兹所揭示的，这些具身化的位移行为最终都转化为诗人流动心灵的隐喻。毕肖普（1970）的诗歌依赖于几个意象图式，这些意象图式是构成她的诗学的主要隐喻的基础："精神生活 / 创造力是对视觉领域的探索"①。利兹探讨了"路径"（PATH）、"容器"（CONTAINER）、"垂直"（VERTICALITY）、"中心 - 边缘"（CENTER-PERIPHERY）、"链接"（LINK）和"平衡"（BALANCE）图式如何有助于将诗学思维与身体经验联系起来。

沃伊茨克 - 利兹（2010）的章节"塑造心灵的轨迹"（"Patterning the Walk of the Mind"）以毕肖普的诗歌《三月末》（*The End of March*）为特色。这首诗融合了观赏、探索和海景的主题，诗人描述了她与两个朋友在早春的海滩上散步的情景，并有一个特定的目的地："我想一直走到我的原梦之屋 / 我的秘梦之屋，那变了形的盒子 / 用木桩建成。"② 与我们徒步旅行故事中常见和传统的路径图式运行方式不同，毕肖普的诗歌利用路径图式使步行生动地呈现，以便当说话者模拟记忆中的实际行走时，我们作为读者参与它的体验中。这首诗的开篇如下：

It was cold and windy, scarcely the day to take a walk on that long beach. Everything was withdrawn as far as possible, indrawn: the tide far out, the ocean shrunken, seabirds in ones and twos. （第 1-5）	天很冷，刮着风，这个日子可不适合 在长长的海滩散步。 一切都在尽可能地缩回， 内部：远处的潮汐，收缩的海洋， 三三两两的海鸟。（第 1—5）

"缩回［……］远处的潮汐"和"内部［……］收缩的海洋"的描述

① 译者注：MENTAL LIFE / CREATIVITY IS AN EXPLORATION OF A VISUAL FIELD

② 译者注：关于《三月末》这首诗的翻译引自网络，网络译者：张文武。全文见译者附录，据英文补充了个别标点 .

援引了“中心-边缘”图式，指向相应的潜意识模式，即沉思行走时的模式。注意到罗杰·吉尔伯特（Roger Gilbert 1991）将这首诗置于“步行诗”（Walk Poem）的体裁中，沃伊茨克-利兹将毕肖普诗歌的复杂“步行”图式定义如下：

—A source point A —Movement from A（self-movement） —An interior（subjective self） —A boundary —An exterior —A center point（corresponding to the walker's body） —A periphery —An agent（prototypical actor - self-moving） —A patient（prototypical objects - can be moved） —Bringing a patient from an exterior to an interior（caused motion）	—源点 A —从 A 的运动（自运动） —内部（主体自我） —边界 —外部 —中心点（对应步行者的身体） —边缘 —施动者（原型参与者-自动运动） —受动者（原型对象-可以被移动） —将受动者从外部带到内部（致使移动）

这首诗的标题以其意义的多种可能性，介绍了这一复杂图式的几个特征：“结束”可以标记时间（月）和空间的边界（在行走和运动终止的目的性目标中）;“行进”一词的语义网络包括一种从容而艰难的行走方式，涉及知识领域（“心智或智力的行进”）、边界和诗歌的节奏运动（《牛津英语词典》），从而调用容器、中心-边缘和路径图式。通过这些图式，沃伊茨克-利兹将这首诗置于她对毕肖普诗学的总体论述中，在这种情况下，将诗人的思考与“通过空间运动的身体体验”联系起来。在《三月末》中，这种运动反映在步行的目的上：一个到达房子的“物理”目标，同时也是一个“心理”目标，说话者将其描述为“我的原梦之屋/我的秘梦之屋”（第24—25行）。因此，永远无法到达目的地的房子成了诗歌创作的潜在场所，其描述永无止境。

诗歌过程的潜在性是永无止境的，这反映了贝内代托·克罗齐（Benedetto Croce 1953［1909］）的论断：“外部艺术作品的概念即使作为一个概念都是不可能的，它对哲学来说不仅是严重的错误，而且是荒谬的。艺术作品是一种精神事实，因此永远不可能是外部的或物理的”（《美学问题》*Problemi di estetica*，467；转引自 Carr 1917：167）。艺术的任何物理表现都是一种表象，是一种存在于艺术家审美想象中“别的事物”的像似符。

以下节选自沃伊茨克－利兹（2010），显示了路径图式如何指向《三月末》中潜在的、无限的、永无止境的诗歌创作过程：

> 在诗人的概念世界中，以“精神生活 / 诗歌创造力是对风景 / 视觉领域的探索”这一隐喻为界限，沿着边界行走和穿越边界，培养了对精神风景的警觉性——它鼓励了心智的前进动力。行进的终点再次被颠覆：目的地尚未到达。它本也不应该到达。行进必须继续，因为概念的边缘不断地与它的变化交织在一起。这种精神运动——源于移动者与环境的互动以及诗人与文学传统的互动——体现了心智的思考。它描绘了一个持续不断的过程，而不是它的目的地：一个完整的思想。

值得注意的是，毕肖普对路径图式的应用，不是作为一个有目的地的旅程，而是作为一个永无止境的旅程。正如普拉斯、李白和毕肖普的三个例子所表明的那样，诗歌是一个不断发展的潜在过程。这反映了皮尔斯的“纯像似符”的概念，即只作为纯粹的可能性而存在。

8. 图式作为诗学的定义机制

正如罗伯特·弗罗斯特在他 1939 年版诗歌的序言《诗歌塑造的形象》（*The Figure a Poetry Makes*）[①] 中所揭示的那样（Frost 1972：393-396），尽管许多图式可能在一首特定的诗中相互作用，但只有一两个图式倾向于在一个诗歌语料库中占主导地位。序言反映了构成弗罗斯特诗学的两种图式：路径图式和平衡图式。弗罗斯特认为，对于诗人来说，路径图式并不像对于学者来说那样，是一种“沿着设计的逻辑线认真彻底的”运动。相反，

① 译者注：在《诗歌塑造的形象》一文中，弗罗斯特明确提出，“一首诗应当始于愉悦，屈于直觉，顺其自然，有惊无险，终于启示——未必是人生大彻大悟，但却是摆脱混乱的片刻停顿”。

它是一个狂野和自由的状态，“漫无目的地联想，把我们从一个偶然的建议踢到另一个全方位的建议，就像蚱蜢生活中的一个炎热的下午”。对于弗罗斯特来说，路径图式的一个方面是，真正的艺术是通过写作的“过程”来发现未知的事物，正如弗罗斯特在一次关于诗歌教育的谈话中指出的，这个目标是“被相信的存在，它开始于比已知更有感觉的东西”。正是平衡图式使一首诗“既有野性，同时又有可以实现的主题”。约翰逊（1987）对平衡图式的解释如下：

> 对于我们对世界的连贯体验和在其中的生存，平衡的体验是如此普遍和绝对基本，以至于我们很少意识到它的存在。我们几乎从未思考过平衡的本质和意义，但如果没有它，我们的物质现实将完全混乱，就像一个喝醉的人的疯狂旋转的世界。平衡的结构是将我们的身体经验作为一个相对连贯和有意义的整体维系在一起的关键线索之一。

弗罗斯特的诗歌在运动中是动态的，但以某种形式的控制结束，无论这种控制在不可控制的力量面前是多么“短暂”。以下是他对路径图式和平衡图式如何实现相互关联的简要陈述：

> 若让一首诗自己来说明这点，那应该是一件令人愉快的事。一首诗自有其运动轨迹。它“始于”欢欣，“终于”智慧。这条轨迹对爱情也是一样的。谁也不可能真正相信那种强烈的感情会在一个地方静止不动。它“始于”欢欣，它“喜欢”冲动，随着第一行写出它就开始“设定方向”，然后经历一连串的偶然和侥幸，“最终到达”生命中的一片净土——那片净土不必很大，不必像各教派学派立足的地盘那么大，但应在“与混乱相对的片刻清净之中”。它有结局。它有一种虽说“意外”，但早已在原始情绪的第一意象中就注定了的“结局”。——结局的确来自情绪。[……] 诗应该在“运动”过程中发现自己的名字，并发现最精彩的部分就在“最后的某个语句中”“等

着”它——在某个同时包含了智慧和悲伤的语句之中。[①]（1972：394；my italics）

这段话中的动词都反映了路径图式，即开始和结束，中间有一些点。沿途中意料之外的偶然和侥幸反映了诗人创作运动中“漫不经心的”性质，“他们并不刻意附着于什么，而是让愿意附着他们的东西来附着他们，就像在旷野中行走时芒刺附着于他们身上那样”[②]。诗的完成是随着平衡模式的恢复和平衡而发生的，运动的结果在“最后的某个语句中”作为“停留”——无论多么短暂——“对抗混乱”。

弗罗斯特最著名的两首诗清楚地体现了他的诗学路径图式和平衡图式。在《雪夜林边驻足》（*Stopping by Woods on a Snowy Evening*）中，这两个图式构建了这首诗，凭借两个相互冲突的欲望——静止的欲望和运动的欲望，以及这些欲望的解决，最终通过说话者接受了运动的需要，在另一个层面上，运动经常被解读为转向生活而不是邀请死亡。诗歌中两种图式之间的紧张关系在于说话者是否有能力控制最初使他停下来的感觉，并在内部的诗节中遵循马需要移动的冲动。在《未选择的路》（*The Road Not Taken*）中，这首诗将说话者的视角从过去的心理空间（在前三节）转移到未来的心理空间（在最后一节的开始），并在说话者当下的现实空间中结束。这个现在的空间以过去的空间和未来的空间之间的平衡为中心，过去的空间投射了选择哪条道路的未来不确定性，而未来的空间唤起了对过去决定的回忆。然后，这首诗在“短暂的停留”中结束，说话者声称控制：“这让一切都变得不同了。”

在弗罗斯特（1972：54-56）的长诗《白桦树》（*Birches*）[③]中可以看到同样的路径图式和平衡图式的运动，蒙泰罗（Monteiro 1988）指出这首诗完全

---

① 译者注：这段话的翻译参考弗罗斯特．诗运动的轨迹 [J]. 曹明伦，译．中国翻译，2008,29(4):84-86.

② 译者注：原句 They stick to nothing deliberately, but let what will stick to them like burrs where they walk in the fields. 此句译文参考弗罗斯特．诗运动的轨迹 [J]. 曹明伦，译．中国翻译，2008,29(4):84-86.

③ 译者注：译文引自理查德·普瓦里耶，马克·理查森．弗罗斯特集：上 [M]. 曹明伦，译．沈阳：辽宁教育出版社，2002:163. 全文见译者附录。

概括了弗罗斯特诗学的本质。说话者在诗的开篇看到了典型二元论中“向左或右弯下”的树，诺曼·霍兰德（Norman Holland 1988）认为这种典型二元论塑造了弗罗斯特的思维模式。它们自己成对弯曲,分别成为“左边”或“右边”,这些树与下一行中“较直且较黑的树木”形成对立的一对。这些成对对立的平衡体现在能动性的对立上，因为说话者对比了自然和男孩在弯曲树木方面的不同结果。不像自然界的冰暴那样使桦树不可逆转地弯曲，男孩的摆动使它们恢复到直立的位置，因为男孩从空中冲到地面。路径图式的上/下和远/近方向使读者能够想象并从感官上模拟男孩的动作：

他学到了一切
学习不要过早下水，
也不要把树带走远离地面。
他总是稳稳当当地爬到最高的树枝上，
小心地攀爬，
就像你装满杯子时一样一直到边缘，
甚至在边缘上方。
然后他一脚朝外猛冲，嗖一声，一脚落地。（第32—40；my italics）

诗意的自我倾向于认为一个男孩一直在摇晃弯曲的树木，表达了对恢复平衡的偏好。“那是在我厌倦了思考的时候,/这时生活太像一座没有路的森林”（第43—44行），诗意的自我梦想“回到”白桦树的摇晃者的“平衡”，必须学会在他的游戏中取得成功。平衡，暗示着控制，当一个人失去方向感时它是被需要的：

我真想离开这人世一小段时间，
然后再回到这里重新开始生活。（第48—49行）

尽管弗罗斯特的说话者所想象的愿望空间“离开这人世一小段时间”内部存在着无法回归的危险和威胁（再次体现了弗罗斯特对双重可能性的平衡），

但男孩的摇晃将他带“向天堂”（第 56 行），而不是“到”那里。男孩回到地面，恢复了对结尾诗行的平衡和控制：

那应该说是不错的离去和归来。

而人之所为可以比荡白桦树更有害。（第 58—59 行）

弗罗斯特在《白桦树》中的“短暂停留”是一种渴望，相信一个人可以“回来”并“重新开始”生命的旅程，哪怕只是一段时间。这种偏好被生活单向线性的认识和接受所平衡。两个世界之间的感官图式运动创造了我们的经验世界，作为一个被现实世界支配和约束的想象世界的像似符。

指导艾米莉·狄金森的诗学体系的图式与弗罗斯特的完全不同。弗罗斯特的概念世界是基于路径图式和平衡图式的，而狄金森的概念世界是基于容器图式和转换图式（M. Freeman 1995，2000）的。① 狄金森的容器图式依赖于循环图式，循环图式被约翰逊（1987）描述为是我们生理构造的一部分：“我们体验到的世界和其中的一切都嵌入循环过程中：昼夜、季节、生命的过程（从出生到死亡）、植物和动物的发展阶段、天体运行”。图式也是由常规循环强加的，例如我们创建的时间结构：小时、周、年。约翰逊总结了常规循环共有的 4 个特征：

（1）循环构成我们活动的时间边界。

（2）循环是多重的、重叠的和连续的。

（3）循环可以根据时间的数学方法来定量测量，但它们也会有质的区别。

（4）“自然”循环和“常规”循环之间存在差异。

正如约翰逊所指出的：“最根本的是，一个周期是一个‘不允许回溯’的时间循环。”

① 原文注释：在我早期的工作中，我将狄金森的“转换图式”确定为“变革图式”。马克·约翰逊指出，在他的定义中，变革的概念过于笼统，不能作为一种图式来运作（私人信函）。因此，我将我的描述修改为更具体、更准确的“转换”概念。有关转换图式与容器图式关系的讨论，请参见赵贤熙（Cho 2018）。

狄金森对季节的自然循环极为敏感。然而，她的想象力超越了她所继承的“循环”文化模式的边界，将其时间结构空间化。她经常改变运动物体的线性轨迹——所有飞行的东西，太阳、恒星和行星，以及人类——形成一个循环：

从圣多明戈来的蝴蝶 / 围绕着那条紫线游弋—（H28，F95/J137/M62）

为何某只小小的鹪鹩还要到处胆怯地寻找—（143）（H30，F86/J143/M65）

我的花园里，一只小鸟踩在一只独轮上—（H26，F370/J500/M197）

大地在做全面的努力—（H209，F826/J965/M407）

同时—她的旋转的君主—［指太阳］（H200，F246/J232/M117）

狂笑—尽兴游玩—无害—如流星挥洒—（H101，F187/J792/M376）

迅疾胜过梦的岩礁周围骑手的马蹄！（H269，F164/J65/M93）

双脚，机械地，转悠——一种木然的动作（H26，F372/J341/M198）

我用我的轮子骚扰自然当她的轮子转动已经停止—（A81-10/11，F887/J786/M403）

我的轮子在黑暗中滚动！/［……］/ 但却知道它湿淋淋的脚一圈又一圈地奔跑。（A80-5/6，F61/J10/M49）

除了这些组成部分，我们还可以添加季节、天气和生命本身：

［秋天］然后—像朵玫瑰一样—旋开—落到朱红的轮子上—（H105，F465/J656/M233）

四季围绕他的膝戏耍（H176，F970/975/M449）

玩耍，就像洪水一样—在白色的车轮上—（H97，F739/J788/M370）

贫乏程度而言[①]—（H43，F283/J313/M346）

---

① 译者注：译文参考艾米莉·狄金森．狄金森全集（全四卷）[M]. 蒲隆，译．上海：上海译文出版社，2014. 第 137、143、500、965、232、792、65、341、786、10、656、975、313 首。

然而，就像路径图式一样，循环 / 圆形图式也唤起了在空间和时间中移动的感官知觉，但与其简单的线性轨迹不同，它们将空间包围在其边界内，因此调用了具有内 - 外方向性的容器图式（Johnson 1987）：

（1）免受外力的保护或抵抗外力。

（2）容器内力的限制和约束。

（3）获取所包含对象的位置的相对固定性。

（4）查看可访问性或不可访问性。

（5）嵌入包含的传递性。

所有这些含义都可以在狄金森的诗歌中找到。然而，伴随着转换图式，容器图式的边界只是为了被超越而存在的。转换图式是我们具身体验中的另一个关键图式。它的结构大致是一种初始状态，一些动因作用于该初始状态，然后是一个突发状态或结果状态。当一个实物转变成另一个实物时，它可以是一种蜕变，就像橡子变成树，或者毛毛虫变成蝴蝶。它可以指任何外貌或性格的变化，甚至是从生到死的转变。在狄金森的诗歌中，容器和转换这两个图式以这样一种方式相互关联，即容器内或容器外的运动不仅触发了诸如在路径图式中的位置的变化，还触发了形式的变化。狄金森的诗歌充满了包容和打破界限的意象，或者在生命的圆周之内，或者在生命的圆周之外（H42，F710/J475/M346）：

大限是那座没有门的房子—
要从太阳那里进去—
然后就把梯子抽走，
因为逃逸—已经完毕—

这种情况变化多端
因为梦见他们在外面做的事—
那里有松鼠游玩—浆果死—

还有铁杉—向上帝—鞠躬—

在这首诗中，尽管坟墓作为容器在物理层面已然闭合，但梦境能力却召唤着外部的生者世界。

与弗罗斯特不同，狄金森从未正式写过任何关于她的诗学的文章。在写给托马斯·温特沃斯·希金森（Thomas Wentworth Higginson）的一封信中，她写道："我的生命中没有君主，不能统治自己，当我试图协调时——我的小力量爆炸了——让我赤裸裸地被烧焦了。"（L271，T.Johnson 1965：414）这句话通常被解读为对诗歌技巧失败的表达，尽管它是"戏剧性的、比喻性的、有节奏的、诗意的"（Judy Jo Small 1990：2）。我想进一步说，这句话概括了狄金森诗学的精髓，正如希金森所报道的她的另一句名言一样：

> 如果我读了一本书，[并且]它使我的身体如此冰冷，没有任何火能温暖我，我知道那就是诗歌。如果我身体上感觉好像头顶被摘掉了，我知道那就是诗歌。这是我唯一知道的方式。还有别的办法吗？（L342a, T. Johnson 1965：473–474）

狄金森的两个评论都引用了容器图式，其内部结构是以内－外为方向的空间有界性，涉及约翰逊（1987）的"分离、分化和封闭，这意味着约束和限制"。然而，一旦容器被破坏，限制和约束的力就不再起作用，并且使以前受约束的对象处于无边界的自由状态。情感通常是在打破容器图式（Kövecses 2000）时体验到的，在狄金森对诗歌的两个评论中，各种力量正在破坏秩序和控制的约束。据我所知，虽然认知语言学家尚未深入探讨转换图式，但它是一种基本的经验图式和复杂图式，支配着生命本身的所有形式，并涉及变化的动力机制[①]（参见 Lakoff and Johnson 1999:206–208）。它可能采取几种形

① 译者注：原文的"force dynamics"，翻译为"动力"；另"force dynamics"也有"动力意象"的意思，如下：Schema of force dynamics is viewed as one of the basic images to construct linguistic conceptual structures in accordance with the manipulation of mechanics. 动力意象图式是依据力学原理形成的一种建构语言概念结构的基本图式。此外，泰尔米在谈及语言系统中的力动态时说，"力动态"这个语义范畴在此前的语言学研究中一直被忽略。力动态指实体如何与力相互作用。

式，如本质或形状的改变。在狄金森的第一个评论中，这不仅是一个力量爆炸的问题，而是诗人被“赤裸裸地被烧焦了”。在第二个评论中，诗歌作为一种力量，使人“感到如此冰冷”或“身体上的感觉好像[某人的]头顶被摘掉了”。

诗人通过潜在于诗性隐喻生成的基底性图式，完成其诗学体系的直觉性建构。从诗学象似性的角度来看，约翰逊所定义的在结构和概念（struct and cept 或结构和感思）之间的中介层次运作的图式表明了诗学像似符的实现方式。换句话说，图式是通过隐喻的三种亚像似性元素：隐喻（metaphor & metaphoring）、意象（感思）和图表（结构）形成作为像似符诗歌的主动过程。在认知隐喻树的倒置整合模型中（图 4.3），图式形成了认知加工的内部结构，它使投射能够从感觉 - 肌动 - 情感隐喻的类属空间到感思和结构的输入空间，然后投射到像似符的合成空间。在下一章中，我将进一步挖掘感官认知的深度，以探索情感在潜意识体验与概念意识的加强和联系中的激励作用。

第6章 情动[①②]

在之前的两章中，我认定感觉－肌动－情感（知觉）过程为潜藏于意识表面之下、由各种身体图式所构建的隐喻性映射。在本章节中，我更深入地探究了这些过程如何在潜意识层面实现情感上的整合，以及它们如何在概念意识层面上与情感相关联。情动的灵魂（生命力）是促使感官认知的潜在特征在诗歌语言中得以呈现的驱动因素。正如托马斯·哈代在一首诗中所指出的那样，诗歌中的感觉－

① 作者于本页注：《诗歌作为符号》，玛格丽特·H. 弗里曼，牛津大学出版社（2020年）。© 牛津大学出版社。DOI: 10.1093/oso/9780190080419.001.0001

② 译者注：关于affect的理解主要集中在以下两个方面。affect，拉丁语affectus是斯宾诺莎（Spinoza）使用的哲学概念。在斯宾诺莎的用语中，affectus既是心灵的状态，也是身体的状态，既是一个名词，也是一个动词。它与感觉（feelings）和情绪（emotions）相关但不等同于后两者。贺麟在《伦理学》（斯宾诺莎著，北京：商务印书馆，1981年）中译为“情绪”和“情感”；管震湖在《笛卡尔和理性主义》（罗狄－刘易斯著，北京：商务印书馆，1997年）中译为“感受”。姜宇辉在《千高原》（吉尔·德勒兹和费利克斯·加塔利著，上海：上海人民出版社，2023年）中将其译为“情状”，后改译为“情调”，均不甚理想。后来汪民安和姜宇辉在“生产”系列丛书中将其称为“情动”。也有学者认为：斯宾诺莎通过对affectus/affect概念的理性主义建构，使之褪去了“感情”的意义，成为事物在身体和心灵两套顺序中共同的动作原则，因而具有了理性的决定，也表现着决定的理性。在这个意义上，affectus/affect不仅不能再单纯地被理解为“感情”，而且也不能简单地译解为“情动”，相反，该概念应在存在论、物理学和精神的现象学三重层面上被译为“受感致动的情状”。“affect”和“affection”是斯宾诺莎研究的一对基础性概念。本文的翻译沿袭学界惯例，将“affect”翻译为“情动”（affectus）是因为它与当代“情感”纯粹受动性、感触性的理解不同，情动实质上是一个事件，它总是意味着个体行动力量的增加或减少。此外，情动不独属于身体，而与心灵密切相关；而将“affection”（affectio）译作“情状”，在其基本内涵上指向“态”（Modus），即“样态，我理解为实体的情状（affectiones），亦即在他物内通过他物而被认识的东西”。这意味着“情状”既是一个实体的样态化，也是在这种动态本体论下样态与样态之间的关系本身，无数样态之间的彼此作用和效果。出自M. 萨尔. 力量、情动与社会：批判理论与（新）斯宾诺莎主义的挑战[J]. 宋一帆，译. 世界哲学，2022(3):46−56.

肌动 – 情感体验主要在于其声音和结构韵律的情感分量，即通过元语言形式在语言中表达的文体特征的主观物质性。然后，我展示了华莱士 · 史蒂文斯的一首诗中情感图式如何以象征的方式创造出一种对外部未知的难以言喻的恐惧感。

所有的认知首先都是情感。

——乔治 · 亨利 · 刘易斯（George Henry Lewes）《生命与精神的问题》（*Problems of Life and Mind*）

在发展诗歌情感理论的过程中，我所提出的问题十分简单：诗人是如何在一首诗中实现感官 – 肌动 – 情感方面的影响的，而作为回应者的我们又是怎样感受到这些影响的？答案绝非简单。[①] 我们通过想象的图式将我们的感受概念化。图式将外部世界的元素与我们认知过程的生理、概念和情感网络联系起来。像“路径”“容器”或“平衡”这样的图式的效价是中性的。它们通过处于意识层面之下的力量动态获得价值。我提出了一个理论模型来解释情动的力量动态如何在诗意语言中传达出有感知力、有感情的和生理情感的灵魂（生命力）。

布莱恩 · L. 奥特（Brian L.Ott 2017）指出，情动是“一个复杂且往往存在争议的概念。其复杂程度之甚，以至于人们很可能会遇到的情动概念及用法几乎与研究情动的学者数量一样多。”他确认了（情动的）两个主要方面：状态，来自斯宾诺莎的“情状”（*affectio*），“由两个或更多身体之间的相遇产生的基本状态”；以及力量，来自斯宾诺莎的“情动”（*affectus*），“身体之间相互施加的强大力量”。斯宾诺莎对“情状”和“情动”的定义指的是将施动者称为力量，将受动者称为状态。情动是施动者 / 主体和受动者 / 客体之间的一种传递性活动，它产生于感觉、肌动或情感因素，而不是直接产生于它们

① 原文注释：该问题适用于实证研究，包括个别定性（Ross 出版日期不详 a; Tsur 1992, 1998, 2003, 2008，出版日期不详）和统计定量（Burke 2011; Claassen 2012; Mial 2006; van Peer et al. 2012）。

之间，如下面的例子所示：

¤ 莎莉（Sally）野蛮的动作让她哥哥紧张。（肌动 – 情感）

¤ 莎莉的香水让她哥哥恶心。（感觉 – 肌动）

¤ 莎莉的不幸让她哥哥心疼。（情感 – 情感）

情动将自我的感觉、肌动、情感因素与他人的感觉、肌动、情感因素联系起来。在诗歌中，就像在一般的艺术中一样，情动作为力量自下而上的过程激发了诗人的创造力，这导致了情动作为回应者状态的自上而下的过程。

批评家们常常提及文学文本所唤起的情感效应，即文学作品能够“触动”我们这一事实，梅尔 · 斯特恩伯格（2003）称之为“情感限定的简化”（affect-bound reduction）。在文学作品中产生的并非作者个人的情感，而是作者在塑造表象时所构思的情感。文学作品的读者并非直接体验到这些被构思出来的情感。在 T.S. 艾略特的《J. 阿尔弗雷德 · 普鲁弗洛克的情歌》（*The Love Song of J. Alfred Prufrock*）一诗中，我可能会为普鲁弗洛克未能融入生活而感到悲伤，又或者我可能会觉得他很荒谬，但这些都是对文本本身的回应，而不是出自文本本身的影响。这首诗的情动来自欣赏普鲁弗洛克的观点，因为他思考着自己与生活接触的限度：“我敢吃桃子吗？”乔治 · 艾略特的小说《米德尔马契》中卡苏朋对多萝西娅（Dorothea）的处理，我并不感到愤怒或沮丧，尽管其中一个人物威尔 · 拉迪斯拉夫（Will Ladislaw）会感到愤怒或沮丧。相反，我意识到了威尔的这些愤怒和沮丧，并对他表示同情。爱德华 · 布洛（Edward Bullough 1912）称之为“心理距离”（转引自 Langer 1953: 318-319）[①]。受访者所体验到的情感更像是一种情感认知的状态，也就是印度学者所说的“味”（rasa），通过暗示性，或“韵”（dhvani）来传达（Hogan 2003:

① 原文注释：一些读者报告说，他们认同角色，因此他们确实分享了他们的情绪感受，从而违反了布洛的“心理距离”。在这种情况下，身份映射发生在回应者和角色之间，角色的情感投射到回应者身上。在罗亚尔 · 泰勒（Royall Tyler 1790）的戏剧《对比》（*The Contrast*）中，来自马萨诸塞州的乡巴佬乔纳森（Jonathan）第一次在纽约遇到了剧院，但他没有分清他看到的是戏剧而不是现实生活。正如艺术家需要在他们的工作中发展专业知识一样，回应者也需要将艺术作为表象来欣赏。

156）。我们作为回应者所感受到的情动并不是诗中静态的某物，而是对诗人意图和动机的动态回应。当一首诗“起作用”时，它就会进入我们的潜意识认知过程，因为我们作用于文本，也被文本反作用。

1. 情动联觉[①]论

感官认知的要素——感觉、肌动、情感——在本质和功能上相互区别，但通过情动[②]在联觉上相互联系。例如，在以辅音连缀［sn］开头的用鼻子发音的单词中，如“嗅”（sniff）、“嘲笑”（sneer）、“哼”（snort）、“咆哮”（snarl）等感官和负面的单词的声学发音，会导致鼻孔向上弯曲。我们身体的肌动协调——无论是在内脏方面，如血液运动、我们的脉搏率、我们吸入和呼出的空气，还是在外部，如我们的身体运动——都是基于我们与外部世界之间的情感交互。与身体体验最密切相关的感官——嗅觉、味觉和触觉——会直接触发情感反应。闻到玫瑰花的味道是令人愉快的，闻到臭鼬的味道则不然。众所周知，口味是个性化的；有些人喜欢在他们的咖啡中加糖，有些人则讨厌加糖。触摸是我们所有身体体验中最亲密的，触觉研究者已经从经验上验证了触觉会引起情感反应（Keltner et al. 2014：128-129）。感受到皮肤上的爱抚、刺激或打击，可以是舒适的，也可以是擦伤的，或令人不快的。当我们

---

① 译者注：或译为“情感的联觉”。钱锺书先生在《论通感》中提到的“通感”是 synaesthesia；本文是 synesthetics“联觉”。“联觉”是英语中出现的一个新词汇，它最初是一个医学概念，在 1995 年，美国神经学家理查德·西托威克（Richard Cytowic）在其《尝出形状味道的人》（*The Man Who Tasted Shapes*）一文中最先提出这一概念。那么什么是联觉呢？联觉是指一种感觉伴随着另一种或多种感觉而生的情况，例如听觉伴随着景象而生，另一种联觉是将字、形状、数字或人名等事物和感官如味道、颜色或口味等连在一起。联觉的英文 synesthetics 来自两个希腊字，其分别代表着“联合”（syn）和“知觉”（esthesia），因此，从字义上看，联觉代表“结合的知觉”。

② 译者注：“affect 情动”研究的源头，即有关情动本体论研究的开端，是荷兰哲学家巴鲁赫·斯宾诺莎，他的思想是当代大多数学者研究这一领域的源头。“情动”是斯宾诺莎哲学体系里的一个概念，正如斯宾诺莎在他的《伦理学》第二部分和第三部分里讨论的那样，“情动”是一种身心同感觉、情绪相关联的状态。

体验不同的声音品质或极端的光线和黑暗时，听觉和视觉感官也有情感反应。[①]所有这些都会影响我们的情绪状态，也会受到我们的情绪状态的影响，因此术语“情动”（affect）的使用经常与“情绪”（emotion）同义（参见 Hogan 2018）。[②]

达马西奥（1999）假设，有两条不同的路径将身体的生理变化与大脑联系起来，大脑将其“读”为情绪，当这些情绪被带到意识觉知中时，就变成了感觉（69；也可参见 LeDoux 1998）。[③]达马西奥的“身体循环”解释了身体体验中的情绪变化：当我们看到一条蛇时，我们可能会感到恐惧。“仿佛身体循环”[④]解释了通过对外部刺激的想象性表征来“解读”情绪的能力：想象与蛇的相遇会引发恐惧反应。

认知心理学家总体上将他们的研究限制在对情绪进行分类或探索其对动机和认知的影响上（Ortony et al. 1988；Masmoudi et al. 2012）。神经科学家关注神经影像研究的证据（Damasio et al. 2000；LeDoux 1998；Barrett and Wager 2006）。语言学家探索了情绪概念化中的隐喻结构（Kövecses 2000；Maalej 2007）。尚未得到深入探究的是，艺术作品，尤其是文学艺术作品，究竟是如何通过其各种形式传递情感影响的（参见 Langer 1953，1967；Jacobs 2017；and Tsur passim）。在诗歌中，感觉、肌动和情感过程的融合创造出印

① 原文注释：阿瑟 M. 雅各布斯（Arthur M. Jacobs 2017）可以预测“诗歌基本的情感基调（如悲伤或友好），基于允许定量、统计验证的内部声音的操作性定义”并将此解释为“作为[雅各布逊（1960）理论的]依据，即突出的语音单位的符号联想对读者对诗歌的情绪和审美感知有重要贡献”。

② 原文注释：谈论“情绪情动”被认为是同义反复。情动也产生于感觉和肌动的影响，所以“情绪情动”只是情动的一种类型。我使用“情感的”一词来区分我们有意识地感受到的情绪和情动的情感过程。

③ 原文注释：达马西欧（2005）澄清了他对情绪和感觉的区分：“在日常语言中，我们经常交替使用这两个词。这表明情绪与感觉的联系是多么密切。但对于神经科学来说，情绪或多或少是身体对某些刺激的复杂反应。[……]这种情绪反应是自动地、无意识地发生的。当我们的大脑意识到这种物理变化后，就会产生感觉；只有那时我们才会体验到恐惧的感觉。”

④ 译者注：as-if body loop 或者 as if body loop，目前可见翻译有：“仿佛身体循环”“仿佛身体回路”“拟身体循环”“似身体循环”“仿佛身体循环”。达马西奥把这叫作“拟身体循环”，因为大脑会作出反应，就如同身体真的经历了一个货真价实的外界事件。

象或虚拟生活的“幻象”，正如朗格（1953）在维特·宾纳（Witter Bynner 2019）所翻译的唐代诗人韦应物的一首诗歌中表达的那样：

A Farewell in the Evening Rain To Li Ts'ao	《赋得暮雨送李胄》 ［唐代］韦应物
Is it raining on the river all the way to Ch'u?— The evening bell comes to us from Nan-king. Your wet sail drags and is loath to be going And shadowy birds are flying slow. We cannot see the deep ocean-gate— Only the boughs of Pu-kou, newly dripping. Likewise, because of our great love, There are threads of water on our faces.	楚江微雨里， 建业暮钟时。 漠漠帆来重， 冥冥鸟去迟。 海门深不见， 浦树远含滋。 相送情无限， 沾襟比散丝。

这首诗创造了一种感觉、肌动和情感的融合，因为诗意的自我对旅行者即将离开“深海之门”作出回应，这个门通向未知的世界。外部因素——缓慢移动的鸟儿、船帆的拖曳、滴水的树枝、遮挡视线的雨水、晚钟的声音——所有这些都融合在含泪离去的情感时刻，用朗格的话说，“沉浸在整首诗都为之哭泣的大爱中”。

艺术形式既是由与外部世界的互动所产生的感官感受所激发的，又传达了与外部世界互动所产生的感官感受。这些相互作用既发生在意识和概念层面，也发生在具身性心智活动（embodied minding①）的潜意识、前范畴和本能层面。在诗歌中，联觉的情动是通过韵律的形式来传达的。韵律既是声音的也是结构的。

2. 声韵与结构韵律体系

术语“韵律”一词来源于希腊语“音韵学”（“προσωδια”）（一首配有音乐、音调和重音的歌曲）”，指的是诗律的理论和实践。声音韵律包括声音模

① 译者注：认知科学领域广泛使用“具身认知”（embodied cognition）、“具身模拟”（embodied simulation）等术语，因此，为保持跨理论脉络的术语一致性，又区别于“具身化心智”（embodied mind）的静态实体化表述，“embodied minding”翻译为“具身性心智活动”。

式以及格律节奏的结构，是文学研究中对韵律的常用提法。诗歌是一种媒介，意在用声音表达情感。鲁文·楚尔（ms.，1998）和理查德·库尔顿（Richard Cureton 1992，1993）专注于韵律的情感维度。它的书面形式，很像乐谱，只是口头表演和听觉接收的指示图。单词本身不能显示声音的变化。正是韵律的元语言学形式——格律、节奏、模式、重复、标点、换行符、诗节划分——指示一首诗应该怎样读。

一个简单的例子可能足以说明音调变化如何影响一个人的反应。2016年在希拉里·克林顿（Hillary Clinton）和唐纳德·特朗普（Donald Trump）之间的美国大选的结果可以总结为“他赢了”。以句号结尾，这个句子传达了一个事实。然而，对选举结果的情感反应与选民的态度一样各不相同。以问号结尾，“他赢了？”表达了对意料之外的结果的惊讶。特别强调动词，“他赢了？”也表达了怀疑，或许是厌恶。强调名词，“他赢了？”引入了重音对比，而预期的结果“她赢了”并没有出现。以感叹号结束句子，“他赢了！”表达了对结果的喜悦，甚至是狂喜。对于无语气变化的书面文本，可以有多种解读性回应。要充分理解一位诗人的意图，就需要捕捉一首诗的音韵情感效果。

情动的力量也通过结构韵律来表达。在“昨日花开今日花谢”这句话中，事件的顺序是按时间顺序形象地排列的：昨天在今天之前，先是花开，然后是凋零。这句话没有任何令人惊喜的地方；它反映了我们日常体验的一部分。如果我稍微调整一下这个句子，“昨天盛开的花朵今天枯萎了”，就会更多地强调枯萎，因为开头的从句是从属的，要求楚尔所说的“要求性”，即对完成的期望。通过“昨日花开”这一不完整的从句所制造的悬念，加重了凋谢这一概念所产生的情动，使这个句子更接近诗意的表达。这两个句子虽然意义不同，但仍然是话语模式；它们告诉我们关于花儿所做的事情。然而，通过颠倒事件顺序，中国诗人崔惠童（Tong Cui Hui）让我们先看到凋零的花朵，然后回想它们早期的开放：“今日残花昨日开”（转引自 Du 1976：491）。通过使“枯萎”成为一个形容词，这行诗将花的形象定格在枯萎的状态。崔惠童的诗句不仅捕捉到了衰败的事件和想法，而且突出了在对衰败的沉思中所激发的情动。它增加了第一个短语的日常意义的价值；它使我们对衰败作出情感上的反应，同时，谓语使我们对过去开花的记忆感到悲伤。

结构韵律在约翰·罗伯特·罗斯［John Robert (Háj) Ross］[①] 对诗歌的广泛分析中得到了体现："虽然韵律通常被认为只与声学上可感知的参数有关，通常只涉及旋律和重音，但我想把它的意义扩展到涵盖更抽象的语言元素类型（'结构'）。"在罗斯的理论中，这些元素建立了一种抽象的节奏，作为"两个同时发生的诗意过程的结果"：分段和排列。一首诗是按结构层级划分的，从诗节到诗行再到短语。在这个框架内，不同的语言表征要素——语音、句法、语义——是排列好的。其排列受诗歌的分节类型的支配和限制，从最小的两部分式结构到最大的六部分式结构，这是罗斯遇到的最大的结构。

诗人唐纳德·霍尔（Donald Hall 1991）在他的文学入门文本中设计了一个练习，通过询问让学生们回答威廉·卡洛斯·威廉姆斯诗歌的三个版本中哪一个是诗人的，以及为什么，来帮助学生们培养对诗歌结构特征的情感敏感性（表 6.1）。

表 6.1　威廉·卡洛斯·威廉姆斯的诗歌《诗：一只猫》的学生练习

A	B	C
当那只猫爬上顶部 放果酱的壁橱先抬前面的 右爪小心翼翼地然后是后肢 缩了下蜷卧在 空花盆	当那只猫爬上 顶部放果酱的壁橱 先抬前面的右爪 小心翼翼地然后是后肢	当那只猫 爬上 顶部 放果酱的壁橱 先抬前面的右爪

① 译者注：原文是 Structural prosody is reflected in John Robert (Háj) Ross's (n.d. a) extensive analyses of poetry: "While prosody is typically thought of as pertaining only to accoustically perceptible parameters, usually only melody and stress, I would like to extend its meaning to cover more abstract types of linguistic elements." 其中 John Robert (Háj) Ross (n.d. a) "n.d." 意思为"日期不详"或"未标注出版日期"；"n.d. a" 意思是如果没有具体出版日期，需要在年份位置注明，此处是 a 处。

续表

A	B	C
	缩了下蜷卧在 空花盆	小心翼翼地 然后是后肢 缩了下 蜷卧在 空 花盆

根据我的经验观察，关注音节结构的学生倾向于选择 A。另外，那些对诗节排列敏感的学生倾向于选择 B。只有那些认识到这首诗的音节结构和诗节排列有效地捕捉到一只猫小心翼翼地从壁橱向下移动到地面的动作方式的学生，才会选择 C，即威廉姆斯自己的排列方式。大声朗读这首诗可以帮助学生们意识到威廉姆斯的排列方式是多么像猫。第一节和第二节之间的延迟，确定了猫正在移动的位置，创造了一种在第二节和第三节之间实现的预期停顿，因为猫用右前爪慢慢地探索。最后两节之间的间隔也创造了同样的预期停顿，当猫移动它的后腿去伸向“向下 // 进入”花盆时。 我们可以看到猫在诗中犹豫地移动。

3. 情动的重要性

朗格（1953）声称“所有的情感、所有的心情、情绪，甚至个人的‘生命感’或‘身份感’都是一种特殊的、复杂的但明确的紧张关系的相互作用——实际的神经和肌肉张力发生在我们人类有机体中的相互作用”，她对韵律影响的明确性质表达如下：

> 如果感觉和情绪真的是紧张的复合体，那么每一次情感经验就将是这种复合中可以准确测定的一个过程；每件艺术品，作为这种复合的一种形象，将能非常准确地表达一种特定的情感；[……] 它或许确实有着唯一的参照物。我认为，情况正是如此。而且，一件

> 艺术品的情感价值更多地在于它的智力水平，而不在于其基本含义[①]：因为艺术品所表现的——知觉、情感、情绪的过程，以及“旺盛的生命力”本身——用任何词汇都难以准确表达。[②]

艺术作品的情感价值与其情感导入是不一样的。一个人可能会哭泣，从而给事件施加情感“价值”，但是根据情况，哭泣只有一种情感“导入”：在婚礼上表达幸福或在葬礼上表达悲伤。对一首诗的阅读如果没有抓住它的情感基调，就会导致误读其情感导入，并误判诗人的意图。在演讲情境中，参与者会适应伴随话语的音调变化和举止：语调，手势的动作，传达情感的面部表情。书面语中的韵律手段传达了这些元语言的特征。但它们并没有穷尽以书面形式传达感觉表象的可能性。还有一些其他的策略可以帮助我们识别书面文本中的感觉形式。

首先是焦点的问题：将文本落实到一个情境中，从而导致视角的采用。例如，考虑托马斯 · 哈代的一首诗[③]：

Transformations	《托生》[④]
Portions of this yew Is a man my grandsire knew, Bosomed here at its foot:	这株紫杉树， 或是祖父认识的人， 如今他成了树根；

① 译者注：此句原文为“I suspect that this is the case, and that the different emotional values ascribed to a work of art lie on a more intellectual plane than its emotional import”，本书译者译为“我怀疑情况确实如此，赋予一件艺术作品的不同情感价值更多地存在于智力层面，而不是其情感导入”。

② 译者注：本段翻译参考苏珊 · 朗格 . 情感与形式 [M]. 刘大基，傅志强，周发祥，译 . 北京：中国社会科学出版社，1986 : 433.

③ 原文注释：我非常感谢唐纳德 · 霍尔指出了这首诗的大多数版本中的一个印刷错误，这个错误在塞缪尔 · 海因斯（Samuel Hynes 1983 :211）版本的哈代诗歌中得到了纠正：在第一次出版时，在梅尔斯托克版中，他用了“徒劳地”（vainly）一词（第 11 行）。他第二次出版时，在《旧焰余烬》（*Moments of Vision*）中，这个错误悄然出现。这是一个典型的排版错误（也是一个典型的校对错误），即当它与前面一行中使用过的单词相同时，一个词经常被错误地重印——这不无道理。排版人员将“经常”置于“经常”下面——如果哈代校对的话，他也没有注意到——一遍又一遍。无论如何，“徒劳”是一个更好的词，与“美丽的女孩”相联系，而且我认为它有助于引出（至少稍微）《圣经》意义上的“结识”。（2008 年 1 月 22 日致作者的信）

④ 译者注：参考来源托马斯 · 哈代 . 托马斯 · 哈代诗歌精译 [M]. 王宏印，译 . 天津：南开大学出版社，2016:287. 更多参考译文见译者附录。

续表

Transformations	《托生》
This branch may be his wife,	树枝，可能是他的妻，
A ruddy human life	一个健壮的女人
Now turned to a green shoot.	长出一枝新绿。
These grasses must be made	那茵茵的草地，
Of her who often prayed,	是频频祈祷的她，
Last century, for repose;	在上个世纪，为了安息；
And the fair girl long ago	而多年前的美女，
Whom I vainly tried to know	我一直想结识的，
May be entering this rose.	长成了一枝蔷薇。
So, they are not underground,	如此说，他们没有入土，
But as nerves and veins abound	犹如活的血管神经
In the growths of upper air,	生长在空气中，
And they feel the sun and rain,	感受着雨露阳光，
And the energy again	还有勃勃的生机，
That made them what they were!	如同活着一样。

在交际和话语层面上，这首诗似乎表达了这样一种信念：人并没有真正死去，而是转化为另一种生命形式。初学文学的学生几乎总是这样读这首诗。许多有经验的读者也是如此。这个想法在诗歌中确实存在。但是这是谁的信仰？这种对诗歌叙事话语的依赖忽略了诗歌的情感导入。例如，考虑一下我们对这首诗的作者的了解情况。鉴于这首诗的出处是 20 世纪之初的哈代的一首诗，作者被认为是男性，并用“一直想结识”一个“美丽的女孩”这句话表明了他的性别。他老了，因为他追求那个女孩已经是“多年前”的事了。第一行中提到的“紫杉树”表明他在一个教堂墓地（紫杉有毒，在英国被种植在封闭的教堂墓地中，以保护它们免受食草动物的侵害）。所以我们有一个老人，可能接近他生命的尽头，凝视着那些已经死了很久的人的坟墓。他在猜想什么？他的感情是什么？他的“思绪”使他产生这样一种想法，死去的人已经或正在变成他周围活着的植物。但他“感觉”到了什么？

斯特恩伯格（2003）提醒我们，“情感和概念加工可能会联合起来或相互争斗［……］：时而和谐，时而不和谐［……］或者时而与这种力量平衡，时而与那种力量平衡。叙事的修辞在这种千变万化的事实/情感互动中蓬勃发展”。关注诗歌话语意义的读者忽略了情感力量与概念的战争。也就是说，老人想要相信他所沉思的东西，因为他在抗拒，而不是接受他也必将死亡的事实。

语法选择是帮助我们识别文本中情感形式的一种策略。这首诗的语法形式决定了老人的态度。注意，比如，认知情态动词：“树枝可能是他的妻”；“这些草一定是她种的”；美丽的女孩“可能会进入这朵玫瑰。”这首三节的诗采用了三段论的形式：如果 X 是真的，Y 是真的，那么 Z 也是真的，正如最后一节的“所以”所表明的那样。但这种逻辑是错误的：“可能”和“必须”并不能导致事实的“是”。争论的焦点不是尸体是否为活着的植物提供了肥料，当然它们确实提供了肥料，而是生命本身的元素、神经和血管，才是存活下来的东西。本来在语法上是一个很好的断言，即“他们没有入土，/［……］］/感受着雨露阳光，/还有勃勃的生机”，但却被第 14—15 行插入的“但是由于”从句打断了。哈代在这个语境中使用“但是由于”（But as）结构的讽刺之处在于，老人试图让它意味着“但是因为”（but since），“神经和血管”指的是死者，而不是活人。

“但是由于”这种结构通过改变支配接后面“还有”（And）诗行的范围扰乱了语法，结果再次出现语法上的不和谐，反映了老人的思想和欲望之间的紧张关系。老人想继续活下去的情感背叛了他，所以我们明白，正是他的“神经和血管”“生长在空气中”，而不是死者的神经和血管。阅读话语语法而没有认识到通过它所表达的思想，就会错过诗歌所创造的生活场景：感受到生活的影响，而非理性的生活。在最后一行中过去时态的使用是对老人错误逻辑的最终背叛：不是“那使他们成为他们现在的样子”，将支持他对他们仍然活着的信念，而是“那使他们成为他们过去的样子！”①

① 译者注：原文 The use of the past tense in the last line is the final betrayal of the old man’s false logic: not “That make them what they are,” which would support his faith in their still living continuance, but “That made them what they were!”

结尾的感叹号给老人的感情增添了最后一根稻草：想要相信他原本知道的东西是假的。他也会死。

4. 图式理论与情动结构

如果能够证明感觉情动也是结构化的，那么图式在前意识经验和意识觉知之间的交叉点上运作，将感觉情动与概念意识联系起来的提议就得到了支持。约翰逊（1987）声称，通过图式的叠加，“我们的世界开始形成一个高度结构化的、受主观价值影响的和个性化的领域，在这个领域中，我们感受到欲望的牵引，追求我们的目标，应对我们的挫折，庆祝我们的喜悦”。如果图式确实使我们能够表达和分享感知、情感和生理体验以及概念意义，那么通过诗歌的表达形式探索想象图式的本质和功能将进一步加深我们对这些认知过程的理解。它们可以像第 4 章中的认知隐喻树一样，被设想为一棵更普遍的认知树（图 6.1）。[①]

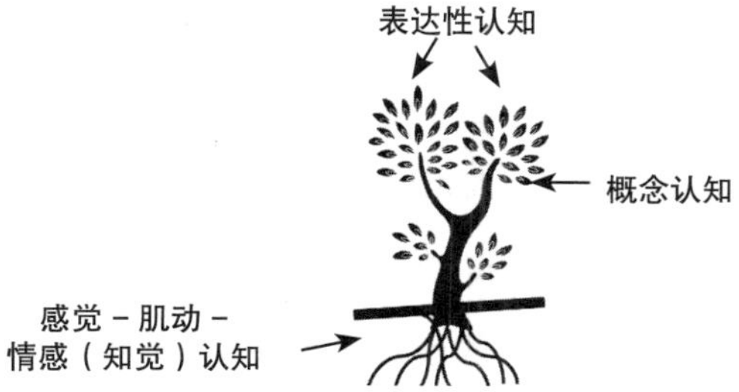

图 6.1 一般认知树

就像活着的树靠从根部汲取养分生存一样，我们所有的认知活动都依赖于感官认知。正如树的根系受到它们所嵌入的土壤物质的质量滋养一样，感官体验也从我们环境的自然世界中汲取营养。

约翰逊发现，人类经验的核心图式之一是尺度图式，这是一种或多或少既定量又定性的结构。情感图式往往是标量的，比如焦虑。焦虑是面向未来

① 原文注释：该树形图式解释了所有的艺术表现形式，包括语言、视觉、音乐和表演艺术，以及传统的认知活动。

的，指向存在和不存在的东西。焦虑的作用是将注意力集中在手头的任务上，排除了可能存在于直接环境中的其他元素（Fox 1993：207）。它可以指向像穿过繁忙的马路这样简单的事情（Frühholz and Grandjean 2012：19），也可以指向像参加建筑竞赛这样复杂的事情。它构建了一个人的内在自我，既有意识层面的，也有潜意识层面的。 在潜意识层面，焦虑的范围从更接近表层的一种情感到根源更深的状态不等。当我们谈及过度焦虑的时候，我们充满焦虑，处于一种持续的焦虑状态，我们便会消极地看待焦虑。在标尺的另一端，焦虑是一种在图式结构上与预期、期望、忧虑密切相关的情绪，它们都与情感动机有关（图 6.2）。

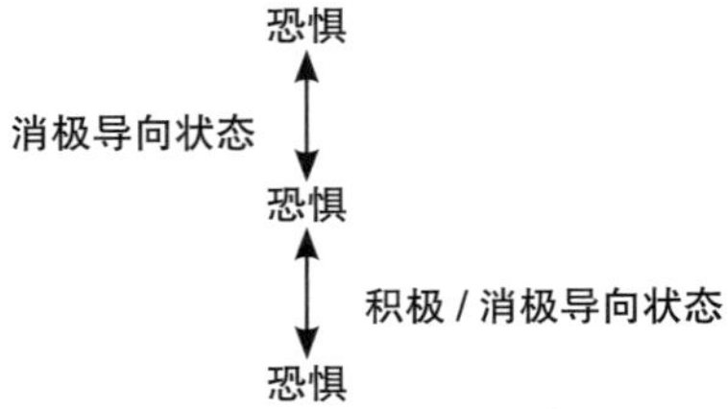

图 6.2　焦虑的量级结构

在我的用法中，“动机”一词是指驱动艺术家的创作意图的潜意识过程：不是诗人有意要表达的意思，而是诗人着手要做的事情。动机是由情动在我们的感觉 - 肌动 - 情感活动中的功能构成的。

史蒂文斯（1957）在评论他创作《猫头鹰的三叶草》（*Owl’s Clover*）的动机时指出，“它是我想要的样子，在写之前我不知道我想要它是什么样子，尽管在写之前我知道我想要它做什么”①。他想到了“大萧条对艺术兴趣的影响。我想要一个世界的对峙，因为它是在艺术中被想象出来的，也因为它是当时的事实。如果我偶然走进一家画廊，我就会发现自己对所看到的东西毫无兴趣，空气中充满了焦虑和紧张”。其结果就是《老妇人和雕像》（*The Old Woman and the Statue*）的诞生，老妇人是大萧条时期受难者的象征，

---

① 译者注：原文 Stevens (1957) notes that “it is what I wanted it to be without knowing before it was written what I wanted it to be, even though I knew before it was written what I wanted it to do”.

而雕像则是艺术的象征。对史蒂文斯来说，他在画廊中所体会到的关于大萧条的焦虑具象化与触发该诗作的动机在隐喻上融合在了一起。这种融合体现在史蒂文斯对“the depression”这一短语的小写形式的运用上，该用法对实际的“大萧条”和情绪上的“消沉”状态进行了双关。

正如史蒂文斯（1957）所指出的，诗歌中情感元素的一种表现形式“是诗人个性的流露”。尽管“任何人都不可能像诗人本人那样清楚地看到这种流露”，但它是显而易见的，一个熟悉诗歌的感官元素的读者可能会通过回应文本本身的情感品质来捕捉激励诗人的某种情感。

5. 情动图式的力动态机制

情感图式是由力动态构成的[①]。力动态的图式系统与动觉运动有关，并与因果关系密切相关（Talmy 2000：409–470）。它由一种内在的力量倾向组成，要么是行动 / 运动，要么是不行动 / 静止，取决于两个实体的力量是否相等。当两个实体相遇时，一个实体的力量可能比另一个实体更强或更弱，从而影响焦点实体，即泰尔米的“受力体”（Agonist）的内在倾向是被与之对立或分离的力量元素，被泰尔米的“施力体”（Antagonist）的强度所抑制或是激活。这些物理力量的相互作用被隐喻地延伸到心理学方面，既在自我内部（心理内），又在有感实体的社会相互作用中（心理间）。史蒂文斯（1923：22）在其诗歌《黑色的统治》（*Domination of Black*）中进一步将生理和心理的力动态联系起来，以表达恐惧感。

尽管“焦虑”和“恐惧”图式共享某些结构，如标量和效果，如集中注

① 原文注释：早期的分析通过几个不相关的概念隐喻来表现情绪概念，而科韦塞斯（2000）认为情感有一个单一的基础隐喻，即“情感是力量”（EMOTION IS FORCE）。也就是说，在我们对隐喻概念的语言表征中，我们将情感看作施力体，对自我施加力量。在阐述泰尔米的受力体 / 施力体力量图式的特征时，科韦塞斯根据我们在语言上表现隐喻“情感是力量”的方式确定了三种情景：情感引起一种反应；某种物理力量引起一种情感；以及双重焦点实例化了前两种情景中的任何一种。在后来的研究中，科韦塞斯将他早期关于容器图式的工作重新修改，将情感具体地表示为一种力量动态图式。

意力，但它们的强度不同。焦虑的重点更加普遍，可以针对消极和积极的结果，而恐惧则始终是消极的。恐惧图式是由对一个人的身体、一个人的情绪状态或一个人的目标造成伤害的可能性决定的。正因如此，它显著地具有力动态的特性，因为它总是牵涉到两个实体：作为施动者的自我和一个对抗者，这个对抗者可能是另一个人、另一个有感知的生物、外部物体，或者是诸如恐高或恐飞这样的事件。 在不同情况下，对自我的内稳态的危险是其施力体可能有更强的力量。在史蒂文斯的诗中，恐惧图式的结构通过颜色和声音的感觉占据主导地位。在 1928 年写给小 L. W. 佩恩（L. W. Payne Jr.）的信中，史蒂文斯（1996）评论道：

> 《黑色的统治》：我很抱歉，这类诗歌必须包含任何思想，因为它的唯一目的是用它所包含的意象和声音来填充头脑。一个从散文内容来审视这样一首诗的人，绝对不会从中得到任何东西。你应该得到充满色彩和声音的天空，你应该感受到如果你真的得到这一切，你会有什么样的感受。

史蒂文斯（1923）这首诗的力动态，通过身体感知和情感与认知反应及记忆的反复并置，融合成恐惧的情感，在视觉和听觉的万花筒中得以表达。值得注意的是——甚至令人吃惊的是——诗歌本身没有命名的颜色或声音的描述；它只是调用了它们。正如诗歌标题传达了色彩的缺失，这首诗本身也只是暗示了落叶、孔雀尾翎和火焰中各种颜色的可能性。[①] 因此，读者有动机地从他们自己的知识中提供所提到的颜色和声音，从而被吸引到与诗歌的参与关系中。史蒂文斯的评论反映出一种注重体验而非解读这首诗的态度。大声朗读这首诗会通过其声音、意象和结构所引发的感觉 – 肌动 – 情感效应，

① 原文注释：以马萨诸塞大学阿默斯特分校的巴里 · 霍斯顿（Barry Holstein）教授为代表的物理学家对光的观点是，“当所有进入一个系统的光（所有颜色）都被吸收并且没有一种被反射回眼睛时，就会出现黑色。从这个意义上说，是的，我会称之为色彩的缺失。当然，与此相反的是白色，所有的颜色都从一个系统反射回眼睛”（私人信函）。黑色吸收光线的事实为力量图式在诗歌中作为一种摄入图式的运作方式创造了一个额外维度。夜幕降临的威胁包括吸收光线的威胁。

直观地影响我们。

Domination of Black	《黑色的统治》①
At night, by the fire,	在夜里，在炉火边，
The colors of the bushes	树丛的各种色彩，
And of the fallen leaves,	落叶的各种色调，
Repeating themselves,	重复出现，
Turned in the room,	在房间里翻卷，
Like the leaves themselves	就像树叶本身
Turning in the wind.	在风中翻卷
Yes: but the color of the heavy hemlocks	是啊：浓密的铁杉树的色彩
Came striding.	大步走来。
And I remembered the cry of the peacocks.	我想起了孔雀的叫喊。
The colors of their tails	孔雀尾翎的各种色彩
Were like the leaves themselves	也像这树叶
Turning in the wind,	翻卷，在风中，
In the twilight wind.	在黄昏的风中。
They swept over the room,	色彩扫过房间，
Just as they flew from the boughs of the hemlocks	就像孔雀从铁杉树上
Down to the ground.	飞落地面。
I heard them cry—the peacocks.	我听到他们呼喊——这些孔雀
Was it a cry against the twilight	那呼喊是抗议暮色，
Or against the leaves themselves	还是抗议树叶自己
Turning in the wind,	在风中翻卷?
Turning as the flames	翻卷，好像火焰
Turned in the fire,	在燃烧时翻卷，
Turning as the tails of the peacocks	翻卷，好像孔雀尾翎
Turned in the loud fire,	在喧闹的火焰中翻卷，
Loud as the hemlocks	高声地，好像铁杉树里
Full of the cry of the peacocks?	充满了孔雀的叫喊。
Or was it a cry against the hemlocks?	要不这呼喊是在抗议铁杉自己?
Out of the window,	从窗口望出去，
I saw how the planets gathered	我看到行星聚拢，
Like the leaves themselves	就好像树叶
Turning in the wind.	在风中翻卷。
I saw how the night came,	我看到黑夜来临
Came striding like the color of the heavy hemlocks	大步走来，像浓密的铁杉的颜色，

① 译者注：译文来自赵毅衡 . 美国现代诗选：上 [M]. 北京：外国文学出版社，1985:240-241.

续表

Domination of Black	《黑色的统治》
I felt afraid.　35 And I remembered the cry of the peacocks.	我感到害怕，　35 我记起了孔雀的叫喊。

史蒂文斯的标题介绍了这首诗的主要力量—动态结构。“统治”这个词本身包含了一个实体对另一个实体施加力量的对抗性概念。标题并置了两个不相容的元素：施动者和色彩缺失。是黑色占主导地位，还是其他实体统治黑色？[①]这种模棱两可造成的紧张反映了外部现实和内部情感之间互动所隐含的紧张关系，而这正是这首诗的主题。标题在一开始就设置了一个力量元素正在运作的情景，因为诗意的自我遇到了外部力量并体验到了内部情感。我的分析简要地探讨了情感策略，用史蒂文斯的话说，这些策略使我们能够“感受到如果你真的得到了这一切，你会有的感觉。”

罗斯（出版日期不详 b）对史蒂文斯的诗进行了广泛而深入的语言分析。他指出，从结构上看，这首诗在第 19—28 行包含“一处隐藏的诗节”；如果史蒂文斯在第 18 行之后提供一个诗节换行，这首诗就会呈现出 10-8-10-8 行的传统诗节形式。在确定第 19—28 行与诗歌其他部分的许多不同之处时，罗斯提供了大量证据，证明这一隐藏诗节存在于诗歌表面或印刷形式背后的深层或内在结构中。那么问题来了，为什么史蒂文斯将这一节“隐藏”起来，将两个中心节融合为一节。

一首诗中三个诗节的组织创造了一个分段，其中中间的诗节可以被看作由外面的两个诗节所框定，给出了罗斯所说的“奏鸣曲式的归属 - 离开 -（回归）归属”的 A、B、A 的三分结构。罗斯指出，在史蒂文斯的诗中，两个外部诗节比中间诗节共享多达 7 个韵律特征。[②]容器和循环图式的结构隐喻地支持了

① 原文注释：文学评论家对史蒂文斯独特的、暗示性的和模棱两可的介词用法进行了广泛的评论（Bloom 1977；Cook 1988）。然而，据我所知，他们都认为这个标题意味着黑色占主导地位。

② 原文注释：这七个是重复的诗行，名词形式在句末的例外，阴韵结尾的句子，三音节词，词汇联想，单词“夜晚”的位置以及出现三次的“和”“来”。

这种韵律框架。容器图式的结构具有内外取向：在史蒂文斯的诗中，第一节和最后一节并置了在房间内和向窗外看的边界，以及室内和室外的颜色运动。内部和外部的相互作用表明，这首诗的整体概念图式结构是一个“容器”结构，其中中间的诗节包含在外部两个诗节的框架内。叠加在这一模式之上的是循环图式，其结构被约翰逊（1987）描述为“多重的、重叠的和连续的”。它有一个循环的、时间的运动，回到其原始状态：许多重复的声音和意象循环贯穿诗的三个诗节，最后一个诗节重复了第一节的意象。

两种图式都有一个位移图式的内部结构——在容器图式的情况下是由内到外的，在循环图式的情况下是圆形的——和一个边界图式，在该图式中可以施加阻碍或允许跨越边界运动的力动态。① 说话者在房间里，借着炉火的光亮，而灌木丛、落叶、风、行星和铁杉则在外面渐渐侵入的黑暗中。明暗对比赋予了“容器”图式情感价值，其中“内”是安全的，“外”是危险的。第一节的前几行诗在表面上保持了这种区分，在摇曳的火焰中可以看到灌木和树叶的颜色，而落叶本身在外面的风中转动。然而，第 8 行的“是的：但是”对这种分隔产生了初步的反对。

泰尔米（2000）指出，“是的，但是”这种结构是论辩性话语中一种修辞的力动态元素，大致表示“你刚才提出的观点，朝着某个特定结论进行论证，在其论述范围内是正确的，但还有一个更重要的问题需要考虑，这个问题会导向相反的结论，所以我现在针对这个问题提出的观点要优于你的观点”。史蒂文斯使用“是的但是”结构，通过承认开篇几行诗的存在真理来建立一种更强大的力量，但通过引入更重要的东西来暂时阻止它：视觉和声音是诗中的两个主要元素——“浓密的铁杉颜色”和“孔雀的叫喊”——“是的但是”结构突出了它们。这两个对立的颜色 / 哭泣元素在最后以表达恐惧的情绪达到高潮。

① 原文注释：佐海尔 · 马莱杰（Zouhair Maalej 2007）讨论了恐惧图式的语言表达中所涉及的几个概念图式，所有这些图式都涉及某种运动。

在史蒂文斯的诗中有五个力量—动态层次的控制。最外层是诗人 / 读者和诗歌，最内层是内部记忆和情感。这首诗从上到下、从外到内，通过自我与他人之间的受力体（焦点实体）—施力体（力量元素）结构，在不同层次之间循环重复（表 6.2）。

表 6.2　史蒂文斯诗歌《黑色的统治》中的焦点实体和力量元素

受力体 agonist	施力体 antagonist
诗人 / 读者	诗歌
自然元素：树叶，尾翎，行星	力量元素：风，火，黑夜
听觉（孔雀的叫喊）	视觉（铁杉的颜色）
内部感知：记忆，听觉，视觉	外部刺激：视觉和声音
内部记忆	内部情感

前两个层次存在于最外层，即表层，因为诗人创造了语言层面，读者体验了语言层面，也就是外部世界的物质元素中诗的“叶子”。最后两个层次向下并向内移动，朝向认知树的根部，从唤起内部感觉过程的外部刺激到内部记忆和情感的最终深度。并非巧合的是，在这首诗的运动中——“孔雀的叫喊”和“铁杉的颜色”这两种受力体 / 施力体的中心冲突——是外部与内部之间的中心点。以下各节将更详细地分析这首诗的 5 个力量—动态层次[①]。

5.1 诗人 / 阐释者 :: 诗[②]

在这首诗力动态相互作用的最外层，诗人和应答者作为主动方（受力体）成为了作为对抗方（施力体）的诗歌力元素状态的焦点实体。正如查尔斯 · 罗森（Charles Rosen 1987）在讨论肖邦的钢琴技巧时所说的那样，情绪紧张可能来自阻碍我们身体动作的正常流畅表现而引起的尴尬：“演奏者确实在他的

① 译者注：以下小节 6.5.1—6.5.5 依次更详细地分析了这首诗的五个力量—动态层次（force-dynamic levels）。力动态是由泰尔米提出的认知语言学框架下的又一最新理论。它关注实体之间的动力是如何相互作用的，包括“作用力的实施、对它的阻碍力、阻碍力的克服”等等。力动态中最核心的两个基础概念就是“受力体（agonist）”和“施力体（antagonist）”，通过描述两者之间作用力的相互作用及其结果来说明语言使用的效果。

② 译者注：或理解为创作主体 / 阐释主体 :: 文本对象。双冒号“::”在此处作为关系指涉符，提示诗性文本生成与接受的双向互动机制。

手部肌肉中感受到这种情绪。”克莱本·赖斯（Claiborne Rice 2012）在评论达马西奥的“情感、感觉和意识与身体密切相关”的躯体标记理论时指出，重复声音模式所涉及的肌肉动作，无论是默读还是大声朗读，都表明“身体正在对环境刺激作出反应”。

在这首诗的36行中，整整22行（超过一半）大致符合日耳曼语的重音合拍韵律，用短的双重音诗行给整首诗带来了一种咒语般的音调。三行突出了这个词的第三个重音，它概括了抵抗的力动态：“反对”（against）。这种格律模式传达了无情的运动感，通过大量的单词重复，占总数的85%，以及重复的“转向”，所有这些都发生在“反面”之后，强化了这种运动感，使读者在阅读诗歌时不断地返回。这些运动会对原本平稳的模式产生张力，破坏内在平衡。

当我们读这首诗时，孔雀的叫声和铁杉的颜色的重复，随着诗句长度的增加和重音的增加，在较短诗句的背景下更加突出，因此它们被更加重视。第一节的最后三行，短行“大步走来”在其周围较长的几行中、在最后一节的最后几行中重复，这一次的短行变成了“我感到害怕”，因为夜幕降临了。这首诗中仅有的两行平行排列，正如罗斯所指出的，其中没有出现任何名词将它们结合在一起。“大步走来”的线性运动，在其朝向诗意的自我运动的指示性力量中，携带着对诗意的自我的内稳态的迫在眉睫的伤害，这种力量已经被重复的转向所破坏。

过去听到孔雀叫声的回忆所引发的情感共鸣，包括从过往阅读中获得的那种共鸣（Bloom 1973）。文学评论家们注意到，史蒂文斯的这首诗让人回想起并有时呼应了以前诗人的诗句，比如雪莱在《西风颂》中的叶子；华兹华斯在《序曲》（“The Prelude”）第378—398行中对“大步跟随”着说话者的“一座巨大的山峰，黑色而巨大”进行了引人入胜的描述；弥尔顿在《失乐园》第666—679行中对撒旦“可怕的步伐”的描述，当时“黑色像夜一样矗立”（Cook 1988：45-46）。我不知道史蒂文斯在创作他自己的诗歌时是否有意识地想到了莎士比亚的《麦克白》(*Macbeth*)。莎士比亚戏剧中的情绪情感都与黑暗和死亡的预兆有关，“阴沉的黑夜”[①]，乌鸦的低鸣，嚎叫的狼“蹑足跨步前进”走向它的猎物，“整整地吵了一个漫漫长夜的”的“不知名的怪鸟”，当然还有麦克白对女巫预言的回忆：“不要害怕，除非勃南森林会到邓斯纳恩来”[②]。对于精通文化史和文学史的读者来说，所有这些联想都在诗歌中被激活了。

5.2 物理域 :: 具身力动素

短语“在房间里”“在风中”和“在火焰中”表示容器结构内外的颜色和叶子的位置，但根据它们的力量动态图式，它们作用的方式也截然不同。“落叶”作为受力体的内在力量—动态趋势是惯性的、静止的，而“风”作为更强劲的施力体，使它们做圆周运动。两者都是外部元素，在房间之外。落叶的鲜艳色彩也是一个外部元素，但它们被带入了房间，就像孔雀尾翎的颜色一样，反映了容器图式由外而内的运动。它们的颜色的转变是由摇曳的火焰（内部）的力动态引起的，并延伸到引起秋天的树叶（外部）转变（在两种意义上）的自然力量。从内部看，外部的行星与树叶和尾翎有关，都是火、风和夜的施力体的受力体。就像视觉、听觉与时间的融合一样，外部元素渗透到房间的容器内，破坏了自我对连贯性和秩序的需求。单词和短语的不断重复，尤其是频繁的转向，形成了一种圆周运动，因此当铁杉的颜色“大步走来”时，铁杉的线性运动与圆周运动有力地相交。这种路径图式与循环图式的叠加进一步破坏了自我的内稳态。

铁杉的颜色，以及阔步行走的铁杉本身，与记忆的内在化不同，记忆的内在化将诗意的自我与孔雀的叫声等同起来，它们仍然是外在的，因此，就像入侵的黑夜一样，构成了恐惧的终极威胁。第一节和最后一节的重复创造

① 译者注：本句译文引自威廉·莎士比亚.麦克白 [M]. 朱生豪，译. 南京：译林出版社，2018：15，28，79.

② 原文注释：参见 D. 弗里曼（D.Freeman 1995）关于《麦克白》中的路径图式的详细讨论。

了进一步的循环运动，因为诗歌在它开始的地方结束，伴随着铁杉的颜色和孔雀的叫声。正如埃莉诺 · 库克（1988）所指出的："这首诗围绕着它的主题（落叶）一圈又一圈，咒语的圆圈被打破，然后恢复，打破，然后在打破的地方恢复，最后打破。"

5.3 听觉元素 :: 视觉元素

这首诗的中心冲突体现在"孔雀的叫声"和"铁杉的颜色"之间。从图式上看，这首诗设置了一个情境，其中面对大自然巨大未知的诗意的自我，在接受外部世界的感官感知的同时，试图抵制它赋予这些感官感知的意义，这种意义从几个世纪的文化原型转义中被带到诗人——读者的——心智中：黑夜如死亡，秋天的结束和冬天的开始是死亡，苏格拉底喝铁杉汁导致了他的死亡。在受力体 - 施力体层面上，外部元素的力动态逼近并侵入外部和内部之间的边界，无论是在身体上还是情感上。自我内稳态通过容器图式得以反映：自我安全地在房间里，在炉火旁，大概是静止的。外面的一切都在持续地运动——颜色、树叶、风、行星、铁杉、孔雀——如果被带入室内，就有扰乱自我的威胁。

中间诗节的第一部分对孔雀尾翎和它从铁杉上飞起的描述，重构了孔雀作为外部元素在所描述场景中的实际存在。其结果是时间的融合：伴随着整首诗都是过去时，诗意的自我在描述过去的一件事。但第一节的最后一行唤起了之前的时间："我想起了孔雀的叫喊。"这种叫声是在它们的尾翎变色和逃离铁杉的同时发生的，还是在更早的时候发生的？当诗意的自我叙述中孔雀的尾翎在"喧闹的火焰中"翻卷，铁杉发出响亮的叫声（第 24—27 行）时，有一种视觉、听觉和时间的混乱。[①] 这种效果是不稳定的。它对中间诗节的融合也有重要意义。

① 原文注释：在这里，就像第一节的"重复"（repeating）一样，史蒂文斯适时地利用了"重复"和"喧闹"这两个词的语义网络，在诗中促成了视觉和听觉的融合。这两个词的原型都是表示声音的，如"跟我复述"和"音乐太吵了"。但是"复述"（repeat）也意味着"重复"（repetition），这是诗中的一个主要主题，而"喧闹"也可以指色彩的明亮和活力，如"喧闹的火焰"（第 25 行）。

5.4 内在感知 :: 外部刺激

受力体 - 施力体的力量—动态结构通过外部事件对诗意的自我感性的影响在第四层次得到了体现。诗中表现的视觉和声音唤起了一种发射图式，帕根 · 卡诺瓦斯（Pagán Cánovas 2010）将其与情感因果关系联系起来。这种图式的结构是，施动者 *A* 向 *B* 向外发射 *x*，然后 *B* 接收它。所有感官印象，如视觉和听觉，都由该图式构成。[①] 发射图式与两种力量动态图式密切相关：我将其称之为摄入图式，其结构包括受体 *B* 吸收 *x*，以及当 *B* 阻止 *x* 被吸收时的抵抗图式。[②] 在 *B* 中所引起的情绪取决于射线 *x* 的性质，以及 *B* 是吸收 *x* 或抵抗 *x* 所造成的影响。通过这种方式，这三种图式与“恐惧”图式（FEAR schema）相互作用，当射线 *x* 总是坏的并成功迫使 *B* 接受它，尽管 *B* 有阻力。这些图式的“外 - 里”结构（out-in structure）与容器图式相互作用，*A* 被认为发射 *x*，*B* 则将其吸收。在整首诗中，即使自我处于主语位置，它仍处于受力体 *B* 的位置。也就是说，“我想起 / 听到 / 看到”这些表达都将自我置于接收来自外部刺激的视觉和听觉发射的位置。它们穿透了整合自我的边界，引起了一种情感反应，其特征是高潮“我感到害怕”（第 35 行）。尽管自我在抵抗暮色、树叶和铁杉的侵袭中认同孔雀的叫声，但它无法抗拒通过“发射”和“摄入”图式来吸收产生恐惧情绪反应的视觉和听觉。

5.5 内部记忆 :: 内部情感

中间诗节包含了五个层次中最内层和最中心的“内部记忆 :: 内部情感”层次。这个最内层被封闭在内心情感受到外部视觉和听觉影响的层次之中。第一节的最后一句话：“我想起了孔雀的叫声”，引入了长长的中间诗节，因

---

① 原文注释：我对发射图式的讨论依赖于现代科学对感官知觉的解释。作为人类，我们能够看到一个彩色的世界，因为我们的大脑适应了记录存在于我们周围世界的波谱（Jacobs and Nathans 2009）。这种能力是三原色因素组合的结果：物理的属性、可用光的种类以及观看者大脑中的特定视觉系统。我认为，关于听觉光谱也有一个类似的过程。听到一系列声音的能力来自产生声波的特性、调节其传播的环境条件以及大脑听觉系统的接受能力。

② 原文注释：这个公式改进了帕根 · 卡诺瓦斯（2010）对发射图式的最初描述，即 *A* 将 *x* 发射到 *B*，随即 *B* 接受 *x* 并因此发生变化。

为自我回忆起过去听到孔雀的声音和看到它们的颜色的经历，重新构建成现在的场景。并非偶然的是，整首诗中提到的树叶和孔雀尾翎的颜色，在谈到铁杉时被单一化了。铁杉的“颜色”是一种抽象的心理表征，反映了诗人对铁杉存在的情感反应，而不是树木的实际颜色。[①] 孔雀的叫声实际上并不存在于诗的第一节和最后一节所呈现的现实空间中：它存在于自我的内部记忆中。正如约瑟夫 · 勒杜克斯（1998：179–224）所指出的，情感共鸣源于对过去事件的记忆，这些记忆唤醒了当下的类似反应。唯一传达的声音是“叫喊”，不是人们从听到孔雀叫声的实际经验中想象的复数“叫喊”，而是从孔雀的叫声中记忆的一种精神体验的抽象的声音。

“叫喊”这个词作为动词只用过一次，特别是在罗斯隐藏的诗节前面的一句“我听到了”之后：“我听到他们呼喊——孔雀。”正如罗斯所指出的：“‘叫喊’动词化的使用‘解锁’了记忆的听觉成分，这是 *C* [隐藏的诗节，第 19—28 行] 的焦点，实际上也是诗歌本身的焦点。”通过将第 11—28 行融合成一节，史蒂文斯强调了 *A*、*B*、*A* 容器结构。第 11—18 行对过去记忆的直截了当的叙述延伸到第 19/20 和 28 行的冥想式提问中，并因此形成了一个框架将第 21—27 行孔雀啼叫的听觉记忆包含在外部容器中。罗斯的“隐藏的诗节”以“充满孔雀的叫喊”的结尾——这是“孔雀的叫喊”——唯一不在诗节结尾的重复——形象地代表了最深处的感觉 - 情感 - 肌动力量在起作用。

诗节的最后一行，“还是对铁杉的呐喊? ”固定了孔雀和铁杉之间的受力体 - 施力体关系。当诗意的自我叙述他对孔雀的记忆时，它们以这样一种方式进入他的想象，以至于当他想象它对铁杉的对抗力量发出痛苦的声音时，它们的叫喊变成了他的叫喊，隐喻着即将到来的黑夜、冬天和死亡。

---

① 原文注释：文学评论家们对铁杉的颜色有不同的描述。大多数人关注铁杉对诗意自我（诗性主体，poetic self）的影响，正如标题“黑色”所暗示的那样；其他人指出铁杉的实际颜色是绿色的。我认为，两者都没有抓住重点。铁杉树长得又直又高，它们的树干上没有侧枝。从地面的人的视角来看，铁杉林中的树木看起来就像支撑着树冠的黑腿，因此有了“阔步前行”的概念。诗中真正描绘的是现实铁杉在唤起文化情感联结时的具身体验过程。

罗斯还指出了结构化的另一个特点，他指出“在我看来，它的重要性远远超出了偶然性，但显然是无法解释的”（我的强调）。他指出，这首诗中“五”的出现频率非常高——在所有三个诗节中都有以“五”为一组的数字出现，从而形成了一种“基于语义的‘数字韵律’”。我同意罗斯的观点，认为这些看似缺乏明显意义的“五”的冲击对我们产生了潜意识的影响。有趣的是，罗斯提出了一个与印度音乐的类比，其中使用五弦坦布拉就像“呼吸本身”一样，“为整首音乐”提供了“一种音调调色板”。正如朗格（1953）在谈到一件艺术作品时所指出的：“有些东西是从色调或颜色的安排中显现出来的，这在以前是不存在的，而这，不是安排好的材料，是感觉性的象征。”这正是感官认知影响的基础。

我对史蒂文斯诗歌中潜在的情感韵律图式的关注，试图解释的不是这首诗的意思，而是这首诗在做什么。史蒂文斯（1957）没有谈论写诗，而是谈论“实现”它：总是不断试图捕捉感觉 - 肌动 - 情感元素，也就是“现实和诗人感性之间的相互影响”。在诗歌标题的模糊性中，这种相互影响双向发挥作用，体现在对未知的恐惧及不屈服于这种恐惧的抵抗中。对诗人和读者来说，史蒂文斯的诗歌都成了我们感官认知最深层次情感的像似符（象征）。

6. 情感——概念图式

通过展示图式在经验及其概念化的交叉点上的运作，以及“焦虑”和“恐惧”等情感图式与“容器”和“循环”概念图式相互作用的方式，我认为正是在这个层面上，我们才能在诗歌和生活中最好地发展情感的理论模型。情感图式如下：

¤ 在前概念经验和我们意识的交叉点上运作；

¤ 是潜意识的和前概念的，但不是非结构化的；

¤ 在本质上是韵律的，无论是声音上还是结构上；

¤ 赋予概念图式力动态的效价意义；

¤使我们能够共同创造和分享经验。

在诗歌艺术中，情感图式提供了独特的音调，以表现诗歌的情感输入。大声朗读《黑色的统治》会在我们感官认知的最深层产生一种直观的情动。在她的艺术理论作为心智理论中，朗格（1967）问道：

> 谁对情感有一种天真但亲密而专业的知识？谁知道感觉是什么样子的？最重要的是，可能是创造其形象的人——艺术家，他们的整个工作就是创造表达情感本质的形式。情感就像艺术家创造的动态和有节奏的结构；艺术形式总是表现感受到的生活的形式，无论是印象、情感、公开行动、思想、梦想，还是升华到高水平并进入心理阶段的模糊的有机过程，这些表现也许是敏锐地捕捉到的，也许只是勉强和模糊地感知到的。

通过探索诗歌经由其韵律形式表达情感的方式，我们可以开始通过我们前概念经验中激发和塑造我们人类推理和行为的感官元素这一方式，来理解心智隐藏的复杂性。当诗歌成功地成为感受到的生活的形式时，它就成为一种感知现实的像似符（符号），超越了以前不存在的“其他东西”，超越的东西成为诗学像似符的特征，这是下一章的主题。

第 7 章　诗歌作为符号[①]

并非所有诗歌都能成为符号，这也不一定是诗人的本意。然而，不可避免地会出现这样的问题，这种像似性是否表明了一种持久的诗歌评价方式。在针对两首主题相同的诗歌展开的案例研究中，我阐释了为何仅有一首在我所界定的意义上成为符号。随后，我重新审视了像似性动机的问题，简要探讨了人类通过想象和推理的认知能力，在自身与外部世界之间寻求审美一致性的倾向。华莱士·史蒂文斯的诗学揭示了他的理论，即诗歌的目的是展现一种符号的表象，这种表象代表着人们所感受到却隐藏着的存在之真实，这一理念贯穿于他的全部诗作，并在其诗作《岩石》（*The Rock*）中达到顶峰。最后，我将简要举例说明符号对诗人和读者所具有的变革性力量。

总结一下我们的进展：第 2 章表明像似符是一种人工制品，是一种人类认知的“产物”——语言、艺术、事件、习俗或物体——通过它，我们在本体论上识别并在情感上与我们经验中的物质和精神世界建立联系。像似性，另一方面，是一种使人工制品变成符号的主动“过程”。接下来的章节通过考察诗学像似符的主要特征，为其结构的复杂性奠定了基础。第 3 章探讨了诗学像似符的本体论：诗意自我与经验现实世界认同中的表象概念。第 4 章探讨了隐喻在创建符号（像似符）中的作用：物质与非物质的跨域映射。诗学

---

① 作者于本页注：《诗歌作为符号》，玛格丽特 · H. 弗里曼，牛津大学出版社（2020 年）。© 牛津大学出版社。DOI: 10.1093/oso/9780190080419.001.0001

隐喻涉及融合：将概念、意象和图式结构整合成一个像似性的整体。第 5 章更深入地探究了概念隐喻的图式基础：感官认知的感觉 - 肌动 - 情感过程，激发了情感创造力。第 6 章通过韵律的运作更深入地探究情动的内在深处，揭示了一首诗如何成为某种隐藏的、不可见的、在皮尔斯术语中称为“其他东西”的符号[①]（像似符）。

当艺术品或事件——表演、图片、诗歌、雕塑——通过理据、同构和模拟成功地唤起它自身之外的东西，诗学像似符就出现了。这种“超越自身”不仅仅是对外部现实的再现，也不是对虚幻的超越。这更像是一种启示：试图超越我们日常经验的常规即时性，深入体验并展现我们对前范畴存在的原初经验的深度，这是我们自身和我们所处的世界的现实结构的基础。这个现实对我们来说是不可见的，不是因为缺席或空虚，而是因为隐藏在可见的事物中，但始终存在于当下。在这些时刻，即使只是瞬间，我们也会自我意识到我们的存在是原始存在的一部分，建立了“缺席的存在”（“presence of absence”）[②]。这就是艺术试图通过强调具体、特殊和个体来捕捉的现实。通过恢复我们经验的感觉 - 肌动 - 情感基础的首要地位，情感被赋予了形式，形式也被赋予了情感。正是这一点创造了诗歌作为符号（像似符）的可能性。

1. 两首诗的案例研究

如果一首诗中没有如我所定义的像似性的驱动力，会发生什么？我论点的有力版本主张，没有像似性的驱动，那么符号表象就不会发生。我还没准

① 译者注：皮尔斯认为：“一个符号代替另一个事物，因为符号与事物相似”。（Peirce 1931—1958:3.362）任何感知都有作用于感官的形状，因此任何感知都可以找出与另一物的像似之处，也就是说任何感知都是个潜在的像似符号（Gombrich 1968:12）。从具体到抽象，像似性幅度可以很宽。icon 有符号、图标、图符、像似符号、象似符号、图像等意思，在第二节翻译为“像似符”，在本节翻译为“符号”。如标题：The Poem as Icon，我们翻译为“诗歌作为符号”。

② 译者注：At these moments we are made, if only momentarily, self-aware of our being as part of primordial being, establishing the “presence of absence.” 原文中“presence of absence”有两种理解“缺席的存在”或“在场或缺席”。

备研究得那么深入。我可能想在使一首诗成为现实符号的几种可能机制中找出一种。事实上，不是每个人都可能以同样的方式对一首诗作出“经验性”的反应，这是一个需要实证研究的问题。[①] 然而，在比较珀西·比希·雪莱和贺拉斯·史密斯关于同一主题的两首十四行诗时，我发现，虽然我找不到构建史密斯诗歌意象和韵律的主导性隐喻，但雪莱的隐喻出现在诗歌意象和韵律层面的各个维度。这种差异可以解释为什么史密斯的十四行诗逐渐变得默默无闻，而雪莱的十四行诗今天仍然在和我们交流（表 7.1）。[②]

表 7.1 “奥兹曼迪亚斯”十四行诗（The“Ozymandias”sonnets）

雪莱的十四行诗	史密斯的十四行诗
我遇见一位来自古国的旅人 他说：有两条巨大的石腿 半掩于沙漠之间……近旁的沙土中 有一张破碎的石脸，蹙着眉， 抿着嘴，面孔依旧威严， 想那雕刻者，必定深谙其人情感 那神态还留在石头上 而斯人已逝，化作尘烟 看那石座上刻着字句： “我是万王之王，奥兹曼迪亚斯 功业盖物，强者折服” 此外，荡然无物 废墟四周，唯余黄沙莽莽 寂寞荒凉，伸展四方。	在埃及沙漠般的寂静中，孤零零地， 立着一条巨大的腿，它远远地投下了 只有沙漠知道的影子： “我是伟大的奥兹曼迪亚斯，”石头说， “万王之王；这座伟大的城市显示 “我手中的奇迹。”—城市已经消失， 除了这条腿，什么都没有了， 被遗忘的巴比伦遗址。 我们想知道，—某个猎人也许会表达 像我们一样迷茫　当我们穿越荒野 伦敦屹立的地方，追逐着狼， 他遇到了一些巨大的碎片，然后停下来猜测 多么强大却没有被记载的种族啊 曾经住在那个毁灭的地方。

① 原文注释：我指的不是读者的“解释”，这确实被无数不同的对个别诗歌的批判性分析所证实（M.Freeman 2008）。更确切地说，这是一个直接体验感受的问题，类似于来自外部物体与人类大脑神经过程相互作用的感官印象的“原始感觉”。

② 原文注释：这两位诗人在 1817 年 12 月 26 日节礼日的友好比赛中创作了他们的十四行诗。雪莱的这首诗最初于 1818 年 1 月 11 日发表在《考察家报》（*The Examiner*）第 524 期第 24 页上，笔名为格利拉斯特斯（Glirastes）。后来的版本对文本进行了一些修改。一个月后，史密斯的十四行诗出现在 1818 年 2 月 1 日的《考察家报》上，标题也是《奥兹曼迪亚斯》（*Ozymandia’s*），以缩写为 H.S.（贺拉斯·史密斯）的名字发表。当这首诗在《阿玛里纳斯》（*Amarynthus 1821*）上再版时，它被赋予了以下的标题：“在埃及沙漠中发现的一条巨大的花岗岩腿，下面刻有铭文。”两份出版物中的文本保持不变。

这两首十四行诗的主题都是一个曾经伟大的帝国的消失。转折或转变[①]的需求传统地出现于六行诗节，但被操纵以服务于诗句的目的，建立了十四行诗的形式框架。雪莱关注奥兹曼迪亚斯[②]的雕像，史密斯则关注奥兹曼迪亚斯的作品。决定每首诗是否出于诗学象似性的驱动，不是关注点的选择，而是每个诗人采用的认知策略，这些策略可能会唤醒读者对诗歌所唤起的“超越的事物”的情感投入。

雪莱和史密斯对雕像上铭文的解读版本与记录的铭文有一些不同，在布斯（Booth 1814）对狄奥多罗斯 · 西库路斯（Diodorus Siculus）的翻译中，其记录的铭文是“我是奥兹曼迪亚斯，万王之王；如果有人知道我有多伟大，我在哪里，就让他在我的任何作品中超越我”，并表明诗人具有截然不同的目的。[③]狄奥多罗斯对原始铭文（如果确实有的话）的翻译侧重于奥兹曼迪亚斯的挑战，即通过超越自己的成就来发现自己的伟大。史密斯的版本失去了挑战感，只是简单地将“这座伟大的城市”的“作品”命名为奥兹曼迪亚斯创造的“奇迹”的见证。雪莱把挑战变成了直接的命令，“看”，并通过让奥兹曼迪亚斯不是对任何人，而是对“伟大的你们”说话，来加强他的伟大。通过将这一挑战简化为一个词“绝望！”雪莱在这段铭文的本义——无法超越奥兹曼迪亚斯的成就而感到绝望——和它对 19 世纪的观察者以及随后对他的诗歌的当代回应者的实际影响之间建立了一种讽刺关系。史密斯的铭文

---

① 译者注：volta 为“伏尔特舞的拍子”或者“在意大利体十四行诗的第 9 行开始处，被称为转折或转变，这是十四行诗在形式上的一个基本要素”。

② 译者注：奥兹曼迪亚斯就是埃及新王国时期的法老拉美西斯二世，在古埃及，人们将法老视作神之子，而拉美西斯自称是古埃及信仰中太阳神拉的儿子。他经常被认为是新王国时期最伟大、最著名、最强大的法老。他的继任者和后来的埃及人称他为“伟大的祖先”。在拉美西斯二世统治之下，埃及王国进行了多次对外征服战争，其中与赫梯古王国之间那场著名的争霸战争，正是在这个时期进行的，其中最著名的便是卡迭石战役。

③ 原文注释：诗人应该读过狄奥多罗斯 · 西库路斯的希腊文作品。约翰 · 罗登贝克（John Rodenbeck 2004）评论说：“雪莱夫人这一年的笔记告诉我们，事实上，雪莱在 1817 年阅读的‘主要是希腊文’。她特别提到了《伊利亚特》（*Iliad*）、埃斯库罗斯（Aeschylus）和索福克勒斯（Sophocles）、《荷马赞美诗》（*Homeric Hymns*）、柏拉图和阿里安（Arrian），很可能他和贺拉斯 · 史密斯同时在读狄奥多罗斯的作品。”

既忽略了原作的挑战，也忽略了雪莱捕捉到的讽刺。这种对比提出了一个问题：在创作他们的十四行诗作为感知现实的像似符时，雪莱成功地运用了哪些认知策略，而史密斯没有运用这些策略？

这两首诗都关注随着时间从存在到不存在的变化。在史密斯的十四行诗中，变化表现在两个时间点上：当下时刻，“我们想知道”奥兹曼迪亚斯的城市在我们过去的某个时候的消失；未来时刻，猎人同样想知道伦敦在“他”过去的某个时候的消失。史密斯的时间是过去时和非完整体，奥兹曼迪亚斯的故事从未得到解决。雪莱的时间是过去时和完整体，奥兹曼迪亚斯的故事以消失在虚无中结束。① 史密斯试图捕捉消失的概念，但他关注的是存在的东西，而不是不存在的东西，通过使用具有负面含义但具有积极影响的词语，如“寂静”（没有噪声），“孤独”和“只有”（没有其他人）。“除了……什么都没有”结构（第 7 行）的结果是关注剩下的腿，而不是缺失的身体。以下是两首十四行诗之间韵律差异的例子，表明只有雪莱的诗才能成为感知现实的像似符。

1.1 史密斯十四行诗中的韵律细节

史密斯的十四行诗的纯正韵律没有显示出微妙的声音模式的重复。在史密斯诗的前三行中，低后圆唇音在“alone”“throws”“only”“shadow”“knows”中反复出现，在后面的四行中继续出现在“stone”“shows”“disclose”中。这 8 个词中有 6 个出现在行尾，从而连接了 a 和 b 两个韵脚的内部元音。剩下的两个出现在第 3 行“only shadow”中，与位置 5 的韵律和句法停顿相吻合。这样的重复创造了一种单调的感觉，但单调并没有被隐喻地用来创造诗歌的结构图式。“only”和“alone”之间的语义关系表明史密斯在践踏他自己的话：如果腿是孤独的，那么从逻辑上讲，它就是唯一投射的影子（那么，观察者在哪里呢？）。这种后圆唇音随后在诗的其余部分完全消失了，因此在埃及的

① 原文注释：我很感谢唐纳德 · 弗里曼指出了完整体——非完整体的对比。

沙漠和伦敦的荒野的描述之间没有声音的联系。

史密斯的诗没有表现出稳定形状的扩散，没有在诗行的形式模式或词语的重复中产生张力。史密斯尝试接近主题化属性的地方出现在开头：“在埃及沙漠般的寂静中。”通过颠倒沙漠和寂静的关系，史密斯创造了一个并不成功的整合，因为“沙漠”没有拓扑结构同构“寂静”（比较“寂静的沙漠”），在层创结构中创造进一步的意义。我认为，这种对拓扑结构的违反只有在整个诗歌的格式塔中持续存在时才是成功的。[①] 在史密斯的案例中，不存在这样的格式塔。

史密斯的十四行诗以无生命物体的能动性模式为标志。人类的认识、言说和揭示活动都归于无生命：寂静的“沙漠知道”，石头“言说”，“城市显示”和“腿”显露出来。这种模式在六行诗节中被颠倒了；人类活动现在与人类的能动性联系在一起，因为是“我们”想知道，是“某个猎人”在表达、遇见和猜测，以及一个曾经居住过的“种族”。在史密斯修改后的标题中出现了“发现”和“刻有”；在这首诗中出现了“被遗忘”“没有被记载”和“被毁灭”。所有这些都是人类活动，尽管没有提到施动者。在史密斯的诗中，我找不到任何以讽刺或其他方式，将主动和被动结构与人和事物的形象联系起来的隐喻图式。

命名减少了分散，提高了参考的稳定性。雪莱没有通过命名来确定位置，而史密斯在“埃及”“巴比伦”和“伦敦”中使用了三次。巴比伦被插入埃及和伦敦之间，可能是指《以赛亚书》（*Isaiah*）（14：4–23）中对巴比伦王的傲慢和未来“黄金城”[②] 的毁灭的预言。巴比伦的衰败与伦敦的未来相比，但没有任何情感动机的图式来构建这种比较。仅仅是这个城市的名字就传达了巴比伦国王的典故，只有“这个被遗忘的巴比伦”/“被毁灭的地方”的平行结构将奥兹曼迪亚斯的作品与伦敦市联系起来。“被遗忘”“没有被记载”和“被毁灭”等词背后假定的情感动力在缺乏任何能动性的联系中消散（谁忘记了？谁没

---

① 原文注释：奥胡斯大学的皮尔 · 布恩加德（Peer Bungaard，2008 年 10 月 9 日）指出，诗人确实违反了拓扑结构。研究的一个途径是对这种诗意的违反的成功原因进行实证分析。

② 原文注释：我很感谢奥胡斯大学的雅各布 · 伦达尔 · 佩德森（Jacob Lunddahl Pedersen 2008 年 10 月 9 日）指出《以赛亚书》中提到的巴比伦国王。

有记录？谁消灭了？）。在“种族”这个词中，人而不是物体的入侵似乎令人震惊，只是为了满足押韵的要求。人们想知道“某个猎人”是在荒野中追逐一只狼（或者是在伦敦“追逐狼”？）与这首诗中的事件有什么可能的联系。①

到最后一节，读者，甚至诗中的说话者都没有出现指示性的定位，从“我们想知道”的当前空间转向了未来“某个猎人”的视角。整首诗的时间参考主要是现在，代表埃及的过去和伦敦的未来。三个值得注意的例子——“城市已经消失了”“伦敦屹立的地方”和“曾经居住过”——创造了一种从现在的空间思考过去的视角，这一观点仍然是不完整和未解决的。

史密斯将失去的过去表示为巴比伦的“这个”（第 8 行），紧接着是“我们想知道”（第 9 行），从而将“我们”置于场景中。然后他把自己的时间称为伦敦的“那个”（第 14 行）。这些指示词将过去的巨人与现在的猎人——观察者拉开距离，后者同时位于读者未来的过去。史密斯可能有意用这种距离感来唤起这样一种观点：“强大却没有被记载的种族”是他自己的当代社会，但为什么是“没有被记载”呢？在史密斯的十四行诗中，没有诗意的自我或读者的指示性定位。它是命题式的讲述，而不是想象性的创造力。正如朗格（1953）所指出的：

> 当然，在我们的文学遗产中，有大量的诗歌被缺乏想象力的情感描述所破坏。但使这些段落变得糟糕的既不是道德观念，也不是对情感的提及。它是创造力的缺失，是创造道德启示或强烈情感体验的幻觉的缺失，是对这些问题的纯粹讨论；也就是说，用这首诗来陈述诗人想要告诉读者的东西是一种谬误。②

---

① 原文注释：史密斯对单词“追逐”（chace）的拼写反映了其较早的拼写方式，遵循了英国人使用 [s] 表示动词形式，[c] 表示名词形式的做法。

② 译者注：另见苏珊·朗格.情感与形式 [M]. 刘大基，傅志强，周发祥，译.北京：中国社会科学出版社，1986:433. 在我们的文学遗产里，诚然有大批诗歌因描写情感时缺乏想象而成为败笔，但造成这些诗歌低劣的原因，既不是说教的思想，也不是情感的叙及，那是创作上的失误。作者在创造道德说教或情感经验的幻象时，把它们写成了直来直去的纯粹的演说。换句话说，那是错误地运用诗歌去简单陈述诗人所欲告诉读者的东西。

1.2 雪莱十四行诗中的韵律细节

在雪莱的诗歌中，变化以概念隐喻为特征："时间的熵就是转移的变化"，或者更简单地说，"熵是转移"[①]。"熵"（Entropy）在其通俗意义上意味着力的减少或减弱到虚无的程度，即能量的否定。"转移"意味着从平衡的位置进行轻微的而非重大的调整。雪莱的隐喻是基于"平衡"图式和"过程"图式，通过术语"转移"，在从稳定位置到不稳定位置的运动中被实现的。在隐喻的语言层面上，这首诗的结构、意象、换行和其他韵律元素都体现了通过几乎察觉不到的力量转移来映射时间衰减的特点，从而给我们一种讽刺的感觉，人类通过自己的成就在假设记忆的永恒方面的狂妄自大是徒劳的。在概念层面，"熵是转移"产生了不可避免的衰败过程的力量，使人类的工作化为乌有。奥兹曼迪亚斯认为他的作品将永远保持不变，这种静态的信念注定了他们的死亡。概念隐喻的基础是韵律的感觉 - 肌动 - 情感过程，它使我们作为读者分享衰退和不稳定的潜意识感觉。文学评论家用"转移"一词来指代雪莱诗歌中的几个特征（Austin 1994；Tsur 2008：595-622）。在这首诗的所有宏观和微观特征中，转移在语义上、声音上和结构上表现其自身。在每一种情况下，转移都是从预期的"位置"发生的，如偏离标准十四行诗的形式或观点的变化。以下是对其中一些特点的简要总结。

当语音相似但不完全相同的词出现在一个正式的模式中或彼此靠近时，在相同和不同之间建立了紧张关系，造成了发生转移的印象。在雪莱的诗中，最明显的声音转移发生在押韵上，押韵元音从纯韵向对等转移，如"stone/frown, appear/despair"。但是转移也发生在模式化的重复中，如在"trunkless legs"中 [l]、[e]、[s] 之前的清辅音 [k] 转变为其对等的浊辅音 [g]，并移动到"legs"中 [e] 和 [s] 之间的位置，随着音节数由长到短进一步转变。另一个例子出现在"stone/stand"中，其中元音在相同的 [s]、[t]、[n] 辅音之间转移，

① 译者注：ENTROPY THROUGH TIME IS CHANGE THROUGH SHIFT（时间的熵就是转移的变化。）ENTROPY IS SHIFT（"熵是转移"）。

这些辅音本身在下面的短语中在位置和发音上都发生了转移，从 stand 中的 [s]、[t]、[n]、[d] 到 “in the desert” 中的 [n]、[d]、[z]、[t]。这种效果是一种连续的语音转移，产生了一种不稳定的感觉。这些转移在押韵中达到了高潮，因为 [t] 在单词“sand”中完全消失了，这是奥兹曼迪亚斯的城市在沙漠中消失的语音回声。

刻在“石头”上用来押韵的单词“frown”以其不太完美的元音谐音嘲笑石头，就像“command”（在其标准英语发音中 [k ə'ma:nd]）可能嘲弄“sand”（[sænd]）以及铭文名称“ozy[mænd]ias”一样。[①]“嘲弄”与“翘起鼻子”或“嗤之以鼻”有关，因此单词“sneer”与“sn-”音产生共鸣，“sn-”音标志着许多与鼻子密切相关的单词（snort，snoore，snout 等），以及与迫使嘴唇伸展的紧前元音 [i:] 发生的模仿。[②] 互动模仿（互动拟态）也出现在短语“皱眉和起皱的嘴唇”（frown and wrinkled lips）中，正如楚尔所指出的：“皱眉”（frOWn）中的双元音和“起皱”（*WRinkled*）中的卷舌音 [r] 迫使你把嘴唇收缩成皱纹”（Personal communication）。“皱褶的嘴唇”（wrinkled lips）的声音意象，其中它的夹元音重复被爆破音 [ps] 和 “wrinkled” 中的 [k] 所闭合，在“cold”和“command”中，硬音的头韵重复中被提取出来，这三个词都以浊音 [d] 结尾。这些语音特征的使用标志着雪莱使用他的声音调色板来表达感觉 - 肌动 - 情感感受的方式，他讽刺地将其归因于雕像，具有讽刺意味的是，这些激情“存活”在“无生命”的石头上，它们的连续性超过了那些感受和唤起它们的早已死去的人的不连续的生命，就像诗中文字的语音模式

---

① 原文注释：楚尔（Personal communication）注意到“命令”（command）和“奥兹曼迪亚斯”（Ozymandias）中隐藏的韵律。动词“嘲弄”既可以指嘲弄，也可以指模仿或制作模型（如“mock-up”实体模型）。虽然后者作为名词的含义可以追溯到 16 世纪，但它的口头用法直到 20 世纪才被《牛津英语词典》记录。雪莱可能是在玩弄这个名词的含义，把它变成了动词（也许标志着这个词在制作模型含义上的首次有记录的用法），但自 15 世纪以来，这个词在所有动词、名词和形容词形式的使用中，都以欺骗、欺诈和嘲笑的负面含义为主，这表明这个词的情感力量在指导着雪莱的选择。

② 原文注释：“cocking a snook”（嗤之以鼻）（美式）和“cocking a snoot”（嗤之以鼻）（英式）这两个短语的起源不详，尽管英国的鼻子形式在这种情况下更具暗示性。在《牛津英语词典》的词源史中，单词“mock”（嘲笑）的例子都与嘲笑时擦鼻子有关。

在几个世纪后唤起了对这些激情的认识。

从句法上看，这首诗也表现出了多重转移。雪莱八行诗节结尾的三行似乎都标志着结束，但后面的每一行都导致了延续的转移。这些转移的效果因伴随的语言特征而得以加强。在第 6 行中引入指示词“那些情感”暗示了对前面几行皱眉、嘴唇和冷笑的回指；然而，读者必须在第 7 行中转移，将指示词调整为“仍然栩栩如生”[①] 的下指 [②]。紧接着发生了另一个转移，在第 8 行“嘲笑他们的手，和滋养他们的心”这句话中“激情”[③] 的延续，导致对“幸存”的解读从不及物到及物的调整，从不完美到完美方面的转移，从奥兹曼迪亚斯的激情的幸存到他们事实上没有幸存，除非通过雕塑家的艺术。在第 8 行中，逗号加强了紧张感，让人感觉语法上缺少了什么。我读过的所有批评家都认为，缺失的句法是“滋养”（fed）的直接宾语：“嘲笑他们的手，和滋养（fed）（他们）（them）的心。”[④] 但是，“它们”后面的逗号在语法上表示主语的变化。如果手属于雕刻家，心属于奥兹曼迪亚斯，那么是激情滋养了心，这就需要介词短语：“嘲笑他们的手，和滋养他们的心。”

---

① 译者注：译者对原诗“Which yet survive，stamped on these lifeless things”的理解是：栩栩如生（仍然活着），才能把那石头刻得惟妙惟肖，像被雕刻者活着时的神态。Which yet survive 句，其中的 survive（存活）和 lifeless（没有生命的）形成鲜明的对比，生动体现了讽刺意味，这是精彩之处，不能舍弃，理解为“没生命的”和“栩栩如生的，活生生的”。

② 译者注：为语篇指称，它包括参照上文内容的回指（anaphoric reference）和针对下文内容的下指（cataphoric reference）。韩礼德和哈桑认为，任何列举的指称例子都是或内指，或外指，或既内指又外指。基于概括性的指称概念，本段中 cataphoric reference 一词有学者翻译为“预指照应”“下指”，在这里译为“下指”；anaphoric reference 译为“回指”。

③ 译者注：“passion”一词可以理解为“心绪”或“情感”；它与“rationality”（理智）一词对立，并不仅仅局限于“激情”这一意思。“Passion”这个词的原意为“suffering”，比如基督教中所讲的耶稣受难的时光，在英文中就叫作 the Passion of Jesus；后来“passion”这个词的意义被引申为内心的任何强烈情感。

④ 译者注：在“the hand that mocked them and the heart that fed”这一行当中，“them”一词代指的也是“those passions”。在这里“mocked”一词是一个 pun，双关语，它极明显地说明了诗人对这位君王的态度。“Mock”一词有“惟妙惟肖地模仿”之意，同时也有“嘲讽”之意；诗人写道，“the hand that mocked them”，也就是在说，那位石匠用精湛的技艺在石头上复刻了君王的威严与傲慢，但是他在雕刻的同时也在嘲讽这样的威严与傲慢。而“the heart that fed”则在最后省略了一个亦是指代“those passions”的“them”。滋养着这样的威严与傲慢的心是谁的呢？当然是诗中的这位伟大君王奥兹曼迪亚斯了。译者认为全句应该是：Those passions which yet suvived, the hand that mocked those passions the heart that fed on those passions.

在十四行诗中，一般来说，转变（volta）出现在前八行和其余六行之间。雪莱的八行诗节似乎以“嘲笑他们的手，和滋养他们的心”结束，但这个句子是延续的，既以分号为标志，又以后面的连词为标志，直到第 11 行末尾才结束，结束了对雕像及其铭文的描述。因此，雪莱的转折直到第 12 行才出现，在这首诗最短的句子上，在其完成体方面承载了诗歌的熵力：“除此之外什么都没有留下。”（“Nothing beside remains.” 此外，荡然无物。）事实上，这个转折出现在一个由 11 行组成的长句之后，这使它变得更加重要。它停止了连续性。那么，在宏观层面上，随着十四行诗从垂直意象图式移动到水平意象图式时，诗行比率的图示性减少，熵移发生。[①] 概念隐喻“更多为上”（MORE IS UP）[②] 支配着从垂直到水平的移动，首先是“站立”的腿到“半沉”的头的形象，然后是从“基座上”的铭文到“平整”的沙地。更多的也是更大的（MORE IS ALSO GREATER）。通过延迟到第 12 行，雪莱将十四行诗的构成比例从 8 和 6 增加到 11 和 3，因此当雕像的巨大重量在诗歌高潮处倒塌时，更多变得更少（MORE becomes LESS），“此外，荡然无物”。

在雪莱的诗中，“转移”具有消极的含义，即内部力量而不是外部力量的滑落、崩溃、恶化、衰退，从多到少地运动，从而暗示了熵从稳定到不稳定、从安全到不安全、从无懈可击到脆弱的运动。这些消极的潜意识感觉－肌动－情感隐喻将诗歌的形式与意象联系起来，从而使我们能够感受到不可避免的衰退过程的力量，这种力量使人类的工作化为乌有，因为倒置的认知树成为诗歌的符号整合模型（图 7.1）。

雪莱对奥兹曼迪亚斯激发其作品创作的感官激情的表现，是对诗歌创作的潜在象征过程的一种认识，在语言、概念和感觉－肌动－情感层面上，我们作为读者也感受到了他的诗歌的结构隐喻。

---

① 原文注释：我非常感谢伊娃·克鲁西尔（Ewa Cruschiel）指出了从垂直到水平的运动。

② 译者注：MORE IS UP 的翻译参见乔治·莱考夫，马克·约翰逊．我们赖以生存的隐喻 [M]. 何文忠，译．杭州：浙江大学出版社，2015:18.

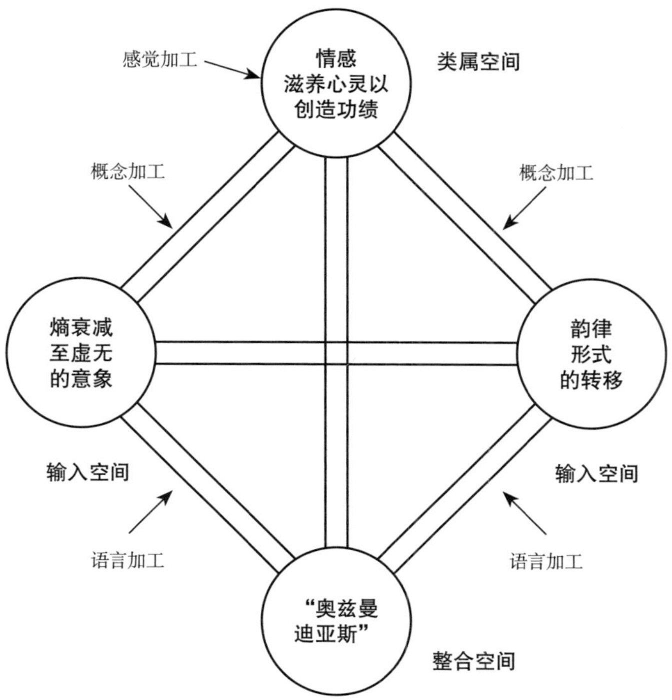

图 7.1　雪莱的“奥兹曼迪亚斯”整合模型

2. 诗学象似性的运作机理研究

一首诗要成为超越自身的符号，必须在读者中唤起对其他事物的体验。在文学文本中看到“其他事物”的能力是人类心智活动的一个特征，它在所经历的事情中寻求意义（Rushdie 1980）：

> 作为一个民族，我们痴迷于对应关系。当我们发现这个和那个之间的相似性，以及“表面上没有联系的事物”之间的相似性时，我们会高兴地拍手叫好。这是一种民族对形式的渴望，或者也许只是我们对“形式隐藏在现实中”的深刻信念的一种印象；意义只在一瞬间显现。（344；my italics）

拉什迪的“显然”暗示了我们潜意识中对一致性和连贯性的渴望，这表明我们从概念上认为是分离的实体实际上是“隐藏在现实之中”的统一形式的一部分。在文学研究中，它通常被理解为通过“陌生化”来实现，即让熟悉的事物变得不熟悉，或者以全新的视角看待世界。用宗教术语来说，它是超越物质世界进入精神领域。所有这些都涉及我们如何看待自己与世界的关系的问题。这个问题由于假设心智和身体是独立的实体而变得复杂。

2.1 间隙的困境

通过将心智表现为客体，在自我和世界之间产生了一个“差距”。在神经学理论中，这种差距的出现是因为“心智”是模块化的，在大脑的离散区域接收和处理多种感官印象（Aleksander 2005；Modell 2003；Velmans 2002）。艾伦 · 斯波尔斯基（Ellen Spolsky 1993）解释说，在认知理论中，这种鸿沟是由“心理表征不可避免的不对称性和不完整性”造成的。在哲学理论中，这种鸿沟被描述为主观心智与客观世界之间缺乏联系（Lakoff and Johnson 1999）。在语言学理论中，这种差距源于语言的不确定性：一种语言表达可能有不止一种意义，这取决于它的语境（Chan 2012）。任何这样的理论的问题都在于会引发对机制的担忧：大脑是一种解释人类所有认知活动的工具（Churchland 1989，2019）的观点。就其本身而言，它无法解释心智活动现象，包括意图、欲望、同理心或道德等现象（Deacon 2012）。

对这种差距的信念是我们能够通过认知思维进行思考、推理、假设、考虑反事实可能性、对我们所处的情况做出情感和道德反应的手段。认知科学家将“分布式认知”称为心智活动，是认知过程和外部因素之间共享资源的协作（Hutchins 1995）。它解释了我们预测、接受和鼓励改变的能力。从根本上说，它激发了创造力。当斯波尔斯基（Spolsky 1993）说“心智本身可以把你伤害成诗”时，她是在暗示，“文学系统的创新可以被理解为心智对不相容表征的反应的证据”，这是由差距造成的。[①] 最重要的是，这种差距不可避免

① 原文注释：斯波尔斯基的这句话改编自 W.H. 奥登（W. H. Auden）的《悼念叶芝》（*In Memory of W. B. Yeats*）中“Mad Ireland hurt you into poetry.”这一诗句。译为“疯狂爱尔兰的愤怒将您领入诗的圣殿”或“疯狂的爱尔兰将你刺伤成诗”。

地使我们陷入对非物质的认识：像正义、真理、美这样的概念，精神的生命力，不是虚幻的，而是真实的。

2.2 绽出间隙的认知闭合

像似性是诗歌通过将自我与物质世界和非物质世界相结合，来利用和弥合这种所谓的差距的手段。对于一个给定的艺术产品的“工作”，像似性的驱动力必须以某种方式被应答者实现。巴巴尼 · 巴塔查里亚（Bhabani Bhattacharya 1966）提供了一个完美的例子。苏米塔（Sumita）在父亲的抚养下接受了甘地式的禁欲主义，这种禁欲主义压制了人类所有的感官认知本能。当与苏米塔坠入爱河的巴什卡尔（Bhashkar）在附近的寺庙向她展示一尊色情雕塑时，她无法回应，只是说：“我对雕塑艺术一无所知。”当巴什卡尔暗示这可能是一种人生观时，她感到难以置信。它怎么可能是关于人生的？她带着“真诚的不理解”问道。当她开始爱上巴什卡尔时，苏米塔以一种完全不同的反应重新审视了这尊雕塑。后来，她看着镜子中自己的形象，她想起了石头女人的色情形象：“从外表上看，一个人与另一个人没有任何共同之处，没有面孔，没有形体，没有姿态，也没有体态，却有‘某种身份的标志’。活生生的人［……］凿好的石头”（163；my italics）。通过她自己对爱情的情感动机，苏米塔能够看到艺术与生活之间的像似性关系。

因此，诗歌构成了我们通过其物质形式体验到的感官认知的非物质的感觉 - 肌动 - 情感感受，就像苏米塔在想到雕像时逐渐意识到自己是一个恋爱中的女人。在一首诗面前，我们体验到其现实的当下性，用柯勒律治的话说，“人的整个灵魂都活跃起来了”。用梅洛 - 庞蒂（1962）的话说，艺术创造了自我对自我的在场，不亚于存在（“the presence of oneself to oneself, being no less than existence”）。因为苏米塔现在对雕塑的反应是审美的，而不是禁欲的，对她来说，雕塑成为她对巴什卡尔爱的感知现实的符号（像似符）。

3. 诗性图像符号[①]

在他的整个诗歌生涯中，华莱士 · 史蒂文斯一直专注于发展一种诗歌理论，这种理论将“诗歌”理解为不是诗学表达的语言，而是理解为“事物本身，无论它在哪里被发现”（转引自 Morse 1957：14）。史蒂文斯关注的不是一首诗如何成为自己的人工制品，就像人们通常理解的“为艺术而艺术”这句话一样，而是关注诗歌的目的是创造出作为现实本质的无形的灵魂的表象。史蒂文斯（1961）故意将他的诗集《岩石》放在《诗集》（*Collected Poems*）的末尾，其最后一首诗《不是关于事物的想法，而是关于事物本身》[②]，这并非偶然。他题为《岩石》的诗歌通过将诗歌作为符号，在其诗歌理论的最后陈述中达到高潮。布鲁姆（1977）在评论其标题“诗歌作为符号”的中心部分时问道：

> 为什么把诗当作“符号”？在史蒂文斯的诗歌中，“符号”这个词并没有出现在其他任何地方，因此我们无从得知它对史蒂文斯的确切含义。“叶子的虚构就是诗歌的符号 / 神恩的形喻 / 而符号就是人。”难道这两个符号是一样的，以至于诗人本人只是叶子的虚构？“这些叶子是诗，是符号，是人，”正文接着说，第二节结尾宣称，“他的话语既是符号，也是人。”

身体与世界存在着有机的关系。对它来说看不见的东西并不是不存在，而是“不可见的”、潜伏着、隐藏着，作为另一个维度，史蒂文斯称之为“虚幻”“超越遗忘”，艾吕亚称之为“另一个世界”。对可见事物的否定不是萨特式的缺席或深渊，而是如梅洛 - 庞蒂所说，“相对于可见事物而言，什么

① 译者注：或翻译为“诗学像似符”。皮尔斯认为：“一个符号代替另一个事物，因为符号与事物相似。”（Peirce 1931—1958:3.362）任何感知都有作用于感官的形状，因此任何感知都可以找出与另一物的像似之处，也就是说任何感知都是个潜在的像似符号（Gombrich 1968:12）。从具体到抽象，像似性幅度可以很宽。icon 有符号、图标、图符、像似符号、象似符号、图像等意思，在本节翻译为“符号”。

② 译者注：本文《不是关于事物的想法，而是关于事物本身》是 *A Postcard from the Volcano*（《来自火山的明信片》）的副标题，是《诗集》里的一首诗，也有人译为《不是物象而是物本身》。

仍然不能被视为一个东西（可见事物的存在，它的维度，它抽象的内在框架）”。这意味着“虚无”一词应该理解为“无物”：“虚无不外乎是不可见的事物”（“虚无无非是无形”），也就是说，在对象化为概念之前存在的流动。史蒂文斯（1923：24）在《雪人》的结尾几句中捕捉到的正是这种虚无的感觉：

雪原中孤寂的听众
物我两忘，摆出注目的姿态：
本来无一物，虚无即存在。①

在这些诗句中，史蒂文斯撕破了我们将世界概念化为一种积极的人工制品的面纱，我们可以听到、看到和感觉到，以阐明无形的维度。不可见（无形）的是梅洛－庞蒂（1968）的原始前范畴，即在我们的概念化将经验带入意识之前存在的东西：“仅以触觉或动觉等形式存在的东西”。《岩石》中探讨了这两个概念——“虚－无”（no-thingness）是我们感知自我的底层，存在于一个无形的维度中，以及前范畴的原始经验。对史蒂文斯（1951）来说，“真实不断地被虚幻所吞没。[……][诗歌]是表面的照亮，是自我在岩石中的运动”。

史蒂文斯诗歌创作中反复出现的连接想象和现实的某些母题和主题，在史蒂文斯 70 岁后创作的《岩石》中达到了高潮，这些母题和主题共同构成了诗人对一首诗如何成为感知现实符号的认识。这首诗的三个部分不仅描述了诗学象似性的本质，诗歌本身也成为一种符号，通过感官认知的感觉－肌动－情感过程揭示了本体实在。《岩石》的三个部分，从记忆的幻象，到诗歌作为符号的创作，最后以存在本质的狂想曲结束。

就像认知隐喻树的叶子一样（图 4.2），史蒂文斯（1961：525-528）的诗中充满了语言隐喻，以至于掩盖了它们所源自的潜在的概念隐喻。这首诗的

① 译者注：关于《雪人》的翻译来源于网络，译者为晓峰。For the listener, who listens in the snow, / And, nothing himself, beholds /Nothing that is not there and the nothing that is. 本书译者译为：对于在雪中聆听的听众来说，/ 而他自己，什么也看不见 / 没有什么是不存在的，也没有什么是存在的。

主要结构隐喻是由两个介词支配的："in" 和 "of"。① 这两个介词短语都依赖于两个概念隐喻："状态是位置"（in），"属性是占有"（of）。这些对史蒂文斯将诗歌确立为现实本质的符号的目标至关重要。它们的互动导致了心智活动和自然的共同参与，这两个实体既影响对方又被对方影响。莱考夫和约翰逊（1999）注意到在这两个隐喻中，图形 – 背景导向方面存在着力动态的二元性：

> 感知需要一种图形 - 背景的选择。我们感知不到介于图形和背景之间的中立场景。[……]
>
> ¤ 在"位置"情形下，因果力适用于受影响的一方，因为它是图形。
>
> ¤ 在"物体"[占有] 情形下，因果力适用于结果，因为它是图形。②

这两个概念隐喻在其图形 – 背景导向的力动态中的运作方式不同。在"状态是位置"的概念隐喻中，图形是受影响的实体（泰尔米的"受力体"或受动者），背景是结果（泰尔米的"施力体"或施动者）是由介词 in 触发的。在第一部分第 6 行，房子（"它们"）作为图形是受影响的实体，"空"作为背景是结果。在概念隐喻"属性是占有"中情况正好相反：图形是结果，背景是谓词中受影响的实体，由介词"of"触发。在第三部分的第 3 行中，"更阴冷的脚步"作为背景是受影响的实体，"他的下沉"作为图形是结果。然而，通过将两个隐喻结合在一个短语中，史蒂文斯将莱考夫和约翰逊所描述的图形 – 背景关系复杂化了。结果，隐喻"状态是位置"的有效的基础变成了隐喻"属性是占有"的有效的图形（图 7.2）。

刘易斯（1879）解释了为何效果 – 影响关系不是因果关系，而是对图形

---

① 原文注释：有 19 个带"in"的短语，第一节有 10 个，第二节有 6 个，第三节有 3 个。带"of"的短语占主导地位：第一部分 9 个，第二部分 19 个，第三部分 10 个，总共 38 个，正好是带"in"的短语总数的两倍。

② 译者注：此部分来源于原著 George Lakoff，Mark Johnson. 1999，*Philosophy in the Flesh: The Embodied Mind and Its Challenge to Western Thought*（New York: Basic Books）. 见 Part Ⅱ P197. 此部分翻译另见乔治 · 莱考夫，马克 · 约翰逊 . 肉身哲学：亲身心智及其向西方思想的挑战 [M]. 李葆嘉，孙晓霞，司联合，等译 . 北京：世界图书出版公司出版，2017:209. 在位置情形 A 中，因果关系的力作用于受影响实体，因为它是图形。在物体情形 B 中，因果关系的力作用于受影响结果，因为它是图形。

和背景的不同看法：

> 也就是说，所有可能分别被检测到的协同条件，当与它们的组合分开来看时，都是原因；当这些相同的条件被视为结果时，它们就都是受影响的结果。由于这种考虑它们的抽象模式，任何一个条件往往被选为原因，而结果中的任何一个细节则被选为结果。但实际上，结果中没有任何东西不是它产生的条件之一；物质和运动都没有新的创造，只有“物质的新组合和运动的重定向”。
>
> 如果是这样的话，因果之间的关系仅仅是看待某一事件的两种模式之间的关系。（24；my italics）

史蒂文斯诗歌中的所有图形－背景的例子都源于“事件结构”隐喻，在这个隐喻中，自然——太阳、季节、花朵、水果、星球——和人类在他们的欲望中融合为一体，这是两者的动机，即治愈和被治愈。诗歌，就像所有的艺术一样，是一种试图突破或超越我们作为具有传统意识的人类所被建构的方式的尝试。这种结构如何在人类语言中表达，限制了我们对现实的看法：从我们开始有意识地认识到周围的世界那一刻起，我们就同时将这个世界变成了一个现象学的世界，它有层层叠叠的树叶[①]，但却无法让我们直接体验其本质，并与之融为一体。

这种结构在人类语言中的表达方式限制了我们对现实的看法：当我们在概念上意识到我们周围的世界的那一刻，我们同时也使这个世界成为一个现象学的世界，但却缺乏使我们能够直接体验其本质并与之融为一体的能力。史蒂文斯选择“岩石”——外部世界最坚实的客观物质性——作为对现实中无形存在的本质的隐喻，简直是灵感之源。以下是对史蒂文斯诗歌理论在《岩石》中体现的结构的简要分析（图 7.2）。

---

① 译者注：见 7.3 第一段布鲁姆（1977）的评论。附部分原诗行：These leaves are the poem, the icon and the man. / These are a cure of the ground and of ourselves,...They are more than leaves that cover the barren rock.

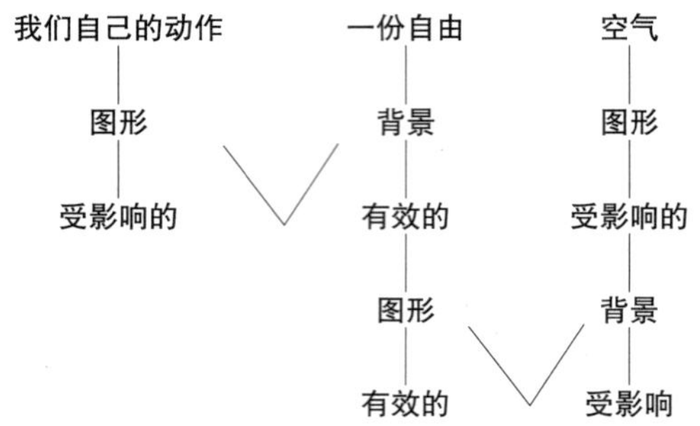

图 7.2　史蒂文斯《岩石》中的图形 – 背景关系

3.1 I：七十年之后

史蒂文斯创造了一个图形 – 背景关系的语义网络，因为它们从人类经验转移到心智活动的各个方面，再到自然，最终以感知（视觉）的出现（诞生）将它们联系起来。这个网络构成了第一部分，并成为整首诗的结构模式，认知是自我与自然之间的联系（图 7.3）。

第一部分从对幻象本质的沉思开始："我们曾经活着是一种幻象。" 在史蒂文斯和朗格的作品中，"幻象" 一词与表象和虚构同义，最终源于想象。幻象是一种似乎是但又不是的事物，这种特性标志着符号本身是一种似乎是但又不是它 "看起来像" 的东西。"看起来像"（semble）[①] 一词来自拉丁语 "模仿"（simulare），最早记录于 14 世纪，有及物和不及物两种含义（《牛津英语大词典》）。虽然现在已经过时了，但它的各种用途包括相似、模拟、似乎、出现、想象、假装、掩饰、假装、比较，甚至是 "可能做某事" 的可能性。所有这些构成了表征幻象和符号本质的意义的复杂性。记忆本身是一种幻象，是一种创造，是一种对缺席的存在的召唤，让人想起不存在的东西。这是一种声音和语言的荒谬，史蒂文斯称之为一种 "不可相信" 的现象，即它们 "过去不是，现在也不是"。

对记忆中的幻想和发明的罗列，皆涵盖于那些融合了我们存在的内在和

---

① 译者注：词根 semble 意为 "看起来像"，其名词形式为 semblance 意为表象，相似，假象；外观，外貌。resemblance 有像似性、相似性的意思。

外在元素的“in-of”短语之中，接着进入一个类比，“好像”，通过一个容器图式引入了“虚无”的概念，史蒂斯的虚无，有一个“专长”，一个领域或职业，用于幻象。这个前范畴、前意识的根源中，产生了用树叶覆盖不可见存在的裸露岩石的渴望，导致了可见宇宙“诞生”的层创结构，并期待着第二部分的开启。

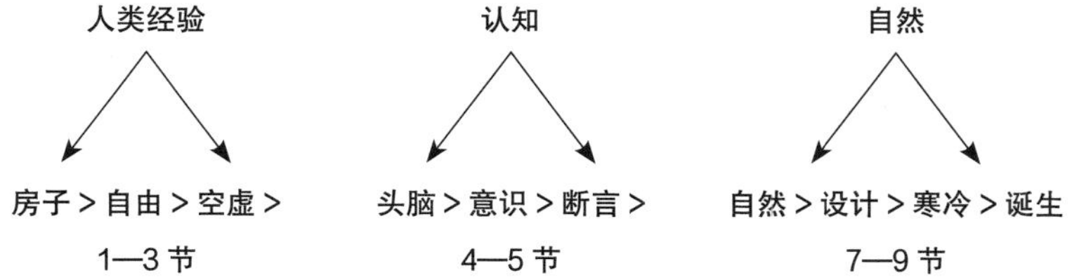

图 7.3　自我与自然之间的认知联系

3.2 Ⅱ：诗歌作为符号

第二部分被包含并因此“隐藏”在诗歌外部两个部分的框架内，直接讲述了充满活力的现实存在的生命力。它从一句宣言开始：

The Rock（Ⅱ）	《岩石》（Ⅱ）[①]
It is not enough to cover the rock with leaves. We must be cured of it by a cure of the ground Or a cure of ourselves, that is equal to a cure Of the ground, a cure beyond forgetfulness.	用叶子覆盖岩石还不够。 我们必须治愈这个，用大地来治， 或用我们自己来治，这等同于 大地来治，是一种超越忘却的治疗。

希利斯 · 米勒（Hillis Miller 1976）和布鲁姆（1977）都对史蒂文斯使用的“治愈”一词及其可能的含义进行了推测。然而，鲍比 · 莱格特（Bobby Leggett 1998）注意到史蒂文斯对介词“of”的一贯模棱两可的用法，认为“治愈”（cure）一词被视为“属于”大地和我们自己。介词“of”短语在开篇诗句中的支配表明“属性是占有”的概念隐喻的存在，但它的两个部分是共同对应的，双向作用，正如我们在《黑色的统治》中所看到的。“治愈”这个词源自拉丁语中的“cura”，意为“关怀”，涵盖了修复、恢复、保存、补救、灵魂关怀等概念。岩石治愈的有效能动性不仅作为“我们自己”和“大地”的存在而建立，

① 译者注：此节中关于《岩石》一诗的中文翻译来源于网络，飞渡译校本。

而且在影响我们“超越遗忘”的治疗中两者是平等的，即在感官认知的潜意识范围内超越人类意识的领域。在介绍了岩石作为我们存在的基础之后，树叶又成为它的符号，通过假设的 if 从句（if 虚拟条件句），将自然的蓬勃发展与我们分享它的丰富联系起来：树叶具有既能影响大地的治疗，也能被大地的治疗所影响的潜力。

史蒂文斯的术语隐喻性地唤起了潜在含义的双重性：“大地”是物理的，是所有心智活动的基础；“虚构”是“具象”，是“复制品”，因此是表象；“叶子”作为潜在存在的物理覆盖物，它们在诗中的呈现方式包括作为四季的花冠、花环和头巾，以及构成诗歌诗性的自我话语。通过“属性即拥有物”的隐喻，这首诗将树叶创造成其符号（像似符），代表诗意的自我：

The Rock（Ⅱ）	《岩石》（Ⅱ）
These leaves are the poem, the icon and the man. These are the cure of the ground and of ourselves, In the predicate that there is nothing else.	这些叶子是诗，是符号，是人。 这些是大地的治疗，我们自己的治疗， 在别无它物的谓词里。

“诗”后面的逗号将“符号和人”分隔成一对，因此这句诗的粗略解读是“叶子是诗，[它是]符号和人。”

于是，“这些”就变成了树叶、诗歌、符号和诗意的自我，它们共同将我们自己和自然恢复到包含一切的存在本质。史蒂文斯对“谓词”的使用又是一种双重性：它在语法意义上指的是诗中的词，同时也指它的属性，用刘易斯的话说是构成存在的生命的一种品质：“因为谓词——品质——不仅仅是主体网络上的模式；它们是那张网的线”（转引自《牛津英语词典》第二版第三卷第 24 章 150 节）。树叶、诗歌和人赋予了世界生命：自然和人都意识到所有生命形式的萌芽，通过“产生”和“加速”的诞生意象来表达，心智本身恢复到其感官的“根源”。

因此，第二部分详细阐述了存在的底层岩石如何通过树叶、诗歌、符号和诗意的自我的融合来表现自己，在诗意的自我和诗歌之间创造了一种身份映射，因此，“他的文字既是符号，也是人”。

3.3 Ⅲ：夜的赞美诗中岩石的形态

正如第二部分关注可见的树叶，第三部分关注不可见的岩石。整首夜的赞美诗是一首狂想曲，在重复的短语结构中，岩石的意象作为存在的底层状态的隐喻。与第一部分的结构类似，前 7 个介词 of 短语的实例在岩石本身作为起源、开始、起点和心智与岩石生命的融合中达到高潮，然后以第一部分的容器图式作为“虚无”结束，其中岩石 - 心智“包含空间自身”，但它也是“大门”。

The Rock（Ⅲ）	《岩石》（Ⅲ）
To the enclosure, day, the things illumined By day, night and that which night illumines, Night and its midnight-minting fragrances, Night's hymn of the rock, as in a vivid sleep.	界限，白昼、被白昼照亮的 事物，夜晚以及被夜晚照亮的， 夜晚以及午夜创造的芬芳， 岩石的夜歌，如在生动的睡眠里。

幻象（Illusion）、照亮（illumine）：表象将隐藏的、不可见的存在本身的性质揭示出来的方式的共振，通过我们感官认知的感觉—肌动—情感过程体验。

因此，诗歌成为我们被“治愈”的手段，以创造“感官产生中的新感官”，史蒂文斯的诗歌表达方式是如何使用语言来突破概念化对我们自己和世界的前意识体验的“叠加”，从而通过想象创造岩石的意义，作为“生动的”，在其不可见的本质中，所有现实存在的有生气的生命力。

4. 图像符号的转化能势

正如库尔森和马特洛克（2001∶306）指出的，在诗歌作为符号的创作中，隐喻不是简单地从一个不同的领域转移到另一个不同的领域，而是具有变革性的。诗歌通过认知思维实现了自我与物质世界和非物质世界的融合。对于一个给定的艺术作品来说，能够“奏效”或“起作用”，像似性的驱动力必须以某种方式被回应者意识到。

我在第二章讨论像似符时，开篇引用了普鲁塔克所举的例子，即太阳对于阿波罗（光明之神）而言，就如同身体、视觉和光明之于灵魂、心智和真理。[①] 在赖纳·马利亚·里尔克（1959）的言说诗歌 [②]《古代阿波罗石像的残躯》（*Archaïscher Torso Apollos*）中，神在阿波罗雕塑躯干中的存在是变革性的 [③]：

Archaïscher Torso Apollos	《古代阿波罗石像的残躯》[④]
Wir kannten nicht sein unerhörtes Haupt, darin die Augenäpfeln reiften. Aber sein Torso gl ü ht noch wie ein Kandelaber, in dem sein Schauen, nur zurückgeschraubt, sich hält und glänzt. Sonst konnte nicht der Bug der Brust dich blenden, und im leisen Drehen der Lenden könnte nicht ein Lächeln gehen zur jener Mitte, die die Zeugung trug. Sonst stunde dieser Stein entstellt und kurz unter der Schultern durchsichtigem Sturz und flimmerte nicht so wie Raubtierfelle und bräche nicht aus allen seinen Rändern aus wie ein Stern: denn da ist keine Stelle, die dich nicht sieht. Du musst dein Leben ändern.	我们无法看见传说中他头部的模样， 一双眼睛仿佛即将成熟的水果。但是， 体内的某种灿烂仍映亮了他的躯体， 恍若一盏灯；他的凝视虽已挪到下方， 却仍在力量中闪光。若不是这个缘由， 他弧形的胸膛绝不会令你如此炫目， 也不会有微笑穿过平静的髋和小腹， 延伸到那黑暗的中心，生命的源头。 若不是如此，这块石头将显得晦暗 而残破，在双肩透明的瀑布下面， 绝不会像一头野兽的毛皮那样发亮； 绝不会让人感觉，它所有的边界都将 如一颗星炸裂：因为它的每一个角落 都盯着你。你必须改变你的生活。

用伯恩德·雅格（Bernd Jager 2003）的话来说，对阿波罗雕像的沉思使观众 / 诗意的自我经历了“一个突然而又戏剧性的转变”。在他惊讶的目光中，他看到他研究的对象变成了神的发光体，然后神对他说话，敦促他改变自己

① 译者注：第 2 章中也出现过类似表达“with the sun as body/sight/light related to the soul/mind/truth of Apollo, the god of the sun, knowledge, and the arts (Plutarch 1908):”另见：“and they that understood and admired the beautiful and ingenious comparison, guessed that what body is to soul, sight to mind, light to truth—the same is the Sun to the nature of Apollo.”他们理解并欣赏这种优美和巧妙的比较，并且他们认为肉体之于灵魂，视觉之于心灵，光之于真理——就和太阳之于阿波罗的本质一样。

② 译者注：ekphrastic poem 译为绘画诗、读画诗、图说诗歌、言说诗歌。“艺格敷词”（Ekphrasis/ecphrasis）一词来自希腊语，由希腊单词 ἐκek 和 φράσιςphrásis（“out”和“speak”）以及动词 ἐκφράζεινekphrázein（“通过陈述来阐明或形容一个无生命的物体”）组成，是描述艺术作品的一种修辞手法，一种对视觉艺术作品（无论是真实的还是想象的）生动的、扣人心弦的语言描述。如果说 ekphrasis 遵照希腊文原意是指“speak out”，那么我们可以将它翻译为“言说”。

③ 原文注释：伯恩德·雅格（Bernd Jager 2003）收录了这首诗的翻译。因为这首诗已经有许多翻译的版本，并且许多版本仍在创作之中。所以，我建议读者在 jacketmagazine.com/36/beck-rilke-torso.shtml 网站上查阅阿特·贝克的详细解读。

④ 译者注：译文来自李永毅 . 欧美四家诗选：里尔克、魏尔仑、爱默生、狄金森 [M]. 北京：中国青年出版社，2020:21.

的生活。雅格对这首诗的分析反映了我对艺术的符号力量所提出的许多论点：

> 诗人用各种光的隐喻来描述神的存在。他想起了蜡烛的光芒和一盏低燃的油灯，想起了苹果的光泽和明亮的眼睛，想起了毛皮的油亮，想起了太阳耀眼的光芒或天空中一颗明亮的孤星。他意识到神不是作为一个图像，也不是众多视觉对象中的一个，而是作为一个神秘的光源，照亮他和他周围的世界。与其说他看到的是神，不如说他看到了在神的光下显现的世界。他进入了一个宇宙，这个宇宙的统一性和连贯性源于阿波罗的“洞察和启示”。正是这种明亮的关注，在主人和客人之间，在天地之间，在自我和他人之间，建立起了一种动态的互动。

在评论大多数译者在诗的最后一行中使用“改变”（change）一词时，雅格指出，“德语的‘改变’（ändern）和英语的‘改变’（to alter）开启了一个完全不同的语域，在这个语域中，改变的概念与他人的相遇联系在一起。在这种情况下，改变被理解为通过与他人的个人交流而发生的事情”。通过进入雕塑和诗歌的世界，我们出现在一个“他者”的面前，这个“他者”是不存在的、看不见的，超越了雕塑和诗的物质性，但具有转变、改变、转化（change, to alter, to transform）我们生活的力量。当一首诗成功地做到这一点时，它就抓住了我们存在的本质。古往今来，艺术家和诗人一直被认为有能力说出真理，以某种方式通过不同于科学家所走的道路来捕捉宇宙的“真理”。正如我在下一章中所讨论的，两者的共同之处在于审美能力。

第 8 章　审美认知[①]

在本章中，我将诗学象似性置于更广泛的美学语境中。美学的历史，如同像似性一样，在不同的情境和学科中，随着时间的推移已形成其自身特有的含义。尽管到了 20 世纪，美学仅限于艺术中的品味、美感和愉悦，但我无条件地断言，人类的认知活动依赖于构成审美能力的几个相互关联的功能性要素。因此，我首先重新定义了美学的概念。在前面几章中，我主要从诗人的动机和意图的角度来探讨诗学象似性。在这里，我通过挑战马修·阿诺德的诗歌《最后的话》(*The Last Word*) 的两种解读，展示了诗学象似性如何能够建立一种对诗歌进行审美解读和评价的方法，这两种解读无法解释诗歌的基调或诗人的审美意图。然后，我展示了他的诗《多佛尔海滩》(*Dover Beach*) 是如何在创造一首诗作为感知真实存在的符号时，对审美能力的沉思。

当我思考像似性和美学是如何联系在一起的时候，我碰巧开车回家穿过我们的乡村。当我注意到周围的风景时，我的感官在审美和非审美方面的使用区别对我来说似乎很清楚。[②] 但我跟在一辆老旧的建筑卡车后面，锈迹斑斑，满是污垢。我开始思考，如果我从美学的角度来思考这辆卡车，它会是什么

---

① 作者于本页注：《诗歌作为符号》，玛格丽特 · H. 弗里曼，牛津大学出版社（2020 年）。© 牛津大学出版社。DOI:10.1093/oso/9780190080419.001.0001

② 原文注释：参见《斯坦福哲学百科全书》中的“环境美学”（https://plato.stanford.edu/entries/environmental-aesthetics/）。

样子，并开始仔细观察这辆卡车。[1] 我看了看安装在敞篷卡车车厢两侧的木板条。它们的高度都一样，对称地相对排列，略微向外倾斜。在卡车的底座上，有一件沉重的设备，形状像一个巨大的鹰爪，通过一根管子连接到卡车驾驶室顶部的外壳上。起初，我无法理解板条的意义，因为它们似乎阻碍了机器的运转。突然间，我开始意识到这辆卡车是为一种特殊用途而设计的：一种将原木从森林拖到工厂的车辆，用爪子将锯好的原木抬到卡车底板上，用木板条将它们固定住。注意力、设计、功能：所有这些都是审美能力被用来创造卡车以服务于其目的的方式的特征，就像诗人试图实现他们“开始做”的事情一样。

通过意识到我从卡车上接收到的感官印象，我感知到它作为某种超越自身事物的参与者的现实的“存在”：伐木工人开展工作的活动。那些在我的思想中没有出现的东西，在我的想象中出现了。我面前的这辆卡车成了当地工业美学价值的符号，这些美学价值源于我们的乡村景观。我的经历让我重新定义了美学，以展示它是如何在我们的日常生活和艺术努力中奠定符号创造力的基础。

1. 审美能力

到了 20 世纪，西方文化中的美学在其意义和功能上几乎被简化为对艺术的品味、美感和愉悦的考虑。随着研究人员开始从认知角度探索美学，这种态度已经发生了改变。因加 · 布林克（Inga Brinck 2017）将移情作为审美反应的必要前提。本斯 · 纳内（Bence Nanay 2014）提醒说，并非所有对艺术的反应都是审美的，并建议美学需要与艺术分离，“但要小心”。詹姆斯 · I. 波特（James I. Porter 2017）回到康德和亚里士多德那里去理解“生活美学思想”，挑战把美学作为自主体验的概念，与人类活动的所有其他方面相分离。

① 原文注释：近距离观察是审美能力的主要功能之一（Cavalcante and Militão 2015）。

齐藤百合子[①]（Yuriko Saito 2017）专注于“恢复美学的原始任务：调查通过感官感知和感性获得体验的本质”。这种体验不仅是对读者的审美影响，它们也被我们人类世界元素的创造者所体验，不仅是物质人工制品，还有社会、政治、文化和科学机构；关于人类和自然世界是如何运作的模型和理论（Bueno et al. 2018；Currie et al. 2014）。

当代认知研究与其说是对人类认知新发现的表达，不如说是对早期理论的复兴，用新技术和方法挑战了几个世纪以来西方思想的许多刻板假设。在笛卡儿引入他的身心分裂模型之前——自他那个时代以来，这个比喻就一直被字面理解——希腊人发展出了教育（paideia）的概念，这是希腊文化教育的发展，源于对世界和自我对称的信念，导致了人类认知和活动中生理和心理过程的整合（Jaeger 1944）。

希腊语中感官知觉的术语是“感觉”（αἴσθησις），与辨别力和理解力有关，这些辨别力和理解力来自我们认知加工的感觉 - 肌动 - 情感层面的概念化。[②] 鲍姆加滕（2007 [1750]）从希腊语中创造了“美学”这个术语，作为感官认知的科学。因此，与其通常的当代意义相反，我认为品味、美感和愉悦是审美能力的产物，而不是能力本身（Lewes 1879）：

> 官能[③]（faculty）通常被理解为行为主体执行某一特定行动或某类行动的能力或资质。因此，它与功能（function）是同义词，意味着器官的活动或工具的用途。我提议将“faculty”从这一普遍含义中剥离出来，将其限定为通过经验教育使一种功能得以多样化的

---

① 译者注：日裔美籍学者齐藤百合子在日常美学、环境美学和日本美学上都有广泛的写作和演讲。她的《日常美学》在 2008 年由牛津大学出版社出版。

② 原文注释：汉斯 · 阿德勒（Hans Adler 2002）的文章讨论了美学（aesthetics）和感官的感知（aisthesis）之间的区别与整体联系，正如它们在历史上被理解的那样。

③ 译者注：faculty 一词有“官能、能力、机能、天赋、才能”的意思，在本章译为“官能”；例如：Some basic features of the cognitive systems are generalized from Plato's horizontal faculty psychology, Gall's vertical faculty psychology, Neocartesianism's faculty psychology of the structure of knowledge, and associationism. 从柏拉图的水平官能心理学、加尔的垂直官能心理学、新笛卡儿主义的知识结构的官能心理学及联想主义的心理学中概括出了认知系统的一些基本共性问题。

> 行动或行动类别。也就是说，让“function”表示器官的先天禀赋，“faculty”表示其后天获得的活动变化。手是具有抓握功能的器官。抓握、拉扯、抓挠等等，是它天生就有的能力。但是，切割、缝纫、绘画、书写、击剑等等各种操作方式则是通过智能引导和与其他器官的结合而获得的能力。（27；my italics）

所有的生命形式都天生地被赋予了某些功能。将刘易斯的定义应用于我的建筑卡车，猛禽爪子的综合功能能力已被想象力所改造，从而制造出用于吊起原木的铁爪。鹰的相对爪使鸟类能够抓住猎物。灵长类动物和人类灵活的对生拇指允许进行更大范围的抓握活动。从这个角度来看，认知是动物和人类在不同程度上共有的一种功能，这取决于相关的经验教育。然而，看起来人类的认知能力在拥有智能设计以及记忆、想象和推理方面的技能是独特的。

审美能力涵盖了目的、内涵、功能和价值，这些都归功于我们富有想象力的理解。它反映了辨别能力，从而定性地区分成功与失败、好与坏、对与错、丑与美、真与假。审美能力是所有人类活动的基础，包括自然科学和社会科学以及艺术和人文学科。它不是天生的。它是通过教育和智能设计获得的，从而形成了目的、鉴别、专业技能、判断和创造性活动等方面的能力。所有这些都取决于想象力的生成能力。审美活动不是艺术家所独有的。每个人都有开发它的潜力。[①] 它包括通过想象力这一感官所呈现的感知和印象来获得更广泛的知识，从而能够对人类的行为和活动进行有鉴别力的共情和道德判断的能力。

2. 审美功能

美学能力是艺术和科学所共有的。然而，它们的功能是不同的。科学是从不成熟的事实中抽象出来的，而艺术则包含了它们所有的具体性和特殊性。科学家和艺术家探索的世界的现实是一样的；他们采取的方法产生了一种不

---

① 原文注释：审美能力不是天生的，而是后天获得的，这证明了教育中对审美活动关注的重要性。

同的知识，即“知识”与“理解”、“理智”与“理性”、“理性”与“智慧”之间的区别①（Carr 1917：193）。艺术存在于完全人造的世界和感官认知世界的交叉点上。“人工制品”这个词是区别的线索。这个词来自拉丁语中的“熟练”和“创造”，它表明艺术家通过各种感官创造自己对现实愿景的能力，因此，通过诗歌（“创造”），以笛卡儿式的科学家不可能的方式认识世界。用克罗齐（1953：120）的话来说，在创造一种现实的表象时，艺术家们更接近自然存在的“本来面目”。对艺术的评价判断基于艺术家能够在多大程度上成功地创造出，在所有具体特征方面，一种现实的符号的表象，就像它存在于心智活动的生活经验中一样。

美学是一种心智活动。感官活动和判断涉及我们内心反应与对外部世界的体验之间的关系。这种关系是直观的、情感性的，而不是分析性的、概念性的。尽管认知主义科学方法论宣称要摆脱心灵与身体的二元对立，但它对抽象、概括、实验和预测的坚持，却导致了对人类心智活动中直觉、想象的运作的漠视，甚至是无知，而这些活动是所有人类认知活动的基础。在美学的漫长历史进程中，零星分布着一些研究方法的模式，它们暗示着审美认知科学的发展。

首先是记忆和想象在思维形成中的作用。没有它们，概念化是不可能的。对于亚里士多德（1995）而言，记忆借由对重复中的相同性的识别，得以在头脑中建立起“论题”（topoi）②或“位点”；对维柯③（1948［1744］）来说，想

① 译者注：作者分别用英语、意大利语、法语来说明它们之间的区别：the approach they take results in a different kind of knowledge, the difference between “knowledge” and “understanding,” conoscere and sapere, connaître and savoir.

② 译者注：topoi（来自希腊语中的“place”或“turn”）是亚里士多德提出的一个隐喻，用来描述说话者或作者可以“定位”适合于某个特定主题的论点的“地点”。意思如下：文学创作的传统主题，（修辞学上的）惯用语句，topos 的复数。

③ 译者注：维柯（Giovanni Battista Vico 1668—1744）是生活于 17 世纪末、18 世纪初的意大利哲学家。他强调历史、政治、法律、哲学等人文学科的价值，在研究方法上强调古希腊以来的“论题（topica）法”的意义，反对将笛卡儿的“批判（critica）法”运用于一切学科和领域。在真理观上，他提出“真理 - 创造物说”，即人只能认知人创造的东西，或者说只有人创造的东西才是可认知的。

象力通过情感和经验之间的感官识别，使隐喻转移（metaphorical transfer）[①] 成为可能，思维本身由此产生，并在此基础上可以构建进一步的概念类比。克罗齐认为（1953 [1909]）：

> 只有一种美学（Æsthetic），即直觉或表达性知识的科学，即美学或艺术事实。这种美学是逻辑的真正类比，它包括性质相同的事实，最小、最普通的概念以及最复杂的科学和哲学体系的形成。（14; my italics）

逻辑在概念类比的层面上推进，美学在想象性认同的层面上展开。两者都是心智活动的必要组成部分。类比允许科学的方法：经验实验、测试、概括和预测；同一性更倾向于呈现什么是可能的，什么是假设可能的。想象性认同是通过隐喻映射产生的。体验性隐喻通过感觉 - 肌动 - 情感的影响发挥效用；概念性隐喻通过类比和推理发挥作用。语言隐喻属于表达性认知活动的范畴，涵盖了所有艺术形式的产物。

其次是感官认知的作用。感官活动是前理性的，存在于意识水平之下；"印象"是在心智活动感知感官刺激并将其转化为意识的过程中产生的（Damasio 2010; Fuchs 2018）[②]。也许正是在这里，科学方法与艺术方法之间的明显不兼容性最为清晰地显现出来。它们的关系也许可以理解为拥有共同的记忆力、想象力、注意力和辨别能力。神经科学通过开发更多高度精密的仪器，开始描述和分析大脑功能，将其作为人类有机体的工具，实现和控制我们的运动、感觉和情绪。这些发现导致了一些研究人员的极端假设，即大脑活动独自启动并解释了人类意识和生活的各个方面，雷蒙德 · 塔利斯（Raymond Tallis 2011）称之为"神经狂热"。相反，我们需要的是对科学和美学方法与认知

---

① 译者注：metaphorical transfer 可译为比喻法、隐喻法、隐喻转换和隐喻迁移等。隐喻转换是指用一类事物喻指另一类事物。比喻法是根据禁忌事物的特点，将其描绘成具有相同特点的可以接受的事物，如 go to sleep forever（长眠，即 die 死去）。

② 原文注释：特伦斯 · 凯夫（Terence Cave 2016:21–24）更喜欢"前反思"这个术语。他对"认知批评"的发展在许多方面与我自己的方法一致。

心智活动之间的关系进行补充和综合阐述（Lutterbie 2017）。泰伦斯·迪肯（Terrence Deacon 2012）认为，科学理论需要包括关注世界上不符合当前科学理论的元素：“是时候认识到，在物理解释的框架中存在意义、目的和价值的空间，因为这些现象切实地占据了那些区分并相互关联的现实世界的缺失部分。

审美认知发展的第三个因素是维柯的观点，即我们只能真正了解我们所创造的东西。正如工程师、技术人员、工匠和艺术家在创造其人工制品时表达感官认知的审美直觉一样，我们在使用和回应它们时也参与了审美活动。对于反映在社会、政治、经济和教育体系中的人类文化和制度的非物质产物而言，也是如此。

因为感官认知是感觉的直观基础，它不适用于基于抽象和实验的科学方法论。但是，理解感官认知的情感并不是自动给定的。正如自然科学的方法论需要专业知识一样，人文科学的方法论也需要专业知识。对康德来说，判断和评价的能力构成了“审美兴趣的能力”（Scruton and Munro 2018）。

人类所有的认知活动都依赖于六种相互关联的审美功能：记忆、想象、注意力、鉴别力、专业技能和判断力。这些功能共同引发了我们对自身所处世界的所有领悟与理解。它们限制并受制于我们在多大程度上将这些功能应用于或者不应用于我们生活的各个方面，包括情感和道德层面。当我们这样做，且这些功能将我们的自我意识与世界融合在一起时，它们就构成了日常生活和艺术创作中的像似性动机的基础。

3. 艺术中的审美象似性

因此，我并非将美学简单地视作艺术中的品味、美和愉悦，而是从一个非常简单的事实出发。在正常操作下，心智活动不是精神分裂症。它在概念上的推理能力、在情感上的感受能力，以及对感官印象的直觉反应能力不是被划分的，而是被联觉束缚的，整合在一个统一的整体中。从这个意义上而言，心智活动是具身的。艺术的体验，无论是在生产中还是在接受中，都为科学地理解心智活动在统一感觉（感觉和情绪）和思想（形象和概念）方面的作用提供了可能性。一件艺术品作为一个统一的整体、一个格式塔而存在，正如它所代表的世界一样；人们可以审视它的各个部分，但如果不在统一整体的框架内看待这些部分，它们仍然是支离破碎的。认知研究者在思考美学和像似性时提出的问题，或许能从对艺术的创作，即“诗性”的研究中找到答案。

正如我们在奥兹曼迪亚斯的两首十四行诗之间的差异中所看到的那样，在诗歌中，词语是为了发挥作用，不是为了杂乱无章地创造意义，而是为了在美学上捕捉经验的前范畴本质，使诗歌成为感知现实的符号。议论性语言和审美性语言之间的区别体现在马提亚尔（1823:434-435）[①] 警句的两个最新译本（Bowersock 2009）的对比中：

马提亚尔	沙克尔顿 · 贝利的翻译 [②]
Dum Phaethontea formica vagatur in umbra, Inplicuit tenuem sucina gutta feram. Sic modo quae fuerat vita contempta manente, Funeribus facta est nunc pretiosa suis.	As an ant was wandering in Phaethonic shade, a drop of amber enfolded the tiny creature. So she that was despised but lately while life remained has now been made precious by her death.

沙克尔顿 · 贝利（Shackleton Bailey）（1993）将马提亚尔的警句几乎逐字逐句地翻译成了议论性散文 [③]：“当一只蚂蚁在菲厄同的阴影中游荡时，一滴琥珀将这微小的生物包裹起来。于是，那个曾被轻视、但不久前还活着的生命，现在因其死亡而变得珍贵。”（转引自 Bowersock 2009：37）。

马提亚尔的警句指的是一种自然现象，即树脂被石化成珍贵的琥珀化石。

① 译者注：马库斯 • 瓦列里乌斯 • 马提亚尔（Marcus Valerius Martialis），罗马帝国诗人，早年生活贫寒，后来凭借诗歌而闻名于世。

② 译者注：当一只蚂蚁在菲厄同的阴影中游荡时，一滴树脂将这微小的生物包裹起来。于是，那个曾被轻视、但不久前还活着的生命，现在因其死亡而变得珍贵。

③ 者注：沙克尔顿 · 贝利的译本：A stray ant, in the shadows of a pine, / inside a drop of amber was enshrined: /what had lived out, unseen, its little time / in death became enduring and sublime. 一只流浪的蚂蚁，在松树的阴影里，/ 被困在一滴树脂之中：/ 它在无人知晓的情况下度过了短暂的一生，/ 但在死亡中却变得永恒而崇高。

在液体状态下，当树脂从树上渗出时，在硬化成琥珀之前，它有时会包裹着小昆虫或花朵。这个硬化过程需要数百万年的时间，因此在其自身的石化过程中，它会使其中的任何东西变成化石，所以它本身就有数百万年的历史。根据一个类矿物质网站，"在琥珀中经常看到的奇特内含物通常会增加琥珀的独特外观，在许多情况下会大大增加其价值"（Amethyst Galleries n.d.[①]）。马提亚尔的警句讲述的故事融合了被镌刻在琥珀中的蚂蚁的命运和死亡可以使生命所鄙视的东西变得珍贵的寓意。

加里 · 威尔斯（Garry Wills 2008）的最新译本具有更精练，更富有诗意的品质：

加里 · 威尔斯译本	马提亚尔警句节选
A drop of amber hit an ant, While crawling past a tree, A brief and trifling thing preserved For all eternity. （Qtd. in Bowersock 2009：37）	一滴琥珀击中了一只蚂蚁， 在爬过一棵树时， 保存下来的简短而琐碎的东西 直至永恒。 （转引自 Bowersock 2009：37）

两个译本都保留了马提亚尔原版警句的两部分结构。首先，我们得到了对该事件的描述，然后我们被邀请去思考其意义。尽管沙克尔顿 · 贝利的译文捕捉到了马提亚尔对于蚂蚁从活着时被轻视到死后变得珍贵这一态度的转变，但它并未重现原作的美学效果。

在拉丁语中，对蚂蚁的"铭刻"是以一种沉重的格律形式呈现的，其中包含许多多音节词，这种形式幽默地衬托出其主题的无足轻重。威尔斯的译文将原文转换成了一种与原始拉丁语截然不同的诗体形式，但却利用了英语的美学可能性。他所选的格律基于民谣格律，具有古老且令人难忘的优点。这首诗的美学效果取决于它的口语特质，短小的单音节词和以爆破轻辅音 [t] 为主的音效。这些音效出现在及物动词"hit"中，使我们更直接地感受到命运对琥珀蚂蚁的影响，就像我们感受到那颗砸在艾萨克 · 牛顿（Isaac

① 译者注：n.d. 出版日期不详。Amethyst Galleries 艾美西斯画廊，又译为紫水晶画廊。

Newton）头上的末日苹果的影响一样。“crawling”的进行式用法为我们呈现了正在发生的事件（比较“当它 crawled 一棵树时”，将事件置于过去时态）。双音节单词的词尾，如“amber”“crawling”“trifling”带有最弱的重音，从而与重音在第二个音节上的“preserved”形成更强烈的对比。“preserve”的选择也比沙克尔顿 · 贝利的“made precious”更为间接，因此要吸引我们积极参与，必须进行额外的联想，即我们只会保存我们珍视的东西。“preserved”一词还带有“保护”的概念，即蚂蚁石化的意思。全诗的高潮落在了最后一个词“etérnity”（永恒）上，其重读元音与“preserve”的重读元音相呼应，而其四个音节，是诗中最长的词，模拟了永恒的长度。

在威尔斯的翻译中，这些音节和声音的超音段效果补充了单词的使用方式。蚂蚁在琥珀中的保存反映了警句本身作为铭文的性质。[①]“埋葬”的物质性在威尔斯对“保存”的选择中得到了体现，这比马提亚尔选择沙克尔顿 · 贝利的“死亡”（mortibus[②]）更具体地反映了马提亚尔的“葬礼”。不是蚂蚁的死亡，而是它的埋葬仪式引发了这则警句。同位语“一件简短而琐碎的事情”的范围是模糊的。这个短语显然是指蚂蚁，一种卑微、不显眼、寿命很短的昆虫。但它也可以指事件，也就是前面的整个两行。不仅琥珀蚂蚁被永远地保存下来，而且它的故事也被保存下来。换句话说，琥珀蚂蚁在其化石保存中包含了事件的历史，发现化石的法医地质学家可能会相应地“阅读”其铭刻的故事，就像我们回应这首诗一样。沙克尔顿 · 贝利报道了这一事件；威尔斯则重现了这一场景。那滴树脂落下，那只蚂蚁被包裹在了琥珀中，故事也得以保存。威尔斯的诗以一种具有象征意义的方式（像似性的方式），将这一事件定格在永恒的当下。

对蚂蚁和诗歌来说，这一刻都是永恒的当下，标志着诗学象似性的原型

① 原文注释：“警句”（epigram）一词源自希腊语“epigramma”，铭文的意思，并且源自“刻写”（epigraphein），意思是在上面写字或题写，反映了维柯的观察，即语言可能源自书面字符的物理形态（另见 Hirag 2005）。

② 译者注：Mortibus，拉丁语，意为死亡，猝死。

发生。威尔斯的“永恒”加强了这种美学意义。“永恒”这个词有两层含义。对于科学来说，所有必要的命题都是永恒的，因为它们独立于时间——它们是不变的，对所有时间都是真实的，与存在（偶然）命题相反。就美学而言，贝内代托·克罗齐（Benedetto Croce）指出：

> 当下在另一种意义上是永恒的。它存在，并且包含了存在的全部内容。[①] 现时是紧接过去而来的，并因过去不存在而存在。永恒的现在是任何存在都无法超越的现在。过去与当下的区别并非“曾经存在”与“当下存在”的区别。过去存在于当下之中，而“彼时”与“此时”，“之前”与“之后”这样的时间区分，均为存在内部的决定因素。
>
> 只有数学和自然科学的抽象概念才使得这一理论听起来违背常理。当我们反思我们的思想、生活、自我和个性时，我们会发现，我们所感知到的现实存在实际上是我们过去的行为在当下的表现。过去存在于当下，如果没有过去，当下就不再是当下。所有具有生命和思想特质的事物都包含着过去存在于当下的事实。这就是持续性的概念。因此，永恒的当下意味着现实是一个包含过去、现在和未来的单一持续状态，而不是一个排除抽象的过去和未来的抽象的当下。（转引自 Carr 1917：203；my italics）

在一首诗的“永恒的当下”的时刻体验存在的感觉，就是把这首诗作为一种符号，一种感知和当下现实的表象。当这种符号事件（iconic enactments）发生时，描述一个人的感受并不总是那么容易的。在马提亚尔的警句中，我们可能会感受到一种积极的完成感，一种对蚂蚁原本卑微的命运的满足感，一种娱乐感，一种令人欣慰的认知，即永恒也可以属于最不起眼的生物，或者实际上属于以上所有或以上都不是。无论人们如何描述它们，我们阅读威

---

① 译者注：原文 The present is eternal in quite another meaning. It exists and it comprehends existence.

尔斯译本的感受比阅读沙克尔顿 · 贝利的译本更强烈。

4. 审美评价

为了理解作为判断的美学，我们需要考虑那种受文本语言制约的语气，即罗曼 · 英伽登（Roman Ingarden 1973）称之为作品的“前审美反思性认知”。这种重构包括尽可能忠实于文本的实际语言，关注声音、意义和结构，“词和词组可能的歧义，以及句子之间的句法逻辑功能”，并从整体上发现文本中和谐的统一或不和谐的来源。只有人们通过“对文学审美对象的反思性认知”将文本“具体化”，才能进入第二步，通过构成“原始的审美情感以及在审美经验中发展出来的东西”，以创造“对审美价值或审美价值的直接访问”，填补文本本身语言中被省略或隐含的内容。英伽登约束的应用导致了审美判断。

正如我们在第 6 章所看到的，忽视情感韵律的意义会导致误读，同样，忽视作者的意图和情感语气也会导致错误评价。对马修 · 阿诺德（1890：230）的诗歌《最后的话》的两篇评论反映了这两方面的结果。罗伯特 · 斯托曼（Robert Stallman 1965）对阿诺德诗歌的评论出现在他的《普林斯顿诗学百科全书》（*Princeton Encyclopedia of Poetics*）中关于“意图”的条目中：

> 马修 · 阿诺德在《最后的话》中打算做什么，我们仅凭这首诗的证据就知道了。此外，根据这首诗本身在预期效果或意义上的矛盾证据，我们知道他的计划是不合理的，因此他无法成功地完成这首诗，因为《最后的话》的结尾在语气和主题上与开头相矛盾。（399；my italics）

克里斯托 · 尼尔德（Christopher Nield 2007）对这首诗的解读在分析上比斯托曼的短评更详细，并且在确定阿诺德的意图和语气方面与之形成对比：

> 这是个人与群体对抗的普遍故事。那个坚定地捍卫简单真理的人，认为鹅只是快乐的鹅，而不会是别的什么东西，而他却遇到了“他

们”——一个隐蔽的精英群体——的暴怒与恶意，在他们看来，真理不过是一场语言游戏而已。但阿诺德提醒我们，真理比聪明和强大要重要得多；真正的英雄是那些拥有安静的自信，能够忍辱负重的人。

[…………]

当然，这里的语气一点也不严肃；将战场与维多利亚时代客厅中的唇枪舌剑相比较，既乖张又俏皮。然而，阿诺德让我们发笑的同时，也让我们明白，尽管我们或许已从镐头转向了贬低之辞，但数千年来人类心理始终未变。的确，客厅可能就是现代的办公室，充斥着政治权谋、窃窃私语的阴谋集团以及微笑背后的阴谋诡计。

我对这首诗的解读既驳斥了尼尔德认为这首诗的基调是矫揉造作和戏谑的说法，也驳斥了斯托曼认为这首诗未能成功实现其初衷的说法。

The Last Word	《最后的话》
Creep into thy narrow bed,	悄悄钻进你那窄小的床铺，
Creep, and let no more be said!	钻进去，别再多说一句！
Vain thy onset! all stands fast.	你的进攻徒劳无益！一切都坚如磐石。
Thou thyself must break at last!	最终你自己也会败下阵来。
Let the long contention cease!	让长久的纷争停止吧！
Geese are swans, and swans are geese.	鹅是天鹅，天鹅是鹅。
Let them have it how they will!	随他们怎么说吧！
Thou art tired; best be still!	你累了，最好安静些。
They out-talked thee, hissed thee, tore thee?	他们对你冷嘲热讽，对你恶语相向，对你冷嘲热讽?
Better men fared thus before thee;	在你之前，更有贤能之士也遭遇如此。
Fired their ringing shot and passed,	他们鸣枪而过，勇猛冲锋——最终沉没。
Hotly charged —and sank at last.	
Charge once more, then, and be dumb!	再冲锋一次，然后，闭口无言！
Let the victors, when they come,	待胜利者前来，
When the forts of folly fail,	待愚妄的堡垒崩塌，
Find thy body by the wall!	让他们在墙边发现你的遗体！

尽管我被尼尔德的解读所吸引，可我并不相信这首诗的语气像他所说的那样幽默，也不认同阿诺德主张甘愿放弃捍卫真理的博弈的观点。相反，以下来自非正式读者调查的直观反应在描述这首诗时使用了负面术语：凄凉、愤怒、绝望、讽刺、无望、疲惫和听天由命的感觉，面对无情的反对时不可避免地接受失败的悲哀。此外，对阿诺德在其作品和生活中的批评美学的思考表明，“最后的话”触及了阿诺德在与他的世界互动时存在的自我紧张的核心。

这首诗的结构基于概念隐喻“争论是战争”（ARGUMENT IS WAR）①。它的标题表明不止有一个“争论是战争”的整合操作。谁有最后的话语权？在将隐喻解读为受话者②和他的对手之间的隐喻时，整合结构框架来自战争空间③，并描述了受话者和正在攻击他的匿名“他们”之间的冲突。将隐喻理解为说话者与受话者之间的隐喻，其结构框架来自争论空间④，并侧重于他们之间的言语互动。值得注意的是，我们只能听到说话者的声音；受话者的回应只在诗句之间的沉默中含蓄地给出。

一开始，演讲者敦促听众不要再说了，“安静下来”。演讲者通过不断贬低听众的言辞（“鬼鬼祟祟”“心胸狭窄”“虚荣”“疲惫”“比你更好的男人”“愚蠢”）来控制局面。他的语气自始至终都是傲慢的。如果他说，“躺在你宽敞的床上休息吧，/ 休息一下，不要再说了，”效果会更温和，更有说服力。这位演讲者有多想真正帮助他的听众呢？他的话语是冒犯性的，而不是安抚性的。即使第一节的最后一句“最终你自己也会败下阵来”，尽管对于只说英语

① 译者注：“ARGUMENT IS WAR”来自莱考夫和约翰逊所著的《我们赖以生存的隐喻》。

② 译者注：addressee 受话者、受话人，即语言交际中接受信息的一方，会话中指听话人，书面交际时指读者，也有的译为 receiver。受话者元话语是元话语的一种表征形式，体现了说话者（作者）对于交际中的对方或者他人的存在的元语用意识。根据心智哲学，隐喻使用的原因（即语境效果）之一是为了让受话者以一种事物来体验另一种事物的感受质。

③ 译者注：“战争空间”：弗科尼亚在《思维和语言的映射》一书中提到概念整合理论包含 4 个空间，两个输入空间，一个类属空间，一个整合空间，“战争空间”为其中一个输入空间。

④ 译者注：“争论空间”：弗科尼亚在《思维和语言的映射》一书中提到概念整合理论包含 4 个空间，两个输入空间，一个类属空间，一个整合空间，“争论空间”为其中一个输入空间。

的人而言，并非一眼就能看出其带有侮辱性，但作为古典学者，精通拉丁语、希腊语、德语和法语的阿诺德无疑知道法语短语“casse-toi”，该短语最早记录于 1835 年，源自动词“casser”，意思是“打破”。其直接翻译是“打破你自己”，但法语中第二人称单数“toi”的非正式使用创造了一个难以翻译成英语的俚语表达，但基本上意思是“滚开”或“滚蛋”。①

阿诺德的演讲者并非如尼尔德所宣称的那样聚焦于“逆来顺受”的益处，而是着眼于“更优秀的人”如何失败，以及未来的胜利者何以必然会胜出。当他的听众拒绝遵从其劝诫作出让步时，演讲者显然放弃了争论，让听众继续“再次冲锋”，但同时指出这样做的效果会使其“变哑”，这无疑是对愚蠢和沉默的一个善意双关。毕竟，拥有最后发言权的是演讲者。

那么，阿诺德笔下的演讲者并非仅仅是那个在面对巨大困难时建议退缩的实用主义者，而是一个自身乐于且善于利用听话者弱点的人。在此种解读下，劝诫动词的重复呈现出别样的共鸣。“爬行”和“冲锋”是对受话者的直接指令，而“让”一词的四次出现则含混不清。尽管起初它们在鼓励受话者面对对手时默许让步方面给予了受话者一定的控制权，但最终却以“要有光”中那种神圣的用法呈现，预示着胜利者的到来。拥有让事情发生之权力的是说话者。拥有“最后话语权”的人总会胜出，但究竟是谁拥有这一权力，则取决于最后话语权是如何达成的。②

阿诺德自己的作品为我们揭示了他创作《最后的话》的意图。在牛津大学《论荷马史诗的翻译》（*On Translating Homer*）系列的最后一次题为《最后的话》的演讲中，面对他的批评者，阿诺德再次试图建立要很好地翻译荷马所需的知识和原则。阿诺德（1914）一开始就提到了乔治 - 路易斯 · 勒克莱尔，

① 原文注释：这个短语在法国声名狼藉，当时的法国总统尼古拉 · 萨科齐（Nicolas Sarkozy）用它来侮辱拒绝与他握手的同胞。埃尔韦失业工人利昂因在抗议总统访问拉瓦尔的横幅上使用“Casse-toi, pov’con. Et c’est Nicolas Sarkozy qui le dit”这句话而被捕（Chibber 2014）。

② 译者注：原文 He who has “the last word” will always win, but it is how that last word is achieved that marks who will have it.

布冯伯爵（Georges-Louis Leclerc，Comtede Buffon，1707—1788）对其批评者的态度：“伟大的法国博物学家布冯强加给自己一个规则，即坚决不回应针对他的攻击。”在称赞布冯没有屈服于“争议的有害影响”之后，阿诺德继续说道：“在我看来，布冯的榜样值得所有人效仿，而且我打算以我谦逊的方式始终遵循它。对于任何文学上的攻击，我从来没有回答过，也永远不会回答；在这样的交锋中，脾气会丧失，世界会嘲笑，真理也不会得到满足。”鉴于阿诺德一生都在反对针对他的文学攻击，人们不禁要问，这是否仅仅是阿诺德没有听从自己的建议，还是他在讽刺。这个问题的答案直接影响了对阿诺德自己在《最后的话》中所表达的心智活动的理解。

当武田雅子（Masako Takeda）[①]（Personal communication）读到我对这首诗的扩展分析的早期版本时，她询问道，演讲者是否会建议自己在面对自己的不妥协时进行战略性撤退。那么，问题就在于，在面对无知与谬误时，阿诺德作为诗人和评论家，在放弃为知识和真理而斗争的过程中，实际在多大程度上经历了失败主义。或者，他在认为自己回应批评者的尝试完全失败时，是否带有讽刺意味？答案存在于两者之中，或者更确切地说，介于两者之间。也就是说，尽管阿诺德以讽刺性的超脱态度认识到自己试图说服批评者认可其方法的正确性的努力失败了，但他从未放弃与他在自己国家所目睹的知识和道德沦丧的危险作斗争。

> 这种信念一直困扰着我，有时甚至让我感到沮丧；我不愿活着看到这一变化发生，因为我们都将在它的影响下恶化。趁着还有时间，我将尽我所能，以各种方式来阻止它的发生。（转引自 Coulling 1974：21）

我的结论是，阿诺德在写《最后的话》时，在悲观主义和希望之间产生了冲突：悲观主义认为，无论他做什么或说什么，都不足以摧毁愚蠢的堡垒，

① 译者注：武田雅子，毕业于京都大学，主要研究方向为英美文学研究、艾米丽·狄金森的语言学研究、十四行诗的研究。

但他希望，有一天，如果不是他，那么其他人就会取得胜利，让“愚妄的堡垒崩塌”。正是这种在巨大困难面前坚定不移的希望使阿诺德在他的作品和诗歌中都拥有了最后的决定权。这样，《最后的话》成为阿诺德美学原则的一个符号。这些原则，以及阿诺德自己对英国智力和道德沦丧的切身感受，在他最著名的诗歌《多佛尔海滩》中得到了形象的体现。

5.《多佛尔海滩》中的像似性美学

《多佛尔海滩》中呈现的问题涉及考虑人类心智活动的审美活动时提出的许多问题，批评家们并没有令人满意地解决这些问题（Holland 1968; Kövecses 2010; Lancashire 2009; Robinson 2005）。为什么这首诗能引起我们如此强烈的共鸣？因为它的重点不在于诗开头的平静场景，而在于诗结尾的无知军队在夜晚争斗的形象？一个人（引用整个艺术史上一个经常被提出的问题）如何能从痛苦的表达中感受到快乐？为什么诗人觉得有必要提及索福克勒斯和修昔底德的文学往事？如何解释这首诗中的许多二元论以及说话者采取的看似矛盾的立场？

这首诗要求我们思考现实的本质以及我们与现实的关系，因为说话者从对外部世界的认同，到概念化创造了人类文化和世界之间的隐喻类比的阶段，再到异化的最后阶段，人类情感和外部自然之间是完全脱节的。

Dover Beach	《多佛尔海滩》
The sea is calm tonight,	今宵大海宁静，
The tide is full, the moon lies fair	潮水正满，月亮端端
Upon the straits; on the French coast the light	照在海峡；——法兰西海岸
Gleams and is gone; the cliffs of England stand,	灯火忽现忽隐；英格兰旷荡的峭壁
Glimmering and vast out in the tranquil bay.	波光浩渺，伸延进宁静的海湾。
Come to the window, sweet is the night air!	请到窗边来吧，晚风清新甘甜！
Only, from the long line of spray	可是，从浪花涌动的长长海岸
Where the sea meets the moon-blanched land,	从月光照白的陆地与大海相接处，
Listen! you hear the grating roar	你听！你能听见刺耳的喧嚣，

续表

Dover Beach	《多佛尔海滩》
Of pebbles which the waves draw back, and fling,	那是海浪卷走卵石，当浪花回涌，
At their return, up the high strand,	又把卵石抛上高高的海滩，
Begin, and cease, and then again begin,	涌动，停息，再重新涌动，
With tremulous cadence slow, and bring	大海以颤动的缓慢的节奏
The eternal note of sadness in.	送来永恒的悲哀的声音。
Sophocles long ago	很久以前，索福克勒斯
Heard it on the Aegean, and it brought	曾在爱琴海边听见过这声音，
Into his mind the turbid ebb and flow	这声音使他心中涌起
Of human misery; we	人类苦难的浑浊的潮汐；
Find also in the sound a thought,	我们在这遥远的北方的海滨
Hearing it by this distant northern sea.	也听到了这声音里的一缕思绪。
The Sea of Faith	信仰的海洋
Was once, too, at the full, and round earth's shore	也曾一度满潮，环绕大地之岸
Lay like the folds of a bright girdle furled.	像一条卷曲的闪光的腰带。
But now I only hear	可如今我只听见
Its melancholy, long, withdrawing roar,	它那忧伤的长长的退潮的声音，
Retreating, to the breath	退缩，退向晚风的呼吸，
Of the night-wind, down the vast edges drear	退过大地那广漠凄凉的边缘，
And naked shingles of the world.	留给世界一滩赤裸的卵石。
Ah, love, let us be true	哦，亲爱的，让我们彼此真诚！
To one another! for the world, which seems	因为这个世界，这个似乎
To lie before us like a land of dreams,	如梦境般展现在我们眼前的世界，
So various, so beautiful, so new,	这个如此多彩、美丽而新鲜的世界
Hath really neither joy, nor love, nor light,	其实并没有欢乐、光明和爱，
Nor certitude, nor peace, nor help for pain;	也没有确信、安宁和对苦难的拯救；
And we are here as on a darkling plain	我们在世，犹如在一片昏暗的荒原，
Swept with confused alarms of struggle and flight,	纷争和溃逃的惊恐在荒原上交织，
Where ignorant armies clash by night.	愚昧的军队于昏暗中在荒原上争斗。[2]

据手稿记载，最后一节的 9 行诗句写于 1851 年，当时阿诺德和他的妻子前往多佛尔海滩庆祝他们的新婚，而前 28 行直到 15 年后才完成（Lancashire 2009）。除了第一行和最后一行的不规则音步外，最后一节采用抑扬格五音步，

遵循阿诺德几乎在所有十四行诗中使用的标准韵律模式。很可能他最初是用十四行诗的形式构思这首诗的。最后三行以令人联想到莎士比亚十四行诗的对偶形式结尾，这使得难以想象这首诗可能如何续写下去。因此，我们可以把最后一节读作一首未完成的十四行诗，这也许可以部分解释为什么阿诺德在 15 年后才重新拾起这首诗并添加了前面的诗句。

这首诗的最终形式分为两个几乎相等的部分。第一部分描述了多佛尔海滩的场景，第二部分引入了“信仰之海”这一隐喻类比。这两部分的结尾都是将历史的过往——首先是希腊诗人和剧作家索福克勒斯，然后是希腊历史学家修昔底德——带入当下。在这两部分的结构中嵌入了一种三分结构，反映十四行诗形式的变化。第一节本身就构成了一首完整的十四行诗。接下来的两个诗节也包括 14 行，但先出现的是一个六行诗节，这种八行诗节—六行诗顺序的颠倒跨越了两部分结构的分界。[①] 最后一节我已经说过是一首不完整的十四行诗。这些形式上的变化从第一行的“平静”，经过退潮的“节奏”，再到最后一行的“冲突”，反映了人类与感官印象世界的情感关系的三个阶段，最终以这种关系的破裂而终结，其标志是维柯所描述的人类处于野蛮黑暗中的最后时代。

这首诗以一位感官知觉与眼前景象相契合的说话者开篇。在引入“法兰西海岸”与“英格兰旷荡的峭壁”的对比时，诗体从日耳曼民谣格律转为罗曼斯抑扬格五音步。这一过渡时刻反映在感官知觉的转变上，从开篇诗句中的视觉意象，经由第二节四行诗中对品尝夜晚空气甜味的通感召唤（联觉调用），到六行诗中的声音意象。阿诺德营造了这样一个场景：我们所见、所尝、所闻在我们内心引发了特定的情感反应，我们将这些情感投射回感官印象的来源，从而在人类的“主观性”与“客观”现实之间营造出一种认同感，正如“卵

① 译者注：13 世纪末，十四行诗体的运用由抒情诗领域扩及叙事诗、教谕诗、政治诗、讽刺诗，押韵格式也逐渐从 ABAb，CDCD，EFEF，GG 变化为 ABBA，ABBA，CDC，DCD，或 ABBA，ABBA，CDC，EDE。这首诗歌的韵律是 ABBA，ABBA，CDC，DCD。

石的摩擦轰鸣”在聆听者心中营造出“永恒的悲伤之调”。佐尔坦·科韦塞斯（2010）在谈到阿诺德这首诗的第 13—14 行时说道:“当然，我们知道波浪不可能真的带来悲伤或悲伤的音符——只有当我们听到颤抖的节奏逐渐放慢时，它们才可能在隐喻意义上对我们的悲伤情绪负责。”

在保持情感与感官印象相互分离的同时，仍能在想象中以隐喻的方式将它们融合的能力，属于正在进行的审美活动范畴。阿诺德谨慎地作了类似的区分。在描述海浪推动的鹅卵石所发出的“刺耳的喧嚣”时，阿诺德起初写道“以规律的缓慢节奏”，随后将形容词修改为“悲哀的”。在出版的版本中，此句变为“以颤动的缓慢的节奏”。阿诺德的思想发展很有启发性。规律性的概念是对前一行“涌动，停息，再重新涌动”的注释，确定了潮汐的持续涨落。“悲哀的”一词预示了接下来的诗句，“送来永恒的悲哀的声音”。问题在于阿诺德为何选择用“颤动的”取代“悲哀的”。“悲哀的”这一形容词表明鹅卵石的咆哮声本身是忧伤的，这属于拉斯金（1856）所说的“情感误置”。相较而言，“颤动的”这一形容词既能用于形容波涛的汹涌动作，又能用于描述情感反应带来的身体颤抖。

通过选用“tremulous（颤动的）”这个词，阿诺德给出了一个对于包括我们自身在内的世界自然事物具有像似性的描述。也就是说，当海浪撞击鹅卵石产生的声音运动发生震动和摇晃时，我们也会在身体颤抖时感受到震动和摇晃。“tremulous cadence（颤动的节奏）”这个短语在动作和声音之间创造了一种联觉认同，就像“grating roar（刺耳的喧嚣）”一样，这些认同联系在接受者中引起了类似的反应。阿诺德的说话者并没有犯下断言海浪本身是悲伤的感情误置；他宣称感官印象能够在我们的脑海中留下情感的痕迹。科韦塞斯的“隐喻性负责”这一表述反映了物理声音及其对听众的情感影响之间的领域跨越；它所代表的因果关系是真实的，而非虚假的。也就是说，我们大脑的听觉接受能力将物理上表现海浪声音的力量动态转化为我们心智活动中的一种情感感受，这是一种跨领域因果关系的隐喻，认知神经科学家已经发现这是真实存在的（LeDoux 1998；Damasio et al. 2000）。

根据莱考夫（2006）的观点，大脑中的某些神经回路构建了感知—肌动观察、动作和刺激，其中包含意象图式和力动态图式。借由“原因即力量”这一隐喻，其“将导致运动的力量映射到导致变化的原因上”（163；原文强调），通过我们大脑的听觉系统所记录的退潮声会引发悲伤的感受。第一节通过“由外到内”的容器图式实现了这种联系，反映了在世界中潮水流出时的感官声音在脑海中引发悲伤情绪的想法。

就像威尔斯的“直至永恒”一样，阿诺德的“永恒的音符”也承载了克罗齐“永恒的现在”中的审美意义，这一点从紧随其后对索福克勒斯过往的援引中即可得到证明，在这位希腊诗人的过往中，同样的声音产生了类似的情感反应。根据维柯的“普遍幻想”（想象性普遍）概念，感官印象和情感之间的关系是由全人类共有的想象力创造的，而这一概念则建立在维柯对“共通感”[①] 的理解之上。“共通感”通常被翻译为“常识”,但将其理解为“共识”更为恰当，即人们共同持有的观念（Verene 1981）：

> 在维柯的观点中，常识，或者说“共通感”（sensus communis），并非一种原科学形式的知识，而是存在于一个民族生活中的体验世界的常见方式。它并非一种有意识形成的认知或经验性信念。一个民族的“共通感”植根于在世界中感受、言说和象征意义的共同方式。

这种共同的方式包括实践判断，并源于诗意的智慧。所有知识都是从诗意的智慧中产生的，而诗意的智慧是基于普遍的想象力。通过将说话者自己的经历与索福克勒斯同样听到的以及他如何回应的历史记忆联系起来，阿诺德唤起了声音的自然特质，使其潜在地在任何时间和任何地点出现时都能产生相应的效果。维柯的记忆理论或回忆性理解，将诗意的智慧置于人类思想

① 译者注：common sense, sensus communis 共同感、共通感。在《判断力批判》一书中，“鉴赏作为共通感的一种”被明确提出来。参考康德 . 判断力批判 [M]. 邓晓芒，译 . 杨祖陶，校 . 北京：人民出版社，2002:135-138. 顾名思义，共通感是一种普遍性的感知。语言学术语“共通感”，英文表示为 common sense，源于拉丁文 sensus communis，经常被译为常识、共通感、共同感觉。

的开端，而不是作为一种附带的或偶然的事后思考。它还解释了为何一种在个体特殊性上独一无二的想象性表达，却仍能唤起由普遍人类经验的共同感觉所确立的原型想象的普遍性。引用共同感觉知识的隐喻属于想象的普遍性，从而在美学上创造了人类经验的像似符。

阿诺德这首诗的体验在于其对多变性的表述，这种变化带来了不安和脆弱的感觉。尽管该诗以满潮的景象开篇，但其满潮状态只是瞬间的；高潮一经出现，便即刻开始退潮，而此诗的主题正是这种退潮，不是涨潮，而是潮水的下落。同样，月光本身也不是静止的；正如法兰西海岸的光芒"闪烁即逝"，诗的结尾处月光让位于"晚风"和"昏暗中的荒原"。尽管霍兰德（1968）指出诗中存在"甜蜜的景象与令人幻灭的声音"之间的对比，但视觉与听觉的关系更为紧密且复杂。两者都容易发生变化；正如潮水的涨落，月光让位于黑暗，满月时那璀璨的信仰必然会在"悲伤、漫长、渐弱的咆哮"中无可避免地退回到"晚风"的黑暗里。"像'信仰的海洋'那般完整地展现在我们面前的世界"那个"铺开"时"像一条卷曲的闪光的腰带"的世界，实际上"没有光亮"，我们如同索福克勒斯那些无法逃脱厄运的受害者，在修昔底德所描述的世界中"昏暗中的荒原"上，伴随着索福克勒斯所说的"人类苦难"。

第 18—20 行标志着人类思绪的第二阶段的过渡，从感官识别到概念化，因为说话者也在声音中发现，不是一种情感，而是"一缕思绪"。这一过渡的标志是分号将两部分划分开来，同时它们又在一行中相互关联："人类苦难的浑浊的潮汐；我们"，作为人类发展的第一和第二阶段之间的桥梁，从归因的感官隐喻到类比的概念隐喻。第三节明确了这一"思绪"，因为说话者将第一节的情感意象转化为类比的概念隐喻。因此，开篇所描述的潮水的实际饱满度成为"信仰的海洋"的隐喻性高点。人类思绪发展的第二个阶段只占全诗的三行，因为它已经开始过渡到最后的颓废阶段，正如潮水达到最高点和最饱满的点后，立即开始退去一样。说话者不再经历对退潮声音的情绪反应；他"如今［……］只"在声音中听到一种与丧失信仰的忧伤的类比。

通过“转化”这一结构，第一节中的意象变得暗淡：连续不断的鹅卵石潮汐的节奏现在听起来像是一种退却，漫长而忧郁；夜晚空气中的甜蜜味道变成了更为不祥的“晚风的呼吸”；在第一节中显得“旷荡”的峭壁，现在变成了“广漠凄凉的边缘”；卵石滩变得光秃且贫瘠。一种信仰的退却，这种信仰使宁静而月光笼罩的开场场景被看作是“一条卷曲的闪光的腰带”，用装饰的感觉来装点世界，为最后一节中的最终失落做好准备。

然而，为何阿诺德在诗的末行将军队描述为“愚昧的”？他本可以选用“敌对的”或“交战的”或其他双音节形容词来更确切地描述军队的性质与功能。通过选用“愚昧的”，阿诺德穿透外在的、平淡的描述，捕捉到一种内在的、更具解释性的关于某种缺失、某种在这些军队中不存在的概念。这促使我们去思考他们所不知的究竟为何，进而意识到或许他们的无知正是其充满敌意的原因。这个形容词开启了超越词语本身的一系列想法和可能性，用拉斯金（1856）的话说，“揭示了一种比事物表面所见更为本质的真理”。阿诺德以此种方式结束他的诗作并非偶然，因为这唤起了维柯所描述的野蛮黑暗时代，一种远比我们最早的祖先所经历的更为可憎的黑暗。在这个时代，我们对于人类存在的真相一无所知，即人类通过感官印象与情感感受的关系与自然世界紧密相连。因此，阿诺德“彼此真诚相待！”的呼吁具有讽刺意味地迫使我们回到这首诗所呈现的真理中，去追溯在现代科学时代人类所失去的东西。我们所得到的总体印象是一种整体且直接的像似的“存在”之感。正如乔治·格里森（George Gleason）所评论的：

> 对我来说，这首诗从头到尾没有递进；相反，其全然被一种“当下”的生活意象所涵盖，至少就诗人当时的体验而言是如此。不论其从头到尾的发展存在何种逻辑顺序，皆被其情感冲击的即时性所淹没。（Personal communication）

在《多佛尔海滩》中，我所追溯的各种意象的结构模式揭示了诗歌思维的能力，即其能够富有想象力地创造出一个统一和谐的整体，而这一整体潜藏于诗中说话者看似矛盾的态度之下。阿诺德借助诗中说话者的想象力，将原本相互分离的感觉印象和情感元素相融合，为听者 / 读者营造出一种切实的真实感。这种富有想象力的认同并非主要依赖于概念性的类比推理，而是源自维柯的“事实即真理”[①] 和形而上学真理原则所产生的格式塔直觉，概括如下：

（1）诗人和听众 / 读者都参与了审美活动，创造和回应“使”“多佛尔海滩”的形象呈现在脑海中。由此产生的知识不是像科学那样来自实验，而是来自经验。

（2）“艺术即创作”使维柯通过对多佛尔海滩场景的具体形象的描述所表达的语言训诂学的“确定性事物”转化为通过回忆理解（记忆）来认识事物原因的“真理事实”。[②]

（3）通过“出—入”的容器图式创造“信仰的海洋”隐喻的概念类比，是建立在记忆和想象所产生的主观感受的直觉融合之上的。因此，阿诺德的诗关注的是直觉的先验地位，没有直觉，概念化是不可能的。

① 译者注：哲学家赵汀阳先生在《知识，命运和幸福》(《哲学研究》，2001 年第 8 期，第 36-41 页）一文中，关于 verum esse ipsum factum 的解释是，“维柯早就敏感到了这一点：真理即成事（verum/factum）”。在这里，赵先生将 verum esse ipsum factum 中的 verum 解释为“真理”，将 factum 解释为“成事”。verum factum：真理即成事，具体参见本书专业术语表。所以笛卡儿的公式并不能说服怀疑者使他们承认对存在的知识有确凿可凭的根据。维柯提出真理（(Verum）与事实（Factum）的统一，作为知识的标准或证据。“事实”在拉丁文（Factum) 中有“作”或“为”即行动的意思。所以他说“真理即事实”,意思就是“真理是作为的结果”，也就是说，“人类的真理是人在知的过程中所组合和造作出来的”。这里可以看出维柯的哲学思想是有矛盾的。从他对笛卡儿的批判以及他的论著中许多承认观念反映客观事物的论述来看，他有唯物主义的一方面。从他把神意或天意（Provi-dence）看作世界秩序的最后建立者来看，他也有唯心主义的一面。他是一个虔诚的天主教徒，但是他在著作中反复证明的却是神和宗教都是由人凭想象创造出来，用以维持原始社会秩序的。他只把这个原则运用到基督教发源的希伯来民族以外的“异教世界”，不敢把它运用到基督教本身，这就不能不使人猜疑他在设法回避天主教会的忌讳。故也有人译为：真理即行动，真理即事实。

② 译者注：原文 Art-as-making enables Vico’s certum factum of philology expressed through the descriptions of the concrete images of the scene at Dover beach to transform into the verum factum of knowing the cause of things through recollective understanding (memoria).

（4）对被造之物（poesis）中的形式和结构的科学分析揭示了想象性发明（ingegno）的模式和重复。在整首诗的格式塔直觉的背景下考察这些模式和重复，显示了感知的统一性，这是阿诺德诗歌表面不规则形式的基础。

（5）想象中的普遍共通感使得过去的记忆与当下的经验得以综合成为可能。阿诺德并非以泛化的形式，而是在对想象身份的特定呈现中，创造了有关人类共同经验的一种形而上学的“永恒”真理。

当像《多佛尔海滩》这样的诗歌达到这种文化普遍性时，它就注定会经久不衰。

审美活动作为像似性激发感觉现实的手段，在理论上解释了情感体验与感官体验之间的联系。它解释了文学评论家对于某一特定诗歌的情感意义的直觉，并展示了如何用认知术语描述这些直觉[①]。朗格（1953）是这样表达的：“创造出诗意的原始幻觉，吸引读者，并发展出具有超出诗中所暗示情感的情感意义的现实形象，这是诗人写下每一个字的目的。”[②] 有时这一目的会落空，因为诗人未能——不一定是完全地，但本质上——领悟激发这首诗的灵感的重要性。有时，诗歌的目的会因文本沦为报道而非营造出生活的幻觉而无法达成，就像史密斯关于奥兹曼迪亚斯的十四行诗那样。有时失败在于读者，他们对一首诗强加意义解读而非去体验其内涵。最后，艺术的审美体验不可避免地包含辨别和判断的问题，因此可以依据科学的美学原则进行分析和评

① 译者注：“直觉”（intuitions）一词来自西方，中国传统哲学中没有“直觉”的概念，但诸如儒家的“默识”“静观”；道家的“玄览”“大清明”；佛教的“般若智”“止观”等类似向内体验、明悟本心的表述皆是直觉，是一种道德修养、境界提升的工夫论。但在西方，“直觉”一词本是和一些重大的科学发现联系在一起的，如“现代物理学与东方神秘主义”等题目，意图将其归属于灵感等一些不可控、偶然的科学方法论的范畴，故中西方关于直觉的定义和范畴都是不同的。

② 译者注：为了更好地帮助大家理解，另见苏珊·朗格．情感与形式 [M]. 刘大基，傅志强，周发祥，译．北京：中国社会科学出版社，1986:284.“诗人笔下的每一个词语，都要创造诗歌基本的幻象，都要吸引读者的注意力，都要展开现实的意象，以便使其超出词语本身所暗示的情感而另具情感内容。”

估。在此意义上，鲍姆加滕关于完美的概念——以被唤醒的感知表象的程度来定义——构成了审美象似性原则的基础。感觉 - 肌动 - 情感的隐喻越多地创造出与心智运动相关的情感认同，我们就越接近对自然的认知，不是作为观察者，而是作为现实的参与者。

后 记①

在本书中，我一直试图响应阿奇博尔德·麦克利什的挑战，展示诗人是如何成功地将世界及其所有的复杂性融入人类的思维之中的，是如何将无边无际的空间浓缩在一张纸的一平方英尺上的，又是如何让倾盆大雨从心灵的一寸空间中倾泻而出的。我不得不挑战许多在多学科采用特定定义术语时仍存在的假设。通过探索认知科学在诗歌研究中的运作方式，并重新评估美学作为科学和艺术基本能力的本质，我希望已经阐明一首成功的诗是如何创造一个感知真实存在的符号的。这种关注点排除了对诗歌其他显著且更广泛方面的探讨，比如它在社会、文化和话语背景中的作用。相反，我的研究重点在于“为艺术而艺术”这一短语的意义，以探究是什么让艺术得以永恒。最后需要指出的是，麦克利什问题的答案不在于假定存在一个完整且静止的世界，而在于一个不断变化和转变的世界，它为知识和智慧的追求者提供了永无止境的新视野。艺术的各种形式与科学一样，在人类对不断变化的现实进行形象理解的审美认知表达中占据着不可或缺的地位。

正如我所描述的那样，像似性并非仅仅是诗人使词语发挥作用时所使用的一种语言特征，而是一种手段，凭借这种手段，一首成功的诗作能够创造出一个符号（像似符），通过它，读者能够在认知层面触及并共享关于不可见

① 作者于本页注：《诗歌作为符号》，玛格丽特·H. 弗里曼，牛津大学出版社（2020 年）。© 牛津大学出版社。DOI: 10.1093/oso/9780190080419.001.0001

之物的切身感受。尽管我关注的是诗学认知，但这一原则适用于所有艺术形式，正如许多关于各种艺术形式中符号表征的研究所表明的那样。我的假设是，通过将感官认知分解为各类组成部分，人们能够确定构成一个像似符复杂结构的各种元素。我希望已经表明，像似性以多种形态呈现，并服务于多种目的。更重要的是，我认为，这是一个动态过程，它贯穿于艺术家的创作之中，这里的创作不应被理解为艺术努力的产物，而应被视为艺术家在构思和表达自我与世界之真理时动机和意图的实现过程。

因此，我的关注点并非过多地在于详述研究人员已经识别和研究且成果颇具启发性的各种类型的像似性，而是着眼于构成诗歌认知理论的主要元素。这些元素包括表象、隐喻、图式和情动。在考量每个元素时，我运用了来自认知科学领域的理论和方法，包括美学、语言学、现象学、心理学和神经科学，旨在表明在诗歌形式中，像似性如何借助物质手段，让我们在体验灵魂“缺席之存在”（即存在的生命力）时，在情感上触及并认同非物质和精神层面。

A.1 语境中的诗歌

我非常清楚，皮尔斯学派的学者们并不认同我在本书中对像似符所作描述的观点。然而，我还是愿意相信，如果笛卡儿、康德、皮尔斯和朗格如果今天仍健在，他们会在某个晚上一边喝着咖啡（或葡萄酒？），一边就现代神经科学对大脑和思维运作机制的探索如何能完善他们对人类创造性认知的理解展开一场热烈的讨论。[①]

并非所有的诗歌都如我在这项研究中所构想的那样是符号（像似符），它们也未必如柯勒律治所言怀有成为图式的“崇高诉求”。我对诗学象似性

---

① 原文注释：海利（1988）在他的“皮尔斯式显微镜下”一章中对皮尔斯的观点随着时间的推移而发展的方式，提供了一个令人信服的分析，特别是关于他在诗歌和科学方法中的“审美转向”。福克斯（2018：160−164）对术语“表征”背后的有问题的假设进行了探讨。

认知过程的关注是狭隘的。我无意暗示，用爱德华多·加莱亚诺（Eduardo Galeano）的话来说，它本身就能够表征“对现实的鲜活记忆 [……] 一种用多种声音歌唱的生命”（转引自 Engler 2018：31）。诗歌，以其所有形式，都是“用多种声音吟唱”。在我的论述中缺失的是，诗歌在全球不同文化背景下，其所处时代的情境、社会和政治环境这一更广阔的维度。一位评论者指出，“具身化可以被视为一种语境，还有三种其他语境类型需要被认识到，以理解隐喻性‘心智活动’（心智运思）：情境语境、话语语境和概念认知语境”（参见佐尔坦·科韦塞斯 2015 年《隐喻的起源》（*Where Metaphors Come From*）中的更全面阐述）。尽管我所讨论的诗歌证明了这些特征的必然存在，但出于为艺术而探索艺术的目的，我的论文范围并不涉及更具体地探讨这些问题。

作为一种充满活力和生命力的文化典范，诗歌在当今时代再度兴起——通过在当地图书馆、咖啡店、书店以及公共舞台上的众多诗歌朗诵活动得以体现——这证明了诗歌具有跨越流派、阶层和场所，都能与其受众产生像似性共鸣的力量。最近在《国家》（*Nation*，2018）杂志页面上关于安德斯·卡尔森-维（Anders Carlson-Wee）的诗歌《指南》（“*How-To*”）（7 月 30 日至 8 月 6 日）发表的争议，在致编辑的信件（9 月 10 日至 17 日）中有所体现，这表明诗歌中的语言在多大程度上能够触及人类社会和种族关系中分裂的敏感神经。2003 年 2 月，超过 13000 首诗歌被提交给“诗人反对战争”组织（Poets Against the War），以抗议乔治·沃克·布什（George W. Bush）对伊拉克的入侵。在“9·11”事件之后，随着人们抒发自身的悲恸，诗歌在互联网上蔓延开来。对我来说，人们对诗歌创作、表演和阅读方式的这种热情回应，是诗歌能够应对当今时代挑战的一个令人鼓舞的迹象。然而，鉴于当代对世界全球社会、政治、种族和经济力量的关注转瞬即逝，我们仍有必要思考那些永恒的东西——无论是唐朝的中国诗歌，还是英美文学传统中的经典诗作，按其不同形式可分为中世纪、莎士比亚时期、奥古斯都时期、浪漫主义时期、现代主义等等。[1] 在我看来，这些诗歌之所以能够经久不衰，取决于它们是否捕捉到了人类境遇中那些永恒不变的像似性，这种像似性似乎不会因某个时代、文化或时期的当务之急而改变。我希望我的阐释能够为这些诗歌为何以及如何能够流传下去提供一些见解。

诗歌是最复杂同时也是难度最大的以语言为媒介的艺术形式。正如我在第 6 章中所提到的，雅各布逊（1987）对诗歌功能的定义区分了语言使用，即在符号和客体之间创建自动的、透明的识别，以及在赋予与现实有关的“它们的构成、它们的意义、它们的外部和内部形式”以重量和价值方面引起对自身的关注。为了进一步理解这种区分，如果你愿意，可以想象一下，在一个合成空间里，一位哲学家和一位诗人在写作中辩论语言的本质。法国哲学家莫里斯 · 梅洛 – 庞蒂（1962 [1945]）说道：

> 语言的奇妙之处在于它会促成自身的遗忘：我的目光沿着纸上的文字移动，而一旦被其含义吸引，便不再留意那些文字。纸张、上面的字母、我的眼睛和身体，都只是某种无形运作的最基本的设置。表达在所表达的内容面前逐渐隐退，这就是为什么其中介作用可能不被察觉。[……] 我们确信能够超越表达，触及一种与表达分离的真理，而表达不过是真理的外衣和偶然的显现，这种确信正是语言植入我们内心的。

英国诗人威廉 · 布莱克（1972 [1810]）回应道：

> 每个人都有眼睛、鼻子和嘴巴；这连傻瓜都知道，但唯有能深入细致地分辨出人的举止、意图、性格及其各方面的人，才是真正的智者或明智之人，而所有的艺术正是建立在这种区分之上的。因此，我恳请各位读者留意手足、面部轮廓；它们都能体现人的性格，

① 原文注释：在任何文化中，“正典”的存在取决于不断变化的社会、文化和政治价值观。因此，不应该认为进入任何正典就意味着诗歌作为符号（像似符），也不应该认为只有某一指定正典中的诗歌才能被视为符号（像似符）。

且每一笔每一画都不是随意为之，而是经过了最为精细和特别的考量。正如诗歌不容许出现无意义的字母，绘画也不容许出现无意义的一粒沙子或一片草叶，更不用说无意义的模糊或斑点了。

从梅洛－庞蒂的视角来看，我用以感知世界的双眼于我而言是不可见的。当我专注于想要表达的内容时，我打字所用的手指便从意识中消退。在阅读时，书页上的实际文字会在德鲁·莱德尔（Drew Leder 1990）所指的意义上“消失”，被它们所引发的想法和意象所取代。通过尚未被完全理解的认知过程，心智活动从我的具体感官经验世界向抽象的思想领域进行概念性投射。用梅洛－庞蒂的话来说，书页上的物理标记、字母的组合以及单词的顺序，“仅仅是”一种语言表达的“外衣和偶然的显现”，其特定特征在它们所产生的意义面前逐渐隐退。然而，就艺术作品而言，梅洛－庞蒂所说的“仅仅”变成了布莱克所说的“最细致入微”。布莱克呼吁我们关注梅洛－庞蒂声称“仅仅”用于调节抽象思想的标记和线条。通过观察而非透过我们应用于语言的透镜，我们通过使缺席的事物呈现出来而延缓了分类，从而将意义的潜意识附属物推到了前台。然而，在这两段论述中，哲学家与诗人之间的区别更多是表面上的而非实质上的。在梅洛－庞蒂的术语里，对非物质层面的触及唯有通过文本的物质性方能达成。在将身体描述为一件艺术作品时，梅洛－庞蒂（1962）论及了诗歌文本的重要性：“诗歌并非独立于任何物质性的辅助手段，如果其文本未被保留至最后的细节，它将会无可挽回地遗失。”换言之，身体与艺术既存在于其物质性之内，又超越了其物质性。

因此，艺术通过其物质形式，构成了我们体验到的非物质的感觉－肌动－情感感受。在艺术面前，我们体验到一种现实的存在，这种现实对我们来说是鲜活的，用柯勒律治（1951［1817］）的话来说，它使“人的整个灵魂活跃起来”：

人们早就注意到，无论多么美丽的意象，即便忠实于自然，即便用词准确地描绘出来，其本身也不足以刻画诗人的特质。只有当它们被一种占主导地位的激情所改造时，或者被这种激情所唤起的

> 相关思绪或意象所影响时；或者当它们具有将众多归为一体、将连续化为瞬间的效果时；或者最后，当一种人类和智慧的生命从诗人自己的精神转移到他们身上时，又或者最终，当诗人自身的精神赋予它们以人性和智性的生命之时，它们才成为原创天才的证明。

从这个意义上说，艺术在探索现实存在方面补充了科学的工作。正如我试图阐释的那样，审美能力——记忆、想象、专注、辨别、专业知识和判断的能力——潜在地构成了所有人类认知活动的基础。当我们运用审美能力时，我们展现出人类认知的全部力量，超越关于我们自身以及我们所归属世界的未知的边界。那些世界因其对感官开放，既是可见的，又超越我们的感知，存在于不可见的领域。正如艺术家探索并体验到可能的未知维度一样，科学家也在探索并逐渐了解我们生物、化学和物理世界的隐藏维度。然而，我们人类的认知能力在多大程度上能够“了解”自然、社会、文化和精神世界的现实？这个问题仍然困扰着我们。在第 1 章中，我引入了阿奇博尔德 · 麦克利什所提出的挑战，即阐释艺术的奥秘。是否存在某种“我们永远无从知晓”的事物？

A.2 夏娃的困境

从人类认知的角度来看，圣经故事中关于夏娃的诱惑是富有启发性的。当夏娃被诱惑去吃智慧树上的苹果时，由于她的天真，她对毒蛇所说的“善与恶”没有任何概念。就这一点而言，她不会理解上帝所说的吃树上的东西就会导致死亡是什么意思，因为她对死亡没有概念。当亚当承认知道自己赤身裸体时，他暴露了他的不顺从。那么究竟是什么诱惑了夏娃呢？在《钦定版圣经》（*King James Bible*）中，蛇的诱惑之语为：“神知道你们吃的日子，你们的眼就明亮了，你们便如神能知道善恶。”（《创世纪》3：5）。蛇关于开启眼睛的隐喻对于夏娃而言在认知层面同样是难以理解的，因为依据她对具体感官的认识，她的眼睛本来就已经是睁开的。在蛇的诱惑中剩下的是“你们便如神”，这就是诱惑夏娃的东西。作为最初的人类，她和亚当一同生活在伊甸园中，那时她就已经意识到自身之外的事物。她生活在上帝的面前，能够感觉到其中的不同。下一节经文告诉我们两件事：她用她的感官回应，看到“那棵树的果子好作食物，也悦人的眼目”，并且渴望“使人有智慧”（3 :6）。①这里就存在着狡猾的蛇诱惑人的明显矛盾之处。“如神”意味着无所不知以及随之而来的力量。但成为“如神”并不等同于“成为神”。我们所获得的智慧难道不是来自上帝，而是认识到有些东西我们永远无法知晓，即人类的认知在其范畴上不可避免地、必然地受到限制吗？

A.3 万物理论？②

理论物理学家斯蒂芬·霍金（Stephen Hawking）于 2018 年 3 月 15 日（星期四）逝世，就在我撰写这篇后记之时。他曾说，找到“万物理论”将使我们“洞悉上帝的想法”。在《时间简史》（*A Brief History of Time*，1988）中，他写道：“一个完整、一致且统一的理论只是第一步：我们的目标是对周围发生的事件以及我们自身的存在有一个全面的理解。”随着科学家们继续更深入地探究我们自身以及我们所属的宇宙的本质，我们会有更深刻的理解和更多的知识。但由于一切现存事物都处于持续的变化之中，所以知识和理解也同样

---

① 原文注释：由于不知道如何审视单词“智慧”（wise），我就《钦定版圣经》的准确性问题咨询了希伯来语的圣经专家埃米洛·格罗瑟（Emmylou Grosser）。她与我分享了她对《创世纪》中这段话的许多想法，包括罗伯特·奥尔特（Robert Alter 2018）的最新译本，其中“他能够捕捉到希伯来语的某些细微差别，并在偏离其他标准译本的地方有一些有用的注释”（私人信函）。特别是，格罗瑟写道：“他把‘使有智慧’翻译为‘看’。然后，他评论了看和知道之间的相关性——就这个词而言——尽管看 / 知道之间的联系贯穿整个故事。” [kjv] 3:6And when the woman saw that the tree was good for food, and that it was pleasant to the eyes, and a tree to be desired to make one wise, she took of the fruit thereof, and did eat, and gave also unto her husband with her; and he did eat. 于是，女人见那棵树的果子好作食物，也悦人的眼目，且是可喜爱的，能使人有智慧，就摘下果子来吃了；又给她丈夫，她丈夫也吃了。

② 译者注：Theory of Everything，或简写为 ToE，即“关于一切的理论”，是科学上最为人钟爱的梦想。它一旦被发现，将能够从最基础的层面上来描述宇宙的运行机制，因而能够完成对自然的全部理解。它能够解答长久以来的谜题，诸如什么是暗物质、为什么时间仅朝一个方向流逝、引力怎样起作用等。少数人仍会惊叹于斯蒂芬·霍金的著名论断，即这样一个理论将会是“人类理智的终极伟业——到那时，我们就了解了上帝的心智”。霍金曾表示这是沿用牛顿时代的传统说法，并非真的相信有上帝存在。

发生变化，处于永无休止的启迪进程之中。

麦克利什谈到了“世界的无意义与沉默”。詹姆斯 · 卡斯（James Carse 1986）谈及了自然不可言说所带来的后果：“自然的沉默是语言的可能性。”正如艺术试图表达难以言表之物，用麦克利什的话来说，使“非存在得以存在”，科学也试图揭示潜藏于自然沉默之中的存在的本质。像似性的隐喻化操作（the metaphoring of iconicity，或译像似性隐喻建构）——存在与不存在之间的映射——是我们参与存在的无限性的手段。[①] 卡斯指出：“隐喻的作用并非在于将我们的视线引向现存之物，而是把我们的视野导向不存在之物，并且实际上，此类事物在任何地方都不可能存在。隐喻具有横向性，它提醒我们，受到限制的是人的视野，而非所观察的对象。”这并非意味着我们“永远无从知晓”，确切地说，当我们朝着自然以及我们自身那遥远且持续变化的边界愈发深入地探寻时，始终会存在超乎我们认知范畴的事物。 在这段旅程中，我们所有人都参与其中，无论是科学家还是艺术家。

A.4 诗歌作为现实存在的符号

我们自然而然地倾向于假定存在一个底部，认为并非“一直往下都是乌龟”[②]；我们有一种“终结感”，即寻求终结。亨利 · 詹姆斯《一位女士的画像》（*The Portrait of a Lady*）的读者常常会因伊莎贝尔（Isabel）未来命运的开放性结局而感到不安。约翰 · 诺尔斯（John Knowles）《魔术师》（*The Magus*）

---

① 译者注：像似性和隐喻的关系：像似性就是语言中相像的地方，是隐喻映射的基础，二者之间的像似性就是关联性。相似度越高，则隐喻越形象。

② 译者注：原文 We are naturally disposed toward assuming that there is a bottom, that it is not true that “it is turtles all the way down” ; we have “a sense of an ending,” the search for closure. “Turtles all the way down”（“乌龟塔”隐喻）是一个哲学和科学哲学中常用的表述，用于描述无限递归或本体论基础缺失的困境。该表述最早见于 19 世纪哲学家威廉 · 詹姆斯对宇宙论基础的批判性比喻：若问“地球由什么支撑？”回答“一只巨龟”；再问“龟由什么支撑？”则陷入“无限层叠的龟”这一逻辑循环。其核心在于质疑任何终极本体论或认识论基础的确定性。“it is turtles all the way down”的翻译是：“龟背上的世界”。参考约翰 · 格林 . 龟背上的世界 [M]. 栗河冰，译 . 南宁：接力出版社 , 2018.

的读者对其开放式结局极为不满，以至于诺尔斯出版了一个修订版。具有讽刺意味的是，在他的修订版小说以及我们的世界中，这种开放性仍然存在。正是这一点使像似性得以产生：创造出一个象征着存在的无限可能性的开放性的符号。

作为物理学家兼小说家，艾伦·莱特曼（Alan Lightman 2018）既了解又亲身体验到宇宙那无穷无尽的广袤以及构成我们——自然与人类——的微观粒子物质那细微至极的维度。作为科学家，莱特曼描述了曾经被理解为宇宙基本单位的原子，因发现了更小的物质单元而分崩离析的过程："原子曾是物质世界的终极统一体：其不可分割性、完整性和不可摧毁性堪称完美。原子是真理的具象体现。原子与星辰一样，是绝对真理的物质符号。原子也统一了世界。"随着科学家们探寻现实中最小的元素，出现了这样一种可能性，即"时间和空间不再以对我们有意义的方式存在"。作为艺术家，莱特曼明白我们不可能假定自己能够描绘出终极现实的统一画面，空间变得"如此稀薄，以至于化为虚无"。因此，一首诗歌要成为现实的符号，就必须认识到"现实"仅存在于可能性之中；它所造就的正是麦克利什所提出的"非存在"。

存在与生存并非一回事。若将哈姆雷特那著名的独白纯粹理解为对自杀的沉思，那便是把哈姆雷特刻画成了一个心存疑虑、无力行动的人。但若明白哈姆雷特所说的"生存还是毁灭：这是个问题"实则是对两种不同生存方式的思考——是忍受还是采取行动，那就会认识到结束生命意味着"失去行动的名义"；这会让我们看到哈姆雷特正致力于让某事成为现实，而这正是诗歌创造力的特征。①

马修·阿诺德在《多佛尔海滩》中所提及的"愚昧"并非夏娃的天真无

① 原文注释：将认知分析应用到哈姆雷特独白中的重要性能够在舒尔玛和陆（Shurma and Lu）2016 年的文章中找到。尽管他们把重点放在生—死的理解上，但是他们指出："《在线词源词典》（*Online Etymology Dictionary*）将这个词追溯到原始印欧语词根 *bheue-'存在、生存、生长、形成'，梵语 bhavah'成为'以及古英语 beon、beom、bion'存在、生存、形成、成为、发生'。"这个词起初不仅指物理实在，也指事件性（变数）"。

邪。这是一种拒绝接受我们作为自然世界一部分的存在真相的态度，而这个世界是无限的且永远在变化。我相信，那些领悟这一真相并试图在他们的作品中捕捉真相的诗人将会流芳百世。爱尔兰诗人奈杰尔·麦克劳格林（Nigel McLoughlin, 2009）在其诗集《空间》（*Chôra*）的题词中引用了柏拉图关于宇宙形成的著作《蒂迈欧篇》（*Timaeus*）中的内容：

> 空间从不改变其特性。因为它始终接纳万物，而自身却从不因任何进入其中的事物而留下永久的印记，从而在不同时刻呈现出不同的面貌。——柏拉图《蒂迈欧篇》50.52

在对这段文字进行评论时，泽尔和萨特勒（Zeyl and Sattler, 2017）指出：

> 蒂迈欧没有使用任何可以被恰当地翻译为“物质”或“材料”的描述性词汇；然而，他确实使用了“空间”（chôra）这个词［……］。它提供“席位”的功能（hedra，52b1）强化了这样的概念，即它的作用是为进入和消失于此的事物提供一个空间位置（49e7–8，50c4–5，52a4–6）。
>
> 关于容器究竟应被视为物质的还是空间的，以及是否能够连贯地认为其兼具这两种功能，已经有过大量的讨论。
>
> 如果我们认为空间是兼具两者的，那么正是它使柏拉图的“存在—生成”（being–becoming）之区分成为可能：
>
> 某些事物恒常存在，却从未经历生成（27d6）。
>
> 某些事物持续生成，却从未达到存在（27d6–28a1）。（Burnet 1902；转引自 Zeyl and Sattler）①

泽尔和萨特勒还指出：

① 译者注：”Some things always are, without ever becoming (27d6); Some things become, without ever being (27d6–28a1).” 这两句话对比了存在（being）和生成（becoming）的关系，是柏拉图哲学中的核心概念。“达至存在”暗含柏拉图认识论中的“分有”概念，揭示生成物无法完全等同于理念界的本真存在。

在其导论性论述中，蒂迈欧把他即将给出的叙述表述为“似然论述”（eikôs logos）或“似然叙事”（eikôs muthos）①。这种描述是一种文字游戏：叙述的主题本身就是一种“影像”（eikôn）②，蒂迈欧断言，“我们对事物的叙述［应当］与它们所阐述的主题具有相同的特征”（29b3–5）。

“空间”“存在”与“非存在”③以及“像似符”这些概念与我所试图描述的一切产生了共鸣。在其序言中，麦克劳格林将“空间”描述为“一个前语言、前符号阶段，接近于存在的物质性或者说‘真实界’④”（2009：序言）。而这正是我在他的诗作中所发现的。麦克劳格林试图捕捉作为生命本体多种形式及其衍生的生成力量而存在的裂隙、断裂与间性场域。⑤它贯穿于所有诗篇，从首篇中“升华”的光芒，到晨曦中“广阔而空旷”的进入，再到末篇《空间》中“广阔而空旷 / 且孕育着”的“脑海中的一页”。我在下面这首诗中发现了

① 译者注：术语“eikôs logos”和“eikôs muthos”可以翻译成“似真的论述”和“似真的故事”；“似然的陈述”和“似然的故事”。“似然”在学术语境中更接近“eikôs”的希腊文原意，因为“eikôs”在哲学语境中常被译为“可能的”或“似然的”，强调基于合理推断而非绝对真实。因此，“似然”比“似真”更准确，因为“似真”可能带有“接近真实”的意味，而柏拉图在这里指的是基于可感世界的或然性解释，而非绝对真理。

② 译者注：“image”对应的希腊词是“eikôn”，即“影像”或“形象”。在柏拉图哲学中，“eikôn”通常指可感世界中的事物作为理念的影像。eikôn（影像）与 eikôs（似然）共享希腊语词根 εἰκω（意指相似、符合），此双关暗示《蒂迈欧篇》宇宙生成论的认识论前提：对“生成领域”（γένεσις）的论述必然具有似然性，因其对象仅是永恒原型（παράδειγμα）的派生影像（Burnyeat 2005）。

③ 译者注：being and nonbeing 的翻译是“存在与非存在”或“存在与虚无”。在哲学语境中，“nonbeing”通常指“非存在”或“虚无”，尤其是在巴门尼德或海德格尔的讨论中。

④ 译者注：在拉康的三界理论（想象界、象征界、真实界）中，真实界是无法被符号化的领域，处于语言和象征秩序之外。“the Real”，法语原词“le Réel”，是拉康精神分析术语，指先于语言且无法被象征秩序整合的创伤性内核。故此“the Real”翻译为“真实界”，并保留大写 R，通常用斜体或引号来强调术语的特殊性。此处“真实界”与柏拉图“空间”（chôra）的并置，揭示诗人力图通过语言裂隙触及的原初物质性（materiality），这种诗学操作恰与拉康“真实界作为符号界的拓扑学空洞”形成互文（Kristeva 1982）

⑤ 译者注：McLoughlin attempts to capture the gap, the break, the between that exists as the generating force of life itself in all its many forms and ramifcations. “ramifications”，译为分衍结构，其符号学解析：既指涉生物学的枝状分化（如神经元树突），亦隐喻德里达“延异”（différance）的踪迹播散。这种双重性暗示生命现象始终在符号系统与物质流动的界面中生成（Deleuze and Guattari 1980）。

它（2009：95）：

The Science of Signs	《符号的科学》
Lightning strikes a tree with all the love one jagged thing can muster for another-out here the sound cracks around the cavities and the gap where the storm found me where the wind searched in every crevice and the rain clung to the crevassed mountain. Somewhere out beyond the hoop of the fire-somewhere deep in the ochre night I hear trees ramify sway unstruck, enact the oscillations between the sign of themselves and what it is they signify.	闪电击中一棵树 带着一道裂痕所能对另一物 倾注的所有爱意——在这儿 声响在空洞间回荡 在风暴找到我的地方 在风搜寻过的每一处缝隙 在雨水依附的褶皱山峦。 在篝火的圆圈之外的某个地方 在那深邃的赭色夜色之中 我听见树木繁衍枝叶 无声地摇曳，演绎着自身符号 与所象征之物之间的振动。

从融合的角度来看，空间发挥着如我所描述的创造性隐喻的作用，即促成意象与形式的融合，以创造诗歌的层创结构，使其成为超越自身的符号，成为一种永远在生成现实的可能性的符号。

在引用艾米莉·狄金森的诗句"'自然'是我们所见—/山峦—午后—/松鼠—日食—大黄蜂—/不—自然即天堂—"（H119，F721/J668/M361），莱特曼（2018）写道：

在最后几行诗中，诗人从有限跃向无限，抵达绝对的领域[①]（绝对者之境域）。这几乎就像是大自然在她的荣耀中想要我们相信有一个天堂，相信存在某种超越自然本身的神圣且非物质的事物。换句话说，自然诱惑我们相信超自然的存在。但话又说回来，大自然也赋予了我们发达的大脑，让我们能够建造显微镜和望远镜，最终，让我们中的一些人得出结论：这一切不过是由原子和分子构成的。

莱特曼对人类自我的描述清晰地表明了其多重的统一性，不仅体现为物质性，也呈现为非物质性存有[②]。在他的文章结尾，当莱特曼思考在我们探寻“现实的最小元素”之际，空间是如何“消解于虚无”的，他注意到“绝对的领域”（“绝对者之境域”）是无法用语言表达的；只有诗人才能通过文字创造出那个无限现实的符号，进而抵达这些境域。

艾米莉 · 狄金森在写下“诗人们只是点燃了灯—/ 他们自己—却熄灭了”（A91-13/14, F930/J883/M436）时，代表了所有艺术家的心声。在 1878 年电灯尚未发明的 19 世纪，狄金森用“激发”的灯芯这一意象，并加上了警示的注脚。只有当诗人创作出的作品“蕴含着如同太阳般永恒的生命之光”(“倘

① 译者注：诗人从有限跃升至无限，进入绝对的领域。莱特曼指出自然诱惑人们相信超自然，但科学最终揭示为原子和分子。因此，“the realm of the Absolutes”应指哲学或宗教中的绝对真理、终极存在，如柏拉图的理念世界或康德的物自体。在哲学与文学理论中，the realm of the Absolutes，翻译成“绝对者之境域”，通常指涉超越经验世界、不可化约的终极实在（ultimate reality）或形而上的真理维度。在狄金森的诗歌语境中，莱特曼所言的“跃入绝对者之境域”，可解读为诗人通过自然意象的具象经验（如“山峦”“松鼠”），触发对超验性（transcendence）的直觉感知——从有限的、物质性的自然现象（finite）中，骤然触及无限性（infinite）与神圣性（the divine）。这种诗性跳跃（poetic leap）呼应了浪漫主义传统中“自然作为象征系统”的命题（如柯勒律治的“象征性想象”），即具体自然物成为通往形而上真理的媒介。然而，莱特曼同时指出自然自身的矛盾性：它既诱发对超自然的信仰（如“天堂”），又通过其物质性（如“原子与分子”）解魅这种信仰。这种张力恰恰映射了现代性知识型（episteme）中科学与形而上学的对峙，也暗合海德格尔对“技术性解蔽”与“诗性栖居”双重性的批判。在此框架下，“绝对者之境域”既是被渴望的终极真理，也是被科学理性不断祛魅的幻象，构成现代心智的永恒悖论。

② 译者注：在哲学与现象学研究中，immaterial being 常译为“非物质性存有”。

若至关重要的光 / 内在如 / 太阳—”)，未来时代才会成为诗歌传播的透镜，为其审美活动播撒“圆周”的种子。换句话说，如果赋予生命的真理那充满活力的火花得以造就，它就会成为供后代传播的符号。这正是某些艺术得以永恒的原因。狄金森笔下“蕴含生命活力的光”（如日恒存）所蕴含的标志性的审美体验，正是让我们成为人类的关键所在。我们若忽视这一点，必将自食其果。

译者后记

我翻译的第一本英文原著是狄更斯的《远大前程》。无知者无畏，那时候认为翻译是个很简单的工作，以为能够将这部经典完美地呈现给中文读者。然而，翻译过程中的艰辛接踵而至，背景知识的匮乏、视力的急剧下降让我深切地体会到翻译工作的辛劳。尽管如此，当书籍出版的那一刻，所有的付出都得到了回报，那份喜悦至今难以忘怀。

我曾一度对再次涉足英文原著翻译心生畏惧。然而，当我有幸参与熊木清教授的国家重大课题，并承担了由牛津大学出版社出版的《诗歌作为符号：审美认知研究》的翻译任务时，我又倍感珍惜。这本书的学术价值不言而喻，它不仅探讨了诗歌作为符号的审美认知，还为我们打开了一个全新的视角去理解和欣赏诗歌。我深知这是一次难得的机会，也是一次巨大的挑战。

在翻译过程中，我再次饱受视力急速下降的困扰，甚至伴随着头痛和颈椎病的折磨。每天高强度的工作，让我时常感到视物模糊，头痛难忍。罗翔老师的那句话始终“出现”在我的眼前：“人最大的痛苦，就是无法跨越‘知道’和‘做到’的鸿沟。”正是这句话激励着我，让我坚持完成了译稿。

本书的翻译工作并非简单的语言转换，而是对原作者思想的深入理解和再创造。在翻译过程中，我力求准确传达原作者的观点，同时注重保持语言的流畅和优美。为了增强本书的可读性和参考价值，我在原书 112 个作者注释的基础上，又添加了 165 个译者注释，共 277 个注释。这些注释旨在为读者提供更多背景信息和专业知识，帮助读者更好地理解书中内容。另外还附上了译者附录，包括各章节专业名词、人名汇总以及引用诗歌的中英文版本，以期为学者和研究者查阅资料提供方便。

在此，我要衷心感谢熊木清教授的信任和支持，没有他的鼓励和指导，我无法完成这项艰巨的任务。也要感谢重庆大学出版社的孙英姿、许璐老师，他们的专业建议和悉心编辑，使本书得以顺利出版。我还要特别感谢在我视力下降、身体不适期间一直陪伴我、帮助我查找资料、校对文稿、已经毕业的研究生吴月同学。她的细心和耐心让我深受感动。

尽管我在翻译过程中付出了巨大的努力，力求做到尽善尽美，但由于水平有限，每次重新通读的时候，总觉得存在很多不完美和不尽如人意的地方。由于时间的关系，暂时呈现如此。对此，我深感抱歉，并恳请同行们谅解。我也期待大家的宝贵意见和建议，以便我在今后的翻译工作中不断改进和提高。

本书系 2020 年度国家社会科学基金重大项目“认知诗学研究与理论版图重构”（20&ZD291）子课题“比较认知诗学”的系列成果之一。我希望这本《诗歌作为符号：审美认知研究》的中文版能够为读者带来启发和思考，为认知诗学的研究贡献一份力量。再次感谢所有给予我支持和帮助的人，谢谢！

徐　畔

2024 年于哈尔滨

原作者简介

玛格丽特 · H. 弗里曼（Margaret H. Freeman）是美国著名的认知诗学家，亦为该领域的开拓性学者之一。她曾任洛杉矶山谷学院（Los Angeles Valley College）教授，并荣膺名誉教授称号。目前，她是米瑞菲尔德认知与艺术研究所（Myrifield Institute for Cognition and the Arts）的联合主任，并主持每月在马萨诸塞州希思市迈里菲尔德举行的“艾米莉 · 狄金森读书会”（Emily Dickinson Reading Circle）。作为艾米莉 · 狄金森国际学会（Emily Dickinson International Society）的创始成员及首任会长（1988—1992），她在推动狄金森研究方面发挥了重要作用。

弗里曼的研究领域涵盖认知诗学、美学、语言学与文学理论。她的学术著作包括《隐喻及其超越：导论》（*Metaphor and Beyond: An Introduction*, 1999）、《心智运思：诗歌像似性创构中的情感体验、形式结构与意义生成》（*Minding: Feeling, Form, and Meaning in the Creation of Poetic Iconicity*, 2009）、《（非）意义的阐释学建构：文学何以举足轻重》（*Making Sense of (Non) Sense: Why Literature Counts*, 2009）、《诗歌作为符号：审美认知研究》（*The Poem as Icon: A Study in Aesthetic Cognition*, 2020）以及最新出版的《艾米莉 · 狄金森的诗学艺术：一种认知解读》（*Emily Dickinson's Poetic Art: A Cognitive Reading*, 2023）。此外，她还担任牛津大学出版社“认知与诗学”（Cognition and Poetics）丛书系列的联合主编，积极推动认知诗学理论体系的构建与传播。

弗里曼致力于将认知语言学的核心概念，如概念隐喻理论（Conceptual Metaphor Theory）与概念整合理论（Conceptual Blending Theory），应用于文学文本特别是艾米莉·狄金森诗歌的认知分析中，从而为传统诗学研究注入新的理论活力，并开辟了系统化的认知研究路径。她的研究不仅拓展了文学意义生成的认知机制解释框架，也为文学批评提供了可操作的理论工具。

在方法论层面，她强调认知诗学不应仅限于对语言结构的关注，而应扩展至声音、图像等其他符号系统的多模态研究，以更全面地揭示文学作品的审美与认知功能。她主张，诗歌作为一种复合符号系统，其意义生成过程涉及多重感知模态的交互整合。因此，跨学科与多模态研究成为认知诗学未来发展的重要方向。

弗里曼的学术贡献在于将认知科学与文学研究有机融合，推动了认知诗学从边缘走向主流，并为该领域的理论深化与范式创新奠定了坚实基础。她的研究不仅丰富了当代诗学理论的内涵，也为文学阐释提供了一个兼具科学性与人文性的新视角。

译者附录

第一部分　原著目录

第二部分　各章节专业名词及人名汇总

第三部分　各章节原文中出现的诗歌，附中文翻译

4.7 *'Twas here my summer paused* by Emily Dickinson

4.8 *Metaphors* by Sylvia Plath

5.6 *Shudaonan* (Li Bai, translated by Frederick Turner and Y. D.)

5.7 *The End of March* by Elizabeth Bishop

5.8 *Birches* by Robert Frost

5.8 *Doom is the House without the Door* —by Emily Dickinson

6.1 *A Farewell in the Evening Rain To Li Ts'ao* (Wei Ying-wu, translated by Witter Bynner)

6.2 *Poem "As the cat"* by William Carlos Williams

6.3 *Transformations* by Thomas Hardy

6.5 *Domination of Black* by Wallace Stevens

7.1 *Ozymandias* by Percy Bysshe Shelley

7.2 *Ozymandias* by Horace Smith

7.3 *The Snow Man* by Wallace Stevens

7.3.2 *The Rock* by Wallace Stevens

7.4 *Archaïscher Torso Apollos* by Rainer Maria Rilke

8.3 *Epigram* 6:15 by Marcus Valerius Martialis

8.3 *Epigram* 6:15 by Marcus Valerius Martialis, translated by Garry Wills

8.4 *The Last Word* by Matthew Arnold

8.5 *Dover Beach* by Matthew Arnold

Afterword: *The Science of Signs* by Nigel McLoughlin

第一部分　原著目录

TABLE OF CONTENTS

Afterword

1. Poetry in Context

2. Eve's Dilemma

3. A Theory of Everything?

4. Poetry as an Icon of the Being of Reality

第二部分　各章节专业名词及人名汇总

第 1 章　专业名词汇总

1. poetic iconicity（para. 1）诗学象似性

2. aesthetic Cognition（para. 1）审美认知

3. sensate cognition（para. 1）感官认知

4. being of reality（para. 1）现实存在

5. taste（para. 1）品味

6. icon（para. 1）像似符

7. poetic cognition（para. 1）诗学认知

8. res cogitans（para. 8）思维实在

9. mind（para. 8）心智

10. minding（para. 8）心智活动；心智运思；心智运作过程

11. res extensa（para. 8）物质实在

12. material objects（para. 8）实物

13. substance（para. 8）物质

14. object（para. 8）客体

15. embodied mind（para. 8）具身心智

16. eliminativist（para. 9）取消主义

17. subjectivity（para. 9）主体性

18. sensory-motor-emotive-conceptual processes（para. 9）感觉 - 肌动 - 情感 - 概念过程
19. gestalt（para. 9）格式塔
20. introspective sense of mind（para. 9）内省性思维意识
21. Occam's razor（para. 10）奥卡姆剃刀定律
22. axiom（para. 10）公理
23. atomic time（para. 11）原子时
24. sense（para. 15）感官
25. being（para. 16）存在
26. essence（para. 16）本质
27. anima（para. 16）生命
28. iconic（para. 17）像似性的
29. presence（para. 23）在场
30. cognitive literary anthropology（para. 24）认知文学人类学
31. hermeneutics（para. 24）解释学；阐释学；诠释学
32. *The Garden of Saint-Paul Hospital*（para. 24）《圣保罗医院的花园》
33. red ochre（para. 24）赭红色
34. FMRI（para. 25）功能性磁共振成像
35. synaptic pathways（para. 25）突触通路
36. replicability（para. 26）可重复性
37. semblance（para. 26）表象
38. metaphor（para. 26）隐喻
39. iconic semblance（para. 26）象似性拟态；图符显像
40. sensory-motor-emotive processes（para. 26）感觉 - 肌动 - 情感过程
41. image（para. 26）意象
42. affective response（para. 26）情感反应

43. metalinguistic features（para. 27）元语言特征

44. *Other Flowers*: *Uncollected Poems*（para. 28）《其他的花：未收录诗集》

45. *Angle of repose*（footnote. 9）《安息角》

46. conceptualization（para. 29）概念化

47. neurological cognition（para. 30）神经认知

48. right hemisphere（para. 30）右脑

49. Galileo's telescopes（para. 31）伽利略的望远镜

50. The CERN accelerator（para. 31）欧洲核子研究中心的加速器

51. parchment（para. 31）羊皮纸

52. *Catcher in the Rye*（para. 32）《麦田里的守望者》

53. *Grapes of Wrath*（para. 32）《愤怒的葡萄》

54. cognitive linguistics（para. 34）认知语言学

55. isomorphism（para. 38）同构

56. reification（para. 39）物化

57. terminological fluidity（para. 40）术语不稳定性

58. mimesis（para. 40）模仿

59. *Imitatio Christi*（para. 40）《模仿基督》

60. brainstem and diencephalon（para. 41）脑干和间脑

61. sensory-motor-emotive faculties（para. 41）感觉 - 肌动 - 情感官能

62. living organism's anima（para. 41）生物体的生命

63. syntax-sense iconicity（para. 44）语法意义上的像似性

64. sound-sense iconicity（para. 44）声音意义上的像似性

65. precategorial experience（para. 45）前范畴经验

66. felt life（para. 45）感受到的生活

67. ontological underpinning of iconicity（para. 45）本体论基础

68. embodied schemata（para. 47）具身图式

69. metaphorical mapping（para. 47）隐喻映射

70. poetics（para. 47）诗学

71. prosodic affect（para. 48）发音情动

72. subliminal sensory-motor-emotive processes（para. 48）潜意识的感觉 - 肌动 - 情感过程

73. the semblance of felt life（para. 49）体验生活的表象

第 1 章　人名汇总

1. Archibald MacLeish（para. 3、5、7、8、20、22、26、43）阿奇博尔德 · 麦克利什

2. Lu Chi（para. 3、4、7）陆机

3. Samuel Taylor Coleridge（para. 3、5）塞缪尔 · 泰勒 · 柯勒律治

4. Dante（para. 4）但丁

5. Aristotle（para. 7、16）亚里士多德

6. Descartes（para. 8、31）笛卡儿

7. Wittgenstein（para. 8）维特根斯坦

8. Thomas Fuchs（para. 9、41）托马斯 · 福克斯

9. Mark Turner（para. 9、44）马克 · 特纳

10. Dorothy Emmet（para. 10）多萝西 · 埃米特

11. Occam（para. 10）奥卡姆

12. Alan Sokal（para. 10）阿兰 · 索卡尔

13. Carl Sagan（para. 10）卡尔 · 萨根

14. Wallace Stevens（para. 13、44、45、48、49）华莱士 · 史蒂文斯

15. Yeats（para. 14）叶芝

16. Eliot（para. 14）艾略特

17. Anthony Hecht（para. 14）安东尼 · 赫克特

18. Joseph Conrad（para. 14）约瑟夫 · 康拉德

19. Shklovsky（para. 16）什克洛夫斯基

20. Elżbieta Tabakowska（para. 17）埃尔兹别塔 · 塔巴考斯卡

21. Martin Luther King（para. 18）马丁 · 路德 · 金

22. Barack Obama（para. 19）巴拉克 · 奥巴马

23. Maurice Merleau-Ponty（para. 23、45）莫里斯 · 梅洛－庞蒂

24. Van Gogh（para. 24、25、26）凡 · 高

25. Émile Bernard（para. 24）埃米尔 · 伯纳德

26. Kimmelman（para. 24）基默尔曼

27. Renée Fleming（para. 25）蕾妮 · 弗莱明

28. Robinson（para. 26）罗宾逊

29. Roman Jakobson（para. 26）罗曼 · 雅各布逊

30. Anton Marty（footnote. 26）安东 · 马蒂

31. James Schuyler（para. 28）詹姆斯 · 斯凯勒

32. Dan Chiasson（para. 28）丹 · 恰森

33. Emily Dickinson（para. 28）艾米莉 · 狄金森

34. Wallace Stegner（para. 28）华莱士 · 斯特格纳

35. Giambattista Vico（para. 31）詹巴蒂斯塔 · 维柯

36. Immanuel Kant（para. 32）伊曼努尔 · 康德

37. Shakespeare（para. 33）莎士比亚

38. Christopher Marlowe（para. 33）克里斯托弗 · 马洛

39. Simon Penny（para. 35、37、39）西蒙 · 佩尼

40. George Lakoff（para. 38、44）乔治 · 莱考夫

41. Mark Johnson（para. 38、47）马克 · 约翰逊

42. Tsur（para. 39）·楚尔

43. Thomas à Kempis（para. 40）托马斯 · 肯皮斯

44. Charles Sanders Peirce（para. 44、46）查尔斯 · 桑德斯 · 皮尔斯

45. Alexander Pope（para. 44）亚历山大 · 蒲柏

46. Wallace Stevens（para. 13、44、45、48、49）华莱士 · 史蒂文斯

47. John Keats（para. 44）约翰 · 济慈

48. Susanne Langer（para. 45、51）苏珊 · 朗格

49. W. S. Merwin（para. 45）W.S. 默温

50. Brendan Galvin（para. 45）布伦丹 · 加尔文

51. Mark Johnson（para. 38、47）马克 · 约翰逊

52. Elżbieta Wójcik-Leese（para. 47）埃尔兹别塔 · 沃伊茨克 - 利兹

53. Elizabeth Bishop（para. 47）伊丽莎白 · 毕肖普

54. William Carlos Williams（para. 48）威廉 · 卡洛斯 · 威廉姆斯

55. Wei Ying-wu（para. 48）韦应物

56. Thomas Hardy（para. 48）托马斯 · 哈代

57. Robert Frost（para. 47、49）罗伯特 · 弗罗斯特

58. Percy Bysshe Shelley（para. 49）珀西 · 比希 · 雪莱

59. Horace Smith（para. 49）贺拉斯 · 史密斯

60. Rainer Maria Rilke（para. 49）赖纳 · 马利亚 · 里尔克

61. Matthew Arnold（para. 50）马修 · 阿诺德

第 2 章　专业名词汇总

1. icon（para. 1）像似符

2. poetic iconicity（para. 1）诗学象似性

3. aesthetic iconicity（para. 1）审美象似性

4. cognitive Economy（para. 1）认知经济性；认知省力原则

5. reification（para. 1）物化

6. *Moralia*（para. 2）《掌故清谈录》

7. embodiment（para. 2）具身化

8. likeness（para. 5）相似符

9. semiotics（para. 5）符号学

10. linguistics（para. 5）语言学

11. popular discourse（para. 5）大众话语

12. sign（para. 7）符号

13. representation（para. 7）再现

14. iconic（para. 7）像似性的

15. indexical（para. 7）指示性的

16. symbolic（para. 7）规约性的

17. index（para. 7）指示符

18. symbol（para. 7）规约符

19. object（para. 8）物体；客体

20. representamen（para. 8）再现体

21. firstness（para. 8）第一性

22. hypoicon（para. 8）亚像似符

23. pure icon（para. 9）纯像似符

24. domain（para. 11）域；认知域

25. iconic sign（para. 15）像似性符号

26. image（para. 16）意象

27. diagram（para. 16）图表

28. metaphor（para. 16）隐喻

29. quality（para. 22）特性；特征；特质

30. iconic representations（para. 26）像似性表征

31. religious practice（para. 28）宗教习俗
32. metaphorical transformations（para. 34）隐喻性转换
33. personification（para. 34）拟人化
34. generalization（para. 34）泛化
35. categorization（para. 34）范畴化
36. res substantiva（para. 35）实体
37. res cogitans（para. 35）思维实在
38. res extensa（para. 35）物质实在
39. cognitive processing（para. 35）认知加工；认知处理
40. minding（para. 35）心智活动；心智运思；心智运作过程
41. mind（para. 35）心智
42. empty verb（para. 37）空动词
43. mental image（para. 37）心理意象
44. image schema（para. 37）意象图式
45. Romance Languages（para. 37）罗曼语族
46. object possession（para. 37）客体占有；物体占有
47. figures of speech（para. 39）修辞格
48. materials（para. 39）材料
49. structure（para. 39）结构
50. cept（para. 42）感思
51. struct（para. 42）结构
52. ception（para. 42）感思
53. substantive make-up（para. 44）实体构成
54. schematic delineations（para. 44）图式轮廓
55. bind（para. 46）约束；绑定
56. binding（para. 46）约束理论

57. sensory experience（para. 46）感官体验

58. mapping（para. 46）映射

59. form-content dichotomy（para. 46）形式－内容二分法

60. iconography（para. 49）图解法；图像研究

61. iconology（para. 49）拟象法；图像学

62. alexandrine（para. 59）亚历山大诗行

63. sound patterning（para. 59）声音模式

64. tense vowel（para. 61）紧元音

65. fricative（para. 61）摩擦音

66. agent（para. 61）施动者

67. embodiment（para. 61）具身化

68. iconicity（para. 61）像似性

69. meta-instrument（para. 63）元工具

70. embodied materiality（para. 63）具身物质性

第 2 章　人名汇总

1. Plutarch（para. 2、4、18、63）普鲁塔克

2. Apollo（para. 2、3、4、18、63）阿波罗

3. Charles Sanders Peirce（para. 7、9、11、12、13、15、16、22、28、70）查尔斯·桑德斯·皮尔斯

4. Harri Veivo（para. 7）哈里·维沃

5. Christina Ljungberg（para. 7）克里斯蒂娜·琳德伯格

6. Michael Cabot Haley（para. 14）迈克尔·卡博特·海利

7. Heidegger（para. 18）海德格尔

8. Jove（para. 19）朱庇特

9. Theodorus Papadopoulos（para. 20）西奥多鲁斯 · 帕帕多普洛斯

10. Masako K. Hiraga（para. 22）平贺雅子

11. John Benjamins（para. 22）约翰 · 本杰明

12. David S. Miall（para. 23、24）大卫 · S. 米勒

13. Milton（para. 24）弥尔顿

14. Coleridge（para. 24、25）柯勒律治

15. White and Sarkari（para. 27）怀特和萨卡里

16. Jordan Barrett（para. 27）乔丹 · 巴雷特

17. Jesse Somera（para. 27）杰西 · 萨梅拉

18. Peter Schjeldahl（para. 28）彼得 · 施耶达

19. William Eggleston（para. 28）威廉 · 埃格尔斯顿

20. Bill Bryson（para. 29）比尔 · 布莱森

21. Jeff Berkowitz（para. 30）杰夫 · 伯科维茨

22. Toluse Olorunnipa（para. 30）托卢塞 · 奥洛伦尼帕

23. Wittgenstein（para. 32）维特根斯坦

24. Adam Głaz（para. 32）亚当 · 格拉兹

25. Descartes（para. 35）笛卡儿

26. Colman（para. 35）科尔曼

27. Liane Ströbel（para. 36、38）莉安 · 斯特罗贝尔

28. Langer（para. 39）朗格

29. Bolinger（para. 39）博林格

30. Wellek and Warren（para. 39）韦勒克和沃伦

31. Tsur（para. 41）楚尔

32. Sean Pryor（para. 41）肖恩 · 普赖尔

33. Olga Fischer（para. 42）奥尔加 · 费舍尔

34. Winfried Nöth（para. 41）温弗里德 · 诺特

35. Max Nänny（para. 41）马克斯 · 纳尼

36. Leonard Talmy（para. 42、44、46）伦纳德 · 泰尔米

37. Jennifer MacCormack（para. 46）詹妮弗 · 麦科马克

38. Kristin Lindquist（para. 46）克里斯汀 · 林德奎斯特

39. George Henry Lewes（para. 47）乔治 · 亨利 · 刘易斯

40. Tennyson（para. 49、61）丁尼生

41. Herbert（para. 49）赫伯特

42. Mitchell（para. 49）米切尔

43. Louise Glück（para. 50）路易丝 · 格丽克

44. Alexander Pope（para. 51）亚历山大 · 蒲柏

45. Ben Jonson（para. 51）本 · 琼森

46. Wallace Stevens（para. 60）华莱士 · 史蒂文斯

47. Keats（para. 62）济慈

48. Lakoff and Turner（para. 65）莱考夫和特纳

第 3 章　专业名词汇总

1. semblance（para. 1）表象

2. gap（para. 2）鸿沟

3. metaphysics（para. 2）形而上学

4. negative criticism（para. 2）否定式批判

5. imitation（para. 6）模仿

6. representation（para. 6）再现

7. resemblance（para. 6）相似性

8. aesthetic mimesis（para. 7）审美模仿

9. experienced world（para. 9）经验世界

10. similarity（para. 12）同一性
11. iconic semblance（para. 12）象似性拟态；图符显像
12. *National Geographic*（para. 13）《国家地理》
13. cognitive intelligences（para. 15）认知智能
14. cognitive fluidity（para. 15）认知流动性
15. cognitive explosion（para. 15）认知爆炸
16. *Atlantic Monthly*（para. 16）《大西洋月刊》
17. projection（para. 18）投射
18. structural prosody（para. 20）结构韵律
19. manifestation（para. 22）显现；显象；具象化显在
20. *Wen-Hsin Tiao-Lung*（para. 23）《文心雕龙》
21. enabling（para. 25）使能；赋能
22. blocking（para. 25）力的阻碍
23. object（para. 25）客体
24. entity（para. 25）实体
25. causation（para. 25）因果关系
26. reify（para. 25）具体化
27. theory of force dynamics（para. 25）力动态理论
28. cognitive economy（para. 25）认知经济性；认知省力原则
29. mindfulness（para. 26）正念
30. identification（para. 27）认同
31. phenomenal experience（para. 33）现象体验
32. in-visibility（para. 34）不可见性
33. ontology（para. 34）本体论
34. embodied being（para. 34）具身存在
35. primordial experience（para. 36）原初经验

36. L'autre monde（autremonde）（para. 36）另一个世界

37. aseity（para. 37）自我存在

38. I-seity（para. 37）自我

39. self-identity（para. 37）自我认同

40. core consciousness（para. 37）核心意识

41. protoself（para. 37）原我

42. extended consciousness（para. 37）延展意识

43. re-attunement（para. 39）重新协调

44. transcendence（para. 40）超验性（超越性）

45. i-seic self（para. 40）自我

46. self-referential（para. 40）自我参照的；自我指涉的

47. aseic reality（para. 40）自我存在的现实

48. Iconicity Project（para. 40）像似性研究项目

49. felt experience（para. 40）感受经验；感知体验

50. immediacy（para. 41）即时性

51. in-visible in the visible（para. 43）可见中的不可见

52. *Of Mere Being*（para. 43）《纯粹的存在》

53. sound patterns（para. 43）语音模式

54. sense experience（para. 43）感觉经验

55. meter and rhythms（para. 43）格律节奏

56. presence of absence（para. 45）缺席的存在

57. *Ode to the West Wind*（para. 46）《西风颂》

58. terza rima（para. 46）三行诗节隔句押韵法

59. caesura（para. 47）停顿

60. trochaic（para. 47）扬抑格

61. tercet stanza（para. 47）三韵句；三行诗节

62. homophoric（para. 49）自指；自明指称

63. valenced emotion（para. 52）效价情绪；情感效价

64. poetic semblance（para. 58）诗歌的表象

第 3 章　人名汇总

1. Henry James（para. 1）亨利 · 詹姆斯
2. Brendan Galvin（para. 1、12、16）布伦丹 · 加尔文
3. William Stanley Merwin（para. 1、27、28、61）威廉 · 斯坦利 · 默温
4. Wallace Stevens（para. 1、10、41、42、43、48、56、58、60、61）华莱士 · 史蒂文斯
5. Susan Lange（para. 2、7、9、42、52）苏珊 · 朗格
6. Ben Hecht（para. 3）本 · 赫克特
7. Robert Silliman Hillyer（para. 3、5）罗伯特 · 西里曼 · 希利尔
8. Herbert J. C. Grierson（para. 5）赫伯特 · J.C. 格里尔森
9. Meyer Abrams（para. 6）迈尔 · 艾布拉姆斯
10. Meir Sternberg（para. 7）梅尔 · 斯特恩伯格
11. Hohle Fels（para. 13）霍勒 · 费尔
12. Stephen Owen（para. 14、15、22、24、25）宇文所安
13. Steven Mithen（para. 15）史蒂芬 · 密斯
14. Leonard Talmy（para. 25）伦纳德 · 泰尔米
15. Giambattista Vico（para. 25、26）詹巴蒂斯塔 · 维柯
16. Merleau Ponty（para. 34、36、37、42、43、60）梅洛 - 庞蒂
17. Paul Eluard（para. 36）保罗 · 艾吕亚
18. Yuriko Saito（para. 36）齐藤百合子
19. John Burnside（para. 36、38）约翰 · 伯恩赛

20. Reuven Tsur（para. 43）鲁文 · 楚尔

21. Helen Vendler（para. 44）海伦 · 文德勒

22. Harold Bloom（para. 48）哈罗德 · 布鲁姆

23. William Bevis（para. 44）威廉 · 贝维斯

24. Eleanor Cook（para. 48、49）埃莉诺 · 库克

25. Annie Finch（para. 46）安妮 · 芬奇

26. Paul Werth（para. 53）保罗 · 沃斯

27. Laura Hildalgo Downing（para. 53）劳拉 · 希尔达尔戈 · 唐宁

28. M. Focillon（para. 53）H. 福西永

第 4 章　专业名词汇总

1. poetic iconicity（para. 1）诗学象似性

2. embodied minding（para. 1）具身性心智活动

3. model of blending（para. 1）融合模式；交融模型；整合模型

4. domain（para. 3）域

5. Descartes' model of the mind-body split（para. 7）笛卡儿的身心分裂模型

6. poetic metaphor（para. 10）诗学隐喻

7. truth conditions（para. 10）真值条件

8. reductio ad absurdum（para. 12）归谬法

9. projection（para. 15）投射

10. pathetic fallacy（para. 17）感情误置

11. conceptual perceptions（para. 21）概念（性）感知

12. semeiosis（para. 22）符号化

13. hypoicon（para. 22）亚像似符

14. metaicon（para. 22）元图标

15. reciprocal relation（para. 24）交互关系

16. source domain（para. 27）始源域

17. target domain（para. 27）目标域

18. logos（para. 28）逻各斯

19. conceptual blending theory（para. 32）概念整合理论

20. emergent structure（para. 32）层创结构

21. similarity（para. 33）相似性

22. identity（para. 33）同一性

23. juxtaposition（para. 33）并置

24. class inclusion（para. 33）类包含

25. mapping（para. 33）映射

26. cognitive processing（para. 33）认知加工

27. archetypal motif（para. 34）原型母题

28. embodied experiences（para. 34）具身经验

29. Conceptual Metaphor Theory（para. 35）概念隐喻理论

30. Conceptual Integration Theory（para. 35）概念整合理论

31. preconscious（para. 36）前意识

32. precategorial（para. 36）前范畴

33. embodied cognition（para. 36）具身认知

34. hierarchy（para. 36）层次结构

35. sensate experience（para. 38）感官体验

36. symbol manipulation（para. 39）符号操纵

37. blended space（para. 41）整合空间

38. verbal icon（para. 41）语象

39. sensate feelings（para. 45）感官感觉

40. isomorphic and topological（para. 46）同构和拓扑

41. generic space（para. 46）类属空间

42. input space（para. 46）输入空间

43. simplex（para. 47）简单型

44. mirror（para. 47）镜像型

45. single-scope（para. 47）单域型

46. double-scope（para. 47）双域型

47. double-scope blending（para. 47）双域整合

48. psychological gestalt（para. 49）心理格式塔

49. cept（para. 50）感思

50. struct（para. 51）结构

第 4 章　人名汇总

1. Noah Webster（para. 3）诺亚 · 韦伯斯特

2. George Lakoff（para. 3、5、34、35、37）乔治 · 莱考夫

3. Mark Johnson（para. 3、35、37）马克 · 约翰逊

4. Barsalou（para. 5）巴尔萨洛

5. Nuñez（para. 5）努涅斯

6. Kahneman（para. 5）卡尼曼

7. Fauconnier（para. 5、32、35、46、50、51、52）福克尼尔

8. Turner（para. 5、32、35、46、48、50、51、52）特纳

9. Colin Murray Turbayne（para. 5、7、16）科林 · 默里 · 特贝恩

10. Robert · D. Stolorow（para. 7）罗伯特 · D. 斯托洛

11. Donald · C. Freeman（para. 10）唐纳德 · C. 弗里曼

12. Samuel · R. Levin（para. 10、12、13）塞缪尔 · R. 莱文

13. Carl Safina（para. 14）卡尔 · 沙芬纳

14. John Ruskin（para. 17、21、34、41）约翰 · 拉斯金

15. Haley（para. 22、23、24、30、47、48、49、51）海利

16. William Blake（para. 25、27、28、29、62）威廉 · 布莱克

17. Forceville（para. 27）福斯维尔

18. Goodblatt（para. 27）古德布拉特

19. Glicksohn（para. 27）纪克松

20. Jean.H. Hagstrom（para. 28）珍 · H. 哈格斯特龙

21. Stamenković（para. 33）斯塔门科维奇

22. Holyoak（para. 33）霍利奥克

23. Evans（para. 34）埃文斯

24. Leonard Talmy（para. 34）伦纳德 · 泰尔米

25. Zoltán Kövecses（para. 36）佐尔坦 · 科韦塞斯

26. Antonio Damasio（para. 36）安东尼奥 · 达马西奥

27. O'Regan（para. 39）欧里根

28. Wimsatt（para. 39）维姆萨特

29. Roman Jakobson（para. 40、41）罗曼 · 雅各布逊

30. Marius von Senden（para. 40）玛利乌斯 · 冯 · 森丹

31. Emily Dickinson（para. 42）艾米莉 · 狄金森

32. Millicent Todd（para. 42）迈克尔 · 托德

33. Mabel Loomis Todd（para. 42）梅布尔 · 卢米斯 · 托德

34. Masako Hiraga（para. 46、49）平贺正子

35. Brandt（para. 49、52）勃兰特

36. Brigitte Bardot（para. 50）碧姬 · 芭铎

37. Teenie Matlock（para. 50）提尼 · 马特洛克

38. James McCawley（para. 50）詹姆斯 · 麦考利

39. Seana Coulson（para. 50）西娜 · 库尔森

40. Frye（para. 55）弗莱
41. Sylvia Plath（para. 55、58、61、62）西尔维娅 · 普拉斯
42. Greenfield（para. 55）格林菲尔德
43. Calder（para. 55）考尔德
44. Eubanks（para. 59）尤班克斯

第 5 章 专业名词汇总

1. sensory-motor-emotive（para. 1）感觉 - 肌动 - 情感；感知 - 运动 - 情感
2. embodied schemata（para. 1）具身图式
3. metaphorical mapping（para. 1）隐喻映射
4. embodiment（para. 2）具身化
5. cartesian dichotomy（para. 2）笛卡儿二分法
6. embodied cognition（para. 2）具身认知
7. embedded cognition（para. 2）嵌入认知
8. enacted cognition（para. 2）具身认知
9. extended cognition（para. 2）延展认知
10. minding（para. 2）心智活动；心智运思；心智运作过程
11. sensate cognition（para. 3）感官认知
12. schematism（para. 3）图式主义
13. pure concepts（para. 3）纯概念
14. embodied experiences（para. 3）具身体验
15. image schemata（para. 4）意象图式
16. sensory experience（para. 6）感觉经验
17. motor function（para. 6）肌动功能
18. emotive forces（para. 6）情感力量

19. optical-ocular（para. 7）光学 - 眼
20. sensory perceptions（para. 8）感官感知；感官知觉
21. conceptual awareness（para. 9）概念意识
22. missing link（para. 10）缺环
23. sense perception（para. 10）感性知觉
24. PATH schema（para. 14）路径图式
25. isomorphic structure（para. 14）同构结构
26. preconscious sensate process（para. 17）前意识感觉过程
27. conscious conceptualizations（para. 17）意识概念化
28. embodied simulation experiments（para. 18）具身模拟实验
29. mental image（para. 18）心理形象
30. mapping strategy（para. 19）映射策略
31. presence（para. 20）在场
32. presence of seeing（para. 20）看见的在场
33. sensory experiences（para. 21）感觉经验
34. empathy（para. 24）移情
35. prosodic rhythms（para. 28）韵律节奏
36. CONTAINER schema（para. 29）容器图式
37. BALANCE schema（para. 29）平衡图式
38. ITERATION schema（para. 29）迭代图式
39. MASS schema（para. 29）海量图式
40. PROCESS schema（para. 29）过程图式
41. VERTICALITY schemata（para. 32）垂直性图式
42. SENSATE schemata（para. 38）感官图式
43. CENTER-PERIPHERY schemata（para. 39）中心 - 边缘图式
44. LINK schemata（para. 39）链接图式

45. physical manifestation（para. 43）物理表现

46. pure icon（para. 46）纯像似符

47. CYCLE/CIRCLE schemata（para. 61）循环 / 圆形图式

48. TRANSFORMATION schemata（para. 62）转换图式

第 5 章　人名汇总

1. Plath（para. 1、29、30、46）普拉斯

2. Li Bai（para. 1、32、33、36、37、46）李白

3. Elizabeth Bishop（para. 1、38、39、40、41、42、46）伊丽莎白 · 毕肖普

4. Robert Frost（para. 1、47、49、52、53、55、56、57、64）罗伯特 · 弗罗斯特

5. Emily Dickinson（para. 1、57、59、62、64、65）艾米莉 · 狄金森

6. Immanuel Kant（para. 1、3、10）伊曼努尔 · 康德

7. Damasio（para. 2、10、27）达马西奥

8. Forgas（para. 2）福加斯

9. Frijda（para. 2）弗里达

10. Ledoux（para. 2）勒杜克斯

11. O'Regan（para. 2、8、11、19、21、23）欧里根

12. Terrence Deacon（para. 2）泰伦斯 · 迪肯

13. Newen（para. 2）纽文

14. Wheeler（para. 2）惠勒

15. Mark Johnson（para. 3、5、14、17、47、57、58、61、64、65、66）马克 · 约翰逊

16. John Dewey（para. 6）约翰 · 杜威

17. Marc Champagne（para. 10）马克 · 尚帕涅

18. Daniel Strack（para. 10）丹尼尔 · 斯特拉克

19. Talmy（para. 10）泰尔米

20. Sinha（para. 11）辛哈

21. De Lopez（para. 11）德洛佩斯

22. Polly（para. 16、19）波利

23. Leslie（para. 16、19）莱斯利

24. Raymond W. Gibbs（para. 17、18）雷蒙德 · W. 吉布斯

25. Murray Smith（para. 23、25）默里 · 史密斯

26. Holyoak（para. 27）霍利约克

27. Thagard（para. 27）萨加德

28. Rudrauf（para. 27）鲁道夫

29. Lehmann（para. 27）莱曼

30. Fauconnier（para. 27）福克尼尔

31. Mark Turner（para. 27）特纳

32. Langer（para. 27）朗格

33. T. S. Eliot（para. 28）T. S. 艾略特

34. Jialong Zhao（para. 33）赵家龙

35. Frederick Turner（para. 36、37）弗雷德里克 · 特纳

36. M.Freeman（para. 38、57）M. 弗里曼

37. Wojcik-Leese（para. 38、39、40、41、42、44）沃伊茨克 - 利兹

38. Benedetto Groce（para. 43）贝内代托 · 克罗齐

39. Monteiro（para. 53）蒙泰罗

40. Norman Holland（para. 53）诺曼 · 霍兰德

41. Thomas Wentworth Higginson（para. 64）托马斯 · 温特沃斯 · 希金森

42. Thomas Johnson（para. 64）托马斯 · 约翰逊

43. Lakoff（para. 65）莱考夫

第 6 章　专业名词汇总

1. affect（para. 1）情动

2. conceptual awareness（para. 1）概念意识；概念认知

3. anima（para. 1）灵魂

4. structural prosody（para. 1）结构韵律

5. force dynamics（para. 2）力动态

6. affectio（para. 3）情状

7. affectus（para. 3）情动

8. agent（para. 3）施动者

9. patient（para. 3）受动者

10. rasa（para. 5）味

11. dhvani（para. 5）韵

12. synesthetics（para. 6）联觉

13. affective responses（para. 6）情感反应

14. affective interaction（para. 6）情感交互

15. physical experience（para. 7）身体经验

16. imaginative representations（para. 7）想象性表征

17. illusion（para. 9）幻象

18. poetic self（para. 10）诗意的自我

19. sensate feelings（para. 11）感官感受

20. subliminal（para. 11）潜意识的

21. precategorial（para. 11）前范畴

22. embodied minding（para. 11）具身性心智活动

23. sound patterning（para. 12）声音模式

24. meter and rhythm（para. 12）格律节奏

25. intention（para. 13）意图

26. linguistic representation（para. 15）语言表征

27. affective sensitivity（para. 16）情感敏感性

28. sense of identity（para. 18）生命感

29. élan vital（para. 19）旺盛的生命力

30. affective tone（para. 20）情感基调

31. metalinguistic features（para. 20）元语言特征

32. conceptual processing（para. 23）概念加工

33. preconscious experience（para. 26）前意识经验

34. conscious awareness（para. 26）意识觉知

35. physiological experiences（para. 26）生理体验

36. expressive cognition（para. 26）表达性认知

37. sensate cognition（para. 26、56）感官认知；感性认知

38. conceptual cognition（para. 26）概念认知

39. SCALE schema（para. 28）尺度图式；标度模式

40. motivation（para. 29）动机

41. embodiment（para. 30）具身化

42. sentient entities（para. 32）有感实体

43. kinesthetic movement（para. 32）动觉运动

44. agonist（para. 32）受力体

45. antagonist（para. 32）施力体

46. Force Dynamics Theory（para. 32）力动态理论

47. ANXIETY and FEAR schemata（para. 33）焦虑和恐惧图式

48. stanza break（para. 37）诗节换行

49. MOTION schema（para. 39）位移图式

50. CYCLE schema（para. 39）循环图式

51. CONTAINER schema（para. 39）容器图式
52. BOUNDARY schema（para. 39）边界图式；分界模式
53. argumentative discourse（para. 40）论辩话语
54. focal-point entity（para. 41）焦点实体
55. emotional resonance（para. 46）情感共鸣
56. self 's homeostasis（para. 45）自我的内稳态
57. archetypal troping（para. 49）原型转义
58. sensory perceptions（para. 49）感官感知；感官知觉
59. EMISSION schema（para. 51）发射图式
60. RESISTANCE schema（para. 51）抵抗图式；抵抗模式

第 6 章　人名汇总

1. Thomas Hardy（para. 1、21、22、24）托马斯 · 哈代
2. Wallace Stevens（para. 1）华莱士 · 史蒂文斯
3. George Henry Lewes（para. 1、42）乔治 · 亨利 · 刘易斯
4. John Robert Ross（para. 2、15、37、38、45、53、55）约翰 · 罗伯特 · 罗斯
5. Reuven Tsur（para. 8、12、14、19、21）鲁文 · 楚尔
6. Michael Burke（para. 2）迈克尔 · 伯克
7. Eefje Claassen（para. 2）伊夫杰 · 克拉森
8. David S. Miall（para. 2）戴维 · S. 迈阿尔
9. Van Peer（para. 2）范 · 皮尔
10. Brian L. Ott（para. 3）布赖恩 · L. 奥特
11. Meir Sternberg（para. 5、23）梅尔 · 斯特恩伯格
12. T. S. Eliot（para. 5）T. S. 艾略特
13. Casaubon（para. 5）卡苏朋

14. Dorothea（para. 5）多萝西娅

15. Will Ladislaw（para. 5）威尔 · 拉迪斯拉夫

16. Edward Bullough（para. 5）爱德华 · 布洛

17. Susanne Langer（para. 5、8、9、10、18、55、59）苏珊 · 朗格

18. Patrick Colm Hogan（para. 5、6）帕特里克 · 科尔姆 · 霍根

19. Royall Tyler（para. 5）罗亚尔 · 泰勒

20. Dacher Keltner（para. 6）达切尔 · 克特纳

21. Arthur M. Jacobs（para. 8）阿瑟 · M. 雅各布斯

22. Antonio Damasio（para. 7、8、43）安东尼奥 · 达马西奥

23. Joseph LeDoux（para. 7、8、52、54）约瑟夫 · 勒杜克斯

24. Ortony（para. 8）奥托尼

25. Slim Masmoudi（para. 8）斯利姆 · 马斯穆迪

26. Lisa Feldman Barrett（para. 8）莉莎 · 费德曼 · 巴瑞特

27. Wager（para. 8）维格

28. Kövecses（para. 8）科韦塞斯

29. Maalej（para. 8、38）马莱杰

30. Witter Bynner（para. 9）维特 · 宾纳

31. Wei Ying-wu（para. 9）韦应物

32. Richard Cureton（para. 12）理查德 · 库尔顿

33. Hillary Clinton（para. 13）希拉里 · 克林顿

34. Donald Trump（para. 13）唐纳德 · 特朗普

35. Cui Hui-tong（para. 14）崔惠童

36. William Carlos Williams（para. 15、16、17）威廉 · 卡洛斯 · 威廉姆斯

37. Donald Hall（para. 16、21）唐纳德 · 霍尔

38. Samuel Hynes（para. 21）塞缪尔 · 海因斯

39. Mark Johnson（para. 26）马克 · 约翰逊

40. Elaine Fox（para. 28）伊莱恩 · 福克斯

41. Frühholz（para. 28）弗洛霍兹

42. Grandjean（para. 28）格朗让

43. Leonard Talmy（para. 32）伦纳德 · 泰尔米

44. L. W. Payne Jr.（para. 33）L.W. 佩恩

45. Barry Holstein（para. 35）巴里 · 霍斯顿

46. Harold Bloom（para. 36）哈罗德 · 布鲁姆

47. Eleanor Cook（para. 36、46）埃莉诺 · 库克

48. Charles Rosen（para. 43）查尔斯 · 罗森

49. Claiborne Rice（para. 43）克莱本 · 赖斯

50. Donald Freeman（para. 46）唐纳德 · 弗里曼

51. Cristóbal Pagán Cánovas（para. 51）克里斯托巴尔 · 帕根 · 卡诺瓦斯

第 7 章　专业名词汇总

1. aesthetic coherence（para. 1）审美连贯性

2. iconic motivation（para. 1）像似性动机；像似性理据

3. cognitive faculties（para. 1）认知能力

4. artifact（para. 2）人工制品

5. mapping across domains（para. 2）跨域映射

6. conceptual metaphor（para. 2）概念隐喻

7. isomorphism（para. 3）同构

8. simulation（para. 3）模拟

9. conventional immediacy（para. 3）常规即时性

10. primordial being（para. 3）原初经验

11. presence of absence（para. 3）缺席的存在

12. absence（para. 3）缺席

13. void（para. 3）虚空

14. motivating force（para. 4）驱动力

15. empirical investigation（para. 4）实证研究

16. motivating metaphor（para. 4）激发隐喻

17. turn（para. 6）转折

18. volta（para. 6）转变

19. octet（para. 6）八行诗节

20. sestet（para. 6）六行诗节

21. cognitive strategies（para. 6）认知策略

22. emotional engagement（para. 6）情感投入

23. inscription（para. 7）铭文

24. felt reality（para. 7）可感知的现实

25. low back-rounded（para. 9）低后圆唇音

26. emergent structure（para. 10）层创结构

27. gestalt（para. 10）格式塔

28. agency（para. 11）能动性

29. metaphoric schema（para. 11）隐喻图式

30. temporal reference（para. 13）时间参考

31. entropy（para. 15）熵

32. PROCESS schema（para. 15）过程图式

33. shifting（para. 16）转移

34. vowel assonance（para. 17）元音谐音

35. mimicry（para. 17）模仿

36. image schema（para. 19）意象图式

37. mind（para. 24）心智

38. gap（para. 25）鸿沟
39. asceticism（para. 27）禁欲主义
40. presentness（para. 28）当下性
41. poetic expression（para. 29）诗学表达
42. nothingness（para. 31）虚无
43. conceptualization（para. 33）概念化
44. ontological reality（para. 34）本体实在
45. force-dynamic duality（para. 35）力量 - 动态二元性
46. patient（para. 37）受动者
47. agent（para. 37）施动者
48. antagonist（para. 37）施力体
49. agonist（para. 37）受力体
50. CONTAINMENT schema（para. 43）容器图式
51. unity and coherence（para. 60）统一性和连贯性
52. Other（para. 61）他者
53. aesthetic faculty（para. 61）审美能力；审美官能

第 7 章　人名汇总

1. Wallace Stevens（para. 1、9、29、30、31、33、34、35、37、40、41、42、43、46、47、50、55）华莱士 · 史蒂文斯
2. Percy Bysshe Shelley（para. 4、6、7、8、12、15、16、17、18、19、20、21）珀西 · 比希 · 雪莱
3. Horace Smith（para. 4、6、7、8、9、10、11、12、13）贺拉斯 · 史密斯
4. Margaret Freeman（para. 4）玛格丽特 · 弗里曼
5. Donald Freeman（para. 8）唐纳德 · 弗里曼

6. Glirastes（para. 4）格利拉斯特斯

7. Ozymandias（para. 6）奥兹曼迪亚斯

8. Diodorus Siculus（para. 7）狄奥多罗斯 · 西库路斯

9. John Rodenbeck（para. 7）约翰 · 罗登贝克

10. Peer Bungaard（para. 10）皮尔 · 布恩加德

11. Jacob Lunddahl Pedersen（para. 12）雅各布 · 伦达尔 · 佩德森

12. Austin（para. 15）奥斯汀

13. Tsur（para. 15）楚尔

14. Ewa Cruschiel（para. 19）伊娃 · 克鲁西尔

15. Rushdie（para. 22、24）拉什迪

16. Aleksander（para. 25）亚历山大

17. Modell（para. 25）莫德尔

18. Velmans（para. 25）威尔曼斯

19. Ellen Spolsky（para. 25）艾伦 · 斯波尔斯基

20. Lakoff（para. 25、35、37）莱考夫

21. Johnson（para. 25、35、37）约翰逊

22. Chan, Lisan（para. 25）陈丽珊

23. Churchland（para. 25）丘奇兰德

24. Deacon（para. 25）迪肯

25. Hutchins（para. 26）哈钦斯

26. Bhabani Bhattacharya（para. 27）巴巴尼 · 巴塔查里亚

27. Sumita（para. 27）苏米塔

28. Bhashkar（para. 27）巴什卡尔

29. Merleau-Ponty（para. 28）梅洛 - 庞蒂

30. Morse（para. 29）莫尔斯

31. Bloom（para. 29）布鲁姆

32. Eluard（para. 31）艾吕亚

33. Sartre（para. 31）萨特

34. Leonard Talmy（para. 37）伦纳德 · 泰尔米

35. Lewes（para. 38、50）刘易斯

36. Hillis Miller（para. 46）希利斯 · 米勒

37. Bobby Leggett（para. 46）鲍比 · 莱格特

38. Matlock（para. 56）马特洛克

39. Coulson（para. 56）库尔森

40. Rainer Maria Rilke（para. 57）赖纳 · 马利亚 · 里尔克

41. Art Beck（para. 57）阿特 · 贝克

42. Bernd Jager（para. 59）伯恩德 · 雅格

第 8 章　专业名词汇总

1. aesthetic cognition（para. 1）审美认知

2. poetic iconicity（para. 1）诗学象似性

3. *The Last Word*（para. 1）《最后的话》

4. *Dover Beach*（para. 1）《多佛尔海滩》

5. aesthetic faculty（para. 1）审美能力；审美官能

6. faculty（para. 1）能力；官能

7. felt being of reality（para. 1）现实的感受存在

8. environmetal aesthetics（para. 2）环境美学

9. sensory impressions（para. 3、19）感官印象

10. sensory perception（para. 4）感官感知；感官知觉

11. mind-body split（para. 5）身心分裂

12. paideia（para. 5）教化

13. inherited powers（para. 7）固有禀赋

14. empathetic（para. 9）移情的

15. evaluative judgment（para. 10）评价性判断

16. minding（para. 10）心智活动；心智运思；心智运作过程

17. methodology（para. 10）方法论

18. semblance（para. 10）表象

19. topoi（para. 12）主题

20. conceptual analogy（para. 12）概念类比

21. metaphorical mapping（para. 14）隐喻映射

22. conceptual metaphor（para. 14）概念隐喻

23. experiential metaphor（para. 14）经验型隐喻

24. imaginative identification（para. 14）想象性认同

25. neuromania（para. 15）神经狂热主义

26. immaterial artifacts（para. 16）非物质人工制品

27. iconic motivation（para. 18）像似性动机；像似性理据

28. discursive language（para. 20）论述性语言

29. aesthetic language（para. 20）审美语言

30. precategorial（para. 20）前范畴的

31. epigram（para. 20）警句

32. mineraloid（para. 23）类矿物

33. Amethyst Galleries（para. 23）艾美西斯画廊

34. preserve（para. 25）保存

35. for all eternity（para. 25）直到永远

36. polysyllabic words（para. 27）多音节单词

37. oral quality（para. 27）口语质量；口头表达质量

38. ballad meter（para. 27）民谣格律

39. aesthetic effects（para. 27）美学效果

40. monosyllables（para. 27）单音节词

41. inscribing（para. 27）题词

42. suprasegmental effects（para. 28）超音段效应

43. burial（para. 28）埋葬

44. icon（in semiotics）（para. 32）（符号论中的）图像

45. iconic enactment（para. 32）符号事件

46. preaesthetic（para. 33 ）前审美的

47. addressee（para. 40）听者；读者；受众；收信人；收件人

48. iconic aesthetics（para. 49）像似性美学

49. rhyme scheme（para. 51）押韵格式（韵律）

50. sestet（para. 52）六行诗节

51. octet（para. 52）八行诗节

52. force dynamic schemas（para. 55）力量动态图式

53. container schema（para. 55）容器图式

54. image schemas（para. 55）意象图式

55. sensus communis（common sense）（para. 56）共通感；常识

56. poetic wisdom（para. 58）诗性智慧

57. archetypal imaginative universals（para. 58）原型想象的共相；原型想象的普遍性

58. universals（para. 59）共相

59. poetic mind（para. 64）诗学思维

60. poetic illusion（para. 71）诗性镜像

61. cultural universality（para. 70）文化普遍性

62. sensate representations（para. 71）感官表征；感觉表征

第 8 章　人名汇总

1. Matthew Arnold（para. 1、34、35、36、37、39、40、42、43、44、45、46、48、51、53、54、56、58、59、62、64、67、68、69）马修 · 阿诺德

2. Bence Nanay（para. 4）本斯 · 纳内

3. Inga Brinck（para. 4）因加 · 布林克

4. James I. Porter（para. 4）詹姆斯 · I. 波特

5. Yuriko Saito（para. 4）齐藤百合子

6. Jaeger（para. 5）耶格

7. Baumgarten（para. 6、71）鲍姆加滕

8. Hans Adler（para. 6）汉斯 · 阿德勒

9. Vico（para. 12、16、52、56、57、58、62、64、66）维柯

10. Damasio（para. 15、54）达马西奥

11. Fuchs（para. 15）福克斯

12. Lutterbie（para. 15）卢特比

13. Terrence Deacon（para. 15）泰伦斯 · 迪肯

14. Terence Cave（para. 15）特伦斯 · 凯夫

15. Raymond Tallis（para. 15）雷蒙德 · 塔利斯

16. Scruton（para. 17）斯克鲁顿

17. Munro（para. 17）芒罗

18. Bowersock（para. 20、22）鲍尔索克

19. Marcus Valerius Martialis（para. 20、22、23、26、28、32）马库斯 · 瓦列里乌斯 · 马提亚尔

20. D. R. Shackleton Bailey（para. 22、26、27、28）D.R. 沙克尔顿 · 贝利

21. Garry Wills（para. 24、27、28、29、32、56）加里 · 威尔斯

22. Benedetto Croce（para. 10、12、29、56）贝内代托 · 克罗齐

23. Roman Ingarden（para. 33）罗曼 · 英伽登

24. Robert Stallman（para. 34、36、38）罗伯特 · 斯托曼

25. Christopher Nield（para. 36、38、39、43）克里斯托 · 尼尔德

26. Georges-Louis Leclerc, Comtede Buffon（para. 45）乔治 - 路易斯 · 勒克莱尔，布冯伯爵

27. Masako Takeda（para. 46）武田雅子

28. Coulling（para. 47）库林

29. Holland（para. 49、59）霍兰德

30. Lancashire（para. 49、51）兰开夏

31. Robinson（para. 49）罗宾逊

32. Sophocles（para. 49）索福克勒斯

33. Thucydides（para. 49）修昔底德

34. Zoltán Kövecses（para. 49、53、54）佐尔坦 · 科韦塞斯

35. LeDoux（para. 54）勒杜克斯

36. Ruskin（para. 54、62）拉斯金

37. Verene（para. 56）维瑞恩

38. George Gleason（para. 62）乔治 · 格里森

第三部分　各章节原文中出现的诗歌，附中文翻译

2.4 *An Essay on Criticism*（Excerpt）

by Alexander Pope

But most by numbers judge a poet's song:

And smooth or rough, with them, is right or wrong:

In the bright muse, though thousand charms conspire,

Her voice is all these tuneful fools admire;

Who haunt Parnassus but to please their ear,
Not mend their minds; as some to church repair,
Not for the doctrine, but the music there.
These equal syllables alone require,
Though oft the ear the open vowels tire;
While expletives their feeble aid do join;
And ten low words oft creep in one dull line:
While they ring round the same unvaried chimes,
With sure returns of still expected rhymes;
Where'er you find "the cooling western breeze,"
In the next line, it "whispers through the trees" :
If crystal streams "with pleasing murmurs creep" :
The reader's threaten'd (not in vain) with "sleep. "
Then, at the last and only couplet fraught
With some unmeaning thing they call a thought,
A needless Alexandrine ends the song,
That, like a wounded snake, drags its slow length along.
Leave such to tune their own dull rhymes, and know
What's roundly smooth, or languishingly slow;
And praise the easy vigour of a line,
Where Denham's strength, and Waller's sweetness join.
True ease in writing comes from art, not chance,
As those move easiest who have learn'd to dance.
'Tis not enough no harshness gives offence,
The sound must seem an eccho to the sense:
Soft is the strain when Zephyr gently blows,

And the smooth stream in smoother numbers flows;
But when loud billows lash the sounding shore,
The hoarse, rough verse should like the torrent roar.
When Ajax strives some rock's vast weight to throw,
The line too labours, and the words move slow.
Not so, when swift Camilla scours the plain,
Flies o'er the unbending corn and skims along the main.

亚历山大·蒲柏：《论批评》（节选）

（张艾，方慧夏 / 译）

人们喜好以韵律，评判诗作，
以平顺或粗糙，区分对错。
身处明堂的缪斯，纵然受万千拥戴，
可傻子们只挑她谐美的音色钟爱。
人们频登帕纳塞斯山，只为怡耳悦意，
并非修身养性，就像人们常去教会洗礼，
只为那圣歌太动听，而不是读教义。
往往只需要长短一致的音节配合，
尽管持续的开元音已疲惫了耳膜。
即便添加虚词，稍微助长气势，
不出彩的十个字，终只集结成一行无趣的诗：
他们不断敲击的乐钟，毫无音色起伏之美妙，
韵脚也总是未先唱已能预料。
只要出现“凉爽的西风”，
下一行就是“低吟在树丛中”：
如果“晶莹的流水”，接的是“涓涓而流细语潺潺”：

一定预示着（且绝对会让）读者“睡意酣”。
随之而来最末处唯一的对仗，
被索然寡味填满，人们称之为思想。
累赘的亚历山大式句子，结束了整诗。
像一条受伤的蛇，拖拽长长的身子。
那拼凑押韵的无聊游戏，别去着眼，
只需知道什么是通顺流畅，什么是温情弛缓。
去赞美活力纯粹的那一行，
德纳姆的力量，佐以沃勒的柔肠。
写作要见真功夫，来自技艺而非机遇，
只有学舞之人，才能轻盈步移。
仅摆脱粗糙远未足矣，
音起声声须回响意义。
当和风轻拂，音调也柔和抒情，
当川流不息，韵律更平稳畅行。
但当惊涛骇浪拍击海岸，发出呼啸，
嘶哑粗糙的诗篇便如狂流咆哮。
当埃阿斯投掷巨石奋力抗击，
诗句也铆足了劲，文字缓慢铿锵有力。
当敏捷的卡米拉疾飞过平原，一切又改变，
她越过一大片谷物，掠过海洋。

2.4 *Bantams in Pine-Woods*

by Wallace Stevens

Chieftain Iffucan of Azcan in caftan
Of tan with henna hackles, halt!

Damned universal cock, as if the sun
Was blackamoor to bear your blazing tail.

Fat! Fat! Fat! Fat! I am the personal.
Your world is you. I am my world.

You ten-foot poet among inchlings. Fat!
Begone! An inchling bristles in these pines,

Bristles, and points their Appalachian tangs,
And fears not portly Azcan nor his hoos.

译文 1　华莱士·史蒂文斯：《松树林里的矮脚鸡》

（陈东飚 / 译）[①]

穿着有红指甲花颈毛的棕褐色的
长袖衣的阿兹坎的伊弗尤坎酋长，立定！

该死宇宙公鸡，仿佛太阳
是身负你炽烈的尾巴的黑摩尔金鱼。

肥！肥！肥！肥！我就是那个体。
你的世界是你。我是我的世界。

你这小不点里的十尺诗人。肥！

① 译者注：引自华莱士·史蒂文斯．最高虚构笔记：史蒂文斯诗文集 [M]. 陈东飚，张枣，译．上海：华东师范大学出版社，2009:64.

滚开！一个小不点在这些松树中耸起，

耸起，指向它们的阿巴拉契亚气味，
而无惧那壮硕的阿兹坎人或他的呼哈。

译文 2　华莱士·史蒂文斯：《松树林里的矮脚鸡》

（徐畔 / 译）

阿兹坎酋长伊夫坎身着长袍
棕肤染着指甲花，颈毛如羽，停下！

该死的普世公鸡，仿佛太阳
是黑人来背负你那燃烧的尾巴。

胖！胖！胖！胖！我是独立的个体。
你的世界是你。我的世界是我。（你的世界是你自己。我是我自己的天地。）

你这十尺高的诗人，在这些矮子中间。真胖！
滚开！矮子在这松林里也昂首挺胸。

鬃毛竖起，尖刺着阿巴拉契亚的锋芒，
也不惧阿兹坎那魁梧身躯和吼叫。

2.4 *To Autumn*

by John Keats

Season of mists and mellow fruitfulness,

Close bosom-friend of the maturing sun;

Conspiring with him how to load and bless
With fruit the vines that round the thatch-eaves run;
To bend with apples the moss'd cottage-trees,
And fill all fruit with ripeness to the core;
To swell the gourd, and plump the hazel shells
With a sweet kernel; to set the budding more,
And still more, later flowers for the bees,
Until they think warm days will never cease,
For Summer has o'er-brimm'd their clammy cells.

译文 1　约翰·济慈：《秋颂》（节选）

（屠岸 / 译）

雾霭的季节，果实圆熟的时令，
你跟催熟万类的太阳是密友；
同他合谋着怎样使藤蔓有幸
挂住累累果实绕茅檐攀走；
让苹果压弯农家苔绿的果树，
教每只水果都打心子里熟透；
教葫芦变大；榛子的外壳胀鼓鼓
包着甜果仁；使迟到的花儿这时候
开放，不断地开放，把蜜蜂牵住，
让蜜蜂以为暖和的光景要长驻；
看夏季已从黏稠的蜂巢里溢出。

译文 2　约翰·济慈：《秋颂》（节选）

（查良铮 / 译）

雾气洋溢、果实圆熟的秋，
你和成熟的太阳成为友伴；
你们密谋用累累的珠球，
缀满茅屋檐下的葡萄藤蔓；
使屋前的老树背负着苹果，
让熟味透进果实的心中，
使葫芦胀大，鼓起了榛子壳，
好塞进甜核；又为了蜜蜂
一次一次开放过迟的花朵，
使它们以为日子将永远暖和，
因为夏季早填满它们的粘巢。

3.1 *Flute*

by Brendan Galvin

Tapper and tinkerer, whenever
back in the trees a bird seemed
to be singing, See see me,
it drew you out of the rhythms
of your work. Time and again
you considered how a gourd rattle
could sound like a fistful of pebbles
against stone, or the first patter
of wind-tossed rain, and the clopping
of two rocks together like

aurochs hooves. Depending on
the hand, a skin stretched
on a hoop might be subtle enough
for heartbeats, or the first fisted
rumble of a storm. But with nothing
more than their beaks, the birds
made their whoops and carrocks
to announce a triumph or ask
sweet questions. So when you came
across the bones of a griffon vulture
on a field, and began to study
its wreckage for useful parts,
I can see you snapping off a likely
section of wing bone and rubbing it
with a chamois rag too far gone to wear,
thinking it over as that bird
among the leaves seemed to be
taunting See me see me, see see me,
and instead of sharpening the bone
you split it along both sides
with a flint point, then fit your fingers
to where you'd drill the holes before
you made it one bone again
and tried your breath down its length,
Thweep fee seep me in every variation
but the bird's, though already

children by the fire were pointing
and running to you up the field.

布伦丹·加尔文：《长笛》

（徐畔 / 译）

敲敲打打的你，每当
树林里有鸟儿似乎在
唱着“看我，看我”，
这歌声总会把你从
工作的节奏中拉出来。一次又一次
你琢磨着葫芦摇铃
如何能发出像一把鹅卵石
击打石头的声音，
或是风卷雨落
的第一滴声，还有两块石头相击
发出的声响，就像
野牛的蹄声。全凭一双巧手，
绷在圆环上的皮膜
可以轻柔到能模仿心跳，
或是暴风雨初起时的低沉轰鸣。
但仅凭它们的喙，
鸟儿们发出欢呼和鸣叫，
宣告胜利或甜蜜地发问。
所以当你在田野上发现
一只兀鹫的骨头，开始研究
它的残骸以寻找可用的部分，

我能想象你折下一段合适的
翅膀骨，用一块破旧得不能再穿的
鹿皮擦着它，一边想着
那树林里的鸟儿似乎在
嘲弄着“看我，看我，看我”，
你没有去磨尖骨头，而是用
燧石尖端沿着两边把它劈开，
然后用手指
比划着要在哪儿钻孔，
再把它重新拼成一根骨头，
试着用气吹过它的长度，
发出各种各样的声音
但鸟儿们，尽管已经
孩子们在炉火旁指指点点
跑着穿过田野向你奔来。

3. 2 *The Dry Stone Mason*

by W. S. Merwin

The mason is dead the gentle drunk
Master of dry walls
What he made of his years crosses the slopes without wavering
Upright but nameless
Ignorant in the new winter
Rubbed by running sheep
But the age of mortar has come to him

Bottles are waiting like fallen shrines
Under different trees in the rain
And stones drip where his hands left them
Leaning slightly inwards
His thirst is past

As he had no wife
The neighbors found where he kept his suit
A man with no family they sat with him
When he was carried through them they stood by their own dead
And they have buried him among the graves of the stones

译文 1　W.S. 默温：《砌石匠》

（伽禾 / 译）

石匠死了温和的酒鬼
干砌的手艺一流
他砌好的墙在山坡上蜿蜒
屹立，默默无闻
无惧又一个冬天
被奔跑的羊群摩擦
然而砂浆的时代已经来临

瓶子等待着像坍塌的庙宇
在雨中不同的树下
他的手触摸过的石头湿漉漉
稍稍向里倾斜

他的渴望成了过去

既然他没有妻子
邻居找到了他放衣服的地方
没有家庭的男人，他们和他坐在一起
他被抬走他们守着他们自己的死
他们把他葬在石头坟墓

译文 2　W.S. 默温：《砌石匠》

（徐畔 / 译）

石匠已逝，那温和的醉汉
砌墙的行家
他一生的杰作在山坡上屹立不倒
正直却默默无闻
在新冬里懵懂无知
被羊群的蹄子蹭来蹭去
然而砂浆时代已经来到他身边

瓶子像倒下的神龛般静候着
在雨中的不同树下
他双手曾触碰过的地方，石块滴水
微微向内倾斜
他的干渴已止

因为他没有妻子
邻居们找到了他存放西装的地方

一个没有家人的男人，他们陪着他

当他被抬着从他们面前经过时，他们守在自己的亲人墓旁

他们把他埋在了石墓群中

3. 3 No. 19

by Emily Dickinson

A sepal-petal-and a thorn

Opon a common summer's morn-

A flask of Dew-a Bee or two-

A Breeze-a'caper in the trees-

And I'm a Rose!

艾米莉·狄金森：《玫瑰的荆棘》

（佚名 / 译）

一个萼片—一叶花瓣—和一根荆棘

在一个普通的夏日晨曦—

一瓶露水—一只或两只蜜蜂—

一缕轻风—一株马槟榔长在树林里—

而我，则是一朵玫瑰！

3.4 *Of Mere Being*

by Wallace Stevens

The palm at the end of the mind

Beyond the last thought, rises

In the bronze décor,

A gold-feathered bird
Sings in the palm, without human meaning,
Without human feeling, a foreign song.

You know then that it is not the reason
That makes us happy or unhappy.
The bird sings. Its feathers shine.

The palm stands on the edge of space.
The wind moves slowly in the branches.
The bird's fire-fangled feathers dangle down.

华莱士·史蒂文斯：《纯粹的存在》

（马永波 / 译）

心灵尽头的棕榈
超越最后的思想，升起
在青铜的背景中，

金羽毛的鸟
在树上歌唱，没有人的意义，
没有人的感情，一首异国之歌。

你知道不是理智
使我们幸福与否。
鸟在歌唱。羽毛闪闪发光。

棕榈站在宇宙的边缘。
风在枝叶间缓缓移动。
鸟儿垂下火焰的羽毛。

4. 4 *The Divine Image*

by William Blake

To Mercy Pity Peace and Love
All pray in their distress:
And to these virtues of delight
Return their thankfulness.
For Mercy Pity Peace and Love,
Is God our father dear:
And Mercy Pity Peace and Love,
Is Man his child and care.
For Mercy has a human heart
Pity a human face:
And Love, the human form divine,
And Peace, the human dress.
Then every man of every clime
That prays in his distress,
Prays to the human form divine
Love Mercy Pity Peace.
And all must love the human form,
In heathen, turk or jew,
Where Mercy, Love & Pity dwell
There God is dwelling too.

译文 1　威廉·布莱克：《神圣的形象》

（王佐良 / 译）

受难的人个个祈求
爱、仁慈、怜悯、和平，
对这些可喜的美德
报答他们的感激之情。
爱、仁慈、怜悯、和平，
原是上帝，我们亲爱的父亲；
爱、仁慈、怜悯、和平，
又是人，上帝的孩子和亲人。
原来仁慈有一颗人心，
怜悯有一张人的脸蛋，
爱有一副神圣的人形，
和平有一身人的衣衫。
在四面八方祈求的
所有一切受难的人们，
都向那神圣的人形祈求
向爱、仁慈、怜悯、和平。
人人都得爱这个人的形象，
不管它是异教徒，回教徒，犹太人；
哪儿有仁慈、爱和怜悯，
哪儿就有上帝和神。

译文 2　威廉·布莱克：《神圣的形象》

（徐畔 / 译）

仁慈、怜悯、和平和爱

所有人都在痛苦中祈祷：
以及这些快乐的美德
回报他们的感谢。

仁慈、怜悯、和平和爱
是上帝，我们亲爱的父亲：
仁慈、怜悯、和平和爱，
是人类，上帝的孩子和关怀。

仁慈有一颗人的心
怜悯有一张人的脸：
爱有一副神圣的人形，
和平有一身人的衣衫。

然后每个地方的每个人
在他的危难中祈祷，
都向那神圣的人形祈求
爱、仁慈、怜悯、和平。

人人都得爱这个人的形象，
不管它是异教徒，回教徒，犹太人，
哪儿有仁慈、爱和怜悯
哪儿就有上帝和神。

4. 7 *'Twas here my summer paused*

by Emily Dickinson 1756

'Twas here my summer paused
What ripeness after then
To other scene or other soul
My sentence had begun.

To winter to remove
With winter to abide
Go manacle your icicle
Against your Tropic Bride.

艾米莉·狄金森：《我的夏天就此驻足》

（蒲隆 / 译）

我的夏天就此驻足
然后，对别的场景，
或别的灵魂，什么成熟
开始了我的判刑。

向冬天迁移
与冬天同房
铐住你的冰锥
别碰你那热带新娘。

4.8 *Metaphors*

by Sylvia Plath

I'm a riddle in nine syllables,
An elephant, a ponderous house,
A melon strolling on two tendrils,
O red fruit, ivory, fine timbers!
This loaf's big with its yeasty rising.
Money's new-minted in this fat purse.
I'm a means, a stage, a cow in calf.
I've eaten a bag of green apples,
Boarded the train there's no getting off.

译文 1　西尔维娅·普拉斯：《隐喻》

（徐畔 李翼 / 译）

我是一个九音节的谜语，
一头大象，一座笨重的房子，
一个靠两条藤漫步的西瓜。
噢，红色的果实，象牙，精美的木料！
这面包发酵隆起，变大。
鼓鼓的钱夹里铸出新币。
我是一种手段，一个舞台，一头多产的母牛。
我吃了一袋青苹果，
上了一列不能下去的火车。

译文 2　西尔维娅·普拉斯：《隐喻》

（徐畔 / 译）

我是个九音节的谜语，
一头大象，一座沉重的房屋，
一个瓜儿在两根藤上漫步，
哦，红果，象牙，上等木材！
面包因酵母发酵充分而体积硕大。
这鼓鼓的钱袋里装满了新铸的钱币。
我是手段，是舞台，是怀胎的母牛。
我吃了一袋青苹果，
登上这趟列车便无法下车。

5.6 *Shudaonan*

(Li Bai, translated by Frederick Turner and Y. D.)

Ah, terrible, that road!
How dangerous, how high!
The road to Shu is the most dreadful way,
Harder to climb than is the deep blue sky.
The realms of Can Cong and Yu Fu go back
To foundings lost to human memory;
Forty-eight thousand years since then
they let go drifting by
But never with the forts of Qin
shared message or reply.
The western face of Mount Tai Bai
is where the wild birds fly,

Migrants that find their way across
the summit of E Mei.
It's said the mountain broke and fell
in a great landslide
and many brave men died
And afterward the stair of heaven was joined
to the cliff causeway.

Above, a peak so high
the six swift dragons of the sun must veer aside;
Below, a rushing flood whose churning waves
turn back in whirlpools on themselves.
Even the yellow crane can not pass here,
whose element's the sky;
The very apes wish they could cross,
but fear to climb so high.
So spiraled round is Qi Ni Pinnacle,
To climb a hundred steps takes nine
whole circuits of the stone;
You touch Orion, Gemini,
you look up, hold your breath
-You stroke your overburdened chest
-you heave a long deep sigh.
I ask you, traveler in the West,
when, sir, will you return?
That dreadful road, those towering cliffs –

you cannot pass that way,
Where in the ancient trees the birds
scream out their grieving cry,
And through primeval forest shades
the males, then females, fly;
The cuckoo, too, mourns its sad lullaby,
The haunted moon in empty mountains high.
The road to Shu is the most dreadful way,
Harder to climb than is the deep blue sky.
That youthful bloom, you who hear this,
well may it turn to grey!

Scarcely a foot away from heaven
there hangs a withered pine,
That clings against a precipice
twisted and upside down.
The flying torrents, waterfalls,
strive in a rumbling roar,
Ten thousand avalanches crash
in chasms far and near.
If then so perilous as it is here,
Ah, you who travel from so far away,
What reason brings you hither, why, O why?
The pass of Jian Ge climbs among
steep towers to the sky,
If one man guards the narrow way,

ten thousand can't get by;
Whoever guards it must be trustworthy
Lest we become the wolf's and jackal's prey.
Shun the tiger in the dawn,
In the night beware the snake;
Grinding tooth and bloody yawn
Many many lives do take.
Though pleasures can be found in Brocade Town
You're better off at home, for your own sake.

The road to Shu is the most dreadful way,
Harder to climb than is the deep blue sky.
I turn toward the distant west,
and heave a long deep sigh!

《蜀道难》

［唐代］（李白）

噫吁嚱，危乎高哉！
蜀道之难，难于上青天！
蚕丛及鱼凫，开国何茫然！
尔来四万八千岁，不与秦塞通人烟。
西当太白有鸟道，可以横绝峨眉巅。
地崩山摧壮士死，然后天梯石栈相钩连。
上有六龙回日之高标，下有冲波逆折之回川。
黄鹤之飞尚不得过，猿猱欲度愁攀援。
青泥何盘盘，百步九折萦岩峦。

扪参历井仰胁息，以手抚膺坐长叹。

问君西游何时还？畏途巉岩不可攀。

但见悲鸟号古木，雄飞雌从绕林间。

又闻子规啼夜月，愁空山。

蜀道之难，难于上青天，使人听此凋朱颜！

连峰去天不盈尺，枯松倒挂倚绝壁。

飞湍瀑流争喧豗，砯崖转石万壑雷。

其险也如此，嗟尔远道之人胡为乎来哉！

剑阁峥嵘而崔嵬，一夫当关，万夫莫开。

所守或匪亲，化为狼与豺。

朝避猛虎，夕避长蛇；磨牙吮血，杀人如麻。

锦城虽云乐，不如早还家。

蜀道之难，难于上青天，侧身西望长咨嗟！

5. 7 *The End of March*

by Elizabeth Bishop

It was cold and windy, scarcely the day

to take a walk on that long beach.

Everything was withdrawn as far as possible,

indrawn: the tide far out, the ocean shrunken,

seabirds in ones or twos.

The rackety, icy, offshore wind

numbed our faces on one side;

disrupted the formation

of a lone flight of Canada geese;

and blew back the low, inaudible rollers

in upright, steely mist.

The sky was darker than the water
-it was the color of mutton-fat jade.
Along the wet sand, in rubber boots, we followed
a track of big dog-prints (so big
they were more like lion-prints) . Then we came on
lengths and lengths, endless, of wet white string,
looping up to the tide-line, down to the water,
over and over. Finally, they did end:
a thick white snarl, man-size, awash,
rising on every wave, a sodden ghost,
falling back, sodden, giving up the ghost. . .
A kite string?—But no kite.

I wanted to get as far as my proto-dream-house,
my crypto-dream-house, that crooked box
set up on pilings, shingled green,
a sort of artichoke of a house, but greener
(boiled with bicarbonate of soda?) ,
protected from spring tides by a palisade
of—are they railroad ties?
(Many things about this place are dubious.)
I'd like to retire there and do nothing,
or nothing much, forever, in two bare rooms:
look through binoculars, read boring books,

old, long, long books, and write down useless notes,
talk to myself, and, foggy days,
watch the droplets slipping, heavy with light.
At night, a grog a l'américaine.
I'd blaze it with a kitchen match
and lovely diaphanous blue flame
would waver, doubled in the window.
There must be a stove; there is a chimney,
askew, but braced with wires,
and electricity, possibly
—at least, at the back another wire
limply leashes the whole affair
to something off behind the dunes.
A light to read by—perfect! But—impossible.
And that day the wind was much too cold
even to get that far,
and of course the house was boarded up.

On the way back our faces froze on the other side.
The sun came out for just a minute.
For just a minute, set in their bezels of sand,
the drab, damp, scattered stones
were multi-colored,
and all those high enough threw out long shadows,
individual shadows, then pulled them in again.
They could have been teasing the lion sun,

except that now he was behind them
—a sun who'd walked the beach the last low tide,
making those big, majestic paw-prints,
who perhaps had batted a kite out of the sky to play with.

伊丽莎白·毕肖普：《三月末》

（张文武 / 译）

天很冷，刮着风，这个日子可不适合
在长长的海滩散步。
一切都在尽可能地缩回，
内部：远处的潮汐，收缩的海洋，
三三两两的海鸟。
喧闹的冷风吹向海面
冻僵了我们的半边脸颊；
打乱了空中那一列
孤独飞行的加拿大雁；
吹退了铁壁般的浓雾中
那低俯的无声的海浪。

天空比水面还要暗
——羊脂玉一般的颜色。
沿着潮湿的沙滩，穿着橡胶靴的我们
尾随一行大大的狗爪印（那么大的爪印
看起来更像是狮子的）走着。然后我们看到
一段又一段找不到头绪的潮湿的白线，
每一段都从潮痕一直延伸到水中，

循环往复。终于，我们看到了线头：
白色的浓密一团，像人的身体一般大，被海浪冲刷着，
海浪一次次浮起那全身湿透的幽灵，
海浪退去，便将幽灵淹没，全身湿透……
风筝的线？——然而没有风筝。

我想一直走到我的原梦之屋，
我的秘梦之屋，那变了形的盒子
用木桩建成，木制的屋顶是绿色的，
洋蓟一样的房子，但是更绿，
（用小苏打煮过？）
为了抵御大潮，围了一排栅栏
——是用枕木围的？
（关于此地的很多往事都已模糊了。）
我想退隐到那里，无所事事，
或者说，没什么特别的事，在两个空空的房间里，
一直这样下去：透过老花镜，读枯燥的书，
陈旧、冗长的书，写没用的笔记，
自言自语，还有，在雾天，
看着水滴滑落，沉重又透着光亮。
夜晚，一杯美式烈酒。
我用一根粗头火柴点着它，
可爱的蓝色透明火焰
在窗口摇曳、跳动。
肯定有炉子；有烟囱，
歪了，但是拦着电线，

也许里边还有电
——至少，后面有另一条电线
松松垮垮地将这一切系在
沙丘后面的什么东西上。
一盏用来看书的灯——完美！但是——不可能。
那天风吹得太冷了
没法走那么远，
而且，房子显然用木板封住了。

在回去的路上，我们的另一侧脸颊也被冻僵了。
太阳只出来了一小会儿。
有那么一小会儿，陷在沙滩里的
散落各处的潮湿的黄褐色石头
焕发出五颜六色，
那些足够凸出的石头，抛出长长的影子，
各自的影子，又将它们拉回。
它们可能是在捉弄太阳这头狮子，
可惜现在他已经到了它们后边
——最后一次落潮时在沙滩上散步的太阳，
留下那些巨大的庄严的爪印，
可能他在玩风筝的时候，把风筝拍到了天外。

5.8 *Birches*

by Robert Frost

When I see birches bend to left and right
Across the lines of straighter darker trees,

I like to think some boy's been swinging them.
But swinging doesn't bend them down to stay
As ice-storms do. Often you must have seen them
Loaded with ice a sunny winter morning
After a rain. They click upon themselves
As the breeze rises, and turn many-colored
As the stir cracks and crazes their enamel.
Soon the sun's warmth makes them shed crystal shells
Shattering and avalanching on the snow-crust—
Such heaps of broken glass to sweep away
You'd think the inner dome of heaven had fallen.
They are dragged to the withered bracken by the load,
And they seem not to break; though once they are bowed
So low for long, they never right themselves:
You may see their trunks arching in the woods
Years afterwards, trailing their leaves on the ground
Like girls on hands and knees that throw their hair
Before them over their heads to dry in the sun.
But I was going to say when Truth broke in
With all her matter-of-fact about the ice-storm
I should prefer to have some boy bend them
As he went out and in to fetch the cows—
Some boy too far from town to learn baseball,
Whose only play was what he found himself,
Summer or winter, and could play alone.
One by one he subdued his father's trees

By riding them down over and over again
Until he took the stiffness out of them,
And not one but hung limp, not one was left
For him to conquer. He learned all there was
To learn about not launching out too soon
And so not carrying the tree away
Clear to the ground. He always kept his poise
To the top branches, climbing carefully
With the same pains you use to fill a cup
Up to the brim, and even above the brim.
Then he flung outward, feet first, with a swish,
Kicking his way down through the air to the ground.
So was I once myself a swinger of birches.
And so I dream of going back to be.
It’s when I’m weary of considerations,
And life is too much like a pathless wood
Where your face burns and tickles with the cobwebs
Broken across it, and one eye is weeping
From a twig’s having lashed across it open.
I’d like to get away from earth awhile
And then come back to it and begin over.
May no fate willfully misunderstand me
And half grant what I wish and snatch me away
Not to return. Earth’s the right place for love:
I don’t know where it's likely to go better.
I'd like to go by climbing a birch tree,

And climb black branches up a snow-white trunk
Toward heaven, till the tree could bear no more,
But dipped its top and set me down again.
That would be good both going and coming back.
One could do worse than be a swinger of birches.

译文 1　罗伯特·弗罗斯特：《白桦树》

（曹明伦 / 译）

每当我看见白桦树或左或右地弯下
与一排排较直且较黑的树木相交，
我都会想到有位男孩儿在摇荡它们。
但摇荡不会像冰暴那样使白桦树
久久弯曲。在晴朗的冬日早晨，
在一场雨后，你肯定看见过它们
被冰凌压弯。当晨风开始吹拂时，
当风力使它们表面的珐琅裂开时，
它们会咔嚓作响并变得色泽斑驳。
太阳很快会使它们的水晶外套滑落，
落在冻硬的雪地上摔得粉碎——
若要你清除这样的一堆堆碎玻璃，
你会以为是天堂的内顶塌落人世。
重压可使它们触到枯萎的蕨丛，
它们看上去不会折断，不过一旦被
长久压弯，它们就再也不会长直；
在以后的岁月里，你会在树林中
看见它们树干弯曲，树叶垂地，

就像姑娘们手脚并用趴在地上
任洗过的头发散在头上让太阳晒干。
但我要说的是，即使真相已大白，
白桦树弯曲是由于冰暴的原因。
我仍然更喜欢有个孩子弄弯它们，
在他走出农舍去林中牵牛的时候——
一个离城太远没法学棒球的孩子，
他唯一的游戏就是他自己的发明，
夏天或冬日，他能独自玩得开心。
他把他父亲的白桦树当作马骑，
一遍又一遍地挨个儿制服它们，
直到他除掉了那些白桦树的硬性，
没剩下一棵不能弯曲，没留下一棵
不能征服。他学会了应该学会的
技艺，开始爬树时不要太快，
这样就不会使树过于弯向地面。
他始终都能保持住身体的平衡，
平稳地爬向树梢，爬得很小心，
就像你平时往酒杯里斟啤酒，
想让酒满杯，甚至稍稍冒出一点。
然后他嗖地一下蹬脚向外跳出，
踢着双腿从半空中落到地面。
我曾经就是这样一个荡树的孩子。
而且我做梦都想回到少年时代。
那是在我厌倦了思考的时候，
这时生活太像一座没有路的森林，

你的脸因撞上蜘蛛网而发痒发烧，
你的一只眼睛在流泪，因为一根
小树枝在它睁着时抽了它一下。
我真想离开这人世一小段时间，
然后再回到这里重新开始生活。
但愿命运别存心误解我的意思，
只成全我心愿的一半，把我攫去
而不送回。人世是适合爱的地方，
因为我不知还有什么更好的去处。
我喜欢凭着爬一棵白桦树离去，
攀着黑色树枝沿雪白的树干上天，
直到那棵树没法再承受我的体重，
低下头把我又重新送回地面。
那应该说是不错的离去和归来。
而人之所为可以比荡白桦树更有害。

译文 2　罗伯特 · 弗罗斯特：《白桦树》

（徐淳刚 / 译）

弯曲，或左或右：每当我看见
白桦树穿过又直又黑的树木，
我都会想，是个小男孩在荡它们。
但是荡，不会像冰那样使它们
一直弯着。在冬天的早晨，
雨过天晴，你一定会看见白桦树
给冰压弯了。当风轻轻吹过来，
它们表面的冰块就会碎裂，发出

奇妙的喀嚓声，闪射出五颜六色。
很快，太阳会撕下它们的水晶外套，
又在冻硬的雪地上摔得粉碎——
这么一大堆碎玻璃，尽够你扫，
你还以为是天顶的华盖塌了下来。
重压，会使树枝触到地上的枯草，
但是，它们似乎不会折断，不过
一旦被压弯了，就再也直不起来；
很长时间以后，你会在树林里
看见它们还那么弯着，枝叶垂地，
好像女孩子手脚并用趴在地上
将洗过的头发甩到身后，等太阳晒干。
但我要说的是，即便这样，
白桦树弯曲是由于冰的缘故，
我也还会想：是个小男孩荡弯了它们
在他放牛来回路过的时候——
这孩子，离城太远，不能玩棒球，
那他能玩的，就只有自己的发明，
夏天、冬天，他都能自己玩个美。
他把他爸爸的白桦树当马骑，
一棵又一棵，挨个儿来征服，
直到制服了所有的白桦树，
没一棵不弯下，没留一棵还能让他
征服。他在那儿学到的全部
心得，就是爬树时不能太猴急，
这样，树就不会一下子弯到地面上。

他始终都能保持身体的平衡，
稳稳地爬向树梢，爬得小心翼翼，
就像你平时往酒杯里斟啤酒，
想来个满杯，甚至稍稍冒出点儿。
然后，他嗖地一下蹬脚跳开，
踢着双腿落下，蹲到地上来。
我过去就是这样一个荡树的孩子
现在，做梦都想回到那种日子。
那总是在我无力思考的时候，
而人生太像一座让人迷路的森林，
你的脸撞上了蜘蛛网，又痛又痒，
忽然一只眼又流泪，因为
一根小树枝在它睁着时抽了它一下。
我真想离开这人世间一时半会儿，
然后再回来，重新过日子。
但愿命运这东西别误会我的意思，
只成全我心愿的一半，把我卷走
永远回不来。这人间最适合爱，
因为我不知道，还有什么更好的去处。
就让我爬上一棵白桦树离去：
攀着黑黑的树枝，沿雪白的树干直上，
直到那树再也支撑不住，
弯下来，把我重新送回到地面。
去一下又回来，这样挺好的。
人能做的事，比荡白桦树好不到哪去。

译文 3　罗伯特·弗罗斯特：《白桦树》

（方平 / 译）

挺直、黑黑的树排列成行，只见
白桦树却弯下身子，向左，也向右，
我总以为有个孩子把白样“荡”弯了
可是“荡”一下不会叫它们一躬到底
再也起不来。这可是冰干的事。
下过一场冬雨，第二天，太阳出来，
你准会看到白桦上结满了冰。
一阵风吹起，树枝就咯喇喇响，
闪射出五彩缤纷，原来这一颤动，
冰块坼裂成瓷瓶上的无数细纹。
阳光的温暖接着使那水晶的硬壳
从树枝上崩落，一齐倾泻在雪地上
这么一大堆碎玻璃尽够你打扫，
你还以为是天顶的华盖塌了下来。
压不起那么些重量的树枝，硬是给
按下去，直到贴近那贴地的枯草，
但并没折断；虽然压得这么低这么久
那枝条再也抬不起头来。几年后
你会在森林里看到那些白桦树
弯曲着树身，树叶在地面上拖扫，
好像趴在地上的女孩子把一头长发
兜过头去，好让太阳把头发晒干。
方才我说到哪里？是那雨后的冰柱
岔开了我的话头——我原是想说：

我宁可以为是个放牛的农家孩子
来回走过的时候把白桦弄弯了。
这孩子，离城太远，没人教棒球，
他只能自个儿想出玩意儿来玩，
自个儿跟自个儿玩，不管夏天冬天，
他一株一株地征服他父亲的树，
一次又一次地把它们骑在胯下，
直到把树的倔强劲儿完全制服：
一株又一株都垂头丧气地低下来
直到他再没有用武之地。他学会了
所有的花招：不立刻腾身跳出去，
免得一下子把树干扳到了地面。
他始终稳住身子，不摇不晃地，
直到那高高的顶枝上——小心翼翼地
往上爬，那全神贯注的样儿，就像
把一杯水倒满，满到了杯口，
甚至满过了边缘。然后，纵身一跳，
他两脚先伸出去，在空中乱踢乱舞，
于是飕的一声，降落到地面。
当年，我自己也是“荡桦树”的能手，
现在还梦想着再去荡一回桦树，
那是每逢我厌倦于操心世事，
而人生太像一片没有小径的森林，
在里面摸索，一头撞在蛛网上，
只感到验上又热辣、又痒痒；
忽然，一根嫩枝迎面打来，

那一只给打中了的眼睛疼得直掉泪。
我真想暂时离开人世一会儿，
然后再回来，重新干它一番。可是，
别来个命运之神，故意曲解我，
只成全我愿望的一半，把我卷了走，
一去不返。你要爱，就扔不开人世。
我想不出还有哪儿是更好的去处。
我真想去爬白桦树，沿着雪白的树干
爬上乌黑的树枝，爬向那天心，
直到树身再支撑不住，树梢碰着地，
把我放下来。去去又回来，那该有多好，
比“荡桦树”更没有意思的事，可有的是。

译文 4　罗伯特・弗罗斯特：《桦树》

（刘尔威 / 译）

当我看见桦树左右弯曲
穿过更为笔直且黑暗的树木行列，
我爱想着是一个男孩在那里摇荡。
虽然摇荡不会使它们弯曲，像冰暴
所做的那样。你会经常看到它
在雨后晴朗的冬天早晨负载
着的冰凌。当微风升起时它们自己
身上发出咔嗒声，表面的珐琅
也出现了裂纹，变得色彩斑斓。
很快太阳的温暖使它们脱落结晶似的外壳
并在冻结的雪地上摔得粉碎——

你若要扫除这么多破碎的玻璃
你会以为是天堂的殿宇落下来。
因为重压它们被带到了枯萎蕨菜旁，
但它们似乎不会折断；虽然它们曾经长久地
弯得那么低，也从来没有将自己摆正过：
很多年以后你可以看见它们的主干在
树木中弯曲，将它们的叶子蔓延到地上
如同女孩子用手和膝盖撑着地
将头发甩过头顶让阳光晒干。
但我要说当真相大白
桦树弯曲是因为冰暴
我却宁愿让一个男孩在他进进出出
牵着母牛的时候弄弯它们——
有些男孩因离城镇太远而没法学打棒球，
他唯一玩耍的就是自己的发现，
夏天还是冬天，他就能独自地玩。
他一次又一次地骑在树上
直到夺取了树木的强硬
这样一个个地他征服了父亲的树，
没有一个不是柔软地垂下，也没有一个
还能留给他征服。他在那里学到的
全部，就是爬树时不要太快
那样就不会使树弯曲到地面。
他总是让自己保持着平衡，仔细
地攀爬到桦树顶端
与你将杯子倒满啤酒直到边缘，

甚至溢出，有着同样努力。
然后他向外摆动脚，带着嗖嗖声，
踢着两腿从半空将自己滑落到地面。
我曾经也是一个荡树的人。
因此我梦想回到那个时辰。
那是当我厌倦了思考的时候。
生命太像一座没路的森林
在那里你的脸因碰到蜘蛛网而发痒
发烧，你有一只眼在流泪
因一根嫩枝在它睁开时碰了它。
我真想离开人世一会儿
回来后再重新开始。
愿命运不再故意误解我
然后部分地成全我的希望，把我迅速
拿开而不送回。人世是个适合爱的地方：
我不知道还要去哪里会更好。
我会爬着一棵桦树而去，
从黑色的树枝攀爬到那向着天空的雪白
树干，直到那树已不再能够承受我，
并弯下自己的树梢再次把我送回来。
不管是离去还是返回我都会愉快。
可有人会比摆动桦树更加恶劣。

5.8 *Doom is the House without the Door -*

by Emily Dickinson 475

Doom is the House without the Door -

'Tis entered from the Sun –
And then the Ladder's thrown away,
Because Escape – is done –

'Tis varied by the Dream
Of what they do outside –
Where Squirrels play – and Berries die –
And Hemlocks – bow – to God –

艾米莉·狄金森：《大限是那座没有门的房子》

（蒲隆 / 译）

大限是那座没有门的房子—
要从太阳那里进去—
然后就把梯子抽走，
因为逃逸—已经完毕—

这种情况变化多端
因为梦见他们在外面做的事—
那里有松鼠游玩—浆果死—
还有铁杉—向上帝—鞠躬—

6.1 *A Farewell in the Evening Rain To Li Ts'ao*

(Wei Ying-wu, translated by Witter Bynner)

Is it raining on the river all the way to Ch'u?—
The evening bell comes to us from Nan-king.
Your wet sail drags and is loath to be going

And shadowy birds are flying slow.

We cannot see the deep ocean-gate—

Only the boughs of Pu-kou, newly dripping.

Likewise, because of our great love,

There are threads of water on our faces.

《赋得暮雨送李胄》

[唐代]（韦应物）

楚江微雨里，建业暮钟时。

漠漠帆来重，冥冥鸟去迟。

海门深不见，浦树远含滋。

相送情无限，沾襟比散丝。

6.2 *Poem "As the cat"*

by William Carlos Williams

As the cat

climbed over

the top of

the jamcloset

first the right

forefoot

carefully

then the hind

stepped down

into the pit of
the empty
flowerpot

威廉·卡洛斯·威廉姆斯：《诗：一只猫》

（徐畔 / 译）

当那只猫
爬过
顶部的时候

果酱壁橱
首先右边
前脚掌

小心翼翼地
后肢
走下了台阶

蜷卧在
空
花盆里

6.3 *Transformations*

by Thomas Hardy

Portions of this yew
Is a man my grandsire knew,
Bosomed here at its foot:
This branch may be his wife,
A ruddy human life
Now turned to a green shoot.

These grasses must be made
Of her who often prayed,
Last century, for repose;
And the fair girl long ago
Whom I vainly tried to know
May be entering this rose.

So, they are not underground,
But as nerves and veins abound
In the growths of upper air,
And they feel the sun and rain,
And the energy again
That made them what they were!

译文 1　托马斯·哈代：《托生》

（王宏印 / 译）

这株紫杉树，
或是祖父认识的人，
如今他成了树根；
树枝，可能是他的妻，
一个健壮的女人
长出一枝新绿。

那茵茵的草地，
是频频祈祷的她，
在上个世纪，为了安息；
而多年前的美女，
我一直想结识的，
长成了一枝蔷薇。

如此说，他们没有入土，
犹如活的血管神经
生长在空气中，
感受着雨露阳光，
还有勃勃的生机，
如同活着一样。

译文 2　托马斯·哈代：《变形》

（陈謇鲲 / 译）

这紫杉的一截
是我先人的旧识，
树干底的枝桠：
许是他的发妻，
原本鲜活的血肉之躯，
如今皆化为嫩绿的新枝。
这片草地必然是百年前
那渴求安眠女子的化身，
而许久前我无缘相识的那位佳丽，
或者已凝为这株蔷薇的魂魄。

所以他们并未长眠于地下，
而只是化作花树的血脉经络
充斥于天地万物之间，
再次领受阳光雨露
以及前世造化赋形的活力！

译文 3　托马斯·哈代：《托生》

（徐畔 / 译）

这棵紫杉的部分枝干
是我祖父认识的一个男人，
曾在此树根下长眠；
这根枝条或许就是他的妻子，
曾经红润鲜活的生命

如今化作一抹青翠。

这些草儿想必是
由她化成，她曾
在上个世纪常常
祈求安宁；而那
很久以前的美丽姑娘
我曾徒劳地想要了解
或许正步入这玫瑰。

所以，它们并非深埋地下，
而是像神经和血管一样遍布
在上空的枝叶间，
它们感受着阳光雨露，
感受着那再度赋予它们生命的能量！

6.5 *Domination of Black*

by Wallace Stevens

At night, by the fire,
The colors of the bushes
And of the fallen leaves,
Repeating themselves,
Turned in the room,
Like the leaves themselves
Turning in the wind.
Yes: but the color of the heavy hemlocks

Came striding.
And I remembered the cry of the peacocks.

The colors of their tails
Were like the leaves themselves
Turning in the wind,
In the twilight wind.
They swept over the room,
Just as they flew from the boughs of the hemlocks
Down to the ground.
I heard them cry—the peacocks.
Was it a cry against the twilight
Or against the leaves themselves
Turning in the wind,
Turning as the flames
Turned in the fire,
Turning as the tails of the peacocks
Turned in the loud fire,
Loud as the hemlocks
Full of the cry of the peacocks?
Or was it a cry against the hemlocks?
Out of the window,
I saw how the planets gathered
Like the leaves themselves
Turning in the wind.
I saw how the night came,

Came striding like the color of the heavy hemlocks
I felt afraid.
And I remembered the cry of the peacocks.

华莱士 · 史蒂文斯：《黑色的统治》

（赵毅衡 / 译）

在夜里，在炉火边，
树丛的各种色彩，
落叶的各种色调，
重复出现。
在房间里翻卷，
就像树叶本身
在风中翻卷
是啊：浓密的铁杉树的色彩
大步走来。
我想起了孔雀的叫喊。

孔雀尾翎的各种色彩
也像这树叶
翻卷，在风中，
在黄昏的风中。
色彩扫过房间，
就像孔雀从铁杉树上
飞落地面。
我听到他们呼喊——这些孔雀
那呼喊是抗议暮色，

还是抗议树叶自己
在风中翻卷？
翻卷，好像火焰
在燃烧时翻卷，
翻卷，好像孔雀尾翎
在喧闹的火焰中翻卷，
高声地，好像铁杉树里
充满了孔雀的叫喊。
要不这呼喊是在抗议铁杉自己？

从窗口望出去，
我看到行星聚拢，
就好像树叶
在风中翻卷。
我看到黑夜来临
大步走来，像浓密的铁杉的颜色，
我感到害怕，
我记起了孔雀的叫喊。

7.1 *Ozymandias*

by Percy Bysshe Shelley

I met a traveller from an antique land,
Who said— "Two vast and trunkless legs of stone
Stand in the desert. . . . Near them, on the sand,
Half sunk a shattered visage lies, whose frown,
And wrinkled lips, and sneer of cold command,

Tell that its sculptor well those passions read

Which yet survive, stamped on these lifeless things,

The hand that mocked them, and the heart that fed;

And on the pedestal, these words appear:

My name is Ozymandias, King of Kings,

Look on my Works, ye Mighty, and despair!

Nothing beside remains. Round the decay

Of that colossal Wreck, boundless and bare

The lone and level sands stretch far away. ”

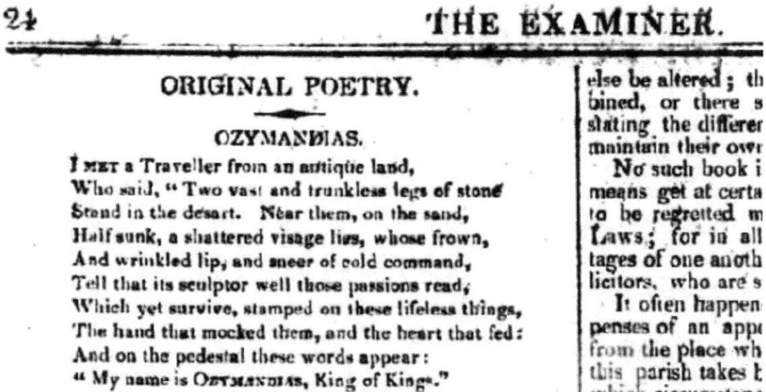

24 THE EXAMINER.

ORIGINAL POETRY.

OZYMANDIAS.

I MET a Traveller from an antique land,
Who said, "Two vast and trunkless legs of stone
Stand in the desart. Near them, on the sand,
Half sunk, a shattered visage lies, whose frown,
And wrinkled lip, and sneer of cold command,
Tell that its sculptor well those passions read,
Which yet survive, stamped on these lifeless things,
The hand that mocked them, and the heart that fed:
And on the pedestal these words appear:
"My name is OZYMANDIAS, King of Kings."
Look on my works ye Mighty, and despair!
No thing beside remains. Round the decay
Of that Colossal Wreck, boundless and bare,
The lone and level sands stretch far away.

GLIRASTES.

else be altered; th
bined, or there s
stating the differer
maintain their own
No such book i
means get at certa
to be regretted m
Laws; for in all
tages of one anoth
licitors, who are s
It often happen
penses of an app
from the place wh
this parish takes t
which circumstanc
persons never res
by labour or othe
slept a night or tw
shore.
Two cases occ
above. William

（图片来源于网络，Ozymandias 刊登于 The Examiner）

注释：奥西曼迭斯（Ozymandias）是英国诗人珀西 · 比希 · 雪莱（Percy Bysshe Shelley）1817 年的一首抒情诗。标题“奥西曼迭斯”是古埃及法老拉美西斯二世（Ramses II，约公元前 1317—前 1251 年）的希腊文名称。雪莱在诗中描述了一个流浪者在沙漠中行走，偶遇国王奥西曼迭斯雕像，国王的头部埋藏在沙砾之上，旁边一堆废墟。虽然这首诗的内容有某种内在的神秘主义色彩，它的含义也并不一目了然，但它是雪莱在其文学作品中表达政治和意识形态意愿的亮点之一。雪莱的这首诗于 1818 年 1 月 11 日以笔名“Glirastes ”发表。形式上，它是一首十四行诗，用松散的五音步抑扬格写成，但与其他英语十四行诗相较却拥有不寻常的韵律（ABABACDC EDEFEF）。

雪莱写这首诗主题的灵感来自拉美西斯二世的巨大半身像。它原本位于底比斯的拉美西姆神庙，1816 年在亨利 · 萨特的唆使下，乔瓦尼 · 巴蒂斯塔 · 贝尔佐尼将其从神庙运到伦敦并在那里展出。

（图片来源于网络）

译文 1 《奥兹曼迪亚斯》

（杨绛 / 译）

我遇见一位来自古国的旅人
他说：有两条巨大的石腿
半掩于沙漠之间……近旁的沙土中
有一张破碎的石脸，蹙着眉，
抿着嘴，面孔依旧威严，
想那雕刻者，必定深谙其人情感
那神态还留在石头上
而斯人已逝，化作尘烟
看那石座上刻着字句：
“我是万王之王，奥兹曼迪亚斯
功业盖物，强者折服”
此外，荡然无物
废墟四周，唯余黄沙莽莽
寂寞荒凉，伸展四方。

译文 2 《奥西曼提斯》

（王佐良 / 译）

客自海外归，曾见沙漠古国
有石像半毁，唯余巨腿
蹲立沙砾间。像头旁落，
半遭沙埋，但人面依然可畏，
那冷笑，那发号施令的高傲，
足见雕匠看透了主人的内心，
才把那石头刻得神情维肖，
而刻像的手和像主的心
早成灰烬。像座上大字在目：
"吾乃万王之王是也，
盖世功业，敢叫天公折服！"
此外无一物，但见废墟周围，
寂寞平沙空莽莽，
伸向荒凉的四方。

译文 3 《奥西曼德斯》

（查良铮 / 译）

我遇见一个来自古国的旅客，
他说：有两只断落的巨大石腿
站在沙漠中……附近还半埋着
一块破碎的石雕的脸；他那皱眉，
那瘪唇，那威严中的轻蔑和冷漠，
在在表明雕刻家很懂得那迄今
还留在这岩石上的情欲和愿望，

虽然早死了刻绘的手，原型的心；
在那石座上，还有这样的铭记：
“我是奥西曼德斯，众王之王。
强悍者呵，谁能和我的业绩相比！”
这就是一切了，再也没有其他。
在这巨大的荒墟四周，无边无际，
只见一片荒凉而寂寥的平沙。

译文 4　《奥西曼迭斯》

（江枫 / 译）

我遇到过一位来自古老国土的旅客，
他说：有一双巨大的石足，没有身躯，
矗立在沙漠……近旁的黄沙半露着
一副破碎残缺的面孔，它眉峰紧蹙，
嘴唇起皱，号令万方、鄙夷一切的神色，
表明雕刻师对这类情欲曾经深有感受，
它们，由于留痕在这无生命的物体上，
竟比孕育了它们的心，仿造过它们的手。
都存活得更加长久；在台座上石足下，
有这样的字迹依稀可读：“众王之王——
奥西曼迭斯就是我，看看我的业绩吧，
纵然是一世之雄，也定会颓然而绝望！”
残骸的四周，此外再没有留下什么，
寂寞、荒凉，无边的平沙伸向远方。

7.1 *Ozymandias*

by Horace Smith

In Egypt's sandy silence, all alone,
Stands a gigantic Leg, which far off throws
The only shadow that the Desart knows:—
"I am great OZYMANDIAS," saith the stone,
"The King of Kings;" this mighty City shows
"The wonders of my hand." — The City's gone,—
Nought but the Leg remaining to disclose
The site of this forgotten Babylon.
We wonder,—and some Hunter may express
Wonder like ours, when thro' the wilderness
Where London stood, holding the Wolf in chace,
He meets some fragment huge, and stops to guess
What powerful but unrecorded race
Once dwelt in that annihilated place.

贺拉斯·史密斯：《奥西曼提斯》

（徐畔 / 译）

在埃及的沙地寂静中，孤零零地，
矗立着一条巨大的腿，远远地投下
沙漠中唯一的影子：——
"我是伟大的奥西曼提斯，"石上刻着，
"万王之王；这座宏伟的城市表明
"我手的神力。"——城市已不复存在，——
只剩下这条腿来揭示

这座被遗忘的巴比伦的遗址。
我们感到惊奇——也许某个猎人会像我们一样
感到惊奇，当他穿过荒野
那里曾是伦敦，追逐着狼群，
他遇到巨大的残片，停下脚步猜测
曾在这片被毁灭的地方居住着
怎样强大却未被记载的种族。

7. 3 *The Snow Man*

by Wallace Stevens

One must have a mind of winter
To regard the frost and the boughs
Of the pine-trees crusted with snow;

And have been cold a long time
To behold the junipers shagged with ice,
The spruces rough in the distant glitter

Of the January sun; and not to think
Of any misery in the sound of the wind,
In the sound of a few leaves,

Which is the sound of the land
Full of the same wind
That is blowing in the same bare place

For the listener, who listens in the snow,
And, nothing himself, beholds
Nothing that is not there and the nothing that is.

华莱士·史蒂文斯：《雪人》

（陈东飙 / 译）

人要有一颗冬天的心
来打量霜和盖着
雪壳的松树的枝条；

要已经冷下去很长时间
来注视冰凌混杂的杜松，
粗乱的云杉，在一月太阳

遥远的闪烁中；而不想起
有任何苦难在风的声音里，
在几片叶子的声音里，

那是大陆的声音
充满同一阵风
在同一块空茫之地上吹

为那听者而吹，他在雪中倾听，
并且，本身即无物，谛视
无不在场之物，和那在场的无物。

7.3.2 *The Rock*

by Wallace Stevens

I seventy years later

It is an illusion that we were ever alive,
Lived in the houses of mothers, arranged ourselves
By our own motions in a freedom of air.

Regard the freedom of seventy years ago.
It is no longer air. The houses still stand,
Though they are rigid in rigid emptiness.

Even our shadows, their shadows, no longer remain.
The lives these lived in the mind are at an end.
They never were. . . The sounds of the guitar

Were not and are not. Absurd. The words spoken
Were not and are not. It is not to be believed.
The meeting at noon at the edge of the field seems like

An invention, an embrace between one desperate clod
And another in a fantastic consciousness,
In a queer assertion of humanity:

A theorem proposed between the two—
Two figures in a nature of the sun,
In the sun's design of its own happiness,

As if nothingness contained a m é tier,
A vital assumption, an impermanence
In its permanent cold, an illusion so desired

That the green leaves came and covered the high rock,
That the lilacs came and bloomed, like a blindness cleaned,
Exclaiming bright sight, as it was satisfied,

In a birth of sight. The blooming and the musk
Were being alive, an incessant being alive,
A particular being, that gross universe.

II The Poem as Icon

It is not enough to cover the rock with leaves.
We must be cured of it by a cure of the ground
Or a cure of ourselves, that is equal to a cure

Of the ground, a cure beyond forgetfulness.
And yet the leaves, if they broke into bud,
If they broke into bloom, if they bore fruit,

And if we ate the incipient colorings
Of their fresh culls might be a cure of the ground.
The fiction of the leaves is the icon

Of the poem, the figuration of blessedness,
And the icon is the man. The pearled chaplet of spring,
The magnum wreath of summer, time's autumn snood,

Its copy of the sun, these cover the rock.
These leaves are the poem, the icon and the man.
These are a cure of the ground and of ourselves,

In the predicate that there is nothing else.
They bud and bloom and bear their fruit without change.
They are more than leaves that cover the barren rock.

They bud the whitest eye, the pallidest sprout,
New senses in the engenderings of sense,
The desire to be at the end of distances,

The body quickened and the mind in root.
They bloom as a man loves, as he lives in love.
They bear their fruit so that the year is known,

As if its understanding was brown skin,
The honey in its pulp, the final found,
The plenty of the year and of the world.

In this plenty, the poem makes meanings of the rock,
Of such mixed motion and such imagery

That its barrenness becomes a thousand things

And so exists no more. This is the cure
Of leaves and of the ground and of ourselves.
His words are both the icon and the man.

III Forms of The Rock in a Night-hymn

The rock is the gray particular of man's life,
The stone from which he rises, up — and — ho,
The step to the bleaker depths of his descents . . .

The rock is the stern particular of the air,
The mirror of the planets, one by one,
But through man's eye, their silent rhapsodist,

Turquoise the rock, at odious evening bright
With redness that sticks fast to evil dreams;
The difficult rightness of half-risen day.

The rock is the habitation of the whole,
Its strength and measure, that which is near, point A
In a perspective that begins again

At B: the origin of the mango's rind.
It is the rock where tranquil must adduce
Its tranquil self, the main of things, the mind,

The starting point of the human and the end.
That in which space itself is contained, the gate
To the enclosure, day, the things illumined

By day, night and that which night illumines,
Night and its midnight-minting fragrances,
Night's hymn of the rock, as in a vivid sleep.

华莱士·史蒂文斯：《岩石》

（李景冰 / 译）

I 七十年后

这是一种幻象：我们曾活过，
活在母亲的房子里，以自己的动作
在空气的自由中安排自己。

注意七十年前的自由，
它不再是空气，房子仍立着，
虽然僵硬在僵硬的空虚中。

甚至影子，我们的和他们的，不再存留。
这些活在头脑里的生命消失了。
它们从未存在……吉他的声音

过去和现在都未存在。荒谬。说过的话
过去和现在都未存在。这是不可信的。
中午田野边的相会就像虚构

就像一个绝望的傻瓜和另一个
拥抱在想入非非的意识中
拥抱在人性古怪的断言里：

这个定理是提供给两位的——，
两个形影在一种太阳的性质中
在太阳自身幸福的设计里。

如同虚无包含一种专长，
一种必要的假设，一种无常
在其永恒之冷中，一种如此被渴望的幻象

于是绿叶出现，覆盖高高的岩石，
于是丁香出现，盛开如洗清的盲眼，
惊呼视野明亮，在视力的诞生中

获得满足。那正在绽放的与麝香
曾鲜活地存在，是一个活生生的不断的存在，
一个特定的存在，即那个宇宙毛坯。

II 诗作为偶像

树叶覆盖岩石还不够。
我们必须通过大地的治疗或我们自己的治疗
来治愈它，我们自己的治疗等同于

大地的治疗，一种超然于健忘的治疗。

然而树叶，如果它们进入蓓蕾，
绽放为花朵，结出果实，

并被我们吃掉，那剔选出的
鲜嫩新绿便会是一种大地的治疗
其中树叶的虚构

便是诗的偶像，神恩的形式，
并且这偶像就是人。春的珠链，
夏的花冠，时间的秋的发网，

它太阳的摹本，覆盖岩石。
这些树叶是诗，是偶像和人。
这些是大地和我们自己的一种治疗，

谓词里没有任何其他东西。
它们不变地萌芽、开花、结出果实。
它们超出了覆盖荒凉岩石的树叶。

它们生出最纯洁的眼睛，最苍白的芽，
感官的化身中新的感觉，
欲达于距离终点的热望，

速增的躯干和根里的意识。
它们开花像人热恋，像人活在爱中。
它们结果，年岁由此而被认识，

仿佛它的领悟是棕色的皮肤，
蜜在它的果肉里，
最终发现丰富的岁月和世界。

在这丰富中，诗领会岩石的意义，
如此混合的运动，以及
如此的意象：荒凉化成万物

由此不再存在。这是树叶、大地
和我们自己的治疗。
其话语为偶像和人两者。

III 夜歌中岩石的形态
岩石是灰色的特定的人之生命，
他从石头中出现，立起
脚步向着下沉的更阴冷的深处。

岩石是特定的坚固空气，
星球的镜子，然而，一颗又一颗，
穿过人的眼睛，无声的史诗吟诵者，

蓝青色，那岩石，在可恶的夜晚中
光亮拖曳着邪恶之梦的红色
——升起一半的白昼的艰难公正。

岩石是整体的居所，

邻近透视点 A 的力量和尺度
从 B 点再度涌现：

那芒果表皮的原点。
它是岩石，其所在的平静
必须引证其平静的自我，万物的枢要，

意识，人类的始点和终点，
这之中包含空间自身，界限之门，
白天，被白天照亮的万物，

夜晚和夜晚镀亮者，
夜晚和午夜薄荷的芬芳，
以及岩石的夜歌，就像在一个栩栩如生的睡眠中。

7.4 *Archaïscher Torso Apollos*

by Rainer Maria Rilke

Wir kannten nicht sein unerhörtes Haupt,
darin die Augenãpfeln reiften. Aber
sein Torso glüht noch wie ein Kandelaber,
in dem sein Schauen, nur zurückgeschraubt,
sich hãlt und glänzt. Sonst konnte nicht der Bug
der Brust dich blenden, und im leisen Drehen
der Lenden könnte nicht ein Lãcheln gehen
zur jener Mitte, die die Zeugung trug.
Sonst stunde dieser Stein entstellt und kurz

unter der Schultern durchsichtigem Sturz
und flimmerte nicht so wie Raubtierfelle
und bräche nicht aus allen seinen Rändern
aus wie ein Stern: denn da ist keine Stelle,
die dich nicht sieht. Du musst dein Leben ändern.

赖纳·马利亚·里尔克：《古代阿波罗石像的残躯》

（李永毅 / 译）

我们无法看见传说中他头部的模样，
一双眼睛仿佛即将成熟的水果。但是，
体内的某种灿烂仍映亮了他的躯体，
恍若一盏灯；他的凝视虽已挪到下方，

却仍在力量中闪光。若不是这个缘由，
他弧形的胸膛绝不会令你如此炫目，
也不会有微笑穿过平静的髋和小腹，
延伸到那黑暗的中心，生命的源头。

若不是如此，这块石头将显得晦暗
而残破，在双肩透明的瀑布下面，
绝不会像一头野兽的毛皮那样发亮；
绝不会让人感觉，它所有的边界都将

如一颗星炸裂：因为它的每一个角落
都盯着你。你必须改变你的生活。

8.3 *Epigram* 6:15

by Marcus Valerius Martialis

Dum Phaethontea formica vagatur in umbra,

Inplicuit tenuem sucina gutta feram.

Sic modo quae fuerat vita contempta manente,

Funeribus facta est nunc pretiosa suis.

马提亚尔：《警句 6：15》（拉丁文译文）

（徐畔 / 译）

当蚂蚁在法厄同的阴影中徘徊，

一滴琥珀包裹住这只小小的野兽。

就这样，曾经被蔑视的生命继续，

如今因葬礼而变得珍贵起来。

8.3 *Epigram* 6:15

by Marcus Valerius Martialis，translated by Garry Wills

A drop of amber hit an ant,

While crawling past a tree,

A brief and trifling thing preserved

For all eternity.

加里·威尔斯译：《警句 6：15》

（徐畔 / 译）

一只蚂蚁爬过一棵树，

一滴琥珀滴落下来，

短暂而微不足道的事物，

却永恒地保存下来。

8.4 *The Last Word*

by Matthew Arnold

Creep into thy narrow bed,
Creep, and let no more be said!
Vain thy onset! all stands fast.
Thou thyself must break at last.

Let the long contention cease!
Geese are swans and swans are geese.
Let them have it how they will!
Thou art tired; best be still.

They out-talk'd thee, hiss'd thee, tore thee?
Better men fared thus before thee;
Fired their ringing shot and pass'd,
Hotly charg'd—and sank at last.

Charge once more, then, and be dumb!
Let the victors, when they come,
When the forts of folly fall,
Find thy body by the wall!

马修·阿诺德：《最后的话》

（徐畔 / 译）

悄悄钻进你那窄小的床铺，
钻进去，别再多说一句！
你的进攻徒劳无益！一切都坚如磐石。
最终你自己也会败下阵来。

让长久的纷争停止吧！
鹅是天鹅，天鹅是鹅。
随他们怎么说吧！
你累了，最好安静些。

他们对你冷嘲热讽，对你恶语相向，对你冷嘲热讽？
在你之前，更有贤能之士也遭遇如此。
他们鸣枪而过，勇猛冲锋——最终沉没。

再冲锋一次，然后，闭口无言！
待胜利者前来，
待愚妄的堡垒崩塌，
让他们在墙边发现你的遗体！

8.5 *Dover Beach*

by Matthew Arnold

The sea is calm tonight,
The tide is full, the moon lies fair
Upon the straits; on the French coast the light

Gleams and is gone; the cliffs of England stand,
Glimmering and vast out in the tranquil bay.
Come to the window, sweet is the night air!
Only, from the long line of spray
Where the sea meets the moon-blanched land,
Listen! you hear the grating roar
Of pebbles which the waves draw back, and fling,
At their return, up the high strand,
Begin, and cease, and then again begin,
With tremulous cadence slow, and bring
The eternal note of sadness in.

Sophocles long ago
Heard it on the Aegean, and it brought
Into his mind the turbid ebb and flow
Of human misery; we
Find also in the sound a thought,
Hearing it by this distant northern sea.

The Sea of Faith
Was once, too, at the full, and round earth's shore
Lay like the folds of a bright girdle furled.
But now I only hear
Its melancholy, long, withdrawing roar,
Retreating, to the breath
Of the night-wind, down the vast edges drear

And naked shingles of the world.

Ah, love, let us be true
To one another! for the world, which seems
To lie before us like a land of dreams,
So various, so beautiful, so new,
Hath really neither joy, nor love, nor light,
Nor certitude, nor peace, nor help for pain;
And we are here as on a darkling plain
Swept with confused alarms of struggle and flight,
Where ignorant armies clash by night.

译文 1　马修·阿诺德：《多佛尔海滩》

（曹明伦 / 译）

今宵大海宁静，
潮水正满，月亮端端
照在海峡；——法兰西海岸
灯火忽现忽隐；英格兰旷荡的峭壁
波光浩渺，伸延进宁静的海湾。
请到窗边来吧，晚风清新甘甜！

可是，从浪花涌动的长长海岸
从月光照白的陆地与大海相接处，
你听！你能听见刺耳的喧嚣，
那是海浪卷走卵石，当浪花回涌，
又把卵石抛上高高的海滩，

涌动，停息，再重新涌动，
大海以颤动的缓慢的节奏
送来永恒的悲哀的声音。

很久以前，索福克勒斯
曾在爱琴海边听见过这声音，
这声音使他心中涌起
人类苦难的浑浊的潮汐；
我们在这遥远的北方的海滨
也听到了这声音里的一缕思绪。

信仰的海洋
也曾一度满潮，环绕大地之岸
像一条卷曲的闪光的腰带。
可如今我只听见
它那忧伤的长长的退潮的声音，
退缩，退向晚风的呼吸，
退过大地那广漠凄凉的边缘，
留给世界一滩赤裸的卵石。

哦，亲爱的，让我们彼此真诚！
因为这个世界，这个似乎
如梦境般展现在我们眼前的世界，
这个如此多彩、美丽而新鲜的世界
其实并没有欢乐、光明和爱，
也没有确信、安宁和对苦难的拯救；

我们在世，犹如在一片昏暗的荒原，
纷争和溃逃的惊恐在荒原上交织，
愚昧的军队于昏暗中在荒原上争斗。

译文 2 《多佛海滩》

（飞白 / 译）

今夜大海平静，
潮水正满，月色朗朗，
临照海峡，——法国海岸上
微光渐隐，而英国的峭壁高竖，
在宁静的海湾里显出巨大模糊的身影。
到窗边来吧，晚风多么甜！

可是你听！月光漂白了的陆地
与大海相接处，那一条长长的浪花线
传来磨牙般的喧声，
这是海浪卷走卵石，然后转回头来，
又把它们抛到高高的海滩之上，
涌起，停息，再重新涌起，
以缓慢而颤动的节拍
送来永恒的悲哀的音响。

索福克勒斯很久以前
在爱琴海边听过这喧声，
在他心中引起了人类苦难的
浊浪滚滚的潮汐；

我们在此遥远的北海边聆听，
也在此声中听到了深意。

信仰之海
也曾有过满潮，像一根灿烂的腰带，
把全球的海岸围绕。
但如今我只听得
它那忧伤的退潮的咆哮久久不息，
它退向夜风的呼吸，
退过世界广阔阴沉的边界，
只留下一滩光秃秃的卵石。

啊，爱人，愿我们
彼此真诚！因为世界虽然
展开在我们面前如梦幻的国度，
那么多彩、美丽而新鲜，
实际上却没有欢乐，没有爱和光明，
没有肯定，没有和平，没有对痛苦的救助；
我们犹如处在黑暗的旷野，
斗争和逃跑构成一片混乱与惊怖，
无知的军队在黑夜中互相冲突。

Afterword：

The Science of Signs

by Nigel McLoughlin

Lightning strikes a tree

with all the love one jagged thing
can muster for another-out here
the sound cracks around the cavities
and the gap where the storm found me
where the wind searched
in every crevice and the rain clung
to the crevassed mountain.

Somewhere out beyond the hoop
of the fire-somewhere deep
in the ochre night I hear trees ramify
sway unstruck, enact the oscillations
between the sign of themselves
and what it is they signify.

奈杰尔·麦克劳格林：《符号的科学》

（徐畔/译）

闪电击中一棵树
带着一道裂痕所能对另一物
倾注的所有爱意——在这儿
声响在空洞间回荡
在风暴找到我的地方
在风搜寻过的每一处缝隙
在雨水依附的褶皱山峦。

在篝火的圆圈之外的某个地方

在那深邃的赭色夜色之中
我听见树木繁衍枝叶
无声地摇曳，演绎着自身符号
与所象征之物之间的振动。